Christopher Stahl · Mordsverlust

Zum Buch:

Renate Dohne ist spurlos verschwunden. Nach ihrer Ausbildung bei Darius Schäfer hat sie sich für eine Laufbahn bei der Polizei entschieden, dann aber den Polizeidienst kurz nach ihrer Hochzeit quittiert. Jetzt ist sie offenbar aus einer unglücklichen Ehe geflohen. Aber warum meldet sie sich nicht einmal bei ihrer Mutter? Hat ihr Verschwinden vielleicht doch etwas mit ihren früheren Recherchen bei der *SoKo Rheinhessennetz* zu tun? Hat die Vergangenheit sie eingeholt und in den Sumpf aus Wirtschaftskriminalität, Erpressung und Drogenhandel gezogen? Oder sollten Darius Schäfer und Kriminalhauptkommissar Heribert Koman doch einer ganz anderen Spur folgen? Denn schnell wird dem Steuerberater mit Spürsinn klar, dass die Winzerdynastie *Preuß & Erben*, in die Renate eingeheiratet hat, so manches Familiengeheimnis hütet. Gerade als Darius Schäfer meint, in einer Sackgasse zu stecken, kommt es zu einem Wiedersehen mit Renate Dohne, das er sich ganz anders vorgestellt hat ...

Eine besondere Rolle spielt in diesem Fall ausgerechnet eine Plastik, die als Mahnmal für die Toten geschaffen wurde: *Der Schwebende* von Ernst Barlach, 1927, Bronze, Dom zu Güstrow.

Zum Autor:

Hinter dem Pseudonym Christopher Stahl verbirgt sich der renommierte Autor von Praktiker-Literatur für Steuerberater Gerd Jürgen Merz. Er lebt mit seiner Familie in Rheinhessen. Nach *Tödliche Veranlagung*, *Schwarzes Geld für schwarze Schafe* und *Mörderische Bilanz* ist *Mordsverlust* bereits sein vierter Darius-Schäfer-Krimi.

www.nwb.de

Christopher Stahl

Mordsverlust

Steuerberater-Krimi

nwb

ISBN 978-3-482-**58411**-4

Umschlaggestaltung: Monika Simon-Paßlack, NWB Verlag

Umschlag: © Ernst Barlach Lizenzverwaltung Ratzeburg

Druck: Medienhaus Plump GmbH, Rheinbreitbach

Der Schauplatz: Die Rheinhessische Schweiz

Das Gebiet zwischen Bingen, Mainz, Worms und Alzey wurde 1816 der Provinz Hessen zugeschlagen; später gehörte es zum Großherzogtum Hessen-Darmstadt. Seinen heutigen Namen *Rheinhessen* erhielt es 1819. Im Rahmen der Länderneuregelung wurde es nach dem 2. Weltkrieg Rheinland-Pfalz angegliedert.

Es ist das größte zusammenhängende Weinanbaugebiet Deutschlands. Seine vielfältigen Produkte (Müller-Thurgau, Kerner, Scheurebe, Faber, Bacchus, Huxelrebe, Chardonnay, Silvaner, Riesling, Morio Muskat, Weißburgunder, Grauburgunder *Pinot Gricio*, Portugieser, Dornfelder, Blauer Spätburgunder, Gewürztraminer), werden in der ganzen Welt geschätzt.

Dem Teil Rheinhessens, das nördlich an das Pfälzische Bergland anschließt, hat man wegen seiner hügeligen Landschaft den bezeichnenden Namen *Rheinhessische Schweiz* gegeben.

Hier, in dem Weindörfchen *Bernheim* und der näheren Umgebung, beginnt und endet diese Geschichte. Die örtlichen und geschichtlichen Gegebenheiten orientieren sich an der Realität. Nur das Dörfchen *Bernheim*, das gibt es ebenso wenig wie die handelnden Personen. Sie und ihre Geschichte sind Produkte der dichterischen Freiheit. Sie sind so frei gestaltet, wie halt eben die Fantasie doch unwillkürlich und ohne Absicht durch die persönliche Lebenserfahrung gesteuert wird.

Entscheidende Personen, die uns immer wieder begegnen und ohne die unsere Geschichte nicht „leben" würde.

Darius Schäfer	Steuerberater und Hobbykriminalist
Sonja Strobel	Mathematiklehrerin
Heribert Koman	Kriminalhauptkommissar, PI Alzey
Dagmar Keller	Oberkommissarin, PI Alzey
Carlo Dornhagen	Steuerberater
Irene Dengler	Kanzleisekretärin
Heinz Runde	Nebenerwerbslandwirt
Johann Preuß	Winzermeister
Gerlinde Dohne	Weinbauingenieurin
Günther Dohne	Weinbauingenieur
Marga Preuß	schwarzes Schaf der Familie
Andreas Dohne	Winzermeister, Sohn von Gerlinde und Günther Dohne
Marlies Dohne	Ehefrau von Andreas Dohne
Benjamin Dohne	Winzermeister, Sohn von Gerlinde und Günther Dohne
Renate Dohne	Ehefrau von Benjamin Dohne
Ulf Korfmann	verstorbener Kriminalhauptkommissar, K 14
Gertrud Faber	Steuerberaterin, Mutter von R. Dohne
Klaus Zerfass	Weinchemiker und -techniker
Jonas Keil	Verwaltungsleiter, PP Mainz
Helmut Körper	Kriminaldirektor, PP Mainz
Eberhard Hornbach	Kriminalhauptkommissar, K 11

Das Wort Familien*bande*
hat einen Beigeschmack von Wahrheit.

(*Karl Kraus*)

Montag, 4. April 2005

„Wo ist dein Problem, Darius?“ Heinz stellte sein halbvolles Weinglas auf dem Tresen ab, an dem wir seit einer guten Stunde im *Bernheimer Schafbock* standen.

Es war einer dieser tristen, nasskalten Tage, an denen man schon absonderlich veranlagt sein musste, um nicht wenigstens einen Anflug von Trübseligkeit zu verspüren. Einer dieser Tage, an denen man den Eindruck haben konnte, das noch junge Jahr stecke mitten in der Pubertät und sei hin und her gerissen, für welche Jahreszeit es sich nun entscheiden solle.

Ich war einfach unzufrieden – mit mir selbst – und die verdrießliche Stimmung die der Tag vor dem Bürofenster verbreitet hatte, war nicht unbedingt dazu angetan, meine eigene aufzuhellen. Dazu war noch Wochenanfang und Sonja hatte sich heute Morgen von mir mit dem Hinweis verabschiedet, dass es wieder einmal spät werden könne und ich nicht auf sie warten solle. „Elternabend“, war ihre lapidare Erklärung, die sie mit einem bedauernden Achselzucken und einem nachgeschobenen Kuss auf meine Wange abzumildern versuchte. Und danach wollte sie sich noch mit ein paar Kollegen beim *Lehrer-Lieblings-Griechen* in Alzey treffen. „Soziale Pflichtübung“ nannte sie das.

Ich konnte Beatrice, meine Ex-Frau, immer besser verstehen. Während der letzten Jahre unserer Ehe war sie es gewesen, die immer häufiger auf ein geregeltes und vertrauenswürdiges partnerschaftliches Zusammensein hatte verzichten müssen. Vor drei Jahren – lange nach unserer Scheidung – hatte ich begonnen, mein Leben umzukrempeln und als Konsequenz meine Steuerberatungskanzlei verkauft, an Carlo Dornhagen, einen ehemaligen Betriebsprüfer beim Finanzamt Alzey. Die Übergabe war mit meiner festen, sogar vertraglich vereinbarten Absicht verbunden, dort nur noch mit halber Fahrt mitzuarbeiten.

Doch wenn mich nicht eine Serie von Schicksalsfügungen immer wieder einmal für mehrere Wochen in die Gefilde der Hobbykriminalistik entführt hätte, wäre ich schon bald gedankenlos in den alten Trott zurückgefallen. Obwohl ich für mich die Feststellung getroffen hatte, dass *Trott* nicht allzu weit entfernt war von *Trottel*. „Lieber ein Löwe am Abgrund, als ein Esel vor dem Karren." Wie oft und mit welcher Überheblichkeit, hatte ich nach meinem Erwachen aus einem jahrelangen beruflichen Albtraum anfänglich mit diesem Spruch auf andere eingeschlagen, die meine Veränderung nicht nachvollziehen konnten. Und dann, schleichend und kaum von mir bemerkt, verfiel ich wieder in alte Verhaltensmuster. Dass das Kanzleigebäude in dem umgebauten Kelterhaus eines kleinen, ehemaligen Weingutes untergebracht war – nur zehn Schritte von dem Haus entfernt, in dem ich mit Sonja, zwei Hunden und drei Katzen lebte – wirkte sich begünstigend auf meine Rückfälle aus.

Das Anwesen lag am Ortsrand von Bernheim, einem kleinen Winzerdorf in der Rheinhessischen Schweiz. Die Region hatte immer als Garant für die ideale Witterung zum Weinanbau gegolten, während der letzten Wochen allerdings schien diese Auszeichnung nicht mehr zuzutreffen.

Da saß ich also an meinem Schreibtisch, stapelte lustlos Akten von einer auf die andere Seite, verteilte einiges in Hängehefter, suchte nach irgendetwas im Internet und wusste, dass etwas geschehen musste. Aber was?! Sonja nicht da, mieses Wetter und matschige Wege, die einem das Joggen verleideten, Unzufriedenheit mit meiner eigenen Inkonsequenz – was half da? Ein gutes Männergespräch mit Heinz, unterstützt von ein paar Bernheimer Roten.

Heinz Runde, ein begnadeter Softwarespezialist und bekennender und praktizierender *Demeter-Ökologie-Nebenerwerbslandwirt*, gehörte mit seiner Frau Karin zu meinen engsten Freunden. Beatrice hatte beide ursprünglich als eine Art Mitgift in unsere Ehe eingebracht und mir nach der Scheidung anteilig zum weiteren *Nießbrauch* überlassen.

Ich griff spontan zum Telefon.

„Wir treffen uns im *Schafbock*, um acht, ich muss zuerst noch die Tiere füttern“, war seine prompte Reaktion auf meine Bitte, ein Gläschen mit mir zu trinken. Er war einer meiner Mandanten, aber er kam auch zu mir, wenn er ein Problem abseits steuerrechtlicher Belange hatte. Und ich konnte ebenso auf ihn zählen.

Wir standen am Tresen in unserer Dorfgaststätte. Die Werbeuhr der Kirner Brauerei an der Wand zeigte kurz vor halb zehn. Obwohl sich die Kochkünste von Paul Herbst, der seit fast zwei Jahren das Lokal führte, inzwischen rumgesprochen hatten und Gäste aus der gesamten Umgebung anlockten, waren die Tische heute kaum besetzt. Kein Wunder – es war Montag, der *Teuro* verleidete den Leuten weiterhin das Ausgehen und das dritte deutsche Wirtschaftswunder hatte sich immer noch nicht herbeireden lassen.

Am Tresen waren Heinz und ich alleine. So konnte ich meinen Frust loslassen, ohne dass ich auf unerwünschte Zuhörer hätte achten müssen. *Maitre Paul*, wie wir ihn anerkennend nannten, stand wie immer, wenn es in der Küche nichts zu tun gab, auf der anderen Seite des Ausschanks. Angetan mit seiner burgunderroten Schürze, mit dem eingestickten goldfarben und ineinander verschlungenen Namenskürzel PH, wartete er in diskretem Abstand im Hintergrund auf einen Wink, unsere Gläser mit Bernheimer Spätburgunder zu füllen. Jeder von uns hatte bereits fünf Striche auf seinem Deckel.

Nebeneinander stehend, unsere Rücken dem Gastraum zugewandt, mussten wir ein imposantes Bild abgeben. Von hinten sahen wir uns, soweit es unsere Statur betraf, zum Verwechseln ähnlich. Heinz war mit 1 Meter 85 nur knapp größer als ich. Von vorne betrachtet erkannte man natürlich den Unterschied von zehn Jahren, die ich Heinz voraus hatte. Er war in seinem Farmerlook – kariertes Hemd und speckige Glattlederhose – ich immer noch im anthrazitfarbenen Kanzleianzug, was darauf hinwies, dass ich Sonjas Abwesenheit zu Überstunden missbraucht hatte. Den Schlips hatte ich allerdings abgelegt.

Einen Fuß auf der Trittstange abgestellt, leicht nach vorn über den Tresentisch gebeugt hielten wir unsere Gläser in der Rechten und starrten in das dunkle, satte Rubinrot. Ich hatte mich ausgequatscht, Heinz hatte zugehört und nun konnten wir ... schweigen. Eine Szene wie in einer alten Westernschnulze. Ich schmunzelte vergnügt vor mich hin, mir ging es besser, Heinz hatte mich verstanden. Oder etwa doch nicht?

„Wo ist dein Problem, Darius?" Er stellte sein halbvolles Glas auf dem Tresen ab. „Gut, Beatrice hat dich vor acht Jahren mit euren beiden Söhnen verlassen. Aber, die sind ohnehin schon längst aus dem Haus und mit Beatrice besteht eine Freundschaft, die anscheinend besser funktioniert als eure Ehe."

„Schon, aber ..."

„Und seit fast drei Jahren bist du mit Sonja zusammen. Ihr passt zusammen, ergänzt euch und seid offenbar glücklich."

„Ja, das stimmt ja alles, aber ..."

„Was denn aber. Dir könnte es doch nicht besser gehen. Wie kann man nur so wehleidig sein, nur weil mal nicht alles so geht, wie man es sich vorstellt. Du könntest wirklich etwas entspannter sein."

„Du musst gerade reden. Wie war das denn letzten Monat, als ihr Oskar geschlachtet habt, weil trotz mehrmaliger Deckungsversuche keine eurer Kühe trächtig wurde." Heinz winkte ab, aber ich wollte einfach zeigen, dass auch er seine Grenzen hatte. „Und kurz danach habt ihr festgestellt, dass er doch seiner Bullenpflicht erfolgreich nachgekommen war. Der wollte nur nicht, dass ihr dabei zuseht. Nur war da der verhätschelte Zuchtbulle schon im Topf."

„Klar hat mich das geärgert."

„Geärgert? Tagelang gab es kein anderes Thema. Ganz Bernheim musste an deinem Kummer teilnehmen. Und als der Metzger dann wegen eines Missverständnisses fast das ganze Fleisch zur Wurst verarbeitet hat, sogar die Filetstücke, da bist du gänzlich ausgeflippt. Dabei ist es doch nur dein Hobby und soll der Entspannung dienen."

Beide hatten wir unsere Gläser geleert und ich erweckte Paul aus seiner Erstarrung. „Noch mal dasselbe“ forderte ich und tippte mit dem Zeigefinger auf meinen Deckel. Ich hatte Heinz attackiert, dafür gab ich einen aus.

Als wir mit den Gläsern anstießen, kam ihm *die* Erleuchtung: „Weißt du, was dir fehlt? Du müsstest wieder einmal über eine Leiche stolpern. Kriminalabstinenz führt bei dir zu Entzugserscheinungen.“

„Abgesehen davon, dass deine Bemerkung nur knapp an der Grenze zur Geschmacklosigkeit vorbeischrammt, schreibe ich deinen Mangel an Einfallsreichtum übermäßiger Alkoholzufuhr zu.“

Er zählte demonstrativ die Striche auf seinem Zettel und tippte sich dann an die Stirn.

Doch ich fuhr ungerührt fort: „Falls du es übersehen haben solltest: Ich habe bisher nur dann den Privatermittler gespielt, wenn ich persönlich auf irgendeine Weise betroffen war. Horst war mein Freund und Peter Simonis und Conrad Hauprich waren Kollegen. Wenn überhaupt, würde ich mich nur dann reaktivieren lassen, wenn es wieder um jemanden aus meinem persönlichen Umfeld ginge – um dich zum Beispiel.“ Ich übersah sein theatralisches Entsetzen. „Nein Heinz, mir geht es um etwas ganz anderes, etwas Existenzielles: Ich will nicht wieder in mein altes Leben abdriften, darum geht es mir!“

„Nun, dann habe ich mit meinem Gedankenflug doch Recht – oder? Es muss ja nicht immer ein Mord sein. Eine kleine Entführung oder eine saftige Erpressung oder ein bisschen Wirtschaftskriminalität würde ja auch schon genügen. Warte nur ab, der nächste Fall kommt bestimmt. Vielleicht schon morgen“, frotzelte er und klopfte mir jovial auf die Schulter. „Auf mich brauchst du als Opfer allerdings nicht zu hoffen. So leicht werde ich es dir nicht machen. Und bei dem guten Berater, den ich habe, ist ja noch nicht einmal das kleinste bisschen Steuerhinterziehung drin.“

Ich besann mich wieder auf männliches ... Schweigen und Heinz schloss sich freundschaftlich an.

Aber schon wenige Tage später fühlte ich mich bemüßigt ihn zu fragen, ob er etwa heimlich einen Volkshochschulkurs in Hellseherei absolviert hatte, mit Bestnote.

Mittwoch, 6. April 2005

Ich hatte mit Sonja ausgiebig gefrühstückt und mich dann um meine Katzen und Hunde gekümmert. Nach intensiver Zeitungslektüre und noch ein wenig Rumtrödeln kam ich gegen zehn Uhr dreißig in die Kanzlei. Ich ging an der verwaisten Zentrale vorbei in mein Büro, wo ich die Tür hinter mir zuzog. Das war seit Jahren ein Zeichen für alle Mitarbeiter, dass ich weder persönlich noch telefonisch gestört werden wollte.

Mein Blick fiel von der immer noch trüben Aussicht vor dem Fenster auf meinen ebenso deprimierenden Schreibtisch. Im Laufe des Vormittags hatte sich erneut ein bedrohlicher Papierdschungel ausgebreitet. Und wieder einmal schaffte ich Ordnung, indem ich mich bemühte, zuerst einmal eine Bresche zu schlagen. Früher hatte das meine Sekretärin wenigstens in groben Zügen gemacht. Sie wusste, was dringend und was weniger wichtig war. Aber neben Telefondienst und am Empfang arbeitete Irene Dengler nur noch für den Übernehmer meiner Kanzlei, Carlo Dornhagen. Das war zwischen uns auch so vereinbart worden, dennoch vermisste ich ihre jahrelange Erfahrung und Übersicht.

Ich schaute auf meinen Terminplan, dann auf die Uhr. In einer halben Stunde stand eine Besprechung mit einem Mandanten, Karl Söhngen, an. Im Zuge der Übernahme eines alteingesessenen Handwerkbetriebs in Albig wollte er expandieren. Bisher war der Betrieb darauf ausgerichtet, Bauherren und Hausbesitzern genormte Fertigfenster von Drittlieferanten zu empfehlen und einzubauen. Der frisch gebackene Unternehmer, hatte vor, sich zusätzlich auf die Sanierung von denkmalgeschützten Häusern zu spezialisieren und Holzfenster nach individuellem Aufmaß zu fabrizieren. In Rheinhessen zeichnete sich seit einigen Jahren ein positiver Trend beim Umbau und bei der authentischen Renovierung alter Bauern- und Winzerhöfe ab. Söhngens Ansicht nach gab es dadurch einen wachsenden Bedarf an originalgetreuen Fenstern.

Bei meiner Beratung ging es um die Analyse der Machbarkeit seines Vorhabens, damit die Finanzierung günstig und sicher gestaltet werden konnte. Mehrere Stunden hatte ich mich sorgfältig auf die erbetene Beratung vorbereitet, recherchiert, gerechnet und anhand der ersten Zahlen ein sondierendes Bankgespräch geführt. Bis in die gestrigen Abendstunden hinein hatte ich noch ein Exposé vorbereitet, das inhaltlich und formal den banküblichen Anforderungen entsprach. Das wollte ich noch einmal kurz durchlesen, bevor ich es dem Mandanten vorlegte.

Kerstin Neubert, eine neue Mitarbeiterin, streckte den Kopf zur Tür herein und fragte leise: „Kann ich Sie kurz stören?"

„Worum geht es? Und zu flüstern brauchen sie auch nicht."

„Frau Dengler ist ja seit gestern auf einem Fortbildungsseminar und hat mich gebeten, die Telefonate entgegenzunehmen." Sie deutete auf das Funktelefon in ihrer Hand und sah mich erwartungsvoll an.

Sollte ich sie nun loben, weil sie es als neue Mitarbeiterin geschafft hatte, die Zentrale darauf weiterzuleiten oder was wollte sie? Ich blickte nervös auf die Uhr, dann auf das Exposé, das immer noch ungelesen vor mir lag, und schließlich zu ihr. „Schön. Und was wollen Sie mir damit andeuten?"

„Na ja, und sie hat gesagt, ich solle Sie nicht stören, wenn Sie Ihre Tür geschlossen haben. Und da sie gestern den ganzen Tag geschlossen war, habe ich Ihnen heute früh eine Telefonnotiz auf den Tisch gelegt."

„Von wem, von wann?"

„Von Herrn Söhngen, gestern gegen siebzehn Uhr, kurz bevor ich gegangen bin, hat er angerufen. Und eben hat er ..."

Ich winkte ab. Mir war keine Notiz aufgefallen und ich blätterte nochmals den Papierstapel durch, den ich flüchtig sortiert hatte. Tatsächlich, an der Büroklammer eines Schriftstückes verhakt, entdeckte ich eine rosafarbene Telefonnotiz. Bevor ich sie lesen konnte, klingelte das Funktelefon. Kerstin Neubert blickte mich unsicher an, ich nickte etwas ungehalten und sie nahm das Gespräch an. „Steuerberatung Dornhagen, Neubert? ... Herrn Schäfer? Da muss ich mal sehen, Frau Faber.“

Das konnte nur Gertrud Faber sein, eine Kollegin. Ich nickte ein weiteres Mal und Frau Neubert stellte zu meinem Apparat durch. Während ich das Gespräch annahm, bedeutete ich ihr, noch zu bleiben. Sie nahm Platz.

„Hallo Gertrud“, begrüßte ich sie.

„Hallo Darius. Bitte entschuldige, dass ich dich störe, aber ich habe ein ernsthaftes Problem.“ Ihre angenehme, warme Stimme klang gehetzt. Doch das kannte ich gar nicht anders von ihr. Gertrud – wir hatten uns bei der Vorbereitung auf die Steuerberaterprüfung kennengelernt und sind seitdem per Du – war immer im Stress.

„Gertrud, du weißt, dass man ernsthafte Probleme nicht übers Knie brechen sollte. Ich habe in ... fünf Minuten einen Mandantentermin. Das wird etwa eine Stunde dauern, danach ...“, Kerstin Neubert wedelte mit der Hand und schüttelte den Kopf. Ich reagierte allerdings nicht darauf, da ich mir auf ihre Zeichensprache keinen Reim machen konnte, „...habe ich Zeit für dich. Ich rufe dann umgehend zurück.“

„Natürlich, sicher! Danke“, sagte Gertrud hastig und bat mich, sie unter ihrer Privatnummer anzurufen, weil sie nicht im Büro sei.

„Herr Söhngen hat den Termin abgesagt, das wollte ich Ihnen vorhin sagen. Und eben hat er ...“

„Er hat abgesagt? Weshalb?“

Sie wies auf die Telefonnotiz, die ich immer noch in der Hand hielt. Ihr war zu entnehmen, dass der Finanzierungsberater der Commerzbank für heute um acht Uhr dreißig einen Termin mit ihm vereinbart hätte und er meine Beratung momentan nicht benötige. Ich blickte irritiert auf.

„Und bevor ich zu Ihnen kam, hat er noch mal angerufen. Ich soll Ihnen ausrichten, dass mit der Bank alles geklärt sei.“

„Und, dass er mich nicht mehr benötigt!“ Mein Sarkasmus war nicht zu überhören.

„So hat er es nicht gesagt. Aber Sie müssten ihn deshalb nicht zurückrufen, sagte er, weil er jetzt auch schon auf einer Baustelle ist. Ich soll Ihnen auch noch ausrichten, dass er sich für Ihre Bemühung bedankt."

Ich war dem Platzen nahe und musste mich zusammenreißen; cholerische Chefs geben immer eine schlechte Figur ab. Dennoch wollte ich vorbeugen, damit ein solches Desaster nicht wieder vorkam.

„Ich hätte mir einige Arbeit sparen können, wenn ich das rechtzeitig gewusst hätte", erklärte ich.

„Ich bin das noch nicht gewohnt, zu entscheiden, wann ich durchstellen kann und wann nicht. Mein vorheriger Chef hat alle Telefonate selbst angenommen." Sie kämpfte mit den Tränen, denn natürlich entging ihr meine Miene nicht, dabei galt mein Ärger weniger ihr als viel mehr den Kollegen, die immer noch ihre Mitarbeiter wie unselbständige Kinder behandelten.

„Ist schon gut, Frau Neubert. Aber wenn Frau Dengler wieder zurück ist, lassen Sie sich bitte von ihr einweisen, unter welchen Bedingungen Sie mich und auch Herrn Dornhagen sofort ansprechen können, auch wenn wir unsere Bürotüren geschlossen haben."

Nun saß ich wieder alleine in meinem Büro und versuchte erfolglos, meinen Frustknoten zu lösen. Schließlich stürzte ich zu Carlo. Zum Glück war er alleine. Noch vor drei Jahren war er Außenprüfer im Finanzamt in Alzey, unserem weinseligen Kreisstädtchen, gewesen. Seine ruhige, faire und trotzdem integre Art seinem damaligen Dienstherrn gegenüber konnte ich über mehrere Jahre beobachten. Als es dann anstand, dass ich meine Kanzlei verkaufen wollte, war er der passende Kandidat. Ich musste meine Entscheidung für ihn noch keinen Tag bereuen. Inzwischen hatte er seine Steuerberaterprüfung abgelegt und ... lebte mit Irene Dengler zusammen. Sie hatten schon lange ein Auge aufeinander geworfen.

Der kleine, leicht untersetzte Carlo saß hinter seinem Schreibtisch, strahlte mich an und wies mit einer einladenden Geste auf den Besucherstuhl davor.

„Was gibt's?“

Ohne Einleitung platzte ich los: „Zig Stunden Arbeit für die Katz. Natürlich hatte ich keinen separaten Vertrag für die Beratung gemacht, wer macht das schon bei langjährigen Klienten. Und jetzt geht der Söhngen ohne das Exposé und ohne mich zur Bank. Weißt du, was mich am meisten ärgert, weißt du das?“

Carlo fuhr sich durch das dichte, schwarze Haar. „Nö, aber du wirst es mir sagen.“

„Es geht mir weniger um das Honorar, das ich nun durch den Kamin jagen kann. Nein, ich habe mich zum Affen gemacht. Ich Trottel habe dem Finanzierungsfuzzi bei der CoBa, diesem Heinemann oder Heinzelmann oder wie der heißt, auch noch die Zahlen vorgelegt. Und der benutzt die gnadenlos, drückt meinem Mandanten eine Feld-Wald-und-Wiesen-Finanzierung aufs Auge, die sein EDV-Programm ausspuckt, und sahnt seine Provision ab. Und wer muss später mit dem Ergebnis umgehen, wenn Söhngen den Kapitaldienst nicht so erbringen kann wie geplant und wenn es an die steuerrechtliche Betrachtung geht? Wir doch. Und die Neubert ist nicht einmal in der Lage, zu entscheiden, wann ...“

„Frau Neubert ist noch recht neu und du wusstest, in welcher Kanzlei sie gearbeitet hat, bevor sie zu uns gekommen ist. Da musst du dich nicht wundern.“

„Carlo, das ist nicht mehr der Beruf, den ich vor über 25 Jahren erlernt habe. Nicht genug, dass wir verantwortlich gemacht werden für die steuerlichen Bocksprünge aller bisherigen Regierungen, dass wir uns dauernd mit neuen EDV-Systemen rumschlagen müssen, die ein Schweinegeld kosten, und damit, dass die Mandanten immer unloyaler werden, von den Banken ganz zu schweigen, haben wir es verstärkt mit Mitarbeitern zu tun, die zu Fachidioten ausgebildet werden und denen die notwendige soziale Kompetenz fehlt. Nur nicht selbst denken.“

„Was willst du tun?“

„Ich mache diese ganze Scheiße nicht weiter mit. Ich habe heute Nacht lange mit Sonja geredet und dabei das Problem beim Namen genannt. Das heißt, Sonja hat es auf den Punkt gebracht: ‚Mach dir nichts vor, Darius', hat sie gesagt, ‚solange du den Stallgeruch deines Berufes in der Nase hast, wirst du immer weitermachen wie bisher.' Und dann sind wir zu der einzigen möglichen Lösung gekommen: Ende des Jahres werde ich ganz aus der Kanzlei aussteigen. Es ist mir klar geworden, dass es *ein bisschen schwanger* halt nicht gibt."

Eigentlich hatte ich das Gespräch darüber in einer vorbereiteten Atmosphäre führen und Carlo nicht zwischen Tür und Angel damit konfrontieren wollen. Der Zorn jedoch hatte es rausgespült. Ich war dadurch ruhiger geworden und nun war ich gespannt auf seine Reaktion.

Er war aufgestanden, um den Tisch gegangen und hatte sich neben mich gestellt. „Steh einmal auf, Darius!"

Verdutzt über diese unerwartete Reaktion kam ich seiner ungewöhnlichen Aufforderung, ohne sie zu hinterfragen, nach. Er machte einen Schritt auf mich zu und umarmte mich. Dann schob er mich ein Stück von sich weg und sagte: „Bravo! Das ist genau die richtige Entscheidung, die war schon lange überfällig. Ich gratuliere dir."

Ich musste ihn äußerst perplex angesehen haben.

„Heh, versteh mich nicht falsch. Ich freue mich nicht, dass du aufhörst. Ich freue mich für dich und Sonja. Ich habe dir viel zu verdanken und viel von dir gelernt Ich werde damit klarkommen müssen und auch klarkommen."

„Na ja, wenn du dann einmal meine Hilfe benötigst ..."

„Nein, mein Lieber. Das würde dir so passen. Kneifen gilt nicht!", lachte er. „Wie hast du eben noch so schön gesagt? *Ein bisschen schwanger gibt es nicht*. Oder wie wir hier sagen: *Wasch mich, abber mach mer de Pelz nedd nass – dess geht hald nedd.*"

Erleichtert ging ich zurück in mein Büro, um Gertrud Faber anzurufen. Wir waren im gleichen Alter. Ihr Mann war vor fast

30 Jahren bei einem Unfall auf dem Weingut *Preuß*, hier in Bernheim, umgekommen. Er war mit der Ehefrau des Winzers wegen einer Inventaraufstellung im Weinkeller, als irgendeine Maschine explodierte und beide dabei tödlich verletzt wurden. Seitdem führte Gertrud die Kanzlei alleine. Ihre Tochter Renate hatte vor 15 Jahren ihre Ausbildung zur Steuerfachangestellten bei mir absolviert und war später zur Polizei gegangen – Kommissariat für Wirtschaftskriminalität. Sie war ein liebenswertes, hübsches und intelligentes Mädchen und Gertruds Ein und Alles. Vor fünf Jahren hatte sie den Enkel der Frau, die mit ihrem Vater umgekommen war, geheiratet; jetzt hieß sie Renate Dohne. Nicht nur das Mandat, sondern vor allem das gemeinsame Schicksal hatte die Familien enger zusammengeführt.

Gertrud hatte mir irgendwann einmal erzählt, dass Renate inzwischen ihren Dienst bei der Polizei quittiert hatte, da sie auf dem florierenden Weingut jede Hand benötigten. Sie kümmerte sich um die Buchhaltung.

Ich wählte Gertrud Fabers Privatnummer. Das Gefühl, dass mir plötzlich ein Stein vom Herzen gefallen war, drückte sich in Heiterkeit aus, die ich gerne teilen wollte: „Na, Gertrud, meine Gute, was kann ich für dich tun?“

„Schön, dass du zurückrufst. Ich habe ein ganz besonderes Problem, mit dem ich nicht klarkomme.“ Ihre Stimme klang bedrückt. Ich kannte das. Man wälzte berufliche Fragestellungen, verrannte sich und sah vor lauter rechtstheoretischen Bäumen den Wald der praktischen Umsetzung nicht mehr.

„Um was geht es? Umsatzsteuer? Einkommensteuer? Vorweggenommene Erbfolge? Betriebsübergabe? Abschreibungen? Gesellschaftsrecht? Sprich dich aus! Manches Mal löst sich alles in Luft auf, in frische Luft.“

„Das aber nicht, Darius. Ich benötige keinen fachlichen Rat. Ich habe ein ganz anderes Problem. Es ist etwas passiert und ich weiß nicht, mit wem ich darüber reden soll, weil du sie doch auch kennst.“

„Wen meinst du mit *sie*?"
„Renate. Sie ist verschwunden, seit einer Woche ... spurlos."

24 Wochen später, Samstag, 24. September 2005

Sonja war über das Wochenende zu einer Weiterbildungsveranstaltung rheinland-pfälzischer Gymnasiallehrer gefahren. Der Termin hatte zwar schon zu Beginn der Sommerferien festgestanden, aber entweder hatte ich ihn verdrängt oder tatsächlich vergessen. Ich hasste die leeren Wochenenden ohne Sonja. Daher reagierte ich auch entsprechend verdrießlich, als sie mich *kurzfristig* damit konfrontierte und mit spitzem Zeigefinger auf unseren überdimensionalen Terminplaner deutete, den sie an der Seitenwand unseres Kühlschrankes befestigt hatte und sorgfältig aktualisierte.

„Ab und zu einen Blick auf den Kalender erspart so manche Überraschung", philosophierte sie. „Wenn du unsere eigenen Termine genau so beachten würdest, wie die in deiner Kanzlei ...", den Rest ließ sie in der Luft schweben. Ich wusste auch so, was sie meinte. Meine erste Ehe mit Beatrice war schließlich vor acht Jahren genau wegen derartiger „Störungen im privaten Betriebsablauf" gescheitert.

Seit zwei Jahren lebten Sonja und ich in meinem kleinen, ehemaligen Winzerhof in Bernheim zusammen und ich gab mir redlich Mühe, die Fehler der Vergangenheit in unserer Beziehung nicht zu wiederholen, auch wenn genetisch verankerte Verhaltensmechanismen, die Männern, und so auch mir, nun einmal zu eigen waren, immer einmal wieder durchschlugen.

Andererseits waren es an diesem Wochenende *Sonjas* berufliche Termine, die unsere Privatheit störten, und darauf wies ich sie auch maulig hin.

„Der PISA-Studie muss Tribut gezollt werden", erklärte sie mir tadelnd. „Unser überirdischer Kopulationskult am Sonntagmorgen wird also bis nächste Woche warten müssen", hatte sie mir schließlich am Freitagnachmittag zum Abschied aus dem offenen Wagen noch zugerufen, wobei sie diese intime Ansage in der Phonzahl eines durchstartenden Düsenjägers von sich gegeben hatte.

Eine Nachbarin, die das freizügige Abschiedsgeplänkel von ihrem Fenster aus beobachtete, winkte mir fröhlich zu. Ich entgegnete ihren Gruß mit dem nichtsagendsten Gesichtsausdruck, dessen ich fähig war. Dabei hoffte ich inständig, dass die Verwunderung darüber, was eine Mathematiklehrerin und ein Steuerberater wohl mit der Veredelung von Reben zu tun haben könnten, noch dazu am heiligen Sonntagmorgen, zu keinen weiteren Gedankenspielen anregen würde.

Aber Sonja wäre nicht meine Sonja, wie sie leibte und lebte, wenn sie nicht noch einen Nachschlag gehabt hätte. „Übrigens", tönte sie mit schlecht gespieltem Bedauern, „ich komme am Sonntag erst sehr spät zurück". Damit war auch der klägliche Rest hormonell basierter Hoffnung, den ich mir hatte bewahren wollen, zerstört.

Was tat ein seriöser Strohwitwer um sich in seiner unbeweibten Askese die Zeit zu vertreiben? Er atmete tief durch und tat sich einen 20-Kilometer-Lauf an. Wenn denn schon das Wochenende mit Sonja ausfallen sollte, so freute ich mich wenigstens auf den jährlichen Volkslauf im Gonsenheimer Wald, der an diesem Samstag stattfinden sollte. Und zur psychischen Vorbereitung, quasi als Hors d'œuvre, wollte ich ein Häppchen Kultur kosten.

Da ich wegen der sportlichen Aktivitäten ohnehin in Mainz war, nahm ich die Gelegenheit wahr, mir vorher die Ernst-Barlach-Ausstellung mit dem verheißungsvollen Motto „Mystiker der Moderne" in der Christuskirche anzusehen. Kurz nach zehn Uhr traf ich in der Christuskirche ein. Die erste Führung des Tages hatte bereits begonnen und so gesellte ich mich, ohne das Objekt, dessentwegen ich hauptsächlich gekommen war, zu beachten, zu einer Gruppe von etwa zehn Personen.

Ein grauhaarig-geknotetes weibliches Wesen, das mühelos selbst die plattesten Vorurteile über „späte Jungfern" im Einzelnen und Kunstführerinnen im Besonderen zu bedienen wusste, stand in geistiger Verzückung vor einer Skulpturengruppe. In einen übergroßen Poncho gehüllt, dessen schrilles Rot eine wahre Folter für jedes halbwegs sensible Auge war, wirkte sie wie ein überdimensionaler Pylon. Dazu trug ihre Körpergröße – ich schätzte sie auf einen Meter achtzig – das seine zu diesem Bild bei.

Ihre höchste Konzentration galt ihrer Aufgabe und ... sich selbst. Mit keinem Blick würdigte sie die an ihren Lippen hängende Gruppe Kunstbeflissener, die wiederum auf ihre eigene Art einem Sketch von „loriotschem" Format entstiegen zu sein schien.

„Ernst Barlach besticht nicht zuletzt durch die Vielfältigkeit seiner Kunst", dozierte Frau Dr. Arunde Kleine-Schmittbauer, wie ihr Namensschildchen preisgab, in professoraler, leiernder Modulation. „Er selbst hat immer darauf hingewiesen, dass der Weg des Bildhauers für ihn der schwerste der drei Wege gewesen sei, nämlich vom Grafiker über den Dichter bis zum Plastiker."

Mit nach vorn ruckendem Kinn, das an einen gurrenden Täuberich erinnerte, stieß sie die jeweiligen Hauptwörter derart heftig hervor, dass sie durch den Nachhall der in Kirchen üblichen Akustik wie Folgeexplosionen von den Wänden und aus der Kuppel zurückgestoßen wurden. Dass sie dabei die Zähne kaum auseinander bekam, verlieh ihrer Darbietung zusätzlich etwas Groteskes.

„Der Plastiker endlich", ruckte sie, „fand den Durchbruch zur Form, die der Vielfalt Einheit, dem Vergleitenden Dauer, dem Einmaligen das Verpflichtende des Gesetzes verlieh. Erst in der Plastik rundete sich das Werk, kam der Suchende in sich wie außer sich aus der Qual des verfließend Subjektiven in die Sicherheit des bleibend Objektiven, in dem sein Wesen wie sein Wollen, sein Warten wie sein Vorwärtsdrängen Sinn, Ruhe, Ziel und die erlösende Aufgabe fand, nach der er mehr als ein Menschenalter umhergetastet hatte."

Unvermutet, aber erlösend kam eine Atempause. Außerdem musste sie ihrem vehementen Speichelfluss mit heftigem Schlucken huldigen, und endlich der erste Blickkontakt.

Während mich ihre verbalen Illustrationen an den Sprachgebrauch von Ministerialerlassen und steuerrechtlichen Gesetzestexten einschließlich ihrer noch mehr verwirrenden Erläuterungen erinnerte, honorierte die menschliche Mauer, die sich in dem Moment gebildet hatte, als ich nachträglich zu der Führung gestoßen war, diese rhetorische Rarität mit zustimmendem Kopfnicken. Begleitet von beifälligem Gemurmel tat man unisono so, als hätte man ihre Allegorien entschlüsselt und auch noch verstanden.

Sichtlich zufrieden mit der anerkennenden Reaktion lief *Jungfer Arunde* nun zur Höchstform auf.

„Die 58 Zentimeter hohe Bronzeplastik *Lesende Mönche römisch drei*, die Sie hier vor sich sehen, schuf Barlach 1932, zu der Zeit der beginnenden Isolation unter dem Nationalsozialismus ..."

„Babba! Heh, Babba!!! Was hadden die Frau da ebe gesachd?", verlangte ein krähendes Kinderstimmchen energisch nach Aufklärung. Und ohne eine Antwort abzuwarten, ließ der kleine Mann sofort die zweite, für ihn bestimmt wichtigere, Frage folgen: „Du, Babba, mohnste dann, die *Nullfünfer* gewinne heut gehsche Dortmund?"

„Johannes, sei still ... psst ... nachher ... jetzt nicht!" Da erst entdeckte ich den genervten und sichtlich überforderten Vater, der vergeblich versuchte, einen quirligen Blondschopf an seiner Hand zu zügeln.

Ich beobachtete das Schauspiel, das mir immer noch allzu vertraut war, mit einem Hauch von Wehmut. (War es nicht erst gestern gewesen, dass meine Söhne Mark und Marius an meiner Hand zerrten, um mich an dem teilhaben zu lassen, was ihre kindliche Neugierde erregt hatte. Und wie selten hatte ich mir selbst die Chance gegönnt, mit den beiden wenigstens für ein paar Sekunden in ihrer Kinderwunderwelt eins zu sein. Heute gingen sie schon längst ihre eigenen Wege.)

Ein erzürnter Blick der Dozierenden und Unmutsäußerungen der Umstehenden waren dazu angetan, das störende Zweigestirn im Boden versinken zu lassen. *Babba* zuckte Verzeihung heischend mit den Schultern und ich erwiderte seinen gequälten Blick mit einem verständnisvollen Grinsen.

„Sie sehen zwei in ein Buch vertiefte Mönche dicht beisammen auf einer Bank sitzen. Ihre gemeinsame Lektüre drückt sich in den zu einer Form verschmolzenen Körpern aus. Feine Unterschiede", nahm Frau Doktor mit scharfer Betonung den Faden wieder auf und wiederholte sich, da einige der Barlachfreunde nach wie vor Giftpfeile in Richtung Vater und Sohn abschossen. „Ich sagte soeben ... hmm, ... feine Unterschiede, also, zwischen den Mönchen, offenbaren sich erst auf den zweiten Blick."

Während sie weitersprach, spähte sie stirnrunzelnd über unsere Köpfe hinweg. Ich folgte ihrem Blick und sah, dass sich der kleine Johannes von der Hand seines Vaters befreit hatte und zielstrebig auf eine Skulptur in der Rotunde der Vorkirche zueilte. Etwa zwei Meter über dem Boden, an zwei kettenähnlichen Stahlstangen aufgehängt, schien sie über einem darunter stehenden, ringförmigen Gitter zu schweben. Es war die Kopie des Güstrower Ehrenmals, besser bekannt als *Der Schwebende* – der hauptsächliche Grund, weshalb ich die Ausstellung besuchte.

Babba schien beruhigt und war offensichtlich zufrieden, dass der Kleine seinen aktiven Störradius um einige Meter verlegt hatte und er selbst nun endlich unbehelligt Frau Dr. Kleine-Schmittbauers weiteren Ausführungen folgen konnte.

„... fällt das Gewand am Oberkörper straffer, der Saum tanzt lebhafter über den Schuh hinab, um an der Seite in fast gotischer Manier sich aufzuwerfen und einzurollen", fabulierte sie zur allgemeinen Beseligung. „Die bronzene Oberfläche der Figuren fängt das Licht vor allem in dieser Kreisform. Abgeschlossen ..." – weiter kam sie nicht mehr. Jetzt nicht und auch nicht mehr für den Rest des Tages.

Als sei es ein vereinbartes Stichwort, beendete das Wort *abgeschlossen*, mit dem sie ihren letzten Satz begonnen hatte, tatsächlich ihre Führung. Die Ereignisse verselbständigten sich und katapultierten sie aus der vergeistigten und metapherngeschwängerten Welt *ihres* Barlachs in die profanen Abgründe der Wirklichkeit. Aber zunächst wehrte sich nicht nur ihr Geist, sondern der aller

Anwesenden, das zu realisieren und anzunehmen, was sich ihnen in den nächsten Sekunden aus einem unschuldigen Kindermund offenbaren sollte.

„Babba, kuck mal, die Frau dahinten, die is ja ganz nackich!" verkündete der kleine Mann, der inzwischen wieder zurückgekehrt war, und deutete auf die Skulptur *Der Schwebende*.

„Johannes!", der Vater sah hilflos um sich in die stummen Gesichter, in denen nur die eine Frage zu lesen war: *Wann hast du endlich diesen Quälgeist im Griff!* „Johannes", flüsterte er für alle vernehmbar und folgte mit dem Blick dem Zeigefinger seines Sohnes, „das ist ein Engel. Und der hängt an zwei Ketten und das sieht nur so aus, als wäre der nackt."

„Babba, des ist 'ne Frau!" Der Junge unterstrich mit einem heftigen Aufstampfen seine flammende Entrüstung über das mangelnde Vertrauen in seine Beobachtungsgabe. „Und die hängt auch nicht an Ketten, die liegt auf'm Boden ... unter dem Engel, in dem Kreis. Da war e Kolter drüber gelegt, und die hab ich weggezoge und da hab ich se dann gesehe", triumphierte er, „kuck doch selber", erklärte Johannes ungeduldig seinem Vater und zog den sich nur leicht Sträubenden in Richtung Vorkirche.

An eine Fortsetzung der Führung war unter diesen Umständen nicht mehr zu denken. Frau Doktor schwieg beleidigt. Kopfschüttelnd zeigte sie ihr Unverständnis für die schlagartige Abkehr des allgemeinen Interesses von Barlachs „Lesenden Mönchen römisch drei". Ihr Missfallen entlud sich in einem stimmlosen aber nicht weniger verächtlichen „Kulturbanausen", wie ich meinte, von ihren Lippen abzulesen. Mit einem Seitenblick konnte ich den lautlosen Ausbruch ihrer Verärgerung wahrnehmen, während der Rest der Gruppe der Vorstellung folgte, die sich unter der Skulptur abspielte, von der uns etwa 25 Meter trennten.

Aus der Distanz erst konnte ich sehen, dass Vater und Sohn im Partnerlook gekleidet waren: dreiviertellange, gelbfarbene Freizeithosen, die von breiten, rot-weißen Trägern gehalten wurden, dazu Trikots, die sie als Fans des 1. FSV Mainz 05 auswiesen. Selbst bei den Frisuren hatte man keine Unterschiede zugelassen und die Haare mit dem Viermillimeteraufsatz der Schneidemaschine kurz geschoren. Lediglich ihre Blickrichtung und natürlich die Körpermaße, unterschieden sie voneinander. Während Johannes nach unten blickte, schaute sein Vater nach oben. Die Dramaturgie ihres Aussehens und ihrer Gebärden erinnerte an die eines Stummfilmes – *Pat und Patachon*, schmunzelte ich innerlich. In diesem Stadium des Geschehens hatte die ganze Sache immer noch einen gewissen Unterhaltungswert für mich.

Johannes deutete jetzt aufgeregt auf eine Stelle innerhalb des ringförmigen Füntengitters. Es war ursprünglich dafür gedacht, ein kostbares Taufbecken zu schützen. Aber jetzt, was verbarg oder schützte es heute?

Beim Betreten der Kirche hatte ich mich auf die bereits im Kreis stehende Gruppe konzentriert und daher nur einen flüchtigen Blick auf die schwebende Skulptur geworfen. Jetzt im Nachhinein erinnerte ich mich, dass mir dabei auch aufgefallen war, dass darunter etwas Dunkelgraues drapiert lag, das wie ein wellenförmiger Bergrücken aussah.

Was also hatte Johannes enthüllt, indem er die Wolldecke, die jetzt als Knäuel außerhalb des Ringgitters lag, zwischen zwei Stäben hindurchgezogen hatte?

Durch die schmiedeeisernen Stäbe konnte man nun selbst aus der Entfernung etwas erkennen, was in mir blitzartig ein Déjà vu auslöste. Niemals würde ich das Ereignis und das Datum vergessen: Es war der 16. Juli 2002, als ich aus ähnlicher Entfernung ein ebenso unidentifizierbares Bündel auf einem Acker ausgemacht hatte, das sich dann als der zerschmetterte und leblose Körper meines besten Freundes Horst Scheurer herausstellen sollte.

Und obwohl meine Gedanken in dem dramatischen Sog der Erinnerung strudelten, konnte ich doch gleichzeitig beobachten, wie Johannes seinen Vater am Ärmel zog, um dessen Blick, der fasziniert an der über ihm schwebenden Skulptur haftete, auf das Objekt am Boden zu lenken.

Widerwillig folgte er der stummen Aufforderung, stutzte, schüttelte ungläubig den Kopf, wischte sich über die Augen, so, als wollte er einen Albtraum auslöschen, blickte wieder nach oben, dann nach unten, erbleichte auf einen Schlag und trat schließlich einen Schritt zurück. Seine rechte Hand fuhr mit einer fahrigen Bewegung zum Mund, die linke packte Johannes an der Schulter. Er zog den Kleinen, rückwärts taumelnd, in unsere Richtung.

Ich hatte mich aus der erstarrten Gruppe gelöst und war auf ihn zugegangen. Mit irrem Blick starrte er mich an, drehte sich dann aber weiter zu der immer noch sprachlosen und entsetzten Gruppe, deutete auf das Gitter und stammelte „da ... da ... die ist tatsächlich tot ... mausetot“ und fügte fast entschuldigend, mit leiser Stimme hinzu, „ich habe so etwas ja noch nie erlebt.“

Wieder einmal, schoss es mir durch den Kopf, wieder einmal war ich früher an einem Tatort, als die Polizei. Ich hoffte nur, dass das nicht zu einer notorischen Bestimmung wurde.

Die Tote lag auf dem Rücken, genau unter *Der Schwebende*. So stirbt man nicht freiwillig und auch nicht durch einen Unfall, fuhr es mir sofort durch den Sinn. Vor allen Dingen diese Frau nicht, nicht SIE!

24 Wochen vorher, Donnerstag, 7. April 2005

Das Wetter hatte sich endlich gebessert und ich fuhr kurz vor elf Uhr bei strahlendem Sonnenschein, der so gar nicht zu dem Anlass meiner Fahrt passte, zu Gertrud Faber. Am Tag zuvor hatte sie mich in der Kanzlei angerufen und mir von Renates Verschwinden erzählt. Sie hatte sich für mehrere Tage aus ihrer Kanzlei abgemeldet und so besuchte ich sie in ihrem Haus in Neu-Bamberg. Das idyllische Dörfchen lag in einem der schönsten Gebiete der Rheinhessischen Schweiz, etwa zehn Autominuten entfernt von Bernheim Richtung Bad Kreuznach. Mein Weg führte mich vorbei am Galgenberg und dem literarisch vielfach beschriebenen Ajaxturm. Während der Fahrt musste ich an das gestrige Telefonat mit Gertrud denken und hatte daher keinen Blick für die pittoreske Landschaft und die Burgruine, die oberhalb auf einem Hügel das Bild der Ortschaft prägte.

Gertrud Faber hatte mir erzählt, dass ihr Schwiegersohn Benjamin am Ostersonntag, also am 27. März, gegen zehn Uhr bei ihr angerufen und sie gefragt hatte, ob sie eine Ahnung hätte, wo Renate sei. Er war aufgewühlt gewesen und hatte ihr erzählt, dass Renate nach einem kleinen Streit, wie er es nannte, mitten in der Nacht die gemeinsame Wohnung auf dem Weingut verlassen hätte, mit der Mitteilung, nie mehr zurückkommen zu wollen. Gertrud war ratlos.

„Ich habe schon seit einiger Zeit gespürt, dass mit ihr etwas nicht stimmt, aber ich kam gar nicht mehr an sie heran. Sie hat seit einigen Wochen so ein merkwürdiges Verhalten an den Tag gelegt und den Kontakt mit mir auf das wirklich Notwendigste reduziert. Dabei war unser Beziehung doch früher immer so eng! Naja, wenigstens hat Renate sich zwei Tage später gegen fünfzehn Uhr dann doch bei mir gemeldet und mir mitgeteilt, dass sie bei Marga Preuß, Benjamins Tante, untergekommen sei. Sie sagte, ich solle mir keine Sorgen machen und dass sie einfach ein paar Tage benötige, um sich zu sortieren, wie sie es ausdrückte. Sie würde sich wieder melden. Sie wäre auch mit allem versorgt, was sie brauche – Auto, Kreditkarte und ausreichend Kleidung. Aber als ich dann am nächsten Tag noch einmal versucht habe, sie über ihre Handynummer zu erreichen, nahm sie nicht ab. Ich habe dann bei Marga angerufen, die mir aber auch nicht viel mehr sagen konnte, als dass Renate noch während der Nacht oder am frühen Morgen ohne vorherige Ankündigung das Haus verlassen hätte."

Seitdem hatte Gertrud nichts mehr von Renate gehört, obwohl sie immer wieder ihre Handynummer wählte. Ihre unbestimmte Befürchtung, dass ihrer Tochter etwas zugestoßen sein könnte, verstärkte sich von Tag zu Tag.

„Erst zieht sie sich Stück für Stück von mir zurück, dann verlässt sie ihren Lebenskreis und nun lässt sie schon seit zehn Tagen nichts mehr von sich hören! Sie hätte doch wenigstens anrufen oder auf meine Anrufversuche auf ihrem Handy reagieren können. Das passt alles nicht zu ihr. Da stimmt etwas nicht, das *spüre* ich." Für einen Moment herrschte Stille, ich hörte sie nur noch atmen. „Ich weiß mir nicht mehr zu helfen. Was soll ich nur tun, Darius?"

Ich versprach Gertrud, sie am nächsten Tag zu besuchen und meinen Freund, Heribert Koman, Kriminalhauptkommissar bei der Polizeiinspektion Alzey, hinzuzuziehen. Er konnte die Angelegenheit als Kriminalbeamter bedeutend effektiver beleuchten als ich und ihr bestimmt das Richtige raten.

Ich bog in eine Spielstraße im Neubaugebiet von Neu-Bamberg ein, an deren Ende Gertrud seit etwa 12 Jahren in einem Einfamilienhaus wohnte. Heribert war bereits da. Von Weitem sah ich ihn neben seinem Dienstwagen stehen, wo er auf mich wartete. Er reckte das Gesicht der Sonne entgegen und tankte offensichtlich Glückshormone nach dem wochenlangen Regenwetter.

Während ich im vorschriftsmäßigen Schritttempo auf ihn zu fuhr, fiel mir unsere erste Begegnung ein. Es war im Juli 2002 an dem Acker, an dem meine Hunde die Leiche meines Freundes Horst aufgespürt hatten. Ein freundlich aussehender Mann in Zivil, ich schätzte ihn damals auf Ende 40 – heute ist er 51, sechs Jahre jünger als ich – war auf mich zugekommen. Seinerzeit war er noch etwas schlanker gewesen, aber bei seiner Größe von 1,95 Meter fiel das kaum auf. Allerdings hatten sich seine Haare inzwischen meiner Frisur angeglichen. Sie waren weniger, zum Ausgleich jedoch auch grauer geworden.

Der freundliche Eindruck hatte sich sehr schnell verwischt, als er mich ohne eine erklärende Vorbemerkung gefragt hatte, ob ich Horst umgebracht hätte, was nicht gerade dazu hatte beitragen können, die erste Wahrnehmung des Hauptkommissars Heribert Koman wenigstens neutral zu gestalten. Und als er mich auch noch über Horst ausfragen wollte, der nicht nur mein Freund, sondern auch einer meiner Mandanten gewesen war, konterte ich mit einer hochgestochenen Reaktion. Ich verwies auf meine Verpflichtung zur Verschwiegenheit und zitierte aus meiner Berufsordnung. Ich erinnerte mich noch gut an unsere ebenso kurze, wie lächerliche Auseinandersetzung, die sich daran anschloss. Heribert beendete sie mit der Erklärung: „Wollen wir uns hier Paragrafen um die Ohren schlagen oder möglichst schnell den Tod Ihres Freundes klären!? Ihre Schweigepflicht, verehrter Herr Schäfer, interessiert mich dabei nämlich, verzeihen Sie bitte den Ausdruck, einen Scheiß.“ Seitdem war er mir sympathisch. Allerdings bedurfte es noch mehrerer verbaler Scharmützel bei einem weiteren Fall bis wir, mit der Unterstützung einiger Flaschen Rheinhessenwein, den *Beginn einer wunderbaren Freundschaft à la Rick Blaine und Victor László* einläuteten.

Gertrud hatte uns bereits durch das Küchenfenster gesehen und öffnete die Haustür, bevor wir klingeln konnten. Sie sah müde und angespannt aus und ihre sonst stets frische Gesichtsfarbe war einer kränklichen Blässe gewichen. Sie musste meinem Blick entnommen haben, dass mich ihr Anblick erschreckt hatte. Als sie uns in das zum rückwärtigen Garten gelegene Wohnzimmer geführt und gebeten hatte, Platz zu nehmen, erklärte sie, dass sie schrecklich aussehen müsse, seit Tagen habe sie kaum geschlafen.

Während sie uns Kaffee einschenkte, der in einer großen Kanne schon bereitstand, beobachtete ich sie. Gertrud war ansonsten eine attraktive, sehr gepflegte Erscheinung. Nicht nur wegen ihrer zierlichen Gestalt – sie war etwa 1 Meter 65 groß – schätzte man sie auf höchstens Anfang 50, sondern auch wegen ihrer blonden, kurz geschnittenen Haare, denen zumindest ich nicht ansehen konnte, ob sie in einer natürlichen Farbe getönt oder einfach noch nicht ergraut waren. Aber heute sah man ihr ihre 58 Lebensjahre an.

Sie hatte die Kaffeekanne abgesetzt und offerierte mit einer einladenden Geste Milch und Zucker.

„Wo kann sie nur sein, Darius? Du kennst Renate doch auch. Das ist einfach nicht ihre Art!“ Gertrud sah dabei aber nicht mich an, sondern Heribert, wobei ihre Mimik vom Zweifel zur Verwunderung wechselte. „Sagen Sie, sind Sie etwa der Heribert Koman, bei dem meine Tochter ihr Polizeipraktikum absolviert hat? Na, sie müssen es sein. Es wird ja kaum mehrere Hauptkommissare in Alzey mit demselben Namen geben.“

„Das stimmt, Frau Faber“, er neigte sich ihr leicht zu, „Ihre Tochter Renate war vor sechs Jahren auf meiner Dienststelle. Ich erinnere mich sehr gut an sie.“

Ich traute meinen Ohren nicht. „Weshalb hast du mir denn davon gestern nichts gesagt.“

„Ganz einfach“, grinste er schief. „Hattest du mich über meine Telefondurchwahl erreicht? – Nein, denn dein Anruf wurde auf die Zentrale umgeleitet, weil ich gerade in einer Vernehmung war. Und erinnerst du dich, was der diensthabende Kollege dich fragte?“

„Mhm, er wollte wissen, ob es dringend sei. Und ich sagte, dass es unaufschiebbar sei und ich dich nur ganz kurz etwas fragen müsse.“

„Also hat er dich mit mir verbunden. Du hast gesagt, worum es geht, und ich habe versprochen, heute vorbeizukommen, aber in dieser Situation hatte ich nicht noch Zeit, dir zu erklären, dass

Renate mehrere Monate bei mir in der praktischen Ausbildung war."

„Ein kleiner Hinweis nur ...", nörgelte ich.

„Darius, du solltest wirklich ab und zu meinen Job machen. Willst du gestört werden, wenn du ein Mandantengespräch hast?"

„Rhetorische Frage", wehrte ich ab.

„Na also." Er besann sich wieder auf das Wesentliche unseres Besuches. „Entschuldigung, Frau Faber, Herr Schäfer ist manchmal so nervtötend detailversessen. Kann es einfach nicht ertragen, wenn er nicht alles weiß."

„Ist schon in Ordnung", Gertrud lächelte zum ersten Mal, „Ich kenne Darius schon länger. Sie dürfen es ihm aber nicht übel nehmen. Das liegt an unserem Beruf."

Heribert blickte nachdenklich erst sie, dann mich an. „Mhm, vermutlich haben Sie Recht; damit redet er sich auch immer raus. Aber kommen wir zu dem Grund unseres Besuches."

„Sie haben Recht. Also, das letzte Lebenszeichen meiner Tochter war dieser Anruf bei mir am 29. März. Da sagte sie, sie benötige ein paar Tage, um Abstand zu gewinnen, und sie würde sich bald wieder melden. Außerdem bat sie inständig darum, dass wir ihren Entschluss respektieren und nicht nach ihr suchen sollten. Sie käme schon alleine zurecht."

„Wen meinen Sie mit ‚wir'?"

„Mich, ihren Mann und dessen Familie. Sie wohnt ja in Bernheim auf dem Weingut."

„Und wie steht ihr Mann zu der Sache?"

„Er meint, wir sollen abwarten. Renate würde sich bestimmt bald wieder ‚einkriegen'. Außerdem will man nicht, dass etwas an die Öffentlichkeit kommt."

„Man?" fragte ich.

„Ich denke, mit man ist hauptsächlich Johann Preuß gemeint."

Heribert fragte nach den Familienbeziehungen

„Da ist Benjamin, Renates Mann, der Sohn von Günther und Gerlinde Dohne. Gerlinde ist die Tochter von Johann und Thea

Preuß. Thea ist vor 28 Jahren mit meinem Mann bei einem Betriebsunfall auf dem Gut umgekommen." Sie seufzte kurz. „Ist lange her, aber ich vermisse ihn immer noch. Gerade jetzt, in dieser Situation."

„Johann Preuß", erklärte ich Heribert, „ist der Patriarch. Er hat das Weingut aufgebaut. Aber viel mehr weiß selbst ich als Dorfbewohner nicht. Die Preußens leben sehr zurückgezogen."

„Die gesamte Familie Dohne verhält sich so", seufzte Gertrud erneut. „Oder hat Renate dich auch nur ein einziges Mal in deiner Kanzlei besucht, obwohl sie über zwei Jahre bei dir gearbeitet hat?"

„Nicht, dass ich wüsste."

„Wer wohnt noch auf dem Weingut?", fragte Heribert.

Gertrud überlegte kurz und zählte dann auf: „Da ist noch Benjamins älterer Bruder Andreas, verheiratet mit Marlies, einer geborenen Strack. Sie entstammt einer Weinbaufamilie in Eckelsheim. Und dann natürlich Johann Preuß. Obwohl er nach seinem Unfall vor 20 Jahren seiner Tochter Gerlinde den Betrieb übertragen hat, bestimmt er weiterhin das Geschehen auf dem Weingut. Der Mann ist noch topfit und regiert mit seinen 87 Jahren aus dem Rollstuhl heraus die gesamte Familie. Und die reagiert brav und unkritisch, wie auf Knopfdruck."

„Klingt so, als ob du mit der Wahl deiner Tochter nicht so ganz einverstanden bist."

„Ach weißt du, Darius, wenn man ein Mandat seit so vielen Jahren betreut, offenbart sich einem einiges. Mehr möchte ich dazu nicht sagen."

Heribert hatte sich Notizen gemacht und stellte noch eine Lücke fest.

„Was ist denn mit der zweiten Tochter, dieser Marga, bei der Renate übernachtet hat?"

„Die hat ein eigenes Haus in Bernheim. Mit ihrer Familie hat sie kaum mehr Kontakt. Eigentlich überhaupt nicht."

„Weshalb nicht?"

„Keine Ahnung, Herr Koman. Dieses Thema ist ebenso tabu, wie die Ursache für Johanns Behinderung. Es wird gemunkelt, dass Marga als Teenager schwanger war und damit nach Ansicht ihres Vaters Schande über die Familie gebracht hat."

„Leben wir noch im Mittelalter? Ist die Erde etwa doch eine Scheibe?" Heribert schüttelte zweifelnd den Kopf.

„Er ist halt ein typischer Patriarch, im 1. Weltkrieg geboren und auf dem Dorf aufgewachsen. Was will man da anderes erwarten? Und alles, was sich ungünstig auf den Namen Preuß und inzwischen auch Dohne auswirken könnte, darf nicht an die Öffentlichkeit gelangen – nur kein Aufsehen."

„Das wird dann auch wohl der Grund dafür sein, dass keine Vermisstenanzeige bei uns eingegangen ist", stellte Heribert fest.

„Johann Preuß hat Dr. Roland Katzenborn konsultiert, den Familienanwalt in Bad Kreuznach. Der bestätigte ihm, was er wohl wissen wollte: Aufgrund der bekannten und belegbaren Tatsachen läge ein freiwilliger und selbstbestimmter Entschluss, kein Verbrechen und offenbar auch keine Gefahr für Renate vor. Außerdem sei sie volljährig. Also müsse man die Polizei nicht informieren und könne nach eigenem Gutdünken verfahren. Er empfahl, eine Detektei einzuschalten, mit der er bereits gute Erfahrungen gemacht hätte. Wie sehen Sie das, Herr Koman?"

„Zu allererst bin ich absolut skeptisch bei Vorschlägen, die von einem Herrn Dr. Roland Katzenborn kommen. Gegen ihn liefen bereits mehrere Ermittlungsverfahren."

„Was hat der denn gedreht? Ich kenne ihn nämlich auch. Nicht direkt, einige meiner Mandanten beauftragen ihn gelegentlich", fragte ich dazwischen.

„Darüber darf ich dir keine Auskunft geben."

„Aber dass gegen ihn Ermittlungsverfahren liefen, darfst du erzählen?"

„Herrje, Darius!" Heribert verdrehte entnervt die Augen, „jedenfalls sind alle Verfahren im Sande verlaufen. Er scheint einflussreiche Freunde zu haben."

Er wandte sich wieder Gertrud zu: „Ich erkläre Ihnen zuerst die Rechtslage, dann unterhalten wir uns darüber, was wir trotzdem unternehmen können."

Gertrud nickte und ich war gespannt, mit welcher Überraschung unser deutsches Recht in diesem Fall, den ich natürlich nicht objektiv betrachten konnte, aufzuwarten hatte.

„Eine der Polizeidienstvorschriften, die wir zu beachten haben, es ist die 389, regelt unseren Einsatz bei Vermissten, unbekannten Toten und unbekannten hilflosen Personen. Als vermisst gelten danach Personen, wenn sie ihren gewohnten Lebenskreis verlassen haben, ihr Aufenthalt unbekannt ist und – das ist entscheidend – wenn eine Gefahr für Leben und Gesundheit angenommen werden kann. Bei Kindern und Jugendlichen wird grundsätzlich von dieser Gefahr ausgegangen. Deshalb nehmen wir bei einem vermissten Kind oder Jugendlichen auch gleich die Ermittlungen auf.

Bei vermissten Personen, die über 18 Jahre alt sind, beginnen wir nur bei Vorliegen besonderer Voraussetzungen mit den Ermittlungen. Dazu müssen nämlich konkrete Anhaltspunkte vorliegen. Zum Beispiel Hinweise darauf, dass ein Unglück oder eine Straftat vorliegen könnte. Stellen Sie sich vor, Frau Faber, Renate hätte eine Bergtour gemacht und würde nach Ende des Urlaubs nicht nach Hause kommen. Wenn sie dann von ihrem Mann oder von Ihnen als vermisst gemeldet würde, würden wir sofort die Ermittlungen aufnehmen. Das Gleiche gilt, wenn jemand verschwindet, der geistig verwirrt oder suizidgefährdet ist."

„Und wenn wir einfach eine Gefahr unterstellen, etwas konstruieren?", dachte ich laut nach.

„Vergiss es! Wenn wir Renate tatsächlich auffinden würden und es sich weiterhin herausstellte, dass sie ganz bewusst von zuhause weggegangen ist, dann dürften wir den Angehörigen nur dann ihren Aufenthaltsort preisgeben, wenn sie damit einverstanden wäre."

„Aber was tun wir nun? Darius? Herr Koman? Ich mache mir halt Sorgen."

„Frau Faber hat Recht. Dieses Verhalten ist nicht typisch für Renate“, stimmte ich ihr zu.

„Natürlich könnte ihr etwas zugestoßen sein. Aber sie ist ein freier Mensch. Wissen Sie, Frau Faber, jährlich werden etwa 100 000 Menschen in der Bundesrepublik als vermisst Gemeldete registriert, etwa 45 000 Kinder und Jugendliche und 55 000 Erwachsene. Die meisten sind kurze Zeit später wieder zuhause.“

„Und innerhalb wie kurzer Zeit?“, fragte Gertrud unsicher.

„90 Prozent dieser Fälle regeln sich innerhalb eines Monats.“

„Und was ist mit den restlichen zehn Prozent?“

„Solange noch Hoffnung besteht, werden auch die nicht so einfach zu den Akten gelegt. Ein Kollege aus Wien erzählte mir, dass seit 1998 ganz oben auf seinem Schreibtisch der Ermittlungsvorgang eines entführten Mädchens liegt, den er immer wieder auf nimmt. Der Fall dieser Natascha Kampusch, so heißt sie, glaube ich, geistert daher auch immer wieder durch die österreichische Presse. Er wird erst dann abgeschlossen sein, wenn Gewissheit über ihr Schicksal besteht.“

„Also, was schlägst du nun vor?“ Ich fand, dass Heribert unsere Geduld etwas zu sehr strapzierte.

„Die Idee mit dem Privatdetektiv ist in diesem Fall grundsätzlich nicht unbedingt schlecht.“

„Aber?“

„Ich betrachte die Erfolgsaussichten ohne weitere Anhaltspunkte als äußerst gering. Wir sind nicht in den USA. Bei polizeilichen Maßnahmen haben wir Möglichkeiten, die einer Privatdetektei nicht zur Verfügung stehen. Wir können eine normale Fahndung anlaufen lassen, das ganze Programm, je nach Sachlage.“

„Und was wäre das? Vielleicht kann ich ja etwas aus diesem Programm, wie du es nennst, übernehmen.“

Heribert runzelte die Stirn. „Das ist eine ganze Palette. Da ist zuerst einmal die Durchsuchung aller Wohnungen, in denen Renate gelebt hat, und die Befragung der Personen im sozialen Umfeld, die Auswertung von Tagebüchern, Adressbüchern, Briefen, Computerdaten. Dann der Abgleich mit Daten, also zum Beispiel Passagierlisten, Kreditkartenumsätze, Telefonverbindungen, Krankenhäuser, unbekannte Tote und eventuell die Register der Botschaften. Genügt das?“ Er hielt inne.

„Weiter“, forderte ich

„Na gut. Ortungen, Absuchen bestimmter Gebäude und Landstriche, Öffentlichkeitsfahndung mit Kfz-Kennzeichen, Aushang ihres Fotos bei den Polizeistationen, Handzettel, Steckbriefe in öffentlichen Gebäuden, Funkrundsprüche, Aufrufe im Internet und im Rundfunk, Aktenzeichen XY und so weiter. Such dir etwas aus!“

Ich horchte auf. „Ortungen? Sagtest du Ortungen? Ihr Handy ...“ Die zaghafte Hoffnung wurde durch Heriberts Kopfschütteln schneller erstickt als sie aufgeglommen war. Ich schaute Gertrud an, aber sie schien Heriberts Aufzählung überhaupt nicht registriert zu haben.

Unvermittelt fragte sie: „Und wenn sie sich überhaupt nicht mehr meldet?“ Lange genug hatte sie Haltung bewahrt, aber nun war die Verzweiflung in ihrer Stimme nicht mehr zu überhören.

„Damit müssen Sie rechnen, Frau Faber. Auch das kommt immer wieder vor. Manche Menschen sehen in ihrer Verzweiflung nur die Flucht aus ihrem sozialen Umfeld als einzige Chance zum Neubeginn.“

„Ist das nicht feige? Das ist doch nicht meine mutige Renate?“, murmelte Gertrud fast unhörbar.

Heribert schüttelte energisch den Kopf. „Im Gegenteil. Es gehört Mut dazu, sein gewohntes Umfeld zu verlassen. Feige ist es, wenn jemand einer Katastrophe entkommt und diese Situation zum Verschwinden nutzt. So, wie es wohl Hunderte bei dem Tsunami vor einem viertel Jahr gemacht haben dürften. Renate ist eine selbstbewusste und erfahrene Frau. Sie bestimmt ihr Leben nach ihren eigenen Regeln und Vorstellungen. Wir müssen das respektieren.“

„Aber sie ist doch mein Kind. Wir hatten doch immer eine enge, vertrauensvolle und innige Beziehung! Seit dem Tod ihres Vaters, sie war damals fünf Jahre alt, gab es nur noch uns. Schon mit vierzehn, fünfzehn Jahren hat sie in ihrer Freizeit in der Kanzlei mitgearbeitet. Wir hatten nie Geheimnisse voreinander, bis ...". Sie griff zu einem Papiertuch und wischte sich über die Augen.

Heribert hatte sich in seinem Sessel aufgerichtet und fragte mit rauer Stimme: „Bis ...? Gibt es ein Schlüsselerlebnis, ein Ereignis, einen Zeitpunkt, an dem Sie eine Veränderung in ihrem Verhalten festmachen können?"

„Jetzt, wo Sie so direkt fragen, fällt mir etwas ein. Schon im letzten Sommer hatte ich den Eindruck, dass sie etwas bedrückt. Auf meine Nachfragen hat sie aber nur ausweichend geantwortet. Sie sagte etwas von der Arbeitsbelastung auf dem Weingut, langwierige Diskussionen mit ihrem Mann und ihrer Schwiegermutter wegen Nichtigkeiten. Es wären halt die typischen Konflikte, wenn man Familie und Beruf verquicken würde, nichts Dramatisches, das würde sich schon wieder legen, sagte sie."

„Sonst noch etwas, Gertrud?"

„Ja, da war noch etwas." Sie überlegte kurz. „Seitdem wurde sie noch einsilbiger. Renate hat ja auch immer noch ihr Zimmer hier im Haus. Mit Kindheitserinnerungen und all ihren Unterlagen aus der Ausbildung bei dir, Darius, und von der Polizeischule. Auch von später noch, als sie schon in Mainz diese Sonderkommission übernommen hatte, hat sie noch Papiere in ihrem Schreibtisch. Kurz vor Weihnachten letztes Jahr war sie hier, weil sie etwas nachsehen wollte. Es hätte etwas mit ihrem früheren Chef zu tun."

„Hat sie einen Namen genannt?" Heribert blickte sie angespannt an.

„Darauf besinne ich mich nicht mehr. Aber er war wohl einige Tage zuvor bei einem Verkehrsunfall ums Leben gekommen."

„Etwa Korfmann, Ulf Korfmann?"

„Ja, genau, das war sein Name. Hat das etwas zu bedeuten?"

Heribert zuckte mit den Schultern, wirkte aber plötzlich merkwürdig erleichtert. „Ich kann es mir nicht vorstellen. Der Kollege Korfmann hatte nach dem Ausscheiden ihrer Tochter als Leiter des

Kommissariats vorübergehend auch die Leitung der SoKo übernommen. Würden Sie mir denn die Unterlagen überlassen? Vielleicht finde ich doch etwas, was uns weiterbringt."

„Ich weiß nicht. Wenn Renate ...", Gertrud blickte mich fragend an.

Ich nickte aufmunternd und sie forderte Heribert auf, mit ihr in Renates Zimmer zu gehen, da er sich mit den Dokumenten bestimmt besser auskennen würde als sie.

Ich erhob mich von der weichen Couch, um mir ein wenig Bewegung zu verschaffen und trat an das große Blumenfenster. Es nahm fast die gesamte Länge des Wohnzimmers ein und gab über eine Terrasse den Blick in einen gepflegten Garten frei, in dem sich endlich der Frühling breitmachen durfte. Gertrud beschäftigte einen Gärtner, der sporadisch kam und den Garten in Schuss hielt.

Ich dachte über ihre Situation nach. Wir trafen uns mehrmals im Jahr in einem Netzwerk mit anderen gleichgesinnten Kolleginnen und Kollegen in Frankfurt zum Erfahrungsaustausch. Da war sie stets der fröhliche und schlagfertige Mittelpunkt. Aber ich glaubte, diese Treffen gehörten zu den seltenen Momenten in ihrem Leben, in denen sie ihren persönlichen Ballast für kurze Zeit abwerfen konnte. Seit dem Tod ihres um fast zwanzig Jahre älteren Mannes hatte sie nur noch für Renate und ihre Kanzlei gelebt. Sie hatte ihre Tochter zum Mittelpunkt ihres Lebens gemacht. Ohne diese fehlte ihr ein Teil ihres Selbst.

Gertrud und Heribert kamen wieder zurück, als ich mir gerade eine weitere Tasse Kaffee einschenkte. Heribert legte einen cirka 20 Zentimeter hohen Packen, bestehend aus mehreren, unterschiedlich gefüllten Hängeheftern auf dem Couchtisch ab.

„Offensichtlich Kopien von Ermittlungsakten der *SoKo Rheinhessennetz*", sagte er mit bedenklicher Miene. „Das ist mir völlig unverständlich. Renate weiß, dass so etwas nicht gestattet ist. Ich werde die Unterlagen behalten müssen, Frau Faber."

Gertrud deutete bedrückt auf Heriberts Ausbeute. „Da hätte ich Ihnen das wohl besser nicht erzählt?"

„Ich schaue mir zuerst einmal an, worum genau es sich handelt. Wenn Renate wieder da ist, werde ich sie dazu befragen, bevor ich weitere Maßnahmen einleite. Ohne Renate läuft da nichts. Das nehme ich vorläufig auf meine Kappe. Das bin ich ihr einfach schuldig ... als ihr Pate in der Inspektion."

„Sie mögen sie", stellte Gertrud fest.

„Ja, ich mag sie. Sehr sogar." Heribert senkte seinen Blick. „Sie ist ein ganz besonderer Mensch, eine ganz besondere ... Kollegin", bestätigte er zögerlich, fast andächtig.

Ich wunderte mich ein wenig über seine Anwandlung, schob aber jeden weiteren Gedanken beiseite und schloss mich seiner Würdigung vorbehaltlos an. Schließlich hatte auch ich mir über zwei Jahre lang ein Urteil über sie bilden können.

Am Sprachgebrauch von Gertrud und Heribert war mir etwas aufgefallen. „Ich betrachte es übrigens als gutes Zeichen, dass ihr beide in der Gegenwartsform von Renate sprecht. Also, Heribert, was meinst du, was kann man nun tun? Die Fakten sind: Renate ist verschwunden, die Polizei darf nicht ermitteln, Frau Faber möchte etwas unternehmen. Das verstehen wir doch beide – oder?"

„Natürlich verstehe ich das, aber ..." In Heribert fochten Kopf und Bauchgefühl einen heftigen Kampf aus.

„Können Sie nicht ... inoffiziell sozusagen ... oder Urlaub nehmen ... ich würde natürlich auch für alle Kosten aufkommen." Gertrud musste sich ganz offensichtlich überwinden, Heribert diese Bitte zu unterbreiten, von der sie genau wusste, dass sie eigentlich unzumutbar war.

„Frau Faber, ich unterliege dem Beamtengesetz. Das macht nicht halt vor Privataktionen, die ursächlich mit meinen hoheitlichen Aufgaben zu tun haben."

„Und wenn ich ...?"

„Was willst du denn tun, Darius? Mit einem Bild von Renate durch die Fußgängerzonen laufen und die Passanten befragen? Wenn wir wenigstens den geringsten Anhaltspunkt über ihren Aufenthaltsort hätten. Aber so?!"

„Gibt es einen Ort, den sie mag, wo sie sich auskennt, oder hat sie Freunde, bei denen sie für einige Zeit unterkommen könnte?“, fiel mir ein.

Gertrud schüttelte den Kopf. „Wenn ich darauf eine Antwort wüsste, hätte ich schon von mir aus etwas unternommen. Seit sie verheiratet ist, weiß ich auch in dieser Beziehung rein gar nichts mehr von ihr.“

„Und wenn sie in ein Hotel geht oder Geld abhebt oder einkauft, dann müsste man doch feststellen können, wo sie mit ihrer Kredit- oder mit ihrer Scheckkarte bezahlt hat. Sie hat ein eigenes, gut gefülltes, Konto bei der Kreissparkasse in Wöllstein. Das weiß ich, da ich ihre Steuererklärung in meiner Kanzlei mache.“

„Gertrud, du weißt es doch am besten, dass auch die sich hinter ihren Gesetzen verschanzen. Höchstens Heribert könnte das.“

„No way! Oder denkst du, nur aufgrund meines Dienstausweises öffnen die mir ihre Konten? Da benötige ich selbst bei einer offiziellen Ermittlung Unterstützung vom Staatsanwalt.“

Ich gab nicht auf. „Könnte man eventuell aufgrund der Kleidung die sie mitgenommen hat, auf eine Spur schließen?“

„Woher soll ich denn wissen, was sie mitgenommen hat. Vielleicht weiß Benjamin etwas darüber oder Marga. Soll ich ihn anrufen?“ Gertrud war schon aufgestanden, als Heribert sie zurückhielt.

„Einen Moment noch.“ Er lehnte sich zurück und dachte kurz nach, bevor er aufstand und vor dem Tisch auf und ab ging.

„Die Idee, ihre Banktransaktionen zu verfolgen, finde ich eigentlich ganz gut. Frau Faber, Sie sollten vielleicht doch versuchen über den Kontoführer bei der Kreissparkasse einen Auszug zu bekommen. Sagen Sie einfach, Sie benötigen ihn für eine steuerliche Angelegenheit. Und wenn das nichts hilft, dann könnten Sie auf, ich sage einmal, zwischenmenschlicher Basis, mit dem Filialleiter ein Arrangement treffen. Innerhalb von zehn Tagen müsste Renate ja irgendwo Geld abgehoben oder mit einer Karte bezahlt haben. Und selbst wenn sie den Ort wechselt, ließe sich daraus eine Art Spur mit einem Muster ableiten “

Gertrud ging sofort auf den Vorschlag ein. Sie wollte sich gleich nach unserem Gespräch darum kümmern.

„Und du, Darius, sprichst mit Marga Preuß und Benjamin Dohne."

Ich nickte. „Gertrud, avisierst du mich bitte für heute Abend, so ab neunzehn Uhr?"

„Natürlich. Falls es bei einem nicht passen sollte, rufe ich dich an."

„Und ich", Heribert hatte seinen Spaziergang eingestellt und stand nun ruhig vor uns, „ich werde nach Durchsicht von Renates Kopien ein paar unverfängliche Gespräche mit einigen Kollegen in Mainz führen. Die *SoKo Rheinhessennetz* wurde kurz nach Korfmanns Tod aufgelöst, da es zu keinen greifbaren Ergebnissen gekommen war. Das liegt nun schon einige Monate zurück, und da ist man dann schon eher einmal dazu bereit, einem Kollegen von einer anderen Inspektion etwas aus der Gerüchteküche kosten zu lassen."

Als Gertrud uns vor die Haustür brachte, blieb sie zwischen uns stehen, legte ihre Arme um unsere Schultern, drückte uns leicht und sagte leise. „Danke, vielen Dank." Dann drehte sie sich ohne weiteren Abschiedsgruß um und schloss die Tür hinter sich.

Ich wollte gerade in mein Auto steigen, als Heribert hinter mir herrief: „Einen Moment noch." Er kam zu mir. „Bitte kein Wort darüber zu Dagmar." Ich sah ihn irritiert an. „Ich will sie da nicht mit hineinziehen. Sie fühlt sich wohl bei uns in der Inspektion und hat eine Aufgabe, die sie erfüllt. Das möchte ich nicht gefährden, falls in dieser Sache doch noch eine Bombe hochgehen sollte."

„An was denkst du? Etwas Konkretes?"

„Weiß ich nicht. Nur so ein Gefühl. Das ist wie bei einer Melodie. Du meinst, dass du sie schon einmal gehört hast und dass sie dich an einen Ort, an eine Begebenheit erinnern müsste, aber es fällt dir partout nicht ein, wo und was. Na ja, lass mal. Mach's gut."

„Ich rufe dich spätestens übermorgen an und informiere dich, was ich von Marga Preuß und Benjamin Dohne erfahren habe."

„Aber morgen bitte nicht vor elf. Ich habe eine Vernehmung und davor ist die wöchentliche Frühbesprechung, du verstehst."

Das hohe, zweiflüglige Holztor in der Langgasse, die den östlichen Ortsrand begrenzte, war geschlossen. Die holzgeschnitzte Hausnummer 12, die auf dem rechten Flügel angebracht war, konnte man nicht übersehen. Aber erst nach intensiver Suche entdeckte ich das kleine Namensschild mit der Inschrift *Marga Preuß* und den kleinen Klingelknopf darunter an der Hausmauer, die in der Verlängerung des Tores das Grundstück zur Langgasse begrenzte.

Ich hatte den Eindruck, dass sie schon hinter dem Tor auf mich gewartet hatte, so schnell wurde es geöffnet und hinter mir wieder geschlossen. In dem etwa einhundert Quadratmeter großen, mit altem Kopfsteinpflaster befestigten Innenhof begrüßte mich eine grauhaarige, schlanke Frau. Sie war einen guten Kopf kleiner als ich und beobachtete mich, trotz der stahlblauen Augen, mit fast ängstlicher Zurückhaltung. Die Inkarnation der verblühten Schönheit, dachte ich, als ich in ihr Gesicht blickte. Nicht ihr Alter, denn sie war erst Anfang 40, sondern das, was sie erlebt haben musste, hatte seine Spuren hinterlassen. Trotz ihres dunklen Teints, der ihr ein gesundes Aussehen verlieh, hätte ich sie auf über fünfzig geschätzt, wenn Gertrud mir nicht ihr Alter verraten hätte. Sie war mit einer grünen Latzhose und einem kurzärmligen, braunen T-Shirt bekleidet. Ihre Füße steckten in weißen Clogs, wie man sie oft bei Ärzten sah.

„Schauen Sie sich nur um, Herr Schäfer", sagte sie und begleitete ihre Aufforderung mit einer sanften, raumgreifenden Geste, „das ist mein Lebensraum. Hier fühle ich mich wohl, seit über 20 Jahren, wie Sie ja auch an meiner Aufmachung erkennen." Sie grinste und strich mit der Rechten über ihre Arbeitshose. „Ursprünglich war das einmal ein bäuerliches Anwesen, kein großes, eher ein ärmliches. Das sieht man an der Konstruktion. Ständerbauweise, ausgefüllt mit Sandsteinen, aber nicht von den Steinmetzen aus den Bernheimer oder Flonheimer Steinbrüchen, sondern Bruchsteine vom Feld. Doch es steht sicher, seit über 200 Jahren. Dieses Haus hat die napoleonische Herrschaft und mehrere Kriege überstanden." Stolz klang aus ihrer Stimme. Man spürte, dass das Haus für sie ein Eigenleben hatte und dass sie sich über seine Standhaftigkeit definierte. Es schien ihr Sicherheit zu geben.

„Ich habe im Laufe der Zeit alles authentisch saniert, allerdings technisch auf den neuesten Stand gebracht und so eingerichtet, wie es mir gefällt. Auch wenn der Vorbesitzer schon vieles gemacht hatte, er war Handwerker, ein verrückter Kerl. Was der nicht alles eingebaut und umgebaut hat. Aber auch ohne aberwitzige Ideen ist so ein altes Gebäude wie ein Fass ohne Boden." Wem sagte sie das, fragte ich mich. „Aber mir kann das egal sein. Don Johann Preuß zahlt schließlich alles, nur damit ich mich von der Familie fern halte."

Ihre Stimme verhärtete sich, als sie den Namen ihres Vaters aussprach. Und ich war irritiert. Nicht, weil sie über ihn sprach, als sei er eine fremde Person, sondern weil sie sich mir so schnell öffnete. Gut, Gertrud hatte mich avisiert und ihr erzählt, weshalb ich sie aufsuchte, und sie wusste mich als Dorfbewohner einzuordnen. Aber weshalb sie mir ohne Not derart persönliche Dinge so schnell offenbarte, war mir unerklärlich.

„Ich kenne inzwischen jede Ecke und jeden Winkel hier. Diese alten Häuser stehen oft auf den Grundmauern noch älterer Häuser, die irgendwann abgetragen wurden, um an der gleichen Stelle ein neues zu errichten. Da stößt man auf allerhand außergewöhnliche und merkwürdige Dinge."

Auf ihren Vorschlag hin blieben wir im Freien. Die Sonne hatte schneller, als es die letzten Tage hatten vermuten lassen, die Temperaturen nach oben getrieben und es war auch jetzt, kurz nach 19 Uhr, noch angenehm warm.

„Bitte nehmen Sie Platz", sie deutete auf eine wetterfeste Sitzgruppe, die von einem überdimensionalen blauen Sonnenschirm und mehreren in Holztrögen eingepflanzten Ligusterhecken geschützt wurde. „Ich hole uns ein Glas Wein. Rot oder weiß?"

Ich entschied mich für einen Weißwein und sie ging über die drei Terrazzostufen in ihr Wohnhaus.

„1786“ verkündete stolz die Zahl, die man in den steinernen Türsturz gemeißelt hatte, das Baujahr. Es war die Zeit der französischen Revolution, die Zeit, als George Washington der erste Präsident der USA war und Goethe seine berühmte Italienreise machte. Die Jahreszahl war noch ergänzt worden um den Namen des ehemaligen Bauherrn: *August Hehl*.

Annähernd zwanzig Familien in der 735-Seelengemeinde Bernheim trugen diesen Namen. Irgendwie waren sie alle miteinander verwandt. Inzwischen waren sie natürlich weiträumiger und stärker gemischt als noch im 18. Jahrhundert. Selbst denen, die hier geboren und miteinander aufgewachsen waren, erschlossen sich die tatsächlichen Verwandtschaftsverhältnisse der *Hehls*, der *Langs*, der *Lahrs*, der *Schöns* und noch einiger weiterer – bewusst – nur mit Mühe.

Trat man allerdings einem von ihnen auf die Füße, bildlich gesprochen natürlich, im Gesangverein, im Gemeinderat, im Landfrauenverein oder auch nur beim Stammtischgespräch im *Bernheimer Schafbock*, wurde man innerhalb kürzester Zeit gewahr, wo die Blutsbande verknüpft waren. Mit offenbar genetisch gesteuertem Instinkt solidarisierten sich Namensgleiche und gleichnamig geborene Dorfbewohner in einhelligem Schulterschluss gegen den Frevler. Böse Blicke, ein nur noch knapper oder erst gar nicht gebotener Gruß, schroffe oder patzige Antworten auf freundlich gestellte Fragen waren die offen erkennbaren Signale kollektiver Abstrafung.

Marga Preuß hatte sich diesem dörflichen Kult durch ihre Abschottung ebenso entzogen wie ihre Familie, die mit ihr nichts mehr zu tun haben wollte.

Ich schaute hinüber zur Scheune, die den Hof parallel zur Langgasse begrenzte.

„Dahinter habe ich meinen Gemüsegarten, aus dem ich mich verpflege. Ich ernähere mich vegan und da ist es schwer, die Produkte zu bekommen, die man will. Man gelangt direkt durch die Scheune in den Garten. Das ist sehr praktisch für mich."

Ich hatte überhaupt nicht bemerkt, dass sie wieder neben mir stand. Sie nahm zwei gefüllte Weingläser von einem Tablett und stellte eine Schale mit Käsegebäck dazu. Sie prostete mir zu, nahm einen Schluck und sah mich erwartungsvoll an.

„Ich sehe Sie oft in ihrem Garten arbeiten, wenn ich zur Dunzelquelle oder zum Bernheimer Wald gehe. Aber Sie sind stets so eifrig mit ihren Pflanzen beschäftigt, dass sich noch nie ein Wort über den Zaun ergeben hat."

„Ja, ich weiß. Ich gehe dem aus dem Weg. Dorfgetratsche ist meist grässlich und böse. Ist nicht gegen Sie gerichtet, ich meine das allgemein. Aber ich habe Sie auch schon oft gesehen, mit Ihren Hunden. Schöne Tiere. Wissen Sie", nun lächelte sie sogar, „ich kann natürlich alle beobachten, die hinter meinem Garten vorbeigehen, mit einem Seitenblick, wenn ich mich nach unten bücke."

Ich nippte von dem Wein. „Riesling?"

Sie nickte.

„Von *Preuß & Erben*?"

Ihr „Nein" klang hart, beinahe schroff. Blödmann, schalt ich mich, musst du dir die Fettnäpfchen auch noch selbst aufstellen?

„Nicht von Preuß und nicht von Dohne, Herr Schäfer. Den beziehe ich von Heinz Gebhard, direkt nebenan. Der ist gut, nicht wahr?" Sie trank hastig und wartete meine Antwort nicht ab. „Geld ja, sonst aber nehme ich nichts. Ich muss schließlich physisch leben, auch wenn man mich psychisch vegetieren lässt." Und kaum vernehmlich sagte sie, wohl mehr zu sich selbst, als zu mir: „Ich weiß nicht einmal weshalb, was ich getan haben soll. Man weigert sich einfach, mit mir zu reden. Ich habe es aufgegeben. Außer meinem Neffen Andreas und einem Mitarbeiter vom Weingut ist Renate die einzige, die sich mit mir befasst. Sie hat mir zugehört. Aber auch ihr hat man nicht den Grund verraten, weshalb man mich verstoßen hat wie eine Aussätzige."

„Ich weiß, Frau Preuß, dass es mich nichts angeht. Aber Sie vertrauen mir freimütig einiges von Ihrem Leben an und das lässt mich natürlich nicht kalt. Ich frage mich allerdings, weshalb Sie noch hier sind, in Bernheim? Weshalb ziehen Sie nicht einfach fort?"

„So, wie Renate, meinen Sie? Ich beneide sie um ihre Entschlusskraft, um ihren Mut, ihr Rückgrat. Ich habe hier mein Haus, das kann ich aber nicht verkaufen. Ich bin zwar die Besitzerin, aber Eigentümer ist der Alte."

Ich sah sie verdutzt an.

„Ich kann ihn einfach nicht mehr als meinen Vater bezeichnen, verstehen Sie?" Sie zuckte mit den Schultern, setzte dann aber ihre Erklärung wieder fort, ohne eine weitere Reaktion von mir abzuwarten. „Ich habe nichts gelernt und keinen finanziellen Rückhalt, nichts. Ich bin auf die Zuwendungen dieser Menschen angewiesen. Was also sollte ich tun?"

Es folgten einige Sekunden des Schweigens. Sie starrte in ihr Weinglas und brachte die zartgrüne Flüssigkeit darin wie in einem Cognacschwenker zum Kreisen.

„Sprechen wir jetzt über Renate, Frau Preuß?"

„Wir sprechen schon die ganze Zeit über sie." Wieder huschte ein Lächeln über ihr Gesicht. „Weshalb meinen Sie wohl, habe ich Ihnen schon so viel über mich erzählt?"

Ich sah sie fragend an.

„Kommen Sie mit, ich möchte Ihnen etwas zeigen."

Ohne auf meine Zustimmung zu warten, erhob sie sich und ging voraus zur Scheune, die wir durchquerten, um durch eine schmale Tür an der Rückseite in den Garten hinauszutreten. Auf einem mit Rindenmulch bedeckten Pfad lotste sie mich zwischen zwei Beeten hindurch, bis wir kurz vor dem Gartenzaun an einem anscheinend wild wachsenden Strauch anlangten. Liebevoll griff sie mit gespreizten Fingern unter eine Knospe.

„Sie wird sich bald öffnen wie die vielen anderen auch. Wunderschöne, leuchtendgelbe Blüten werden sich bald öffnen, die abends einen betörenden Duft ausströmen. Ich weiß nicht, was für ein Gewächs das ist und wo es herkommt. Auf einmal war es da. So, wie Renate."

Ich wusste nicht, worauf sie hinauswollte und musste sie wohl recht belämmert angesehen haben.

Sie lachte ein eigenartiges Lachen. „Irgendwann einmal dachte ich, der Strauch würde zu groß. Wie nennt man das bei Menschen? Zu selbständig werden? Einem über den Kopf wachsen? Also, was tat ich?"

„Frau Preuß, ich verstehe nicht."

„Gleich werden Sie es, warten Sie nur ab. Ich nahm also eine Heckenschere und schnitt alles weg, was mir nicht gefiel. Ich stutzte ihn zurecht. Und im nächsten Jahr? Keine Knospen, keine Blüten. Ich habe ihn angefleht, mich entschuldigt, aber es dauerte fünf Jahre, bis er mir den Eingriff verziehen hatte. Und plötzlich, vor zwei Jahren hatte er sich erholt. Verstehen sie jetzt?"

„Nicht so ganz. Ich vermute, Sie vergleichen den Strauch mit Renate?", fragte ich unsicher.

Sie drehte sich um und ging den Weg zurück zur Scheune voraus. „Richtig. Renate wäre auf dem Weingut zurechtgestutzt worden. Und ob sie dann irgendwann noch einmal aufgeblüht wäre, das möchte ich bezweifeln. Ich glaube, wenn der Strauch den Garten verlassen könnte, er wäre damals auf und davon. So wie Renate."

Als gälte es, die Worte von Marga Preuß zu untermalen, drang, als wir gerade wieder die Scheune betraten, gedämpft, wie durch Watte, eine Melodie an mein Ohr, die nach wenigen Tönen abbrach. „War das nicht der Anfang des Titelsongs aus *Titanic: My heart will go on*?"

„Was meinen Sie?"

„Die Musik eben."

Sie zuckte mit den Schultern. „Ich habe nichts gehört. Vielleicht von nebenan; das kommt schon mal vor, je nachdem, wie der Wind steht und wie laut die Gebhardkinder ihre Musikanlage aufdrehen."

Inzwischen waren wir wieder an dem Freiplatz angelangt und hatten uns gesetzt.

„Nun, Renate stand am Karsamstag, spät abends bei mir vor der Tür. Sie war völlig aufgelöst, so hatte ich sie noch nie erlebt."

„Hatten Sie vorher häufiger Kontakt mit ihr?"

„Sie wohnt, besser wohnte, ja seit fünf Jahren auf dem Weingut. Seitdem besuchte sie mich unregelmäßig. So etwa einmal im Monat. Die Familie versuchte, sie davon abzuhalten. Aber Renate hat erklärt, solange man ihr nicht sagen würde, was ich verbrochen hätte, würde sie den Kontakt mit mir pflegen. Ich glaube, sie musste ab und zu aus dem geschlossenen Clansystem des Weingutes ausbrechen. Sie kennen es?"

„Nein."

„Es ist sehr großräumig. Die haben während der letzten Jahre erweitert. Dadurch, dass es am Ortsrand liegt, war das kein Problem. Der Alte wohnt weiterhin im Hauptgebäude, obwohl es viel zu groß ist – acht Zimmer. Für meine Neffen mit ihren Frauen und meine Schwester mit ihrem Mann gibt es drei große Wohnungen. Da bekommt jeder mit, was der andere tut. Und dann gibt es noch das 2-Zimmer-Appartement in dem Klaus Zerfass wohnt."

„Klaus Zerfass?", ich war überrascht, „der Name ist mir neu."

„Er arbeitet schon seit vielen Jahren auf dem Gut. Er ist Weinchemiker und -technologe. Gehört irgendwie zum lebenden Inventar. Er ist so ein Mädchen für alles, Faktotum nennt man das, glaube ich, obwohl sie ihn eher wie einen Domestiken behandeln, nur weil er ... Er kommt auch ab und zu bei mir vorbei und lässt den neuesten Hoftratsch hier. Es interessiert mich zwar nicht, aber bevor er gar nicht mehr kommt, höre ich ihm zu. Er hat sich übrigens auch mit Renate angefreundet, zum Ärger ihres Mannes."

„Läuft da etwas zwischen den beiden? Das könnte doch auch ein Grund dafür sein, dass sie durcheinander ist."

„Das kann ich mit absoluter Sicherheit ausschließen." Wieder einmal huschte ein Lächeln über ihr Gesicht. „Klaus hat nichts übrig für Frauen, er ist schwul. Der Alte war ganz schön sauer, als

Klaus sich vor vier Jahren mit den Worten: *Ich bin schwul, und das ist gut so,* öffentlich geoutet hat. Das Beispiel seines Namensvetters aus Berlin hatte ihm Mut dazu gemacht. Am liebsten hätte der Alte ihn hochkant rausgeworfen, der scheinheilige Moralapostel. Aber er braucht ihn."

„Lassen Sie uns wieder zurückkommen zum Karsamstag. Was hat Renate erzählt?"

„Nicht viel mehr, als ich bereits wusste. Renate hat ja Ende 2003 ihren Dienst bei der Polizei quittiert und arbeitet seitdem hauptberuflich in der Verwaltung des Gutes mit. Sie ist zuständig für die Buchhaltung."

„Hauptberuflich?"

„Ja, sie hatte die Buchhaltung schon lange zuvor über die Kanzlei ihrer Mutter betreut. Mit dem Unterschied, dass sie direkt vor Ort einiges an Mängeln entdeckt hat, die sie abgestellt hat. Eigenmächtig, wie man ihr vorwirft. Sie hat mir nur ganz kurz erzählt, dass es sich unter anderem um Steuerhinterziehung bei der Perlweinproduktion handeln würde."

Ich musste unwillkürlich grinsen, da mir die verlockende Möglichkeit, der sich einige Winzer nicht entziehen konnten, hinlänglich bekannt war.

„Und natürlich wollte Renate diese Mängel auch rückwirkend beseitigen, was den nächsten Stein ins Rollen brachte."

Ich schüttelte ungläubig den Kopf. „Die hätten doch froh sein müssen. Wieso soll man riskieren, dass bei einer Betriebsprüfung Dinge hochkommen, die man rechtzeitig hätte abstellen können. Wenn die einmal den Anfang eines Garnknäuels gefunden haben, wickeln sie den bis zu seinem Ende auf."

„Sie musste dazu in alte Vorgänge einsteigen, Ordner der letzten Jahre durchforsten und ... Fragen stellen. Man hat ihr schließlich vorgeworfen, sie würde nur rumschnüffeln, statt ihre Arbeit zu machen."

Ich entsann mich, dass Gertrud Faber mir von einigen Äußerungen Renates erzählt hatte, die sich nun konkretisierten. Von Arbeitsbelastung hatte sie gesprochen, von langwierigen Diskussionen wegen Bagatellen.

„Wer warf ihr das vor? Ihr Mann, ihre Schwiegermutter? Oder auch Ihr Vater?"

„Der Alte schien sich da rausgehalten zu haben, obwohl er die Begabung besitzt, andere so zu manipulieren, dass sie gar nicht merken, dass sie sich geistig wie Marionetten verhalten. Nein, meine Schwester stänkerte und Benjamin spielte mit."

„Und die anderen?"

„Die hielten sich ebenfalls zurück. Da will es sich doch keiner mit ihm verderben. Ich funktioniere hervorragend als abschreckendes Beispiel dafür, wozu der Alte in der Lage ist, wenn man bei ihm in Ungnade fällt. Noch einen Wein?"

Ich hatte gar nicht registriert, dass ich bereits das zweite Glas geleert hatte, lehnte nun aber dankend ab.

„An dem Abend nun bestand Renate auf einer Aussprache mit ihrem Mann. Er muss sich so geäußert haben, dass er gar nicht wisse, was sie wolle und hat ihr Hysterie vorgeworfen und gefragt, ob sie wohl endlich schwanger sei."

„Ist sie es denn?"

„Nein. Sie verhütet, seitdem sie sich ihrer Liebe und ihrer Ehe nicht mehr sicher ist."

„Und weshalb fragt er dann so etwas?"

„Weil Renate ihm verheimlicht hat, dass sie die Pille nimmt. Bis zu diesem Abend. Benjamin rastete aus, ein Wort ergab das andere und ... das Resultat kennen Sie ja."

„Was geschah dann weiter?"

„Benjamin rief etwa eine Stunde später an und fragte, ob Renate bei mir sei. Sie hatte mich aber vorher schon gebeten, ihren Aufenthaltsort nicht zu verraten. Er glaubte mir wohl nicht so ganz, denn er hängte wütend ein. Na ja, inzwischen weiß er, dass Renate bei mir war. Gertrud hat es ihm gesagt."

Sie zuckte mit der Schulter, als wollte sie sagen, dass ihr das jetzt egal war.

„Renate ging dann zu Bett. Sie schlief lange, auch die nächsten Tage. Es war Ostern, ein Wetter wie in den letzten Tagen. Wir haben gelesen, ferngesehen und gequatscht. Aber nicht über ihre Situation. Sie wollte das nicht mehr. Am Dienstag hat sie dann ihre Mutter angerufen. Aber das wird Ihnen Frau Faber alles schon erzählt haben, nehme ich an."

Ich nickte. „Und dann war sie am Morgen des 30. März spurlos verschwunden?"

„Ich habe nicht gehört, wann sie das Haus verlassen hat. Ich habe Durchschlafstörungen und nehme Schlaftabletten. Da habe ich noch nicht einmal mitbekommen, wie sie den Wagen aus der Scheune und auf die Straße gefahren hat. Als ich dann am nächsten Morgen, so gegen acht Uhr aufgestanden war, war nichts mehr da von ihr. Kein Kleidungsstück, kein Buch, keine Toilettenutensilien. Es war, als ob sie nie bei mir gewesen sei."

„Hat sie nicht erwähnt, wo sie hingehen wollte?"

„Nein, obwohl ich sie gefragt hatte. Sie meinte, es wäre besser so, dann könnte ich mich auch nicht verplappern."

„Und Sie haben keine Idee, keinen noch so vagen Hinweis? Hat sie etwas von Bekannten erzählt, von Kollegen, die sie von der Polizeischule kennt oder von Lehrgängen, Urlaubsbekanntschaften, Schulfreunden?"

„Nein, kein Wort."

„Hat sie außer mit ihrer Mutter mit anderen telefoniert?"

„Wenn, dann höchstens über ihr Handy. Die ausgehenden Gespräche habe ich schon im Speicher meiner Telefonanlage überprüft. Da ist keines dabei, das sie geführt hat, außer dem mit ihrer Mutter."

„Was für ein Auto hat sie?"

„Einen dunkelroten Nissan 350 Z, so einen Sportwagen. Das Kennzeichen ist AZ-RF-3636."

„Haben Sie ihre Handynummer?"

„Natürlich. Ich durfte sie ja nie auf dem Festnetz anrufen. Das wäre aufgefallen."

„Und haben Sie versucht, Renate zu erreichen, nachdem sie Ihr Haus verlassen hatte?“

„Daran gedacht habe ich schon, aber ich respektiere ihren Wunsch, dass man sie in Ruhe lässt. Wenn sie mich sprechen will, wird sie schon anrufen.“

Ich hatte von Marga Preuß alles erfahren, was sie zu dem Bild, das ich mir machen musste, beitragen konnte. Ich stand auf und bedankte mich für ihre Gastfreundschaft und das offene Gespräch. Sie wollte noch wissen, ob ich jetzt auch zu ihrem Neffen gehen würde. Aber der hatte über Gertrud einen Termin für den nächsten Morgen ausgemacht.

„Wenn Sie wieder einmal durch die Langgasse kommen, Herr Schäfer ... Sie wissen ja jetzt wo die Klingel ist. Sie sind immer willkommen, jederzeit. Bringen Sie dann auch einmal Ihre Frau mit, ich würde mich sehr freuen.“ Fast flehentlich signalisierte sie, dass sie in dem gewonnenen Kontakt mit mir einen Weg sah, ihrer Einsamkeit zu entfliehen.

Sie begleitete mich zum Tor, wo ich ihr noch versprechen musste, sie umgehend zu informieren, wenn ich etwas von Renate erfahren sollte.

Sonja war im Hof und spielte mit Kira und Siwa. Die 200-Watt-Lampe, die in fünf Metern Höhe an einem Drahtseil leicht im Wind schwankte, spendete das notwendige Licht dazu.

„Na, ist dein Tête-à-tête mit der mysteriösen Marga vorbei?“ Sie empfing mich mit einem vielsagenden Blick, gefolgt von einem herzhaften Kuss, den sie allerdings sehr schnell unterbrach. „Puh, du riechst nach Alkohol. Du hattest mir doch gesagt, es ginge nur um ein kurzes Gespräch, und nun rieche ich, dass es sich um ein ausschweifendes Bacchanal gehandelt haben muss. Ich bitte um eine nachvollziehbare und ehrenhafte Erklärung, mein Liebster!“

Während wir ins Haus gingen, erinnerte ich mich an eine ähnliche Szene, als ich ihr zum ersten Mal begegnet war. Und heute, wie damals, hatte ich Schmetterlinge im Bauch. Nur mit dem Unterschied, dass ich vor drei Jahren dieses Gefühl noch nicht – oder besser gesagt nicht mehr – hatte einordnen können.

Ich war gerade auf dem Hoffest eines Weingutes in Flonheim eingetroffen, als eine Dixieband eines meiner Lieblingsstücke – *Petit Fleur*, von *Sidney Bechet* – spielte. Ohne genau hinzusehen hatte ich gedankenverloren am Ende eines der langen Tische Platz genommen, als sich neben mir eine angenehme Frauenstimme bemerkbar machte: „Aber gerne", immer noch hatte ich den Klang ihrer Stimme und ihre fast schon provokative Ironie im Ohr, „nehmen Sie ruhig Platz." Als ich mich, eine Entschuldigung stammelnd, umdrehte, strahlte mich eine attraktive Rothaarige, Mitte vierzig, frech aus ihren grünen Augen an. Mit einer leichten Neigung ihres Kopfes, einer Geste, die charakteristisch war für sie, vermutete sie, dass ich ohne elterlichen Beistand bestimmt Probleme mit den elementarsten Anstandsregeln hätte. Vor lauter Verzweiflung leerte ich die Weinschorle, die man mir inzwischen gebracht hatte, auf einen Zug, was sie mit der Bemerkung, das sei ja wohl eindeutig Überschreitung der gesetzlich zulässigen Trinkgeschwindigkeit kommentierte. Ja, so lernte ich Sonja kennen, so lernte ich sie nach ein paar Wirrungen einige Monate später lieben und so, genau so, liebte ich sie immer noch, jeden Tag ein bisschen mehr.

Jetzt berichtete ich ihr von dem Besuch bei Gertrud und bat sie gleichzeitig, Dagmar nichts davon zu erzählen. „Überlass das bitte Heribert."

„Ich weiß zwar nicht weshalb, aber wenn du das willst, werde ich kein Sterbenswörtchen davon verlauten lassen", versprach sie.

Anschließend erzählte ich ihr von dem Gespräch mit Marga Preuß. „Sie hat eigentlich ein recht sympathisches Wesen. Natürlich ist sie in Bezug auf ihre Familie ziemlich verbittert, aber mir gegenüber war sie sehr offen und freundlich. Sie hat mich, *uns* sogar eingeladen, einmal vorbeizukommen."

„Soll das heißen, dass wir mit ihr nun einen auf Freundschaft machen?", war Sonjas erster Kommentar, nachdem sie mir schweigend zugehört hatte. „Ich möchte nicht in das gleiche Horn tuten wie einige aus meiner Gesangsgruppe, die sich auf alles stürzen, was nicht in ihre kleine Welt passt. Die bezeichnen sie als ... durchgeknallt.“

„Wie bitte?! Durchgeknallt? Was soll das denn jetzt?“

„Entschuldige, Darius, das ist ja nicht mein Sprachgebrauch. Frau Preuß ist Opfer vieler Umstände. Ich glaube ja, dass sich alles, was mit Renate zusammenhängt, so abgespielt hat. Erstens ist es identisch mit dem, was Gertrud euch erzählt hat, und zweitens, weshalb sollte sie die Unwahrheit sagen. Dazu ist das, was sie in dieser Sache erlebt hat, einfach zu banal.“

„Na also, weshalb bezeichnen dann so ein paar deiner Singschwalbentussis sie als durchgeknallt?“

„Darius, nimm einfach nur das, was du in der kurzen Zeit mitgekriegt hast. Sie ist zutiefst eigenbrötlerisch, geradezu asozial im pathologischen Sinn, sie spricht mit niemandem im Dorf – außer mit Pflanzen.“

„Da kenne ich aber noch ganz andere Typen. Denk nur mal an deinen Kollegen, der mit bajuwarischem Akzent Französisch unterrichtet, was der sich für hanebüchene Dinger erlaubt. Damit könnte man eine ganze Abteilung in der Nervenheilanstalt füllen.“

Sonja schaute mich skeptisch von der Seite an, ohne weiter auf meine Bemerkung einzugehen. „Sie nimmt seit Jahren Tabletten, weil sie nicht durchschlafen kann. Und das werden nicht die einzigen pharmazeutischen Teufelsdinger sein. Mensch, Darius, hast du dir denn nicht überlegt, mit wem du es zu tun hast?“

„Mit wem denn?“

„Mit einer Frau, der man die Jugend gestohlen hat, die gedemütigt und verstoßen wurde und ohne Liebe aufwachsen musste, ohne zu wissen, weshalb. Kannst du dir vorstellen, wie es in ihr aussehen muss, zerrissen zwischen Selbstzweifeln, unergründlichen Schuldgefühlen und Hass?“

„Du hast sie ja nicht gesehen, sie wirkte ganz normal auf mich“, setzte ich zu einer Rechtfertigung an.

„Klar, weil sie sich jeden Tag mit Psychopharmaka vollstopft. Sie war bereits mehrmals in Alzey in der Rheinhessenklinik, von der du meinst, dass die Verrücktheiten meines Kollegen sie alleine füllen würden."

„Woher weißt du das?", fragte ich kleinlaut.

„Ich kenne die Gerüchte, die über Marga Preuß kursieren, und während du bei ihr warst, habe ich ein wenig recherchiert, weil ich Gerüchte ebenso verabscheue wie du. Der Vater eines meiner Schüler ist ...", sie unterbrach sich, „besser nicht. Du weißt ja: Schweigepflicht. Ich habe einer Person mit Insiderwissen einige Fragen gestellt, die nur mit *Ja* oder *Nein* beantwortet werden mussten. Nicht ganz sauber, aber vertretbar."

„Aber das heißt doch nicht, dass das, was sie mir über Renate erzahlt hat, nicht stimmt."

„Nein, das habe ich ja schon gesagt. Ich will nur keinen persönlichen Kontakt mit ihr. Mein soziales Engagement erschöpft sich im Übermaß in der Schule. Und auch ich habe nur ein begrenztes Kontingent zur freien Verfügung. Ich brauche auch noch etwas für dich."

Beim letzten Satz sah sie mich so tiefgründig an, dass ich mich auf *Wolke Sieben* katapultiert fühlte. „Es ist schon spät", sagte ich und versuchte das Raue aus meiner Stimme zu nehmen, was gründlich missglückte. „Ich gehe schon mal nach oben – Zähneputzen und so."

„Einen halben Liter Mundwasser und eine ausgiebige Runde Duschen würde die ganze Sache noch attraktiver gestalten", lockte Sonja. Als sie dann auch noch in Aussicht stellte, gleich nachzukommen, ließ sie damit nicht nur mein Herz vor Vorfreude höher hüpfen. Wir haben eine große Dusche, die es gewohnt ist, zarte Geheimnisse zu bewahren. Licht aus!

Freitag, 8. April 2005

Obwohl Gertrud den Termin mit Benjamin Dohne erst für zehn Uhr vereinbart hatte, war ich bereits vier Stunden vorher mit Sonja aufgestanden. Seitdem es uns nur noch im Doppelpack gab, war das gemeinsame Frühstück zu einem selbstverständlichen, uns heiligen Ritual geworden. Diese Morgenstimmung gemeinsam zu genießen wollten wir nicht mehr missen. Alle Optionen, den noch jungen und verheißungsvollen Tag zu einem erfolgreichen Abschluss zu bringen, wurden uns auf einem silbernen Tablett angeboten. Wir mussten die Chancen nur wahrnehmen und ergreifen. Der Tag war noch so frisch wie die Brötchen, die ich von meiner Tour mit den Hunden aus unserer Metzgerei mitbrachte. Seitdem der Dorfladen anderen Tante-Emma-Läden ins Sterben gefolgt war, hatte der rührige Metzgermeister mit Unterstützung seiner nicht minder lebhaften Ehefrau sein Sortiment um Backwaren erweitert und hielt natürlich auch die unvermeidliche Bildzeitung parat.

Sonja verließ das Haus in der Regel gegen viertel vor acht. Sie benötigte maximal zwanzig Minuten bis zu dem Gymnasium am Römerkastell in Alzey, wo sie Mathematik unterrichtete. Jetzt aber saßen wir erst einmal bei unserem Frühstück, schauten uns in Erinnerung an die vergangene Nacht verliebt an und besprachen schließlich den heutigen Tag. Für abends hatten wir uns mit Dagmar und Heribert zum Essen im Weingut *Nehmert* in Siefersheim verabredet. Heidi Nehmert hatte einen Abend unter das Motto *Elsass trifft Rheinhessen* gestellt. Die Ankündigung versprach eine Komposition aus elsässer und rheinhessischen Spezialitäten.

Die Aussicht auf einen schönen Abend mit lieben Freunden ließ uns die Hürde der eintönigen Alltagsroutine beschwingt nehmen. Sonja hatte einen langen Schultag vor sich und verabschiedete sich bis zum späten Nachmittag. Ich begab mich in die Kanzlei.

Irene Dengler war wieder von ihrem Fortbildungsseminar zurück und grinste mich fröhlich an. Sie hatte bereits ein intensives

Gespräch mit Frau Neubert geführt, war sich aber nicht sicher, ob es erfolgreich war. „Sie scheint Angst zu haben, einen Fehler zu machen", sagte sie.

„Sie muss schnellstens erkennen, dass wir nur aus Fehlern lernen und uns verbessern können", knurrte ich.

„Überleg, wie lange es bei dir gedauert hat." Irene drehte sich demonstrativ in ihrem Bürostuhl zu mir um, blickte mich an und gab sich dann die Antwort selbst. „Fünf Jahre hast du gebraucht, Darius. Also sei ein wenig gnädig."

„Carlo hat dir gesagt, dass ich vorhabe, Ende des Jahres hier aufzuhören?"

„Vorhabe? Höre ich da etwa einen *hypothetischen Konditionalis*, mit dem du dir wie üblich ein Hintertürchen offen lässt? Du hast nicht vor, sondern Du wirst! Der Satz lautet daher grammatikalisch korrekt: Ich werde Endes des Jahres hier aufhören."

„Wie sprechen Sie denn mit Ihrem Chef, Frau Dengler!" Ich gab mir Mühe, ein strenges Gesicht zu machen.

„Chef? Das war einmal. Du bist bestenfalls ein Kollege."

„Ich hasse Frauen, die nicht nur grammatikalisch geschult sind, sondern auch noch mit ihren Spitzfindigkeiten stets ins Schwarze treffen."

„Dann lass dich scheiden! Aber das wirst du nicht. Denn genau das liebst du nämlich an deiner Sonja. Du willst es gar nicht anders, weil du es brauchst – gib es doch zu."

„Einen Teufel werde ich tun", murmelte ich und verschwand in mein Büro.

Inzwischen hatte ich eine gewisse Routine entwickelt, mich von jetzt auf gleich auf unbestimmte Zeit aus der Kanzlei auszuklinken. Die Mitarbeiter waren im Laufe der Jahre an Delegation gewöhnt und schließlich war ja Carlo auch noch da. Hätte ich den Mut, loszulassen und abzugeben, schon vor Jahren aufgebracht, mir wäre vieles erspart geblieben. Bei den Recherchen nach Renates Verbleib dürften allerdings keine Reisen anstehen, was die Organisation meiner punktuellen Abwesenheit noch erleichterte.

Ich verzichtete auf das Auto und war in knapp zehn Minuten zu Fuß durch Bernheim am Ortsrand angelangt. Dort, an der Straße, die über Neu-Bamberg nach Bad Kreuznach führte, lag das Weingut *Preuß & Erben*. Das imposante Anwesen ließ schon von weitem die ungewöhnliche Größe des Betriebes erkennen. An der linken Straßenfront reihten sich auf einer Länge von etwa 200 Metern das Wohngebäude aus beigefarbenem Sandstein, die Produktionshalle und das Auslieferungslager für die Flaschenweine. Die Hallen waren von wildem Wein bewachsen, der das öde Bild einer profanen Weinfabrik abmilderte.

Von der Straße weg erstreckte sich das Areal über circa 30 Meter, bis es an den ersten *Wingert*, wie man hier die Weingärten nennt, anschloss. Ich hatte von Gertrud erfahren, dass 65 Hektar unterschiedlicher Weinsorten in der näheren Umgebung von Bernheim bewirtschaftet wurden. Trotz des Einsatzes von Vollerntern arbeiteten während der Hauptsaison, neben den auf dem Gut lebenden Familienmitgliedern und zwei Auszubildenden, bis zu fünfzehn Erntehelfer im Betrieb mit. Seit dem Zusammenbruch des sogenannten Ostblocks kamen sie zumeist aus Polen und Rumänien. Davor hatte man neben deutschstämmigen Polen auch deutschstämmige Russen, Ungarn und Tschechen beschäftigt. Für ihre Unterkunft standen auf der gegenüberliegenden Straßenseite – von hohen Hecken umgeben – Wohncontainer zur Verfügung.

Als sie zu Anfang der 90er Jahre aufgestellt worden waren, gab es einen heftigen Streit zwischen dem Gemeinderat und Johann Preuß, weil sie in ihrer Überdimensionierung und funktionalen Plumpheit die Identität des Dorfbildes empfindlich störten. Zu seinen Gunsten führte er damals an, dass die Wohneinheiten deshalb so großzügig ausgelegt waren, damit die Erntehelfer abwechselnd ihre Familienangehörigen für einige Wochen zu Besuch nach Bernheim holen konnten. Er beauftragte sogar auf seine Kosten ein Busunternehmen für deren Hin- und Rückfahrt.

Einerseits erkannte man sein soziales Engagement an, andererseits waren Orts- und Verbandsgemeindebürgermeister gehalten, ein Mindestmaß an ästhetischem Anspruch im Interesse der Bürger durchzusetzen. Während sie dies auf dem formalen Dienstweg angingen, war zu erkennen, dass die Kontakte von Johann Preuß bis in die höchsten Ebenen der Landesregierung reichten. Alles was an politischen Knüppeln aufzubieten war, wurde der Kreisverwaltung und dem Gemeinderat zwischen die Beine geworfen. Selbst vor persönlichen Diffamierungen und Repressalien machte man nicht halt.

Peter König, eines der Ratsmitglieder, der sich als grüner Politiker besonders engagiert einschaltete, verlor durch eine kurze und intensive Schmutzkampagne seinen Arbeitsplatz. Es waren Fotos in der Öffentlichkeit aufgetaucht, die ihn in einer unmissverständlichen Situation mit einer polnischen Haushaltshilfe zeigten. Peter König bestritt, jemals einen derartigen Kontakt gehabt zu haben, und beteuerte, weder die Frau zu kennen noch etwas von der Situation, in der die Aufnahmen gemacht worden waren, zu wissen. Aber die Fotos ließen sich nicht widerlegen. Eine Gegenüberstellung mit der Polin, die er verzweifelt forderte, war nicht mehr möglich, da sie mit unbekannter Adresse bereits wieder in ihre Heimat zurückgekehrt war. Obwohl der damalige Bürgermeister zu ihm stand, legte er daraufhin seine Funktion im Gemeinderat nieder. Als sich dann auch noch seine Frau von ihm trennte, nahm er sich in seiner Garage das Leben. Mit einem Gartenschlauch hatte er Autoabgase in seinen Wagen geleitet.

Erst als 1994 die Verschandelung des Dorfeingangs der breiteren Öffentlichkeit durch eine Bürgerinitiative publik gemacht wurde, lenkte Johann Preuß ein und ließ die Hecken pflanzen. Er reagierte stets allergisch gegen alles, was Aufsehen erregen und einen Schatten auf den Namen Preuß werfen konnte. Außerdem, so wurde gemunkelt, sollte sogar Ministerpräsident Kurt Beck, der damals gerade Rudolf Scharping abgelöst hatte, als eine seiner ersten Amtshandlungen ein Machtwort gesprochen und einige Staatssekretäre *in den Senkel gestellt* haben.

Das überdimensionale, zweiflüglige Tor zum Innenhof war geöffnet und ließ bereits von außen einen Blick auf das imponierende Areal zu. Die Bodenfläche des Hofes war betoniert. Die alten Kopfsteine, die erst die authentische Atmosphäre eines rheinhessischen Hofes ausmachten, hatte man wohl schon vor Jahren herausgerissen. Stillos, dachte ich, hier hatte mal wieder ein Verschandelungsspezialist gründliche Arbeit im Kaputtsanieren geleistet.

Zwei Gastarbeiter waren damit beschäftigt mit einem Kärcher Holztische, Stühle und Bänke vom Winterstaub zu befreien. Während sie sichtlich Spaß daran hatten, den Hochdruckreiniger zweckzuentfremden, indem sie mit dem Wasserstrahl einen Plastikball über den Hof trieben, widmete sich ein dritter der Aufgabe, die bereits gereinigten Möbel mit Holzschutzlasur witterungsbeständig zu machen. Sie würdigten mich keines Blickes.

Zur Rechten erblickte ich die Glasfront des Hofladens aus dem ein etwa 30-jähriger Mann trat. Mit fast weißblondem, langem und zu einem Pferdeschwanz gebundenen, Haar und seiner muskulösen, durchtrainierten Gestalt, gab er ein stattliches Bild ab. Das wurde auch nicht dadurch geschmälert, dass er einen guten Kopf kleiner war als ich. Ich kannte ihn vom Sehen. Renate hatte, zumindest was die Optik betraf, eine gute Wahl getroffen. Er nickte mir kurz zu, ohne eine Miene zu verziehen, und herrschte dann die drei Arbeiter an: „Hört auf mit dem Mist. Und du, pass auf, dass keine Farbe runtertropft. Ich hatte dir doch gesagt, dass du etwas unterlegen sollst. Die Farbe bekommst du doch vom Boden nie mehr weg."

Die Arbeiter nickten kurz. Die Wasserspiele wurden mit erkennbarem Unverständnis eingestellt und ihr Kollege entfernte sich in meiner Richtung, wobei er etwas murmelte, was wie *dupa* klang. Während seine Landsleute sich mühsam ein Grinsen verkniffen, hatte sein Chef die Beleidigung anscheinend nicht mitbekommen. Vielleicht wollte er sie auch nur überhören, um nicht in meinem Beisein einen Streit vom Zaun brechen zu müssen. Aus den Zeiten, als ich auf meinem Hof einen polnischen Maurer für Sanierungsarbeiten beschäftigt hatte, waren mir ein paar polnische Sprachbrocken geläufig und *dupa* gehörte dazu. Es bezeichnet in deftigem Gassenjargon den verlängerten Rücken eines Menschen, klingt aber, wie ich meine, bedeutend poetischer, als das deutsche Pendant und weniger barsch. Obwohl es sich trefflich darauf reimt.

„Guten Morgen! Ich bin Benjamin Dohne", stellte sich der blonde Mann vor. „Sie müssen Herr Schäfer sein. Sie wollen also versuchen, Renates Aufenthaltsort zu ermitteln?" In seiner Stimme schwangen Zweifel mit. „Ich weiß zwar, dass Sie bereits einige Fälle gelöst haben, aber schließlich sind Sie Steuerberater und kein Kriminalbeamter. Man sollte bei seinen Leisten bleiben. Ich bin Winzer und würde mich ja auch nicht als Herrgottsschnitzer versuchen."

„Wenn Sie aber eine Begabung dafür hätten?" Er stutzte kurz und ich fand, im offensichtlichen Gegensatz zu ihm, meine Antwort ausgesprochen passend, ja geradezu genial. Zu meinem Bedauern ging er nicht darauf ein.

„Außerdem liegt der Fall hier ja wohl anders."

„Inwiefern?"

„Renate ist aus freien Stücken weggegangen und ich bin sicher, dass sie bald wieder zurückkommt, wenn sie wieder bei Verstand ist."

„Ihre Mutter ist dennoch sehr besorgt. Und auf ihre ausdrückliche Bitte hin bin ich hier."

„Gertrud", es klang sehr geringschätzig, „die wird schnell hysterisch. Außerdem hat sie sich nie damit auseinandergesetzt, ihr Leben zu führen, ohne Renate immer griffbereit um sich zu haben."

Die letzte Einschätzung teilte ich, ohne ihn das jedoch wissen zu lassen.

„Aber wir sollten uns im Haus weiter unterhalten. Der Hof ist nicht gerade der geeignete Ort für unser Gespräch."

Er wies mit der Hand auf das mehrgeschossige Wohngebäude.

„Hier wohnt die ganze Familie", erklärte er. „Mein Großvater hat die Wohnung im Erdgeschoss. Dieses Jahr sind es zwanzig Jahre, dass er im Rollstuhl sitzt. Er ist querschnittgelähmt, durch einen Unfall. Seitdem führt Mama den Betrieb. Sie wohnt mit meinem Vater im zweiten Stock und darüber, im ausgebauten Dachgeschoss, lebt Andreas, mein älterer Bruder, mit meiner Schwägerin Marlies."

„Und wo wohnt Herr Zerfass?"

Er sah mich irritiert an. „Klaus? Der hat ein Appartement über den alten Gewölbekellern." Dabei verzog er sein Gesicht geringschätzig. Er deutete auf einen Gebäudeteil im Hintergrund des Hofes, der noch aus den Gründungszeiten des Weingutes stammen musste. Die Fragen, die sich eigentlich aufgedrängt hätten – weshalb ich das wissen wolle und was mich unter Umständen mit Zerfass verband – stellte er interessanterweise nicht.

Mittlerweile waren wir in der Wohnung angelangt, aus der Renate vor vierzehn Tagen ausgezogen war. Am Ende eines großzügigen Flurs betraten wir das Wohnzimmer. Der etwa zwanzig Quadratmeter große, rechteckig geschnittene Raum zog sich parallel zur Straße hin. Durch die fünf zweiflügligen Sprossenfenster mit bräunlich getönten Scheiben wurde er in ein warmes Licht getaucht. Wir ließen uns an einem Esstisch nieder, um den sechs Stühle gruppiert waren.

Durch eine weitere Tür war der Raum mit der Küche verbunden, wie ich durch einen Spalt erkennen konnte, bevor ich mich mit dem Rücken dazu setzte. Daneben stand ein überdimensionaler LCD-Fernseher. Auf der Anrichte hinter der Essgruppe waren neben einem Foto von Renate, das sie in Polizeiuniform zeigte, wahllos Bücher gestapelt. Einige Buchrücken konnte ich entziffern: *Galgenlieder* von Christian Morgenstern, *Der Doppelmord an Uwe Barschel* und *Die größten Flops der Wirtschaftsgeschichte*.

„Renates Bücher", meinte Benjamin Dohne erklären zu müssen, als er meinem Blick folgte. „Ich lese so etwas nicht." Dann besann er sich auf seine Gastgeberrolle und bot mir etwas zu trinken an.

„Herr Dohne", begann ich, nachdem ich dankend abgelehnt hatte, „ich kann verstehen, wenn Sie mir mit gemischten Gefühlen gegenüber sitzen. Schließlich mische ich mich in Ihre Privatangelegenheiten ein. Aber ich kenne Renate und Ihre Schwiegermutter seit ..."

Er unterbrach mich mit einer unwirschen Handbewegung. „Geschenkt, Herr Schäfer. Gertrud hat mich schon ausreichend darüber informiert. Außerdem hatten Sie ja gestern schon das Vergnügen mit meiner Tante Marga. Da muss ich wohl die Sache aus meiner Sicht, nämlich der richtigen, darlegen. Sie werden mir aber gestatten, es ohne Ausschmückungen, quasi im Zeitraffer zu schildern. Ich habe noch zu tun."

Mit einer Geste forderte ich ihn auf zu beginnen. In leierndem, gelangweiltem Tonfall, so, als ob er sie zum hundertsten Mal erzählen würde, spulte er seine Version der Ereignisse ab. Seine Darstellung entsprach exakt dem, was Heribert und ich schon von Gertrud gehört und was Marga Preuß präzisiert hatte. Danach beugte er sich über den Tisch und blickte mich herausfordernd an. „Zufrieden?"

Ich antwortete nicht auf die knappe Frage – oder sollte es eine provokante Feststellung sein? Ich war mir nicht im Klaren darüber, was er empfand und dachte.

Statt auf sein Verhalten zu reagieren, entging ich der Gefahr, genau das Falsche zu sagen mit einer neutral klingenden Gegenfrage. „Was haben Sie, außer bei Ihrer Tante und Ihrer Schwiegermutter anzurufen, unternommen, um Ihre Frau zu finden?" Ich vermied jetzt auch bewusst, sie beim Vornamen zu nennen, um eine Abgrenzung zu suggerieren.

„Nichts, was hätte ich denn tun sollen?"

„Eine Vermisstenanzeige bei der Polizei?", schlug ich vor.

„Wir wollten kein Aufsehen erregen. Man sagt uns schon genug nach, da müssen wir nicht für weiteres Futter für den Dorftratsch sorgen. Es liegt ja auch bisher kein Grund vor, sie offiziell suchen zu lassen. Unser Anwalt hat uns auch darüber informiert, dass die

Polizei in diesem Fall nichts unternehmen würde. Er hat uns allerdings eine Privatdetektei empfohlen. Aber Gertrud wollte davon nichts wissen. Stattdessen hat sie ja mit Ihnen Kontakt aufgenommen. Und außerdem ..." Er sprach nicht weiter und erhob sich stattdessen.

„Ja?"

„Sie soll sich ruhig abreagieren, dann wird sie schon wieder angekrochen kommen. Da bin ich ganz sicher. Geld hat sie ja leider genug auf ihrem Konto. Seine Lebensversicherung hatte ihr Vater auf sie abgeschlossen. Damit kommt sie jahrelang aus. Wenn sie das nicht hätte, würde sie bestimmt schneller wieder vor der Tür stehen." Sein Tonfall war ins Gehässige abgeglitten, aber seinem Gesichtsausdruck war zu entnehmen, dass er sich zutiefst verletzt, in seiner Ehre getroffen fühlte.

Bankkonto, fiel mir ein. „Können Sie sehen, wann und wofür etwas von ihrem Konto abgebucht wird?"

„Nein."

„Keine Bankauszüge, die monatlich mit der Post kommen?"

„Sie wickelt schon seit Jahren alles per Onlinebanking ab. Da habe ich keinen Zugriff drauf, da ich ihren PIN-Code nicht kenne."

„Meinen Sie, Ihre Frau hat ihn irgendwo hier in der Wohnung hinterlegt?"

„Da habe ich auch schon dran gedacht und danach gesucht, sogar ihre Schreibtischschubladen habe ich aufgebrochen. Aber nichts, kein Hinweis."

Es wäre auch zu schön gewesen, aber es hätte mich auch gewundert, denn so unvorsichtig war Renate nicht. Also setzte ich dort wieder an, wo ich den Fragestrang zuvor unterbrochen hatte. „Was hat Ihre Frau denn eigentlich so in Harnisch gebracht?"

„Was meinen Sie damit?"

„Ich würde gerne wissen, was geschehen ist, dass sie sich, wie Sie eben sagten, abreagieren muss."

„Das ist eine längere Geschichte und gehört nicht hierher."

„Ich finde schon, dass das hierher gehört, Benjamin!", hörte ich hinter mir eine Frauenstimme, die sich mit freundlichem Ton einschaltete. Ohne, dass ich es bemerkt hatte, war Gerlinde Dohne aus der Küche zu uns getreten. Offensichtlich hatte sie von dort aus unser Gespräch mitverfolgt, sich aber bisher nicht gerührt. Sie reichte mir die Hand und setzte sich unaufgefordert mir gegenüber an den Tisch.

Sie war in meinem Alter und strahlte, trotz des oberflächlich guten ersten Eindrucks, eine derartige Kälte aus, dass ich meinte, die gefühlte Temperatur im Raum sei im Moment ihres Eintretens um mindestens zehn Grad gefallen. Dabei war sie recht attraktiv. Ihre dunkelbraunen Haare hatte sie hochgesteckt und mit einer großen, geschmackvollen Haarklammer befestigt. Sie trug beigefarbene Jeans und eine hellgrüne Bluse, die beide wie angegossen saßen und ihre straffe, weibliche Figur betonten. Ihre Garderobe hatte sie bestimmt nicht bei *C & A* gekauft. Das konnte selbst ein Modemuffel wie ich erkennen. Alles in allem stellte sie einen auffallenden Kontrast zu ihrer Schwester Marga dar. Man wunderte sich ja immer wieder, zu welch unterschiedlichen Ergebnissen die Gene führen konnten, trotz gleicher Voraussetzungen.

Was mich nämlich innerhalb kurzer Zeit zur Vorsicht und Zurückhaltung gegenüber Gerlinde Dohne mahnte, waren ihre Augen. Selten hatte ich ein so strahlendes und kräftiges Grün gesehen, das eigentlich dazu angetan sein sollte, ein Gegenüber zu faszinieren und einzunehmen. Doch dieser Effekt wurde in das Gegenteil verkehrt durch ihren unsteten Blick. Die Pupillen wanderten in beunruhigendem Maße, ohne erkennbare Motivation, im Raum umher. Offenbar war sie kurzsichtig. Immer wieder kniff sie die Augen zusammen und die Stärke ihrer Kontaktlinsen, denn nur so war das Farbwunder zu erklären, schien nicht mehr auszureichen. Die Vorurteilsschublade, die sich in meinem Gehirn öffnete, trug die Aufschrift: *kaltes, berechnendes, egozentrisches, herrschsüchtiges und geldgeiles Weib.*

Sie ergriff nun statt ihres Sohnes das Wort. „Ich habe Renate eigentlich immer gerne bei uns gesehen. Ich kenne sie ja schon, seitdem sie ein kleines Mädchen war und mit ihrem Vater auf unser Weingut kam. Da war alles hier lange noch nicht so groß." Sie seufzte, als ob sie die Last des wirtschaftlichen Wandels und die damit verbundenen Baumaßnahmen während der letzten Jahre alleine auf ihren Schultern getragen hätte. „Benjamin und sie spielten oft miteinander und sie ging mit in den Wingert, um das Mittagessen auszutragen. Da war es nur selbstverständlich, dass die beiden geheiratet haben, zumal uns das Unglück, das ihr den Vater und mir die Mutter genommen hat, noch mehr verbunden hat."

Ich sah sie fragend an.

„Eine Explosion. Ein Filter stand unter Druck und ist explodiert, er war nicht komplett entleert. Das ist schon lange her. Du warst damals sechs Jahre, Benjamin, und Renate war fünf. Es war schrecklich für uns alle." Der Anflug von Sentimentalität war nur von kurzer Dauer, denn sie kam ohne weitere Umschweife wieder auf Renates Verhalten zu sprechen. „Seitdem Renate hier fest auf dem Hof mitarbeitet, weil Benjamin ihr das ja unbedingt einreden musste", sie warf ihrem Sohn einen vorwurfsvollen Blick zu, „hat sie sich um 180 Grad gedreht. Sie ist einfach nur ... impertinent, ja, impertinent, das ist die richtige Bezeichnung. Dabei hat sie alle Freiheiten. Mehr als ich in ihrem Alter hatte. Sie kann jeden Tag ihre Joggingtouren drehen, und einen Fitnessraum haben wir ihr auch eingerichtet. Ich musste mich früher im Wingert und im Gemüsegarten müde schuften. Da brauchte ich so etwas nicht – aber die gnädige Dame ist auf ihre Figur und ihre Kondition bedacht. Für was, frage ich Sie?"

„Sie sprechen von impertinentem Verhalten, Frau Dohne, wie zeigt sich das. Sie wissen ja bestimmt, dass sie ihre Ausbildung bei mir gemacht hat, bevor sie zur Polizei gegangen ist. Damals habe ich von ungebührlichem oder auch anmaßendem Verhalten nie etwas gespürt."

„Entweder fehlte Ihnen da die Sensibilität, was ja andererseits ein Zeichen für ausgeprägte Männlichkeit zu sein scheint", – sie schmunzelte tatsächlich und für den Bruchteil einer Sekunde blitzte so etwas wie Humor auf – „oder sie hat sich genauso verstellt, wie sie es jahrelang bei uns getan hat.“ Ihre Stimme klang nun etwas härter und hatte ihre Wärme eingebüßt.

„Das kann durchaus sein. Immerhin liegt das jetzt auch schon fünfzehn Jahre zurück.“

„Sie hat an allem etwas auszusetzen“, fuhr Gerlinde Dohne mit ihrer Anklage fort. „Nichts haben wir ihrer Ansicht nach richtig gemacht. So, als hätten wir unseren Betrieb nicht auch ohne ihre Mitarbeit zur Blüte gebracht. Sie hat uns Unregelmäßigkeiten vorgeworfen, uns sogar krimineller Machenschaften beschuldigt. Stellen Sie sich das einmal vor! Unsere Familie achtet peinlichst auf Integrität. Wir haben schließlich einen Ruf zu verlieren. Und alles ohne konkrete Fakten. Sie ist nur auf Stunk aus. Da fühlt sie sich wohl. Und wenn man sie dann einmal wegen ihrer Verleumdungen hart anfasst, drückt sie sofort auf die Tränendrüsen. Und dann schaltet sich mein Vater ein, der ein Faible für sie hat. Stimmt's, Benjamin?“

Er nickte gequält. „Ich wollte mehrmals von ihr wissen, was sie denn konkret an unserem Geschäftsgebaren auszusetzen hat.“

„Und?“

„Nichts. Sie erging sich in Ausflüchten und erklärte, sie hätte es ja nicht so gemeint.“

„Was meinen Sie denn, war ihre Motivation, sich so zu verhalten?“

„Das kann ich Ihnen sagen: Sie bedauerte es, aus dem Polizeidienst ausgeschieden zu sein. Die Arbeit im Weingut ist ihr über den Kopf gewachsen. Sie ist einfach nicht in der Lage, die Dinge zu tun, die wichtig sind, statt sich um Schnee von gestern zu kümmern“, erklärte er bitter.

„Das ist nur ein nachrangiger Grund. Ich bin davon überzeugt, dass es einen viel wichtigeren gibt. Und das weißt du auch, Benjamin“, schaltete sich Gerlinde Dohne wieder ein.

Ich schaute sie fragend an.

„Marga! Die steckt hinter allem. Wir haben Renate immer wieder vor dieser Verrückten gewarnt."

Ich lehnte mich unwillkürlich zurück und verschränkte die Arme.

„Sie müssen schon entschuldigen, Herr Schäfer, dass ich so über meine Schwester spreche. Seit Jahren macht sie uns das Leben schwer, indem sie Schauermärchen über unsere Familie verbreitet. Sie hat ein psychisches Problem. Hat sie Ihnen auch erzählt, dass mein Vater sie ohne Grund von heute auf morgen vor die Tür gesetzt hätte? Und dass wir grundlos den Kontakt zu ihr abgebrochen hätten? Alles Unsinn, Herr Schäfer. Sie lügt wie gedruckt und findet auch immer wieder einen Dummen, der auf sie reinfällt."

Ich schwieg, weshalb sie fälschlicherweise auf meine stillschweigende Zustimmung schloss.

„Sehen Sie, da hatte ich doch Recht. So macht sie es mit jedem, der sich von ihr einwickeln lässt. Es wird im Ort viel gemunkelt, doch außer uns kennt niemand die Wahrheit. Es gibt schon einen triftigen Grund, den Marga auch kennt, aber darüber wollen wir nicht sprechen, das geht niemanden etwas an. Mein Vater hat das aus seinem Gedächtnis gestrichen, es wäre zu hart für ihn, wenn alles wieder hochkommen würde. Wir bezahlen Marga einen angemessenen Lebensunterhalt. Sie muss nichts dafür tun. Und was macht sie? Sie dankt es uns mit Verleumdungen. Renate hat sich jedenfalls von ihr einwickeln lassen. Sie etwa auch?"

Ich überhörte die letzte Frage und wandte mich wieder Benjamin Dohne zu. „Weshalb hat Ihre Frau denn nun am Karsamstag die eheliche Wohnung verlassen? Was ist vorgefallen?"

„Eigentlich ist nichts Besonderes vorgefallen."

„Eigentlich?"

„Na sag doch schon, dass sie mal wieder über mich und den Rest der Familie hergezogen ist und du dich selbstverständlich mit uns solidarisch erklärt hast. Schließlich sind wir eine Familie. Sie ist nur eingeheiratet und muss sich erst einmal anpassen. Das musste dein Vater damals auch."

„Ja, so ungefähr ist es gewesen", bestätigte Benjamin Dohne

matt. „Renate hat mir daraufhin vorgehalten, dass ich mich gegen sie stellen würde und sie mit mir nicht mehr unter demselben Dach wohnen könne. Wenige Minuten später habe ich nur noch gehört, wie die Tür ins Schloss gefallen ist.“

„Und sonst war nichts?“

„Da muss sie doch schon längst ihre Reisetasche gepackt haben. Das war doch bestens vorbereitet“, kombinierte Gerlinde Dohne.

Ich stellte abschließend die gleichen Fragen, nach Hinweisen oder Vermutungen, die Anhaltspunkte für einen möglichen Aufenthaltsort hätten liefern können. Das Resultat war identisch mit dem bei Marga Preuß: keine Kenntnis über Freunde oder Bekannte, auch kein favorisierter Ort, wo man sie hätte ausfindig machen können.

„Und was wollen Sie jetzt noch tun, um Gertruds Hysterie zu bedienen? Besonders erleuchtend dürfte Ihre Ausbeute an Erkenntnissen ja nicht sein“, erkundigte sich Gerlinde Dohne sarkastisch

Mit dir möchte ich auch nicht verheiratet sein, dachte ich. Ich verspürte den unstillbaren Drang ihrem Mann in stiller Bewunderung für das Martyrium, das er nach meiner vorurteilsbehafteten Ansicht durchmachen musste, wortlos die Hand zu drücken.

Ich versuchte meiner Stimme einen fürsorglichen Klang zu geben. „Sie sprechen nur von Frau Fabers Befindlichkeit. Wollen Sie denn nicht auch wissen, ob Ihre Frau und Ihre Schwiegertochter, wohlauf ist? Immerhin müssen wir auch die Möglichkeit ins Auge fassen, dass ihr etwas zugestoßen ist.“ Ich bedachte beide mit einem forschenden Blick, worauf sie vollmundig bestätigten, dass sie sich natürlich Gedanken machen würden.

„Hauptkommissar Koman von der Polizeiinspektion Alzey ermittelt Frau Faber zuliebe parallel zu mir in einem andern Umfeld. Ich möchte allerdings nicht näher darauf eingehen, weil er das nur inoffiziell tun kann. Herr Koman war vor sechs Jahren ihr Ausbilder und kennt sie recht gut. Er betrachtet es als seine Schuldigkeit …“

Benjamin Dohne verzog das Gesicht. „Koman? Gerade der!“

„Sie kennen ihn?"

„Nein ...", er zögert einen kurzen Moment und seine Stimme nahm kaum hörbar an Schärfe zu. „Nur ... vom Hörensagen, Renate hat mir von ihm erzählt. Heribert hier und Heribert da! Sie hat ja auch nicht nur von diesem Koman gesprochen, sondern von der Kollegin X und dem Kollegen Y. Ich konnte es langsam nicht mehr hören."

„Geh doch wieder zurück zu deiner Polizei, habe ich ihr mehrmals gesagt", ereiferte sich nun auch Gerlinde Dohne. „Aber davon wollte sie auch wieder nichts hören. Sie weiß einfach nicht, was sie will. Diese Frau hat keine Wurzeln. Stattdessen will sie fliegen. Und das kann man in einem Betrieb wie dem unseren nicht gebrauchen."

Benjamin Dohne überging die Einwürfe seiner Mutter. Ihm ging etwas anderes nicht aus dem Kopf „Von wegen Schuldigkeit, was heißt da Schuldigkeit?! Wie kommt dieser Koman dazu? Das kann er sich sparen. Wir wollen das nicht."

Schwang da so etwas wie Eifersucht in seiner Stimme mit? Oder etwa doch Schuldgefühle?

„Sie werden ihn kaum davon abhalten können – weshalb auch. Er unternimmt das, was er im Rahmen seiner gesetzlich begrenzten Mittel machen kann, um den Aufenthaltsort Ihrer Frau zu ermitteln. Wir tragen beide zusammen, was wir an Mosaiksteinchen gesammelt haben. Vielleicht ergeben sich daraus wenigstens die Konturen eines Bildes. Denn eines ist Ihnen beiden doch auch klar: Seinen Lebenskreis im Zorn oder in der Verzweiflung kurzzeitig zu verlassen, um Abstand zu gewinnen, das ist eine Sache. Aber jetzt ist sie bereits seit vierzehn Tage verschwunden, ohne ein Lebenszeichen, noch nicht einmal bei ihrer Mutter. Dieses Verhalten passt nicht ins Bild einer Renate Dohne, geborene Faber." Ich hatte mich in Rage geredet, weil mich die bornierte Sturheit der beiden langsam zornig machte.

Ich hatte alle Fragen gestellt – fast. Ein Detail über das, was sich am Karsamstag in dieser Wohnung abgespielt haben musste, hatte Benjamin Dohne allerdings bisher unerwähnt gelassen. Vielleicht scheute er sich auch davor, solange seine Mutter neben ihm saß oder er schämte sich vor mir. Nachdem ich mich von Frau Dohne verabschiedet hatte, brachte er mich zur Wohnungstür. Am Treppenabsatz drehte ich mich mit einer entschuldigenden Geste noch einmal zu ihm um. „Beinahe hätte ich etwas vergessen, Herr Dohne. Kann es sein, dass Ihre Frau schwanger ist?“ Er blickte mich an, als wäre ich ein Geist.

„Wie kommen Sie denn da drauf?“, stammelte er unsicher, was hat das denn mit Renates Verschwinden zu tun?“

„Ich dachte nur. Bei dem angespannten Verhältnis, was ja unzweifelhaft hier herrscht, könnte es ja sein, dass ein Kind ...“ Ich ließ das Ende der Mutmaßung offen. „War auch nur so eine Idee.“

Benjamin Dohne hatte sich wieder gefangen und in seiner Antwort schwang Zorn mit. „Nein, sie war *nicht* schwanger. Das kann ich mit absoluter Sicherheit behaupten. Und jetzt, bitte, gehen Sie. Ich habe Ihnen ja schon gesagt, dass ich auch noch etwas anderes zu tun habe.“

Meinen endgültigen Abschiedsgruß hörte er nicht mehr, da er die Tür unsanft hinter mir schloss.

Als ich auf dem Weg nach draußen an der Wohnung von Johann Preuß vorbeikam, vernahm ich das Geräusch eines elektrischen Schließers und die Tür öffnete sich nach innen. Zuerst konnte ich niemanden erkennen, da der Eingangsflur unbeleuchtet war. Aus dem Dunkeln bat mich eine brüchige Stimme freundlich einzutreten. Ich kam der Aufforderung nach und erblickte, nachdem meine Augen sich eingewöhnt hatten, einen Mann vor mir. Er saß in einem Rollstuhl, den er ohne eine weitere Erklärung wendete. Dazu kippte er das Gefährt leicht an, so dass es kurz auf den beiden hinteren Rädern stand, und versetzte ihm mit einer ruckartigen Körperbewegung eine Drehung um 180 Grad, die er mit einem geübten Griff in die Metallreifen, die außerhalb der Räder angebracht waren, unterstützte. Ich bewunderte die Geschicklichkeit, mit der er die Behinderung seiner Mobilität meisterte.

„Sie wissen, wer ich bin?“, fragte er, während er an einem schweren Vorhang, der anscheinend die Garderobe verdeckte, vorbeirollte und die Tür zu dem gleichen Zimmer öffnete, in dem ich zuvor ein Stockwerk höher gesessen hatte.

Auch hier herrschte gedämpftes Licht. Die Klappläden waren geschlossen und durch die Schlitze der beweglichen Lamellen drang gerade so viel Tageslicht ein, dass man die Einrichtung erkennen konnte.

„Ich nehme an, Sie sind Herr Preuß“, antwortete ich.

„Und Sie sind Herr Schäfer. Von Ihnen liest man ja schöne Sachen.“ Seine Stimme passte partout nicht zu dem herzhaften Lachen, das seine Worte begeleitete.

Er war zu einem runden, braun lackierten Beistelltisch gerollt, neben dem ein bequemer Sessel stand, auf dem Platz zu nehmen er mich mit einer Handbewegung aufforderte. In seiner Reichweite gab es zudem eine Stehlampe, die er mit dem Zug an einer geflochtenen Kordel anschaltete.

„Mein Lieblingsplatz, mit allem, was mir das Leben etwas erträglicher macht“, erklärte er und deutete auf mehrere Bücher, ein Funktelefon und eine Fernbedienung, die auf dem Tisch lagen. Dann griff er unter die Tischplatte, wo er von einem Zwischenboden zwei Gläser und eine Flasche Traubensaft hervorzog. Ohne zu fragen, ob er mir etwas anbieten könne, füllte er bedächtig die beiden Gläser. Dabei hatte ich endlich die Gelegenheit, mir Johann Preuß näher anzusehen.

Er trug einen dunkelbraunen Anzug und ein sonnenblumenfarbenes Hemd. Ich hatte nicht den Eindruck, dass diese kleidungsmäßige Konvention mir galt, sondern dass er grundsätzlich auf korrektes Aussehen bedacht war. Sein schlohweißes Haar war von beneidenswerter Fülle und kringelte sich im Nacken zu kleinen Locken. Seine Augen, überschattet von ebenso weißen, buschigen Augenbrauen, waren klein, wässrig und rot unterlaufen. Eine eindeutige Farbe seiner Pupillen war nicht mehr auszumachen. Ebenso schwierig war es, sein tatsächliches Körpermaß zu bestimmen, da er wahrscheinlich aufgrund seiner Behinderung und seines fortgeschrittenen Alters nicht in der Lage war, über eine längere Zeit aufrecht zu sitzen. Das änderte aber nichts daran, dass mir dennoch eine imponierende Erscheinung gegenüber saß, die es gewohnt war, dass man sie respektierte.

„Na“, fragte er lächelnd – er hatte inzwischen die Gläser gefüllt und eines in meine Richtung geschoben – „den alten Johann eingehend gemustert und hoffentlich für gut befunden?“ Dabei neigte er den Kopf leicht zur rechten Seite. Fairerweise ersparte er mir die Peinlichkeit einer Antwort, indem er mir den Traubensaft aus seiner eigenen Produktion offerierte: „Ohne Zusatzstoffe, die reine Natur, ich hoffe, er schmeckt ihnen.“

Ich trank konzentriert und nickte ihm dann anerkennend zu.

„Seit wann wohnen sie hier im schönen Bernheim? Sind wir uns schon einmal begegnet?“

„Seit sechzehn Jahren, Herr Preuß, aber ich denke nicht, dass wir schon einmal das Vergnügen hatten.“

„Vergnügen?“ Wieder lachte er herzhaft. „Das sehen aber die Bernheimer ganz anders – neidisches Pack. Sie sehen nur, wie gut unser Betrieb läuft, dass wir uns von Jahr zu Jahr vergrößern und einen eigenen Maschinenpark haben, bei dem nicht einmal die Winzergenossenschaft mithalten kann. Und alles aus kleinsten Anfängen aufgebaut, ohne Zuschüsse oder auch nur einen Pfennig Fremdkapital.“ Eine Mischung aus Stolz und Zorn schwang in seiner Stimme mit.

„Wie lange betreiben Sie das Weingut schon?“

„Stehen Sie auf und drehen Sie sich um. Da haben Sie die Chronologie unseres Betriebes auf einen Blick.“

Was ich zuvor beim Betreten des Zimmers nicht sehen konnte, da ich mich auf Johann Preuß konzentriert hatte, war eine Bildergalerie von zwölf großformatigen Fotos in den unterschiedlichsten Rahmen. Über die gesamte Länge der Wand, nur unterbrochen durch die Tür zum Flur, erstreckte sich die bebilderte Geschichte des Unternehmens. Von fleckigen Schwarz-Weiß-Fotos, über nachkolorierte Farbaufnahmen, bis hin zu Luftbildern war diese Reihe gleichzeitig ein Lehrstück der Entwicklung der Fototechnik der letzten sechs Jahrzehnte.

„Es geht von links nach rechts“, kommentierte Preuß. „1946 habe ich mit achtundzwanzig Jahren einen Weinbaubetrieb übernommen, der durch den Krieg heruntergewirtschaftet war. Das Foto zeigt ja ganz deutlich, wie es da noch ausgesehen hat. Der Vorbesitzer und seine drei Söhne sind alle im Feld geblieben. Die Ehefrau hat mir den Betrieb so, wie er war, verkauft und ist kurz danach gestorben – sie liegt auf dem Friedhof hier in Bernheim. Ich lasse ihr Grab pflegen. Die Männer sind irgendwo in Russland und in Frankreich begraben.“ Er stockte und holte tief Luft. „Den Jüngsten hat es am 11. Mai 1945 mit siebzehn Jahren erwischt. Drei Tage nach der Kapitulation. Sie haben ihn aufgehängt, die eigenen Leute. Er wollte doch nur nach Hause, war doch noch ein Kind.“ Er sah mich wissend an. „Eine ganze Familie ausgelöscht, Herr Schäfer. Und die Familie ist doch das Wichtigste, was wir haben, auf ihr gründet doch alles – oder?“

Er erwartete keine Antwort und ich wandte mich wieder der Betrachtung der Bildergalerie zu. Über mehrere Jahrzehnte war dokumentiert, wie rasant und offenbar geplant sich Gebäude, Maschinenpark, Mitarbeiterzahl und ... seine Familie vergrößert hatten. Letztere durfte auf keinem der Zeitdokumente fehlen, bis auf Marga – es sah auf einigen Aufnahmen so aus, als habe man jemanden wegretuschiert. Ganz rechts hing das Foto einer hübschen, etwa vierzigjährigen Frau. Frisur und Kleidung ließen vermuten, dass es in den siebziger Jahren entstanden sein musste. Trotzdem war es von einer solchen Brillanz, als sei es erst gestern aufgenommen worden, während die anderen Fotos durch die Lichteinwirkung schon gelitten hatten. *Marga Preuß in Farbe*, durchzuckte es mich. Ich blieb vor dem Foto stehen und rückte es gerade, da es, ebenso wie das Foto links davon, etwas schief hing. Dieser merkwürdige Aktionismus gehört zu den schrulligeren meiner Eigenschaften: Immer, wenn ich schief hängende Bilder sehe, muss ich, einem manischen Trieb folgend, die geometrische Ästhetik wiederherstellen.

„Meine Frau, Thea“, bestätigte Johann Preuß meine Vermutung, wobei er sichtlich amüsiert meine Marotte verfolgte. „Sie ist jetzt auch schon fast dreißig Jahre tot, ein Unfall.“

Als ich auch noch das linke Bild korrigierte, fiel mir auf, dass sich seine Konturen auf der Wand abgezeichnet hatten, was bei dem Bild von Thea Preuß nicht der Fall war. Ich setzte mich wieder.

„Es ist wirklich beeindruckend, was Sie geleistet haben.“

„Nicht nur ich – die ganze Familie“, er nickte bedächtig, als wollte er sich seine eigene Aussage bestätigen. „Ich habe auch nie etwas dem Zufall überlassen und mich nicht in Abhängigkeiten gebracht. Ich halte mir zum Beispiel auch schon seit Jahren einen eigenen Weinchemiker.“

Er *hielt ihn sich?* „Herrn Zerfass?“

„Sie kennen ihn?“ Er musterte mich, wie schon sein Enkel zuvor, als ich den Namen erwähnt hatte, allerdings weniger befremdet, eher belustigt. „Ein guter Mann. Schade nur, dass er einen genetischen Webfehler hat. Da nutzt auch die beste Chemie nichts.“ Das Lachen, das er seiner abwegigen Feststellung folgen ließ, klang aufgesetzt. „Solange er seine Veranlagung nicht hier auf dem Weingut auslebt und dem Geschäft nicht schadet, kann er hier bleiben. Mit ihm geben wir in der Hochsaison fast dreißig Menschen Arbeit, denen wir ein faires und anständiges Salaire zahlen. Der Betrieb floriert und uns geht es gut. Aber was wir dafür tun und an Missgunst erdulden müssen, das interessiert keinen.“

Ich dachte, dass es nicht schaden könnte, ein wenig in dieselbe Kerbe zu schlagen. „Sie wissen doch: Mitleid bekommt man geschenkt, Neid dagegen muss man sich erarbeiten.“

„Der Spruch ist gut“, freute er sich, „den muss ich mir merken.“

Genug Smalltalk, dachte ich und wollte nun doch zur Sache kommen. „Herr Preuß, weshalb haben Sie mich hereingebeten?“

Er veränderte schwerfällig seine Sitzposition, indem er sich auf den Armlehnen seines Rollstuhles abstützte. „Ich wollte den Darius

Schäfer einmal kennenlernen, von dem man so viel liest und hört. Und natürlich will ich sichergehen, dass Gertrud für die Suche nach unserer Renate mit Ihnen die richtige Wahl getroffen hat", erklärte er.

Ich wollte ihm darlegen, dass meine Motivation rein persönlicher Art war und nicht die eines Privatdetektivs. Er ließ mich jedoch nicht zu Wort kommen.

„Wissen Sie, Menschen meines Alters besitzen oft die intuitive Gabe andere sehr schnell einzuschätzen. Und das habe ich jetzt getan."

„Und, hoffentlich auch für gut befunden?", wiederholte ich seine Worte von zuvor.

„Humor mit einem Schlag Sarkasmus, Rückgrat mit der Tendenz zum Kamikaze, absolute Offenheit mit einer Leidenschaft zum Fettnäpfchenparcours. Dazu sehe ich in Ihnen einen Genussmenschen", er deutete auf meinen sich abzeichnenden Bauchansatz, „wobei ich das nicht alleine auf Essen und Trinken beschränken möchte, sondern auch die Libido mit einbeziehe. Eine Frau im Arm zu halten ist für Sie genau so wichtig, wie das leibliche Wohl. Wenn es mich nicht vor zwanzig Jahren erwischt hätte", dabei schlug er sich mit flachen Händen auf die gelähmten Oberschenkel, als wolle er sie für ihre Bewegungslosigkeit bestrafen, „ich glaube, ich könnte heute noch meinen Mann stehen." Er nahm einen tiefen Schluck Traubensaft aus seinem Glas und ich tat es ihm gleich.

„Der schmeckt gut nicht wahr?" Mit den gleichen Worten hatte seine Tochter Marga mich gefragt, ob mir der Wein zusagte, den sie mir angeboten hatte. Ob ich ihm das sagen sollte?

„Na, wie war mein kleines Psychogramm des Herrn Schäfer?" Es dauerte einen Moment, bis ich mich aus meiner Überlegung gerissen und seine Frage registriert hatte. „Nicht lange nachdenken, sagen Sie spontan, was Sie davon halten."

„Nicht schlecht. Darf ich das Analyseergebnis schriftlich haben?"

„Wozu? Das brauchen Sie doch gar nicht. Ich habe nämlich noch etwas unerwähnt gelassen: Selbstbewusstsein und eine positive Einstellung sich selbst gegenüber."

„Woraus haben Sie das alles in dieser kurzen Zeit abgeleitet? Aus meinem Verhalten, meiner Körpersprache, meiner Physiognomie? Langsam werden Sie mir wirklich unheimlich, Herr Preuß."

„Muss nicht", grinste er verschmitzt, „wir haben eine gemeinsame Bekannte, die ich über Sie ausgefragt habe, als ich hörte, dass Sie meinen Enkel aufsuchen wollten. Diese Dame kennt und schätzt Sie seit vielen Jahren."

„Gertrud!", stöhnte ich, „ich hätte es mir ja denken können."

„Haben Sie aber nicht", jubelte der alte Mann und freute sich sichtlich über den Streich, den er mir gespielt hatte. Er tat mir fast leid, aber wenn ich ein Gefühl dafür bekommen wollte, was sich hinter den Kulissen der Familien Preuß/Dohne abspielte, wer die Regie führte, wer die Hauptdarsteller und wer die Statisten waren, konnte ich ihm eine Frage nicht ersparen, die ihm unter Umständen unangenehm war.

„Sie bescheinigen mir absolute Offenheit mit einer Leidenschaft für den Fettnäpfchenparcours, Herr Preuß. Ich nehme an, Sie schätzen das als positive Eigenschaft ein?"

Er bestätigte meine Vermutung und wollte wissen, weshalb ich das ansprach.

„Sie erwähnten vorhin, dass ich Ihren Enkel aufgesucht habe. Ich war aber bereits schon gestern Abend bei Ihrer ..."

Er hob die linke Hand und zischte scharf: „Stopp! Nicht weiter, Tabuzone! Ich bitte Sie, nein, ich fordere Sie auf, das zu respektieren!"

Er fuhr sich mit beiden Händen durch die Haare, wobei er den Kopf gesenkt hielt. Dann richtete er sich wieder auf und schaute mich traurig an. Sein eben noch schneidiger Tonfall hatte etwas fast Beschwörerisches angenommen. „Suchen Sie Renate. Sie fehlt uns. Ich möchte sie bald wieder im Schoße der Familie haben, bevor noch ... Wir brauchen die Sicherheit zu wissen, was mit ihr ist, koste es, was es wolle. Aber bitte Diskretion, Herr Schäfer, es darf nichts nach außen dringen."

„Herr Preuß, ich muss Ihnen dasselbe sagen, wie auch Frau Faber: Renate ist eine erwachsene Frau. Sie bestimmt ihr Leben nach ihren eigenen Regeln und Vorstellungen. Wir müssen das respektieren. Da bleiben nicht viele Möglichkeiten, ihren Aufenthaltsort festzustellen. Und selbst wenn wir sie ausfindig machen, wird es ihre Entscheidung bleiben, ob wir ihn Ihnen mitteilen."

Ich war aufgestanden, um mich zu verabschieden.

„Noch etwas, bevor Sie gehen, Herr Schäfer. Egal, was Sie an Unterstützung benötigen, meine Beziehungen reichen weiter, als Sie sich das vorstellen können. Sagen Sie mir, wenn Sie darauf zurückgreifen wollen. Sie können mich zu jeder Tages- und Nachtzeit anrufen." Er reichte mir eine Visitenkarte, die er aus der Innentasche seines Jacketts gezogen hatte. „Sie sollen sich aber auch darüber im Klaren sein, dass ich mich nicht davor scheuen werde, meine Verbindungen auch dann einzusetzen, wenn ich feststellen muss, dass Sie etwas tun, was sich gegen die Interessen meiner Familie richtet."

Schlagartig hatte ich dasselbe Gefühl eines Temperatursturzes wie kurz zuvor bei seiner Tochter. Ich sah ihn überrascht und ungläubig an. „Soll ich das etwa als Drohung verstehen?"

Seine kleinen Augen hatten plötzlich etwas Bösartiges. „Das ist Interpretationssache. Ich sehe es als gut gemeinten Ratschlag. Die persönliche und wirtschaftliche Stärke unserer Familie basiert auf ihrem Zusammenhalt. Das ist das Fundament, das ich Zeit meines Lebens gesichert und geschützt habe. Die Bewahrung der Familienintegrität ist bei uns keine nebulöse Vision, sondern eisernes Gesetz. *Todo por la familia*, Sie verstehen?"

Dieser abgewandelte Leitspruch der spanischen Guardia Civil, die unter der Diktatur Francos als Repressionsinstrument gegen Andersdenkende missbraucht worden war, passte nun zu der Darbietung des alten Mannes im Rollstuhl. Mit seinen letzten

Äußerungen hatte er sich als der Patriarch entlarvt, als den Marga Preuß ihn dargestellt hatte.

Obwohl mir nach einer entsprechenden Bemerkung zu Mute war, blieb ich weitgehend verbindlich, ohne allerdings die Untertänigkeit an den Tag zu legen, die er sich wohl mit seiner Inszenierung von mir erhofft hatte. „Keine Angst, ich bin es gewohnt, die richtigen Entscheidungen zu treffen. Rückgrat, Herr Preuß, notfalls mit Kamikaze, Sie verstehen?“ Ich reichte ihm mit dem freundlichsten Gesicht, das ich aufbieten konnte, die Hand. „Bleiben Sie ruhig hier, ich finde schon alleine raus.“

Mit gemischten Gefühlen überquerte ich den Hof. Die Gastarbeiter machten inzwischen eine Pause. Sie ließen die Literflasche mit dem Haustrunk kreisen, einem alkoholarmen Wein, der aus den Pressrückständen, dem sogenannten Trester, erzeugt wurde.

Ein Mann in meinem Alter eilte über den Hof. Er war von kleiner Statur und sein weißer, geschlossener Kittel spannte derart über dem Bauch, dass man befürchten musste, bei der nächsten Bewegung würden alle Knöpf abgesprengt. Auf dem Kopf hatte er eine dieser leichten Stoffhauben, wie man sie im Labor trug. Darunter lugten – nicht gerade altersgemäß – lange, blonde Haare hervor. In der rechten Hand hielt er einen Erlenmeyerkolben, in der bei jedem seiner Schritte eine gefährlich aussehende, grünliche Flüssigkeit bis zum Rand schwappte. Ohne uns zu beachten, verschwand er eilig in einem der Weinkeller.

Ich hatte ihn schon mehrmals im *Bernheimer Schafbock* gesehen. Stets saß er alleine an einem Tisch und machte auch den Eindruck, als wünsche er keine Gesellschaft. Scheinbar lustlos trank er ein oder zwei Glas Wein, aß etwas und war nach spätestens einer Stunde schon wieder grußlos verschwunden, so, als ob es ihn nie gegeben hätte. Nur freitags, da hatte er ein besonderes Ritual und gönnte sich ein Rumpsteak mit einem dritten Glas Wein – so hatte es mir zumindest Paul Herbst einmal zugeraunt. Ich hatte bisher nicht gewusst, dass er auf dem Weingut beschäftigt war.

Es konnte sich eigentlich nur um Klaus Zerfass handeln, den Weinchemiker und -techniker, das Faktotum, wie Marga Preuß ihn bezeichnet hatte. Meine Vermutung erfuhr auch dadurch ihre Bestätigung, dass die polnischen Erntehelfer ihm lachend *pedau* und *huisos* hinterher riefen. Ich hoffte nur, dass er nicht verstand, auf welche pöbelhafte Art sie ihn wegen seiner Veranlagung verhöhnten. Er sah traurig aus.

Auf dem Rückweg, den ich auf dem engen Pfad entlang dem Dunzelbach nahm, begegnete mir niemand, so dass ich ungestört meinen Gedanken nachhängen und die Gespräche, die ich seit gestern geführt hatte, Revue passieren lassen konnte. Zumindest versuchte ich es. In meinem Kopf purzelten die Gedanken durcheinander wie die *Kinderkrabbelgruppe Gänseblümchen* bei ihrer unausweichlichen Ballettdarbietung zum Sommerfest. Selten hatte man mir auf der Basis derselben Tatsache eine derartige Auswahl an unterschiedlichen Meinungen, Wahrnehmungen, Stimmungen und Beurteilungen präsentiert. Was war Wahrheit, was Lüge? Was war die *tatsächliche* Wahrheit und was eine *bewusste* Lüge. Was hatte man mir nach bestem Wissen erzählt und war dennoch falsch?

Bis zu diesem Tag hatte ich stets unsere Steuergesetzgebung als dokumentierte Allegorie für professionelle Kopflosigkeit betrachtet. In diesem bizarren Familienspiel der Preußens und Dohnes hatte sie einen ebenbürtigen Gegner im Wettbewerb um den höchsten Verwirrungsfaktor gefunden. Wie bei einem Kaleidoskop konnte ich die einzelnen Steinchen der Aussagen durcheinanderschütteln und erhielt ein immer anderes, schillerndes Bild.

Ich tat das, was mir in solchen Fällen totaler Konfusion bislang immer geholfen hatte, wieder eine logische Gedankenstruktur in Gang zu setzen: Ich spielte den Denkprozess außerhalb der automatischen Gehirnfunktionen durch. In meinem Büro angekommen nahm ich Papier und Bleistift und führte mir als Erstes mit einer Grafik die Familienverbindungen vor Augen.

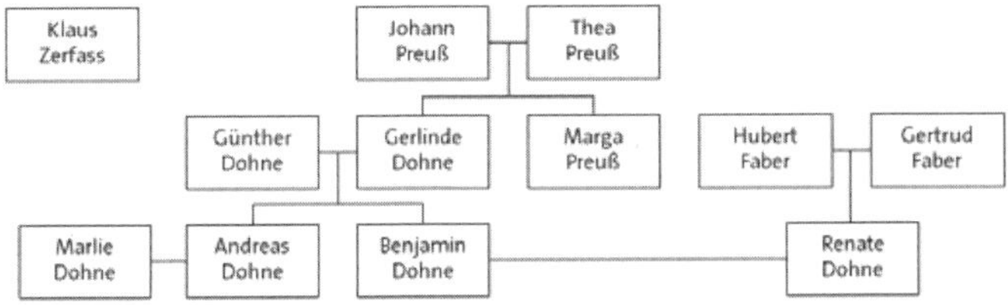

Danach legte ich stichwortartig den zeitlichen Ablauf von Renates letzten Tagen in Bernheim fest. Dabei hatte ich es mit Fakten zu tun, die nachvollziehbar und vergleichbar waren. Es zeigte sich eine absolute Übereinstimmung der Aussagen von Gertrud, Marga Preuß und Benjamin Dohne. Das also konnte nicht der Grund für meine Irritation sein. Der hatte eindeutig nichts mit den Tatsachen zu tun. Nein, hier ging es um Gefühle, um Befindlichkeiten. Und genau hier war meine Ratlosigkeit angesiedelt. Was war Renates Motivation, zu verschwinden und seit vierzehn Tagen kein Lebenszeichen mehr von sich zu geben? War es ein langer Prozess gewesen, den empathischere Menschen als Benjamin Dohne und der Preuß-Clan hätten wahrnehmen können, oder eine spontane Reaktion, für Renate ebenso überraschend wie für ihr Umfeld? Und da gab es die unterschiedlichsten und verwirrendsten Anhaltspunkte. Was konnte sie zu diesem, für sie untypischen, Verhalten bewogen haben? Ich erstellte eine Liste der Optionen, die sich bisher ergeben hatten.

- ✓ *Untragbare Belastungen in der Ehe (Rücksichtslosigkeit, Gewalt, mangelnde Loyalität);*
- ✓ *unüberwindbare Schwierigkeiten mit der Familie insgesamt oder mit einzelnen Personen;*
- ✓ *Frust bei der täglichen Arbeit, ohne Aussicht auf Besserung;*
- ✓ *mangelnde Anerkennung, permanente Nörgeleien, Mobbing;*

- ✓ *Erkenntnis, dass es ein Fehler war, den Polizeidienst zu quittieren;*
- ✓ *eine Affäre ihres Mannes;*
- ✓ *eine eigene Affäre, es gibt einen anderen Mann in ihrem Leben;*
- ✓ *Marga hat sie aufgestachelt und ihr ein Horrorszenario vor Augen geführt, dem sie entfliehen will;*
- ✓ *Zukunftsängste*

Nachdem ich mir diese Aufstellung noch einmal durchgelesen hatte, war ich noch konfuser als vorher. „Das ist doch alles Schwachsinn", ereiferte ich mich laut. „Da ist doch nichts dabei, was eine Frau wie Renate derart aus dem Gleichgewicht bringen könnte, dass sie einfach auf Nimmerwiedersehen verschwindet. Ihrem Mann einen Schuss vor den Bug geben, damit er endlich aufwacht und sich zu ihr bekennt, ja. Ihrer Schwiegermutter einen Denkzettel verpassen, damit sie ihre Selbstgerechtigkeit zügelt und Renates Pflichtbewusstsein respektiert, auch ja. Aber doch nicht zwei Wochen spurlos verschwinden."

Ich zerknüllte den Zettel und warf ihn wütend in den Papierkorb. Es musste noch etwas anders sein. Aber was, was könnte es sein?

Heribert fiel mir ein. Klar doch. Als hätte eine unsichtbare Hand einen Schalter umgelegt, war mein Kopf plötzlich klar. Diese Familie hatte mich geistig so in Beschlag genommen, dass ich nur auf sie fixiert war. In meiner verzweifelten Suche nach Beweggründen war ich derart blockiert, dass ich nicht mehr daran gedacht hatte, dass Renate Unterlagen von ihren Ermittlungen dieser *SoKo Rheinhessennetz* kopiert und in ihrem Zimmer in ihrem Elternhaus aufbewahrt hatte. Und Heribert hatte sie an sich genommen und durchsehen wollen.

Was hatte Gertrud gesagt? Kurz vor Weihnachten hätte Renate in den Dokumenten etwas gesucht, was mit ihrem früheren Chef zu tun gehabt hätte. Und war der nicht genau zu diesem Zeitpunkt bei einem Unfall ums Leben gekommen?

Ich musste wissen, ob Heribert auf einen Hinweis gestoßen war und rief ihn an.

„Einen?“, dröhnte er, „wie viele willst du? Ich weiß mir nur noch keinen Reim darauf zu machen. Denn wenn das zutrifft, was ich vermute, hätte die SoKo niemals ihre Arbeit einstellen dürfen. Das möchte ich allerdings nicht am Telefon mit dir besprechen.“

Wir vereinbarten, uns vor dem Abendessen im Weingut *Nehmert* bei Sonja und mir zu treffen, um unsere Erkenntnisse auszutauschen. Heribert hatte Dagmar übrigens doch in die Sache mit Renate eingeweiht, aber nur oberflächlich, wie er betonte.

Ich holte meine zerknitterte Aufstellung aus dem Papierkorb, strich sie notdürftig glatt und legte sie mit dem Familienorganigramm für den heutigen Abend bereit. Ich fühlte mich erleichtert, denn ich hatte so eine Ahnung, dass wir mit Heriberts Ergebnissen ein gutes Stück weiterkommen würden. Hätte ich in die Zukunft blicken können, ich wäre in diesem Moment nicht so fröhlich gestimmt gewesen und meine Zuversicht hätte sich in Bedrücktheit verwandelt.

Dagmar und Heribert waren so früh bei uns eingetroffen, dass wir noch eine gute Stunde Zeit hatten, die ersten Ermittlungsergebnisse zu besprechen. Sonja und Dagmar hatten sich auf unsere Bitte hin dazu gesellt.

„Ihr achtet auf andere Dinge als wir und ordnet sie vielleicht anders ein, weil ihr noch völlig neutral an die Sache herangehen könnt“, lautete Heriberts Begründung.

„Dann hoffen wir einmal, dass wir euch beiden Koryphäen hilfreich zur Seite stehen können, wenn wir schon so einträchtig zusammensitzen, was ja leider nur allzu selten vorkommt.“ Dagmar spielte darauf an, dass die nur schwer planbare dienstliche Beanspruchung der beiden ein geordnetes Miteinander kaum zuließ. Auch was die sozialen Kontakte nach außen – so zum Beispiel zu

Sonja und mir – anbelangte, wurden Freunde und Bekannte immer wieder auf eine Geduldsprobe gestellt.

Bevor sie beschlossen hatten zusammenzuziehen, hatten Dagmar und Heribert befürchtet, dass es dadurch zu Komplikationen kommen könnte – beide waren sie gebrannte Kinder. Heriberts erste Ehe war letztlich an seiner beruflichen Beanspruchung gescheitert. Doch die Zweifel erwiesen sich als unbegründet. Dagmar und Heribert lebten nun schon seit mehr als einem Jahr zusammen, nachdem sie festgestellt hatten, dass sie erheblich mehr verband als nur eine gute Zusammenarbeit.

Dagmar hatte sich von ihrem Verwaltungsposten im Polizeipräsidium in Mainz wieder zurück nach Alzey in den Bereitschaftsdienst versetzen lassen. Inzwischen war die Oberkommissarin bei einer Kommission für Drogenprävention eingesetzt. Sie ging voll in ihrer Tätigkeit auf. Auch wenn sie sich in einem Umfeld bewegen musste, in dem sie täglich mit Schicksalen konfrontiert wurde, wie sie trostloser und auswegloser kaum vorstellbar waren, verrichtete sie ihren Dienst mit Begeisterung. Wir hatten uns um den Küchentisch gruppiert, Heribert bat mich darum zu beginnen, und ich schilderte meine Gespräche mit Marga Preuß, Gerlinde und Benjamin Dohne und Johann Preuß. Die drei hatten keine Fragen. „*Momentan* nicht“, wie es Sonja präzisierte.

„Mir ist etwas aufgefallen“, warf Heribert ein. „Der alte Preuß hängt die Familienehre ein bisschen hoch auf. Das klingt mir etwas zu pathetisch und wirkt dadurch unglaubwürdig – wie eine Plattitüde. Schließlich sind wir hier in Rheinhessen und nicht in Italien.“

„Ich glaube nicht, dass es Johann Preuß nur im die Ehre geht“, entgegnete Sonja, „sondern um den Schutz der Familie generell. Er sieht sich in der Rolle des Familienoberhauptes an seine traditionelle Verantwortung gebunden.“

„Wie darf ich das verstehen?“ Heribert hob fragend eine Augenbraue.

„Ich will jetzt nicht dozieren, aber ich denke, es ist wichtig, den Hintergrund seines Denkens im sozio-historischen Zusammenhang zu sehen. Immerhin haben wir es hier mit drei Generationen und der damit einhergehenden Werteveränderung zu tun. Johann Preuß wurde in einer Zeit erzogen, als es noch einen Deutschen Kaiser gab. Der war zwar bereits im Exil, aber in den Köpfen vieler war die preußisch-hierarchische Ordnung noch vorhanden. Die Familie war wie ein kleiner Staat im Staate, dessen Keimzelle sozusagen, und ihr Oberhaupt war der Vater. Nach dem gesellschaftlichen Selbstverständnis fielen die Verfehlungen der Ehefrau und der Kinder auf den Vater zurück, da er seiner Familie offenbar nicht dem Idealbild entsprechend vorstehen konnte; entweder weil der sich nicht den nötigen Respekt verschaffen konnte oder weil er selbst ein schlechtes Vorbild war."

„Also doch Ehre?", hinterfragte Heribert.

„Auch, aber nicht nur. Es geht vor allem um den Schutz der Familie", bekräftigte Sonja nochmals.

„Ich denke, das trifft auch auf Johann Preuß zu. Ich habe den Kern des Familienverbundes in einer Grafik dargestellt, die das ganz gut zeigt." Ich breitete das Organigramm der Familien Preuß/Dohne auf dem Küchentisch aus und legte das notdürftig geglättete Papier mit der Zusammenstellung möglicher Motive für Renates Entscheidung daneben.

Heribert grinste, als er meine Fleißarbeit, wie er sie bezeichnete, betrachtete. Dagmar stellte sich schützend vor mich, indem sie auf sein zerfleddertes, sogenanntes Notizbuch verwies, das vor ihm auf dem Tisch lag. Dieser mit einer Spiralbindung zusammengehaltene Papierstapel im DIN-A 6-Format, den nicht einmal ein *Columbo* mit der Feuerzange angefasst hätte, wurde immer wieder zum Anlass von Frotzeleien, denen er mit stoischer Gleichmütigkeit begegnete. Irgendein mystisches Geheimnis musste sich hinter diesem merkwürdigen Gebilde verbergen. Ich wusste nämlich, dass ihm seine Kollegen und auch Dagmar des Öfteren ein seiner Funktion angemessenes Notizbuch geschenkt hatten. Innerhalb kürzester Zeit war ihm dieses jedoch stets *angeblich* abhanden gekommen – gestohlen, wie er mit ernster Miene behauptete.

Heribert nahm meine Aufstellung und las sie laut vor. „Du hast Recht, Darius, ohne ergänzende Informationen gibt das nichts her“, urteilte er.

Sonja und Dagmar wollten allerdings Näheres über Renate wissen, um sie besser beurteilen zu können. Übereinstimmend schilderten Heribert und ich, wie wir sie einschätzten. Dabei fiel mir auf, dass Heribert sich längst nicht so enthusiastisch über sie ausließ wie noch im Gespräch mit Gertrud.

Auch Dagmar und Sonja kamen zu derselben Einschätzung wie Heribert und ich: Eine Frau vom Format Renates würde allein aufgrund derart trivialer Gründe nicht einfach so verschwinden und sich ... ja, *verstecken*.

„*Allein* beziehungsweise *nur* wegen dieser letztlich nichtigen Gründe – das ist mein Stichwort.“ Heribert lehnte sich, die Hände fest auf den Tisch gestützt, mit ausgestreckten Armen zurück und schaute uns der Reihe nach an. „Ich habe einen Stapel von neun Hängeheftern, voll mit Ermittlungsdokumenten, handschriftlichen Notizen, Fotos und Zeitungsausschnitten durchforstet. Und wenn das, was ich dahinter vermute zutrifft ...“

Er holte tief Luft und schloss kurz die Augen. Ich wollte ihn schon wegen seiner theatralischen Szene auf den Arm nehmen, als er fortfuhr. „Entweder hat sich Renate ganz fürchterlich verrannt, was ich inständig hoffe. Oder sie ist einer Sache auf die Spur gekommen, die alle Dimensionen sprengt und mehr Köpfe rollen lässt, wenn sie auffliegt, als die Guillotine während der Terrorherrschaft der ersten Französischen Republik. Und wenn das der Fall sein sollte, dann gibt es für einige kriminellen Elemente triftige Gründe, nicht nur Renate für immer mundtot zu machen. Auch der Tod von Ulf Korfmann muss dann unter völlig neuen Aspekten gesehen werden.“

„Was weißt du über Korfmanns Tod? Ich frage nur, weil du den in Verbindung mit Renates Verschwinden bringst“, warf ich ein.

„Vieles und doch nichts Genaues. Nach Renates Ausscheiden aus dem Polizeidienst herrschte für einige Monate Stillstand in ihrer SoKo. Die beiden Kollegen, die mit ihr zusammengearbeitet hatten, wurden für andere Fälle abgezogen. Erst ein knappes Jahr später nahm Ulf Korfmann selbst die Ermittlungen wieder auf. Eine Woche vor Weihnachten 2004 verunglückte er mit seinem Dienstwagen auf der A 61. Er kam aus Richtung Ludwigshafen und wollte anscheinend wieder zurück nach Mainz. Weshalb er unterwegs war, hat man nie feststellen können. In der Nähe der Ausfahrt nach Bad Kreuznach geriet er wohl ins Schleudern und fuhr ungebremst an einen Brückenpfeiler. Er war sofort tot. Die Straßen waren trocken, die Sicht gut und der Wagen kurz vorher bei der technischen Inspektion gewesen. Die Kollegen von der Autobahnpolizei vermuten, dass er vielleicht einem Wildtier hatte ausweichen wollen oder bei einem unachtsamen Überholmanöver eines LKWs in Schwierigkeiten geraten war. Du kennst ja das Nahetaldreieck."

Ich winkte genervt ab. Wie oft war auch ich dort schon in Bedrängnis geraten. Es handelte sich um eines der unfallträchtigsten Autobahnteilstücke Deutschlands.

„Gut, dann weißt du ja, dass die dort teilweise mit einem Abstand von nur fünf Metern fahren. Die versuchen kurz vor dem Anstieg in den Hunsrück, nach der Nahebrücke, eine gute Position zum Überholen zu bekommen. Das ist wie beim Autorennen, halt nur langsamer, aber nicht weniger gefährlich. Das war jedenfalls das Ergebnis der technischen Untersuchung, das übrigens erst ein viertel Jahr später vorlag. Ein Kollege aus Mainz teilte Ursula, seiner Witwe, das Ergebnis mit, woraufhin sie mich sofort anrief."

„Weshalb dich?", wunderte sich Sonja.

„Ich kannte Ulf von der Ausbildung in der Landespolizeischule auf dem Hahn. Wir hatten uns dort angefreundet, obwohl er ansonsten eher ein introvertierter Einzelgänger war. Wir trafen uns gelegentlich, bei den Taufen seiner beiden Söhne, bei Geburtstagen und auch mal so zum Grillen. Wahrscheinlich war ich der einzige seiner Kollegen, mit dem er näheren Kontakt pflegte. Ursula erzählte mir nun, dass Ulf ein paar Tage vor seinem Tod ungewöhnlich kurz angebunden gewesen sei und ihr erklärt habe, dass er einiges in Ordnung zu bringen hätte. Und dann geschah dieser Unfall, an den sie einfach nicht glauben mochte. ‚Weshalb hat das so lange gedauert, bis das Ergebnis vorlag?', fragte sie mich immer wieder.

Ich versuchte etwas mehr Klarheit in die Angelegenheit zu bringen. Aber der Kollege, der sich mit dem Unfall befasst hatte, verwies am Telefon lediglich auf das Untersuchungsergebnis. Als ich ihm dann ein paar dezente „Freundlichkeiten" ins Ohr flüsterte, hängte er auf. Mit dem Ergebnis, dass eine Stunde später ein Anruf vom Leiter der Polizeidirektion Worms kam. Ich möge mich doch bitte nicht um bereits abgeschlossene Ermittlungen kümmern, und wenn es schon nicht zu vermeiden sei, dann nicht auch noch in einem anderen Zuständigkeitsbereich – und ob ich nicht genug zu tun hätte. Ich müsse es ihm dann nur sagen, sein Schreibtisch sei übervoll. Ich habe Dieter Erb selten so aufgebracht erlebt, obwohl wir, wie ihr ja wisst, ansonsten ein freundschaftliches Verhältnis haben. Ich nehme an, man hatte ihm seinerseits von ganz oben einen übergebraten. Unser Polizeipräsident ist, was das betrifft, immer für eine Überraschung gut. Und solche Sachen gehen – im Gegensatz zu wichtigen Dingen – unbürokratisch und damit sehr schnell."

„Wo befinden sich eigentlich Renates Unterlagen jetzt?", fragte Dagmar kritisch. „Doch hoffentlich nicht in deinem Schreibtisch in der Inspektion!"

„Ich habe sie noch nicht einmal bei uns zuhause versteckt. Sie liegen sicher in meinem Bankschließfach. Gertrud Faber habe ich heute Nachmittag angerufen und sie darauf eingeschworen, dass sie von diesen Dokumenten nichts weiß. Ich denke doch, dass ich mich auf sie verlassen kann, Darius?"

„Unbedingt", bestätigte ich hastig und fragte voller Ungeduld: „Was hast du denn nun im Einzelnen entdeckt?"

„Grundsätzlich einmal zeigen die Datumsangaben, dass Renate auch nach ihrem Ausscheiden aus dem Polizeidienst weitere Recherchen im Ermittlungsumfeld der *SoKo Rheinhessennetz* angestellt hat. Und das geht bis in die jüngste Zeit. Sie hat einfach nicht aufgegeben. Natürlich waren ihre Möglichkeiten als Privatperson sehr begrenzt."

„Weshalb hat sie sich denn eigentlich nicht an dich gewandt?", wunderte sich Dagmar. „Ihr hattet doch eng zusammenarbeitet und sie hätte dir eigentlich vertrauen müssen."

Für einen kurzen und flüchtigen Moment legte sich ein Schatten über Heriberts Gesicht. Weder Dagmar noch Sonja schien das aufzufallen. Ich kannte Heribert jedoch inzwischen so gut, dass er vor mir nicht verbergen konnte, wie unangenehm ihm diese Frage war. Er beeilte sich dann auch, mit einer knappen und schnellen Antwort das Thema zu wechseln, indem er darauf verwies, seit ihrer Hochzeit mit Benjamin Dohne vor fünf Jahren nichts mehr von ihr gehört zu haben.

„Das Ganze hat auch eine Vorgeschichte", fuhr er fort, „bei der ich allerdings auch nicht direkt beteiligt war. Aber man bekommt über den Buschfunk oft mehr mit, als über die offiziellen Wege."

„Ich habe damals im Polizeipräsidium in Mainz im Personalwesen gearbeitet", sagte Dagmar. „Auch wenn das eine Verwaltungsstelle ist, besteht Kontakt zu den Kollegen im Kriminaldienst. Sie kommen auf einen Kaffee vorbei, man trifft sich zu einem Umtrunk bei einem Geburtstag oder einer Beförderung. Oder man sitzt beim Mittagessen in der Kantine zusammen. Dabei wird nicht nur über das Wetter gesprochen. Und gerade bei Ermittlungen, die über den üblichen Rahmen des Fahrrad- oder Ladendiebstahls hinausgehen, wird natürlich ausgefragt und geantwortet. Schließlich sind wir ja nach Paragraf 79 des Landesbeamtengesetzes zur Amtsverschwiegenheit verpflichtet."

„Also wird unter euch genauso getuschelt, was das Zeug hält, wie bei uns im Lehrerzimmer."

Dagmar nickte „Ich wusste doch, dass wir mit euch etwas gemein haben."

„Heribert", sagte ich ungeduldig, „bitte mach weiter mit der

Vorgeschichte. Ich weiß immer noch nicht, worauf die Sache hinausläuft."

„Ausgelöst wurde alles durch anonyme Anzeigen, Drohbriefe und zwei letztlich nicht geklärte Todesfälle, die als Suizid eingestuft wurden. 2001 hatte zuerst das Kommissariat 11 die Ermittlungen aufgenommen. Es ist für Kapitaldelikte zuständig. Das einzige, was sich aber dabei offenbar ergeben hatte, waren Hinweise auf mögliche kriminelle Tatbestände bei illegalen Warenströmen, Abrechnungen und Verrechnungen untereinander, in die mehrere Unternehmen verwickelt zu sein schienen. Damit waren die Kollegen vom K 11 außen vor, denn Wirtschaftskriminalität fällt in den Zuständigkeitsbereich des K 14. Dort wurde im Jahr 2002 die *SoKo Rheinhessennetz* gebildet. Ulf Korfmann, der damalige Leiter des Kommissariats 14, übernahm die Leitung dieser Sonderkommission für einige Monate, bis Renate an seine Stelle trat. Und aus dieser Zeit hat sie einige Unterlagen kopiert, gesammelt und zur Seite geschafft."

„Ist das üblich?", fragte Sonja.

„Keinesfalls, im Gegenteil, es handelt sich um ein Dienstvergehen."

„Kannst du dir einen Reim drauf machen, weshalb sie es dann trotzdem gemacht hat?"

„Nach dem, was sie zusammengetragen hat, immer vorausgesetzt, dass sie die richtigen Schlussfolgerungen gezogen hat, scheint bereits seit vielen Jahren ein Netzwerk zu existieren, das bis in die höchsten Kreise, wie man so schön sagt, funktioniert. Renate meint, beweisen zu können, dass das wahrscheinlich schon bis in die frühen 80er, wenn nicht sogar in die 70er zurückgeht. Ich habe Protokolle, Bild- und Archivmaterial, Zeitungsausschnitte und vieles mehr in Renates Unterlagen gefunden, die darauf hindeuten könnten, wenn..."

„Wenn was?", drängte ich.

„Wenn die logische Kette, die sie ihren Ermittlungen zugrunde legt, auch tatsächlich schlüssig ist. Aber nehmen wir an, es sei so, dann hat sich der Kreis der Beteiligten aus ehemals kleinen Anfängen kontinuierlich vergrößert, konsolidiert und nach außen gegen eventuelle Angriffe abgesichert – nach dem Motto: Eine Krähe hackt der anderen kein Auge aus. Und daher vermute ich, dass sie befürchtete, Belastungsmaterial könne plötzlich verschwinden oder gelöscht oder vernichtet werden – ganz aus Versehen natürlich."

„Das ist ja nichts Neues", bestätigte ich. „Ob Nazi- oder Stasiakten oder erinnert euch an den Fall Uwe Barschel, das ist doch so alt wie die Geschichte der Politik, dass belastende Unterlagen plötzlich nicht mehr auffindbar sind, Zeugen und Mitwisser werden seltsam vergesslich ..."

„Oder verschwinden ganz einfach", ergänzte Dagmar finster und unheilvoll.

Ich war beunruhigt. „Was hast du noch in den Unterlagen gefunden?"

„Man könnte die Sammlung in drei große Kategorien einteilen: Prostitution, Drogenhandel und Erpressung. Dazu gesellen sich noch Steuerhinterziehung, Nötigung, Korruption, Amtsmissbrauch, Falschaussagen, Verschleierung, Urkundenfälschung, Verleumdung, Verstoß gegen das Weingesetz und noch so ein paar Delikte, die im Verhältnis zu Prostitution, Drogenhandel und Erpressung marginal sind."

„Aber damit einhergehen!", klärte Dagmar auf.

„Richtig! Es ist ein Eintopf aus Straftatbeständen, bei denen einige geschmacklich herausragen. Dazu gibt es in Renates Unterlagen Kopien von Vernehmungsprotokollen, einschließlich deren Widerrufe, von zurückgezogenen Anzeigen, Dienstaufsichtsbeschwerden gegen ermittelnde Kommissare, Erpresserschreiben mit geschwärzten Namen, kompromittierende Fotos von Alkohol- und Drogenexzessen. Und, als besondere Delikatesse, Farbaufnahmen und Videostreifen von sexuellen Handlungen auf einer DVD. Da ist die ganze Palette vertreten: beim Gruppensex, bisexuell, homosexuell, freiwillig und ganz offensichtlich mit Gewalt erzwungen. Auf einem Video ist sogar ein Schäferhund mit einer gefesselten Frau zugange und zwei nackte, fette Kerle stehen dabei und prosten sich mit Sektgläsern zu. Und der Gipfel von allem und ganz besonders scheußlich sind mehrere Fotos, auf denen es Männer und auch Frauen mit Kindern treiben."

„Aber die kann man doch fassen, wenn diese Fotos und Videos existieren", sagte Sonja.

„Leider nicht, nur die Opfer könnte man identifizieren. Ein Zeichen dafür, dass sie wahrscheinlich illegal in Deutschland sind oder die Fotos im Ausland aufgenommen wurden. Die Gesichter der Täter jedoch sind mit Balken versehen."

Ich verstand den Sinn nicht. „Weshalb dann diese Aufnahmen?"

„Die Originalaufnahmen mit erkennbaren Gesichtern dürften sich an einem sicheren Ort befinden. Renate wurden die Kopien in den Unterlagen offenbar von jemandem zugespielt, der sein Gewissen wieder entdeckt hatte, aber den Erpressungsopfern nicht schaden wollte."

„Erpressung also?"

„Korrekt, Erpressung, lieber Darius. Es geht um Geld oder – und das vermutete Renate vor allem – um Abhängigkeit. Leg jemandem, den du von dir oder einer Organisation abhängig machen willst, eine Nutte oder ein Kind ins Bett und fotografiere ihn – schneller und einfacher kannst du ihn gar nicht zu einem willenlosen Sklaven machen. Und sogar ohne Gewalt – ohne *physische* Gewalt zumindest."

„Höchstens werden ein paar Tropfen eines *Flunitrazepams*, verniedlichend *Flunies* genannt, in den Sekt gegeben", berichtete Dagmar aus ihrem Einsatzgebiet. „Früher hat man Barbiturate dafür benutzt, heute bekommst du in jeder Diskothek oder bei einem Kurztrip über die holländische Grenze *Rohypnol*, oder ähnliche Tabletten oder Tropfen, eine sogenannte *Date-Rape-Droge*. Das Zeug wirkt in wenigen Minuten, hält mehrere Stunden an und übrig bleibt eine ungnädige oder auch gnädige – je nachdem, wie man es sehen will – Amnesie."

„Mit anderen Worten“, vergewisserte sich Sonja, „man macht den größten Mist und weiß nichts mehr davon. Erst auf Fotos oder Videos werden einem die Exzesse klar.“

Heribert nickte. „Mit diesen Mitteln funktionieren kriminelle Netzwerke heute. Du wirst in eine verachtenswerte und diskreditierende Situation gebracht und damit belastet. Und dann versuch mal auszusteigen – ohne Ehedrama, Job- und Ehrverlust. Da hält man lieber den Mund, zahlt und macht einfach mit, bis zum bitteren Ende. Die Drahtzieher müssen sich nicht einmal ihre Finger schmutzig machen.“

„Wie viele Zeitungsausschnitte über Selbstmorde alleine zwischen 1999 und 2002 hast du gesagt, hat Renate in den Unterlagen gesammelt?“ Aus Dagmars Stimme war nun deutlicher Zorn zu hören.

„Sieben“, antwortete Heribert. „Und alle ohne eine Erklärung, ohne Abschiedsbrief, kein Hinweis darauf, weshalb, nichts. Fünf Männer und zwei Frauen waren es. Einer arbeitete als Referent in der Staatskanzlei, ein Bibliothekar, ein Lehrer“, er sah Sonja an, sie zuckte mit den Schultern, „ein Rechtsanwalt, ein ehemaliger Richter und zwei Geschäftsfrauen. Sieben Menschen in drei Jahren, das erscheint auf den ersten Blick nicht viel. Renate hat jedoch ausgerechnet, wie viele Menschen im engeren Familienkreis davon leidvoll betroffen waren und noch sind. Sie kam auf sage und schreibe annährend einhundert Personen! Menschen, die ihr Leben lang ertragen müssen, nicht zu wissen, weshalb ihr Angehöriger sich und ihnen das angetan hat.“

„Wir kennen diese Reaktionen von den Fällen, in denen wir Angehörigen Todesnachrichten überbringen müssen. Für die Hinterbliebenen stellt eine solche Nachricht die schwerste Situation in ihrem Leben dar, auf die sie sehr unterschiedlich reagieren. Das Spektrum reicht von Weinen, Entsetzen und Fassungslosigkeit, Verzweiflung bis hin zum Verleugnen, die Weigerung uns zu glauben. Aber bei Selbstmord überwiegt eine Reaktion: Viele geben sich die Schuld daran, weil es vielleicht kurz vor der Tat einen Streit gegeben hat oder weil sie denken, sie hätten etwas ahnen müssen und die Verzweiflungstat verhindern können." Man konnte spüren, dass Dagmar von Erinnerungen eingeholt wurde. Sonja, die neben ihr auf der Eckbank saß, legte ihr den Arm um die Schulter und drückte sie.

„Ich hasse diesen Teil meines Berufs wie die Pest." Obwohl es unnötig war, solidarisierte sich Heribert mit Dagmar und versuchte, ihr Bewegtsein Sonja und mir begreiflich zu machen. „Es ist immer wieder schrecklich, ohnmächtig zusehen zu müssen, wie fassungslose und untröstlich Männer und Frauen derartige Nachrichten aufnehmen. Besonders schlimm ist, wenn Kinder das hören müssen. Daran werde auch ich mich nie gewöhnen."

„Dann war Renate offenbar nicht nur daran gelegen, dieses Netzwerk auffliegen zu lassen. Sie wollte damit auch den Angehörigen so etwas wie Gewissheit geben, vielleicht auch Schuldgefühle von ihnen nehmen", folgerte Sonja.

„Ich denke, dass sie sich zumindest mit dem Gedanken befasst hat. Weshalb hätte sie sonst dieses Zahlenspiel gemacht." Dagmar hatte sich wieder gefangen.

„Wir sollten das in diesem Stadium aber nicht weiter vertiefen, da ist nämlich noch etwas anderes, worüber ich mir am meisten den Kopf zerbreche, nämlich das hier." Heribert hielt uns eine gelbe Klebenotiz hin, die er an seinem verluderten Notizblock befestigt hatte. Darauf war handschriftlich, in großen Lettern geschrieben: *VORSICHT MOLE!* „So ein Zettel klebt auf der Innenseite von jedem Hängehefter. Offensichtlich eine Botschaft, eine Warnung. Bisher habe ich vergeblich gerätselt, was das zu bedeuten hat. Habt ihr eine Idee?" Wir blickten uns ratlos an.

„Mit Mole", sagte Sonja schließlich, „bezeichnet man doch einen Damm aus Holz oder Stein, der in ein Gewässer ragt. Und heißt nicht Mühle auf Holländisch auch Mole?"

„An Damm und Mühle habe ich natürlich auch schon gedacht. Auch wenn Mühle im Niederländischen Mole*n* heißt, also mit einem *n* am Schluss."

„Das würde ich bei der Betrachtung aber deshalb nicht ausschließen“, gab ich zu bedenken. „Vielleicht wusste Renate das auch nicht und hat tatsächlich einen Hinweis auf eine Mühle geben wollen, in der ein Schlüssel zur Lösung zu finden ist. Unter Umständen sind dort weitere, eindeutige Hinweise versteckt, Videokassetten, Tonbandmitschnitte von Vernehmungen oder Fotos, auf denen die Personen zu identifizieren sind, die man auf den anderen nicht erkennen kann. Wir haben doch einige hier in der Nähe; die Hasselmühle und die Geistermühle bei Wendelsheim oder die Tiefenthaler Mühle, du erinnerst dich, Heribert?“

„Oh ja, mir brummt heute noch der Schädel, wenn ich daran denke.“

Sonja und Dagmar blickten uns irritiert an.

„Das geht euch nichts an, Männersache“, erklärte Heribert kategorisch und dann wieder an mich gewandt, „deine Idee ist alles andere als abwegig. Auch daran hatte ich schon gedacht.“ Dabei deutete er auf seine Notizen. „Damm, Mühle, aber was kann es noch bedeuten?“

Dagmar hatte einen Einfall: „Es klingt vielleicht grotesk. Ich war doch vor drei Jahren im Urlaub in Mexiko und da gab es solche Saucen, die über Tortillas gegossen werden, um Enchiladas zuzubereiten, oder die mit Huhn serviert werden. Die nennt man dort Mole.“

„Das ist alles so hypothetisch, ich wüsste gerne, wie wir nun weiter vorgehen?“ Meine Frage war eher rhetorischer Art, als dass ich eine klare Antwort erwartet hätte. Es sagte auch keiner etwas, jeder stellte für sich Überlegungen an. Dagmar versuchte, uns schließlich wieder in die Realität zurückzuholen, indem sie auf die Uhrzeit hinwies. Ich hörte es zwar, aber registrierte es ebenso wenig wie Sonja und Heribert.

„Und die Mutter blickte stumm
auf dem ganzen Tisch herum.
Doch die Kinder hörten nicht,
was zu ihnen die Dagmar spricht.“

Dagmars lyrische Vergewaltigung des *Zappelphilipp* zeitigte Erfolg; wir erwachten aus dem untauglichen Versuch, krampfhaft und jeder für sich eine Lösung zu finden.

„Wir müssen das Ganze erst einmal verdauen, bevor wir weitere Schritte überlegen."

„Stimmt, mein Liebster", Dagmar tätschelte Heribert mütterlich die Wange, „aber vor die Verdauung hat Lukullus das Essen gesetzt."

Das Ambiente, die Weine und das Essen waren exzellent aufeinander abgestimmt. Mit „*Elsass trifft Rheinhessen*" war Heidi Nehmert eine beeindruckende Zusammenstellung von Gerichten gelungen. Einer Auswahl an *Flammkuchen*, mit Speck, Zwiebeln, Salami oder Champignons, folgte eine Eigenkreation, der sie den Namen *McNehmert* gegeben hatte. Der *etwas andere Hamburger* bestand aus einer großen Brötchenhälfte, auf der eine deftig gewürzte Farce aus Schinken, Zwiebeln, Salami, Sahne und Riesling aufgebracht und dann mit Käse überbacken worden war. Danach servierte man uns einen *Elsässer Bäckeoffa*, eine herzhafte Kartoffel-Fleisch-Pastete, und den Abschluss bildete eine *Weinschaumcreme*.

Alle Voraussetzungen für einen schönen Abend waren gegeben, nur an einem mangelte es uns: an der rechten Stimmung. Die wollte sich angesichts unserer Gedanken, die um Renate kreisten, nicht einstellen.

Obwohl wir stillschweigend davon ausgegangen waren, dass wir das Thema an diesem Abend nicht weiter besprechen würden, brannte es doch jedem von uns unter den Nägeln. So verwunderte es nicht, dass der Damm des Schweigens gebrochen war, als ich eine Frage, die mich schon die ganze Zeit beschäftigt hatte, loswerden musste: „Was ist denn nun eigentlich aus der Sonderkommission geworden?"

Heribert legte seinen Löffel zur Seite, mit dem er eben den letzten Klecks Weinschaumcreme säuberlich von seinem Dessertteller entfernt und gegessen hatte. Als hätte er mich nicht verstanden, fragte er, ob wir auch noch einen Espresso wollten, und bestellte dann für uns.

„Heribert, ich habe dich etwas gefragt."

„Ich habe es gehört. Aber bevor wir wieder zur Tagesordnung übergehen, wollte ich erst für einen passenden Abschluss sorgen. Also, die SoKo wurde nach dem Tod von Ulf Korfmann aufgelöst. Angeblich mangelnde Indizien, keine Zeugen, eine Mauer des Schweigens oder weil kein öffentliches Interesse gegeben war, was weiß ich. Mag sein, dass man mir etwas darüber erzählt hat, aber ich habe es nicht eingeordnet. Bis vorgestern hatte ich ja auch noch keine Veranlassung, mich gezielt umzuhören. Doch nun werde ich der Sache nachgehen und ich schwöre euch, ich finde raus, was da passiert ist."

„Kann es sein, dass du dich genauso verrennst, wie es Renate vielleicht doch getan hat?", gab Dagmar zu bedenken. „Die SoKo ist zwar aufgelöst worden, meinetwegen auch auf externen Druck, vielleicht sogar durch eine Anordnung aus dem Innenministerium."

„Meinst du etwa den ...?" fragte Sonja verwundert, „der hat doch vor zwei Monaten sein Amt an seinen bisherigen Staatssekretär übergeben."

„Das kann ich mir nicht vorstellen. Das waren ja auch eindeutig gesundheitliche Gründe. Nein, keinesfalls", wehrte Dagmar ab. „So hoch würde ich das auch gar nicht ansetzen. Wenn Innenministerium, dann einer der Referatsleiter. Es gibt ja genug davon. Alleine in der Abteilung 4, die für uns zuständig ist, gibt es sieben. Aber ich wollte auf etwas anderes hinaus."

„Sprich, mein Schatz, was meinst du?"

„Dein Schatz meint, dass unsere Kollegen in Mainz inzwischen vielleicht verdeckt ermitteln und du ihnen mit deinen Aktionen gar noch in die Parade fährst."

„Ich werde sehr diskret vorgehen. Es gibt nämlich zwei triftige Gründe für mich, etwas zu unternehmen und nicht untätig abzuwarten. Erstens könnte für Renate wirklich Gefahr bestehen. Sie weiß davon, wurde vielleicht gewarnt, unter Umständen von dem möglichen Aussteiger – der, von dem sie die Fotos bekommen hat. Sie inszeniert eine Show, um ihre Familie nicht zu beunruhigen und hält sich versteckt."

„Das sind doch alles Spekulationen", gab ich zu bedenken.

„Schon möglich, aber beweis mir das Gegenteil! Und außerdem entsinne ich mich inzwischen, dass sie mich ein paar Mal angerufen hat, und einen Rat von mir wollte. Sie hat sich allerdings immer sehr bedeckt gehalten, wollte nicht recht mit der Sprache raus, so dass ich ihr nicht wirklich helfen konnte. Mit dem Wissen von heute erscheint das alles in einem anderen Licht. Ich hätte intensiver nachfragen oder mich nicht auf Telefonate einlassen sollen. Es wäre passender gewesen, ich hätte besser zugehört und ein Treffen vereinbart."

Wir kamen gemeinsam überein, dass ich vorläufig nichts unternehmen würde, solange Heribert seine Fühler im Kollegenkreis ausstreckte. Ich sollte lediglich Gertrud über den Ausgang meiner Gespräche mit Marga Preuß, Gerlinde und Benjamin Dohne und und Johann Preuß informieren. „Ich werde von dieser denkwürdigen Familie noch träumen", befürchtete ich.

Inzwischen hatte sich die Weinstube geleert. Von den mehr als fünfzig Gästen, die zuvor noch alle Tische besetzt hatten, waren mit uns noch etwa fünfzehn übrig geblieben. Heidi Nehmert hatte nun Zeit und gesellte sich zu uns. Wir sprachen über ihre Anspannung an einem solchen Abend, ob alles reibungslos klappen, das Essen schmecken und Gäste, die sich zuvor noch nicht kannten, an den Tischen zusammenpassen würden. Als sie dann noch mit Sonja und Dagmar von ihren selbst gezogenen Steviapflanzen schwärmte, hatte endlich auch das Angstgespenst um Renate Feierabend.

Samstag, 9. April 2005

Am nächsten Morgen rief ich Gertrud an. Ich war ehrlich genug, ihr keine falschen Hoffnungen machen, Renates Aufenthaltsort schnell zu finden. Auf ihre Frage nach der Auswertung der Dokumente, die Heribert mitgenommen hatte, gab ich ihr jedoch die ausweichende Antwort, dass er noch nichts Konkretes sagen könne. „Aber er verwahrt die Hefter an einem sicheren Ort, bis Renate selbst bestimmen kann, was damit geschehen soll."

Ich spürte bei diesem Gespräch zum ersten Mal, dass es mir schwerfiel, so zu tun, als sei Renate nur kurzzeitig verschwunden und würde über kurz oder lang wieder auftauchen. Ich gab mir Mühe, meine Unsicherheit und Zweifel zu verbergen und zuversichtlich zu klingen.

Gertrud erzählte mir noch, dass sie inzwischen keinen Kontakt mehr zu Renates Handy hätte. Zuvor hatte sie stets eine Ansage mit dem Hinweis erhalten, dass der Teilnehmer nicht erreichbar sei. Nun, seit zwei Tagen, erhielt sie den irritierenden Hinweis, dass die Rufnummer nicht vergeben sei. Durch einen Anruf bei dem Netzbetreiber hatte sie lediglich erfahren, dass die Rufnummer weiterhin existiere. Die Ansage könne mitunter – je nach Fabrikat – auch bedeuten, dass der Akku im Gerät leer, defekt oder ausgebaut sei.

Von Heribert sollte ich erst drei Tage später wieder etwas hören.

Dienstag, 12. April 2005

Der Tag war wieder einmal grau in grau. Es regnete zwar nicht, aber die Wolken hingen tief über den Weinbergen und ein kräftiger Wind jagte sie vor sich her, wie Franz Beckenbauer zu seinen besten Zeiten den Ball über den Rasen getrieben hatte. Die Stimmung passte genau zu dem, was Heribert mir am späten Nachmittag offenbaren sollte: sein persönliches Waterloo in der Angelegenheit Renate Dohne.

Gegen fünfzehn Uhr rief er mich an und avisierte seinen Besuch. In spätestens einer halben Stunde würde er bei mir sein. Ich solle mich und die Hunde schon einmal für einen längeren Spaziergang klar machen. Dieser Vorschlag eines passionierten Couchsportlers und seine Stimmlage verhießen nichts Gutes.

Wir spazierten in östlicher Richtung den Bellerweg entlang, an dessen linker Seite sich Zeile um Zeile die Rebstöcke an ihren Führungsdrähten festhielten und das erste zaghafte Laub zeigten. Die rechte Seite war mit alten Pappeln besetzt, die sich stoisch dem Wind entgegen stemmten. Nach etwa 200 Metern beendete Heribert sein Schweigen. Es schwang immer noch Verärgerung in seiner Stimme mit. Seit drei Tagen, so erzählte er, hatte er versucht, so vorsichtig und unauffällig wie nur möglich mit Telefonaten und in persönlichen Gesprächen herauszufinden, ob Renates Schlussfolgerungen einen beweisbaren Hintergrund hatten. Ulf Korfmann war tot und die beiden Kollegen, mit denen Renate die Ermittlungen in der SoKo durchgeführt hatte, waren versetzt worden. Wohin, wusste keiner von denen, die Heribert in einem belanglosen Gespräch hatte fragen können.

Dagmar hatte dann eine ihrer früheren Kolleginnen in der Personalverwaltung angerufen und um die Adressen gebeten. Sie hätte bei einer der Geburtstagsfeiern in der Direktion Fotos gemacht, was auch wirklich der Fall war, und wolle sie den beiden zusenden. Doch auch ihre Kollegin wurde nicht fündig. Die Personalakten, sagte sie, seien bereits Ende 2004 auf Anordnung des Verwaltungsleiters dem Bereich Recht übergeben worden, aber sie könne sich ja mal umhören. Bevor Dagmar einen plausiblen Grund gefunden hatte, dieses Angebot abzulehnen, war das Telefonat beendet.

Wir blieben an einem Acker stehen und ließen die Hunde von der Leine, die sofort im Zickzackkurs über die frisch gepflügte Erde tobten.

„Was kann das zu bedeuten haben, dass die Personalakten nicht mehr dort sind, wo sie eigentlich hingehören?"

„Entweder hat man die beiden aus dem Schussfeld genommen und irgendwohin versetzt, damit solche renitenten Typen wie ich sie nicht ausfindig machen können. Natürlich jeder an einen anderen Ort."

„So etwas gibt es?"

Heribert schnaubte verächtlich. „Was denkst du denn! Es gibt nix, was es nedd gibt. In diesem Fall sind die Personalakten auch schon längst an ihre neuen Dienststellen weitergeleitet worden."

Er lachte und deutet zu Siwa hinüber, die ihren Sprint unterbrochen hatte und ihrem Jagdhundtrieb alle Ehre machte, indem sie mit beiden Vorderläufen ein Mauseloch oder den Eingang eines Kaninchenbaus vergrößerte. Graswurzeln, die ihr im Weg waren, riss sie mit einem Ruck aus der Erde und schleuderte sie weit von sich. Sie buddelte mit solcher Inbrunst, als ginge es um einen Eintrag ins Guinessbuch der Weltrekorde. In Windeseile war ihr Kopf verschwunden und ich rief ihr zu, sie möge doch bitte Laut geben, wenn sie in Australien angelangt wäre. Kira, die Bernersennenhündin, stand etwas verunsichert daneben und wartete ab, was sich da so tun würde. Ich drehte mich wieder zu Heribert um. „Du sagtest entweder...?"

„Ja. Es kann aber auch sein, dass sie an eine Spezialeinheit überstellt worden sind, *SB verdeckte Maßnahmen*. Sollte das der Fall sein, kann es natürlich zutreffen, dass sie nun verdeckt ermitteln, was in der *SoKo Rheinhessennetz* so nicht möglich war. Es kann aber auch sein, dass es sich um einen ganz anderen Fall handelt, der mit Renates Nachforschungen nichts zu tun hat."

„Und weshalb sind dann die Personalakten ...?"

„Wegen der Spesenabrechnungen. Hotel-, Benzin-, Gaststättenbelege, Bahntickets, Fahrkarten vom öffentlichen Nahverkehr. Das ist eine reine Vorsichtsmaßnahme, verstehst du? Daraus kann man schlussfolgern, in welcher Region sich die Kollegen aufhalten und bewegen. Deshalb müssen die Belege unter Verschluss gehalten werden, und nur ein ausgesuchter und besonders vertrauenswürdiger Personenkreis hat Zugriff darauf."

Wir gingen weiter den Weg entlang, der in Richtung Süden durch die Felder in den Bernheimer Wald führte. Ich rief die Hunde zu mir und wir nahmen sie wieder an die Leinen. Wir kamen über einen leichten Anstieg auf den Sonnenberg, einen Hügel mit den alpinen Höhenmaßen von 230 Metern. Eigentlich bestand er aus einer riesigen Wiese, der man ansah, dass sie sich darauf vorbereitete, in wenigen Wochen in voller Blumenpracht zu stehen und uns mit Löwenzahn, Märzbecher, Wiesenschlüsselblumen und Goldnesseln bereits einen Vorgeschmack gab.

Immer wenn ich hier vorbeikam, verharrte ich eine kurze Weile im Gedenken an Horst, meinen einst besten Freund. Über dreißig Jahre hatte unsere Freundschaft bestanden, bis ein widersinniger Mord uns trennte. Bei seiner Beerdigung hatte ich das erste und letzte Mal an seinem Grab auf dem Hauptfriedhof in Bad Kreuznach gestanden. Aber hier, an dieser Stelle, konnte ich ihm ganz nahe sein. Hier hatten Kira und ihre Schwester Hanna, die uns mittlerweile aus dem Hundehimmel zuwedeln würde, wenn es einen solchen gäbe, Horsts Leichnam aufgespürt. Dies war der Ort, an dem ich mich der Illusion hingeben konnte, er wäre noch bei mir. Ab und zu sprach ich sogar mit ihm und dann wieder dachte ich nur zurück an die Zeit, die wir miteinander schwätzend und träumend bei einem Glas Wein oder bei einer Wanderung auf La Palma verbracht hatten. Heribert kannte die Stelle, denn hier waren wir uns ja das erste Mal begegnet.

Auch er stand einen Moment schweigend da, bevor er die Stille mit einem Wort durchbrach: „Renate."

Ich sah ihn fragend an.

„Ich befürchte, dass ihre Vermutungen zutreffen und wir sie nicht mehr lebend wiedersehen. Und diese Idioten tun einfach nichts."

„Wie kommst du darauf?" Auch ich hatte zwar das unbestimmte Gefühl, dass Renate etwas zustoßen könnte, dass sie in Gefahr schwebte. Aber das so konkret auszudrücken, wie Heribert es getan hatte – nein, dagegen wehrte ich mich. Ich wollte es nicht heraufbeschwören.

„In der Kriminaldirektion Mainz kenne ich einige Kommissarinnen und Kommissare ganz gut. Wir treffen uns gelegentlich bei Lehrgängen oder auf internationalen Fachtagungen. Wir arbeiten aber natürlich auch kurzfristig bei bereichsübergreifenden Ermittlungen oder Einsätzen eng zusammen. Auch schon einmal über längere Zeit im Rahmen von personeller Hilfe bei Engpässen oder wenn ein Spezialist benötigt wird. Trotz vieler formalistischer und logistischer Probleme auf anderen Ebenen läuft diese Art der engen Zusammenarbeit unkonventionell und sehr kollegial ab. Bis auf ein paar Ausnahmen könnte man sogar von harmonischem Miteinander sprechen."

„Das kommt mir sehr bekannt vor", schmunzelte ich, „da unterscheidet ihr Zivilbullen euch nicht von uns Zahlenjongleuren."

Er räusperte sich vorwurfsvoll. „Wie nennst du uns? Vorsicht, mein Lieber, das kann dich teuer zu stehen kommen. Zehn bis dreißig Tagessätze sind da drin. Bei deinem Einkommen könnte das locker 6 000 Euro ausmachen."

Ich hob abwehrend die Hände. „Wolltest du nicht weiter ...?"

„Also, wie gesagt, ich kenne einige Kolleginnen und Kollegen, mit denen ich schon oft zu tun hatte. Soweit ich sie erreichen konnte, habe ich sie angerufen. Ich sagte, es sei wegen irgendeiner Angelegenheit, die ich zum Abschluss bringen müsse und konstruierte eine halbwegs plausible Frage dazu. Beiläufig habe ich dann das Gespräch auf Renate gebracht. Ich hätte ja lange nichts mehr von ihr gehört, ob man in der KD wüsste, wie es ihr in der freien Wirtschaft denn so gehe und was eigentlich aus ihrer SoKo geworden sei."

„Sehr durchschaubar, wenn du mich fragst."

„Klar, aber doch nur für jemanden, der etwas zu verbergen hat. Der wird natürlich hellhörig. Ich hatte schließlich keine andere Wahl, als in den Busch zu schießen. Hättest du eine bessere Idee gehabt?"

„Kaum", musste ich gestehen.

„Ich war mir des Risikos auch bewusst. Es war halt auch eine Chance. Aber viel mehr, als wir bereits wissen beziehungsweise vermuten, habe ich nicht in Erfahrung bringen können. Außer, dass auch Renate kurz vor Weihnachten letzten Jahres den für die Ermittlung von Ulf Korfmanns Unfall verantwortlichen Kollegen angerufen und ihm die Hölle heiß gemacht und Schlamperei vorgeworfen haben soll. Das hatte sich dann doch in der KD rumgesprochen. Es soll angeblich einen heftigen Wirbel verursacht haben, der sich natürlich gegen Renates angeblich anmaßendes Verhalten gerichtet hat. So, wie ja auch bei mir."

Wir waren inzwischen im Wald, am Ende eines Talabschnittes, an dem einzigen noch erkennbaren Steinbruch angekommen. Die Natur hatte sich im Laufe vieler Jahre diesen Platz wieder zurückerobert. Dennoch ragte eine etwa zwanzig Meter hohe und zehn Meter breite, steinerne Wand beinahe trotzig aus einem urwaldähnlichen Wust von Bäumen und Sträuchern. Der Freiplatz davor war mit Steinquadern jeglicher Größe übersät. Auf einigen von ihnen hatten sich Pflanzen angesiedelt. Die Szenerie erinnerte an die Kulisse eines vorchristlichen Amphitheaters. Bis zu zwölf Steinhauermeister, so war es verbrieft, hatten schon im 15. Jahrhundert mit ihren Gesellen in den Bernheimer Steinbrüchen gearbeitet und das allseits gelobte Baumaterial bis nach Kreuznach, Bingen, Ingelheim oder sogar Mainz geliefert.

Wir setzten uns auf einen der Blöcke, dem man ansah, dass er noch mit der Hand herausgehauen worden war. Seit mindestens 200 Jahren lag er dort und schien geduldig auf seine endgültige Bestimmung zu warten. Die Hunde taten es ihm gleich.

„Es ist das eingetreten, was ich eigentlich befürchtet habe", fuhr Heribert mit seiner Schilderung fort, „irgendwen habe ich tatsächlich getroffen. Leider habe ich keine Ahnung, um wen es sich handelt. Das werde ich jedoch noch herausfinden. Ich benötige nur etwas Zeit dazu." Er hatte sich zu Siwa hinuntergebeugt und kraulte sie hinter den Ohren, was sie mit genüsslichem Grunzen quittierte.

„Woher weißt du das?"

„Heute Vormittag ging ein Unwetter über mich nieder, wie ich es in meiner ganzen Dienstzeit noch nicht erlebt habe. Bei dem, was ich mir anhören musste, hätte es eigentlich zu einem Dienstverfahren, wenn nicht sogar Suspendierung oder Beurlaubung kommen müssen."

„Was wirft man dir denn vor?"

„Das meine ich ja, nichts. Nichts kann man mir vorwerfen, wenn man sich nicht selbst in die Nesseln setzen will. Man hat so etwas wie Unruhestiftung, Hetze, Aufwiegelung konstruiert. Ist es nicht äußerst interessant, welche Schlussfolgerungen einige aus meinen harmlosen Fragen nach Renate und der *SoKo Rheinhessennetz* geschlossen haben? Und damit hat Herr oder Frau *Irgendwer* einen gewaltigen Fehler gemacht."

„Du solltest aber nicht vergessen, dass deine Schlussfolgerung auf der Perspektive von Renate basiert."

„Das vergesse ich auch nicht, Darius, aber auch ein Vorgehen nach dem Ausschlussverfahren kann uns weiterbringen."

Ich gab ihm Recht. Welche andere Möglichkeit hätten wir denn sonst?

„Jedenfalls kam von ganz oben die Order, mich in meine Schranken zu weisen. Gleich drei Anrufe habe ich in dieser Sache bekommen. Vom Personalleiter im Auftrag des Polizeipräsidenten, vom Leiter der Kriminalinspektion und natürlich konnte Dieter Erb auch nicht anders, als mich noch einmal auf meine vorrangigen Aufgaben hinzuweisen, wie er es formulierte."

„Und was heißt das nun für uns, für Renate?"

„Dass ich noch vorsichtiger recherchieren muss. Wenn sich ihre Theorie beweisen ließe, könnte ich schon wieder anders agieren. Es muss sich doch irgendeine Person oder eine konkrete Handlung identifizieren lassen. Ich habe das Gefühl, dass die Lösung in ihren Unterlagen steckt und ich habe sie bis jetzt nur übersehen. Diese Haftnotizen zum Beispiel gehen mir nicht aus dem Sinn."

„*Vorsicht Mole,* meinst du?"

„Genau. Für wen ist diese Warnung gedacht? Doch nicht für sie selbst, das ergäbe keinen Sinn."

„Vielleicht ist es ja gar keine Warnung, sondern ein Hinweis oder ein Zeichen auf eine Person, ein Gebäude, ein Ereignis", sagte ich.

„Für wen aber? Doch nur für eine dritte Person, der die Unterlagen zugänglich werden, falls ihr etwas zustoßen sollte."

Wir hatten schöpferische Fahrt aufgenommen, so dass ich schlüssig weiterkombinierte. „Diese Person müsste das dann aber auch wissen. Nach dem Motto: *Wenn mir etwas zustoßen sollte, schau in meinem Schreibtisch im Haus meiner Mutter nach*."

„Weshalb nicht, Darius. Vielleicht wollte sie das tatsächlich tun und hat schon etwas Derartiges geschrieben, ist aber nicht mehr dazu gekommen, es dem Adressaten zuzusenden."

„Oder jemand hat es entdeckt und vernichtet? An wen hätte sie sich denn wenden können? Wem hätte sie die Unterlagen in Obhut gegeben? Doch nur einem Menschen, dem sie vertrauen kann und der auch in der Lage ist, da weiterzumachen, wo sie unterbrochen worden ist. Ich wüsste da nur eine Person!" Ich blickte ihn demonstrativ an.

„Mich?" Er stutze kurz. „Du hast Recht. Nach allem, was sie zusammengetragen hat und vermutete, bleibe eigentlich nur ich übrig." Er richtete sich auf, erhob sich, nahm Siwas Hundeleine auf und rief mir zu: „Auf gehts. Wenn es tatsächlich so ist, dann sind ja die Dokumente dort angekommen, wo sie hingehören. Ich werde mich also noch einmal intensiver damit beschäftigen."

Auf dem Rückweg, den wir wieder durch die Weingärten nahmen, überdachte Heribert laut seine zurzeit anstehenden Termine. „Wenn kein Mord dazwischen kommt, kann ich mich ab Freitag damit befassen und dann habe ich noch das ganze Wochenende zur Verfügung. Wenn etwas an der Sache dran sein sollte, müsste es doch mit dem Teufel zugehen, wenn ich keine verwertbaren Spuren finde."

In diesem Moment wussten wir noch nicht, dass er so weit gar nicht mehr kommen würde. Der Fall nahm nämlich auf einmal eine ungeahnte Wendung. Ob zum Guten, musste sich allerdings noch zeigen.

Donnerstag, 14. April 2005

„Renates Auto ist gefunden worden", Heriberts Stimme am Telefon klang sachlich, nüchtern. So, als ginge es um eine Socke, die die Waschmaschine auf geheimnisvolle Weise verschluckt und einige Waschgänge später wieder ausgespuckt hatte.

„Wo? In welchem Zustand? Und woher weißt du das? Gibt es Hinweise darauf, wo sie ist?"

„Schön der Reihe nach: Heute war ein an Renate adressiertes Schreiben von der Bahnpolizei Mainz in der Post. Benjamin Dohne hat den Brief natürlich geöffnet und danach seine Schwiegermutter angerufen, die mich wiederum informiert hat. Danach steht Renates Nissan 350 Z auf dem Parkplatz der Deutschen Bahn AG am Binger Hauptbahnhof. In dem Schreiben wird der Halter aufgefordert, sich bei der Bahnpolizei innerhalb von vierzehn Tagen zu melden, sonst würde der Wagen kostenpflichtig abgeschleppt. Außerdem ist eine Geldbuße fällig. Mehr weiß ich auch noch nicht."

„Also ist nur der Standort ihres Wagens bekannt, weiter nichts", stellte ich enttäuscht fest.

„Bisher, ja. Benjamin Dohne hat den Zweitschlüssel gefunden und wollte den Wagen mit seinem Bruder schon abholen – ich würde mir aber gerne selbst ein Bild vor Ort machen. Kommst du mit?"

Welche Frage! Gegen elf Uhr holten wir mit Heriberts Dienstwagen Benjamin Dohne ab. Dabei lernten wir seinen älteren Bruder Andreas kennen. Obwohl es nicht mehr notwendig war, wollte er mitfahren. Während der Fahrt sprach er davon, dass er sich um Renate sorge, woraus sich ein Streitgespräch zwischen den Brüdern entwickelte.

Wie in einem Fahrschulauto war in Heriberts Wagen statt eines einzelnen ein doppelter Rückspiegel mit gemeinsamem Gehäuse eingebaut – für Observierungen mit zwei Personen, wie er mir einmal erklärt hatte. So konnte ich Andreas Dohne während der

Fahrt unauffällig beobachten. Es ist immer wieder verwunderlich, welche Kapriolen die Gene bei ihrer Vermischung schlagen können. Während Benjamin ein gut aussehender Mann war, dessen langes, blondes Haar ihm eine sportlich-verwegene Note verlieh – Sonja hätte ihn als *Hingucker* bezeichnet – sah der dunkelhaarige Andreas eher unscheinbar und kränklich aus. Seine Hautfarbe tendierte zu einem fahlen Gelb, wodurch die rötlichen Aknenarben, Relikte aus seiner Pubertät, als Kontrastpunkte hervorstachen – nicht stark, aber auch nicht zu verbergen. Außerdem wirkte er schmächtiger als sein Bruder. Und dennoch sollte das Aussehen nicht täuschen. Seine Gesichtszüge signalisierten trotz der unglücklichen ästhetischen Gegebenheiten Charakterfestigkeit und Zuverlässigkeit.

Benjamin war sich hingegen seines Aussehens wohl bewusst und schien es kaltschnäuzig einzusetzen. Dieser Eindruck wurde noch verschärft, durch die Diskussion der beiden über die Bewertung von Renates Verhalten. Benjamin beharrte, wie schon bei unserem Gespräch vor einer Woche, weiterhin darauf, dass Renate sich unmöglich verhalten würde und aus egoistischen Gründen einfach abgehauen sei, wie er es ausdrückte.

„Egoistisch? Wenn du mich fragst, ist Renate der einzige Mensch auf dem Weingut, der gerade *nicht* egoistisch ist", rief Andreas aus. „Sie ist nicht hinter deren Rücken über andere hergezogen und hat sie bei unserem Großvater angeschwärzt. Wenn jemand Schuld ist, dass sie weg ist, dann bist du das, liebes Brüderlein, du und unsere Mutter mit ihren ewigen Nörgeleien. Und anstatt Renate den Rücken zu stärken, hast du nur ins selbe Horn gestoßen!"

Fast hätte man meinen können, er sei in seine Schwägerin verliebt. Nur allzu gerne hätte ich ihn dazu befragt, zumal Benjamin höhnisch auflachte.

„Mein Bruderherz, der Weichling. Großvater hat da gar nicht so Unrecht, ja selbst Marlies, deine dir angetraute Frau, hat da schon solche Andeutungen gemacht." Nach einer kurzen Pause fuhr er gehässig fort: „Ich habe schon bemerkt, dass dir Renate besser gefällt als Marlies."

Wie passte diese Eifersucht mit dem Ego eines Benjamin Dohne zusammen? Sieh an, der Schönling zeigt seine verwundbare Seite, dachte ich stillvergnügt.

Das Gespräch der beiden hatte mit dieser Wendung eine informative Qualität erreicht, die nicht nur mich intensiver aufhorchen ließ. Auch Heribert, so verriet mir ein unauffälliger Seitenblick, hörte mit großem Interesse zu. Aber leider wurde es abrupt unterbrochen, denn wir waren auf dem Parkplatz angelangt und Heribert konnte seinen Wagen direkt neben dem roten Nissan mit dem Kennzeichen AZ-RF-3636 abstellen.

„Das ist er", bestätigte Benjamin Dohne unnötigerweise. Er nahm den Zweitschlüssel aus seiner Hosentasche, den Heribert sich wortlos mit einer fordernden Geste aushändigen ließ.

Ich hatte mein Auto auch schon mehrmals auf diesem Parkplatz abgestellt, wenn ich die Bahn zu Geschäftsreisen nutzte, und kannte daher das Prozedere der Parkerlaubnis. Dazu musste man sich zu dem etwa 100 Meter entfernten Bahnhofsgebäude begeben und am Fahrkartenschalter einen Parkschein für die geplante Dauer erwerben. Den legte man dann, gut sichtbar, hinter der Windschutzscheibe ab. Auch Renate hatte einen solchen Parkschein an einer speziell dafür vorgesehenen Plastikklemme befestigt. Das Ausstellungsdatum zeigte den 30. 3. 2005, also den Tag, an dem sie stillschweigend von Marga Preuß weggefahren war.

Ich wies Heribert darauf hin und stellte fest: „Falls sie von hier aus mit der Bahn, dem Bus oder einem Taxi weitergefahren sein sollte, kann sie das erst nach halb neun gemacht haben. Früher ist der Schalter nicht besetzt."

„Kann es nicht auch sein, dass sie hier von einer unbekannten Person abgeholt wurde?", überlegte Andreas Dohne.

„Willst du damit etwa sagen, dass ein anderer Mann ...?"

„Spekulationen helfen uns überhaupt nicht weiter", unterbrach Heribert die beiden. „Wir schauen uns jetzt zuerst an, ob wir irgendwelche verwertbaren Hinweise im Auto finden. Dann prüfen wir bei der Taxizentrale, wer am 30. März hier am Stand Dienst hatte, und machen dasselbe auch am Bahnschalter."

Wir begannen mit dem Kofferraum. Er war sauber und leer. Dann öffnete Heribert den Innenraum des Dreitürers. Auch hier sah alles so aus, als wäre der Wagen gründlich gereinigt worden, bevor man ihn hier abgestellt hatte.

„Ist Ihre Frau immer so reinlich mit dem Auto?", fragte Heribert.

Ich verkniff mir die Bemerkung, dass er seine Angewohnheit, seinen Wagen zu einem rollenden Abfallkübel umzufunktionieren, nicht als allgemein gültiges, kulturelles Selbstverständnis voraussetzen solle.

„Weshalb fragen Sie?"

„Antworten sie mir doch einfach, Herr Dohne."

„Sie wollen feststellen, ob jemand versucht haben könnte Spuren zu beseitigen", deutete Andreas Heriberts Frage.

Der nickte nur, während Benjamin Dohne seinem Bruder zuzischte: „Schlaumeier. Vielleicht hast du sie ja hier abgeholt und wolltest deshalb unbedingt mit, um sicher zu sein, dass ..."

„Also, was ist nun!", unterbrach Heribert barsch.

„Sie war mit ihrem Wagen immer sehr eigen", bequemte sich Renates Mann endlich. „Erst kam das Auto, dann ich."

Ich öffnete das Handschuhfach. Ebenfalls nichts, keine Straßenkarten, nicht einmal eine Betriebsanleitung. Nur sterile Sauberkeit, selbst unter den Sitzen, den Fußmatten und in den Türablagen.

„Tja, das war es dann. Gehen wir zur Taxizentrale und zum Bahnschalter", beschloss Heribert.

Instinktiv klappte ich die Sonnenblende an der Beifahrerseite nach unten. Auch hier verbarg sich nichts. Notgedrungen machte es Heribert mir nach, griff entmutigt hinter den Blendschutz auf der Fahrehrseite und stutzte. „Da ist tatsächlich etwas."

Er klappte die Blende nach unten und ein blauer Briefumschlag flatterte auf den Fahrersitz. In großen Lettern war er mit den Worten *für meine Familie* beschriftet.

„Das ist die Farbe von Renates Umschlägen", rief Benjamin Dohne, nahm ihn an sich und riss ihn mit einer ungestümen Bewegung auf. Ein ebenfalls blaues Blatt Papier kam zum Vorschein. Ich konnte nur sehen, dass es von Hand beschrieben war. Er las den Brief mit verständnislosem Blick und reichte ihn dann Heribert wortlos weiter.

„Können Sie das als die Handschrift Ihrer Frau identifizieren?"

„Ja", er atmete heftig durch die Nase aus.

„Kann ich ihn vorlesen?"

Heribert bekam ein wortloses Nicken zur Antwort, setzte seine Brille auf, die er ausnahmsweise einmal nicht umständlich suchen musste, und las:

An alle, die sich Gedanken um mich machen.

Dies soll kein langer Brief werden und auch keine „Vergangenheitsbewältigung" oder „Abrechnung". Eure Welt und Eure Anschauungen sind einfach nicht meine, daher werdet ihr mich letztlich doch nicht verstehen. Am ehesten noch du, Mama, keinesfalls aber meine angeheiratete Familie, allen voran meine Schwiegermutter und der von ihr geprägte Mann, den ich einmal zu lieben glaubte und der mich dann im Stich gelassen hat.

Zwei weitere Menschen, neben meiner Mutter, muss ich ausnehmen: Marga und Johann.

Ja, es ist schon merkwürdig Eure Namen direkt nebeneinander zu schreiben. Aber so verständnisvoll und liebvoll, wie Ihr mit mir umgegangen seid, bin ich mir sicher, dass Ihr Euch auch im wahren Leben näher steht, als es ein nebelhaftes Schicksal bestimmt zu haben scheint. Sprecht miteinander und versöhnt Euch endlich. Das Leben ist doch viel zu kurz, um sich ein solches Leid anzutun.

Und damit komme ich zu mir.

Ich muss endlich meinen eigenen Weg finden. Viele Jahre habe ich bei Mama meinen Vater ersetzt.

Dann dachte ich, bei der Polizei als das akzeptiert zu werden, was ich bin. Aber auch hier nur Enttäuschungen.

Danach, auf dem Weingut, wurde ich als Prellbock zwischen einer hartherzigen und herrschsüchtigen Schwiegermutter und dem von ihr abhängigen Sohn missbraucht. Ich bin Euch beiden nicht böse – Ihr tut mir nur leid.

Nun ist die Zeit gekommen, da es nur um mich geht. Ich werde eines Tages wieder zurückkehren, aber nicht so schnell und als anderer Mensch. Da ich noch nicht die Stärke besitze, das durchzuziehen, was für mich gut ist, solange ich in Eurer Nähe bin, will ich nicht, dass Ihr versucht, meinen Aufenthaltsort ausfindig zu machen. Daher lasse ich auch meinen Wagen hier stehen und habe alles daraus entfernt, was einen Hinweis geben könnte.

Respektiert meinen Entschluss, den ich freiwillig und bewusst getroffen habe.

Lebt wohl!

Renate

Andreas Dohne räusperte sich und sagte mit belegter Stimme: „Was muss ihn ihr vorgegangen sein, dass sie eine derart umwälzende und weitreichende Entscheidung getroffen hat?“ Er erwartete keine Antwort. Und obwohl er sich zuvor noch mit seinem Bruder gestritten hatte, legte er jetzt mitfühlend den Arm um dessen Schulter und sagte sanft: „Komm, wir fahren den Wagen nach Hause. Oder benötigen Sie ihn hier noch, Herr Koman?“

Heribert verneinte.

Benjamin Dohne war bewegungslos dabeigestanden, als Heribert ihn zum zweiten Mal mit der harten und konsequenten Entschlossenheit seiner Frau konfrontiert hatte. Jetzt erwachte er aus seiner Erstarrung und schaute seinen Bruder an. Zu meiner Verwunderung schimmerten Tränen in seine Augen.

„Andreas", begann er leise, um dann mit jedem weiteren Wort an Stärke zu gewinnen, „ich ... ich bin ein Rindvieh, ein riesengroßes Arschloch. Unsere ganze Familie ist ein verlotterter und verlogener Scheißhaufen. Du bist noch der Beste von uns. Was habe ich mir alles einreden lassen. Die Familie hier ... die Familie da ... wir müssen zusammenhalten gegen den Rest der bösen Welt. Nicht die Welt ist böse", seine Stimme nahm nun einen beschwörenden Ton an, „wir sind es, wir sind böse und kleistern alles mit *Familie* zu. Weißt du, wie wir Familie definieren? Weißt du das? F wie Fremdgehen! A wie Abschaum! M wie menschenverachtend! I wie Irrtum! L wie ... wie über Leichen gehen! Ein weiteres I wie Intrige! Und E wie Endstation!"

Sein Bruder, der während seines Ausbruchs mehrmals vergeblich versucht hatte, ihn zu stoppen, packte in an den Schultern und schüttelte ihn. „Benjamin, komm zu dir, du redest Unsinn, du weißt nicht, was du sagst."

Aber Benjamin hörte ihm überhaupt nicht zu. „Ich werde mich ändern, ich schwöre es dir. Und dann wird sie wieder zu mir zurückkommen. Herr Koman, Sie müssen sie finden. Bitte!", und noch einmal mit leiser Stimme, „bitte!"

Andreas Dohne ließ sich von Heribert den Autoschlüssel und den Brief geben. „Wir fahren jetzt zu Gertrud. Okay, Benjamin?"

Der nickte kraftlos. Andreas Dohne lotste ihn auf den Beifahrersitz und fuhr vom Parkplatz. Die Zufahrt zurück zur Hauptstraße verlief parallel zu den Parkbuchten, so dass wir sie außen vorbeifahren sahen. Andreas Dohne hatte das Fenster geöffnet und nickte uns noch einmal zu, während sein Bruder den Blick abwandte.

„Puh, was war jetzt das? Die Wandlung des Saulus zum Paulus? Nimmst du ihm das ab, Darius?"

„Ich denke schon, dass das ernst gemeint war. Wie lange das anhält, kann ich dir natürlich nicht sagen – bei der Mutter."

„Und bei der Schwägerin, wie wir gehört haben", fügte Heribert spöttisch hinzu. „Aber fandest du es nicht ein wenig theatralisch, wie er das Wort *Familie* buchstabiert hat. Das hat mich an des *Teufels General* erinnert, wie *Harras* dasselbe mit dem Wort *Vaterland* macht: *V wie Volksgerichtshof! A wie Aufhängen! T wie Tod! E wie Erschießen!* Weiter weiß ich es nicht mehr."

„R wie Rassenverfolgung! L wie Lager! Auch ich bin Zuckmayerfan – als bekennender Rheinhesse. Aber zurück zu Benjamin Dohne. Meinst du, der hat eine Show abgezogen?"

„Nein, was hätte das auch für einen Sinn. Was mir mehr zu denken gibt, sind diese Hinweise, wie Fremdgehen, Abschaum, menschenverachtend und ... was hatte er noch gesagt?"

Ich musste auch erst überlegen, aber da die Buchstabenfolge ja vorgegeben war, fiel es mir wieder ein. „Er sagte noch etwas von Irrtum, Leichen, – also über Leichen gehen – Intrige und am Schluss noch Endstation. Was meinst du, hat das für uns eine Bedeutung?"

„Ich notiere es und lege die Notiz zu Renates Unterlagen. Erste Regel: Mögliches Beweismaterial sichern. Man weiß nie, wozu man so etwas noch einmal gebrauchen kann. Mehr machen wir zurzeit nicht damit."

Wir stiegen wieder in den Wagen. Ich hatte immer noch den Parkschein bei mir, den ich während der Inspektion von Renates Auto an mich genommen hatte, und hielt ihn Heribert hin. „Und was machen wir mit dem?"

Er nahm ihn mir aus der Hand, steckte ihn in die Innentasche seines Jacketts und sagte: „Auch den bewahre ich auf."

„Was geschieht jetzt eigentlich mit den Dokumenten?"

„Wie ich Frau Faber schon gesagt habe, die halte ich unter Verschluss, bis Renate wieder da ist und entscheidet, was damit geschehen soll. In meinem Bankschließfach sind sie sicher aufgehoben und fressen auch kein Brot."

Während wir zurückfuhren, bewegten mich noch zwei Fragen. „Was ist aber mit dem, was sie ermittelt hat? Willst Du das nicht weiterverfolgen?"

„Da sollen sich andere drum kümmern. Wenn das wirklich stimmt, wird irgendwann einmal die Bombe platzen. Mir ging es ja nicht darum, die *SoKo Rheinhessennetz* wieder aufleben zu lassen, sondern nur um einen eventuellen Zusammenhang mit Renates Verschwinden."

„Und Ulf Korfmann?"

„Ist tot, Darius. Soll ich bei seiner Frau und seinen Kindern unnötig Wunden aufreißen, zumal ich keinerlei Beweise habe, nicht einmal Indizien? Nein, das würde ihn auch nicht mehr lebendig machen. Noch Fragen?"

„Ja, Gertrud, was sage ich ihr?"

„Überlass das ihrem Schwiegersohn, das wird die erste Bewährungsprobe für sein neues Leben. Er hat seinen Bruder dabei. Der ist stark genug für beide und überhaupt kein Waschlappen, wie ich finde. Du kannst sie ja heute Nachmittag noch einmal anrufen."

Nun war wieder Ruhe in meinem Leben eingekehrt. Ich bereitete langsam, aber zielstrebig meinen Austritt aus der Kanzlei vor. Ich dokumentierte Arbeitsprozesse, über die nur ich Bescheid wusste, und mistete dabei gleichzeitig eine ganze Papiertonne an Unterlagen aus, von denen ich jahrelang gedacht hatte, sie seien überlebensnotwendig. Inzwischen wusste ich nicht einmal mehr, dass ich sie überhaupt hatte. Ich hätte mich vielleicht doch einmal mit Feng Shui befassen sollen, statt es als Modeerscheinung zu belächeln.

Gertrud hatte ich natürlich auch besucht. Anfangs war es ihr schwergefallen, die Worte ihrer Tochter umzusetzen und zu verkraften. Den Brief hatte sie für sich kopiert und mehrmals durchgelesen. Inzwischen hatte sie sich aber mit Renates Entscheidung abgefunden und war froh, dass sie offenbar wohlauf war. Außerdem würde sie ja wiederkommen. So lange könne die Selbstfindung ja nicht dauern, hatte sie für sich beschlossen. Und ihren Schwiegersohn würde sie nicht mehr wiedererkennen.

„Was habt ihr mit ihm gemacht?", fragte sie.

„Jeden Tag drei Tröpfchen *Wisdom* und 2 Tabletten *Satori* haben wir ihm verordnet. Aber nicht weitererzählen!“, antwortete ich geheimnisvoll. Vielleicht würde sie ja irgendwann einmal im Wörterbuch entdecken, dass es ich bei diesen Drogen um nichts anderes als um *Weisheit* und *Erleuchtung* handelte.

Die Familie hatte sich übrigens zusammengesetzt und auf eine plausible Antwort geeinigt, falls nach Renate gefragt werden sollte: Sie sei für einige Monate in Spanien, um einer befreundeten Weinbauerfamilie zu helfen, die Buchhaltung und die gesamte Verwaltung aufzubauen.

24 Wochen später, Samstag, 24. September 2005

Ich musste gegen einen heftigen Schmerz ankämpfen, als mein Gehirn ihre vertrauten Gesichtszüge registrierte. Das Sonnenlicht, das durch die Kirchenfenster in ein diffuses Farbenspiel zerlegt wurde, warf einen milden Lichtschimmer auf ihr Gesicht. Wäre ihr Körper nicht von großflächigen Hämatomen übersät gewesen, hätte man annehmen können, sie schlafe. Weder Blut noch offene Verletzungen waren auf den ersten Blick zu erkennen. Sie musste aber schon seit mehreren Stunden, wenn nicht sogar Tagen, tot sein. Darauf deuteten die bereits sichtbaren Totenflecken hin, die sich farblich von den Blutergüssen abhoben.

Diejenigen, die für diese Szenerie verantwortlich waren, hatten sie subtil in obszöner Weise aufgebahrt. Sie war unbekleidet. Die Arme waren in einem 90 Grad Winkel vom Körper ausgestreckt. Wären ihre Beine nicht etwas angewinkelt und leicht gespreizt gewesen, hätte ihr Körper ein Kreuz symbolisiert. So aber sollte ihre Körperhaltung offenbar das Verlangen danach andeuten, die über ihr schwebende Skulptur möge zum Leben erwachen und sich in eindeutiger Absicht auf sie herabsenken.

Wenn das wirklich geschähe, meine Gedanken entfernten sich von der offenkundigen Realität, würde die Bronzefigur sie mit ihrem Gewicht erdrücken.

„Hat jemand von Ihnen ein Handy dabei?“ wollte ich wissen. Ich hatte meines im Auto zurückgelassen.

Niemand antwortete, stattdessen griff Johannes in die Jackentasche seines Vaters, zog dessen Mobiltelefon heraus und drückte es ihm in die Hand. Er blickte mich verunsichert an und fragte mit rauer Stimme: „110?“

Ich nickte. Mit zitternden Fingern tippte er die Notrufnummer ein und kurz danach hörten wir ihn sagen: „Börner hier, ich bin in der Christuskirche. Kommen Sie schnell her, hier liegt eine nackte Tote.“ Einen Moment lauschte er, nickte und bestätigte: „Ja, sag ich doch, in der Christuskirche in Mainz.“ Wieder schien der Teilnehmer auf der anderen Seite eine Frage gestellt haben. „Das weiß ich doch nicht!“, in seiner Verzweiflung war er laut geworden. „Woher soll ich denn wissen, wie alt sie ist und um wen es sich handelt. Ich kenne sie doch nicht. Die Frau ist doch nackt! Meinen Sie denn, die hat einen Ausweis dabei oder ihren Namen eintätowiert? So schicken Sie doch schon jemand her, verdammt noch mal und stellen Sie nicht so blöde Fragen!“ Er klang, als wolle er gleich in Tränen ausbrechen.

Ich war selbst überrascht, mit welcher gebieterischen Schroffheit ich meine Hand ausstreckte und verlangte: „Geben Sie her! Ich weiß, wer die Tote ist.“ Geistesabwesend überließ er mir sein Handy. Ich entfernte mich einige Schritte von den anderen.

„Guten Tag, mein Name ist Darius Schäfer.“

„Polizeiobermeisterin Henkel. Sagen Sie, sind Sie *der* Darius Schäfer?“, fragte eine sympathische Stimme überrascht.

„Ja, aber das ist nur ein Zufall, dass ich hier bin und tut jetzt auch nichts zur Sache. Ich ...“, ich hatte einen Kloß im Hals, „ich kenne die Tote, sie ist ... 33 Jahre alt und ... Sie und Ihre Kollegen müssten sie eigentlich auch noch kennen. Es handelt sich um eine ehemalige Kollegin von Ihnen, Renate Dohne, ihr Mädchenname war Faber. Sie ist seit fast genau einem halben Jahr spurlos verschwunden. Davon weiß aber nur ihre Familie.“

Mein Gott, in was für eine Geschichte waren Heribert und ich da wieder reingeraten – das würde Stress hoch zehn geben! „Aber ich denke, das erkläre ich Ihren Kollegen, wenn sie hier vor Ort sind.“

Mittlerweile war die Gruppe um Frau Doktor Kleine-Schmittbauer aus ihrer Vereisung aufgetaut. Als ob sie die Tote nicht wecken wollten, tauschten sie in pietätvollem Flüsterton ihre Mutmaßungen über das *Wie* und *Weshalb* aus. Einzelne wagten sich sogar für einen flüchtigen Blick näher an die Tote heran. Sie schüttelten ihre Köpfe, bedauerten in ihrer Ratlosigkeit mit dieser Situation umzugehen im Kollektiv die „arme“ Frau oder drückten ihre Abscheu darüber aus, wie man so etwas nur machen könne: „Nackt und noch dazu in einer Kirche“.

„Musste dieses Blag auch unbedingt die Decke wegziehen." Dr. Arunde Kleine-Schmittbauers Bemerkung hätte missverstanden werden können, hätte sie nicht im gleichen Moment ihren Poncho abgenommen. Dann beugte sie sich über das Gitter, um mit einer fast liebevollen Geste, den Leichnam vor den Blicken der Öffentlichkeit damit zu verhüllen. Vorher hatte sie noch ihr Namensschild entfernt und am Revers des giftgrünen Blazers, der nun zum Vorschein kam, befestigt.

Das war so schnell geschehen, dass ich sie nicht davon hatte abhalten können. Die Spurensicherung würde ihre helle Freude haben, wenn sie neben den Fasern der Decke, die Johannes zur Seite gezogen hatte, nun auch noch die des Umhanges vorfinden und identifizieren mussten. Diese Feststellung verkniff ich mir allerdings, um einer unerquicklichen Diskussion zu entgehen. Es hätte ohnehin nichts mehr geändert.

Wenige Minuten später kam die Besatzung des ersten Streifenwagens in die Kirche, der kurz darauf die zweite uniformierte Gruppe folgte. Die unmittelbare Nachbarschaft zum Polizeipräsidium machte sich bemerkbar. Sie sperrten alle Zugänge ab und wiesen uns an, im Hintergrund auf ihre Kollegen von der Kriminalpolizei zu warten.

Heribert! Er musste es unbedingt wissen. Unter Missachtung jeden Anstands benutzte ich, ohne ihn vorher um Erlaubnis zu fragen, Börners Handy, das ich immer noch in meiner Hand hielt.

Den Anruf hätte ich mir sparen können, Heribert wusste bereits Bescheid. „Manchmal hat unser Buschfunk auch sein Gutes. Vor allem, wenn es um einen von uns geht, oder auch, wie in diesem Fall, um eine ehemalige Kollegin. Ich bin gleich da", erklärte er. Und dann brüllte er plötzlich los: „Verdammte Scheiße! Wir hätten es verhindern müssen!"

„Wie denn, Heribert?", auch ich war verzweifelt. „Wir hatten doch kaum Möglichkeiten etwas zu tun. Und das, was wir getan haben, war schon nicht ganz astrein. Wir hätten die Sache vielleicht doch offiziell machen sollen."

„Das wird auch noch ein Tanz werden. Da freue ich mich jetzt schon drauf. Wie gesagt, ich komme gleich. Sag das bitte dem leitenden Kollegen von der Kripo Mainz. Ich nehme an, es wird KHK Hornbach sein. Er ist der Chef vom Kommissariat 11. Mit dem werde ich in dieser Sache ohnehin ein weiteres Hühnchen rupfen."

Heribert ließ mich kurz teilhaben an seiner nicht gerade schmeichelhaften Einschätzung seines Kollegen. Er war es, mit dem er wegen Renate und Ulf Korfmann gesprochen und der sich dann über seine Einmischung beschwert hatte. Nach Heriberts Schilderung musste es ein unangenehmer Bursche sein. Selbstverliebt, anmaßend, aber nach oben buckelnd und nach unten tretend. Ein richtiger Giftzwerg.

„Und das Schlimmste", beendete Heribert seine Charakterstudie, „er ist ein Korinthenkacker, wie er im Buche steht."

„So wie du damals?" Aber Heribert hörte es nicht mehr, er hatte bereits aufgehängt.

Etwa 1 Meter 65 groß, untersetzt, dunkelbraune, kurz geschnittene Haare, energischer Gang – das musste der sein, den Heribert mir bereits angekündigt hatte, der Star der Kriminalinspektion 11: Kriminalhauptkommissar Hornbach. Mit Lederjacke und Jeans bekleidet, beides in schwarz, stolzierte er auf uns zu. Er genoss sichtlich seinen Auftritt. Einem Feldherrn gleich, der seinem Tross in die Schlacht vorauseilt, erstürmte er die Kirche, man vermisste nur noch den gezogenen und dem Feind entgegengereckten Säbel. Offenbar nahm er den „Ersten Angriff", der die Sicherung und Auswertung aller Informationen, Personen und Spuren eines Tatortes umfasst, wortwörtlich. Sich seines Publikums bewusst, trieb er die Spezialisten der Kriminaltechnik im Befehlston an, als würden sie ihre Aufgabe zum ersten Mal machen.

„Ich darf Sie daran erinnern", belehrte er sie so laut, dass es von den Kirchenwänden und aus der Kuppel widerhallte, „dass der Spurensicherung die elementare Aufgabe der Beweissicherung zukommt. Das heißt, dass vor Gericht relevante Indizien und Beweise strengen Kontrollen unterliegen und dementsprechend fachmännisch behandelt werden müssen."

„Bravo Eberhard!", hörte ich plötzlich eine leise Stimme hinter mir. „Und wenn er den Kollegen von der Kriminaltechnik jetzt noch erklärt, dass sie weitergehende Details in Ackermann/Clages/Roll, Handbuch der Kriminalistik, Jahrgang 2003, 2. Auflage, ab Seite 89 nachlesen können, werden sie ihm vor Dankbarkeit die Füße küssen. Der tut ja gerade so, als gäbe es im K 7 nur Trottel. Aber wir beide wissen ja: Grau, teurer Freund, ist alle Theorie – sagte schon Goethe."

Diese Stimme war mir so vertraut, dass ich sie aus Tausenden herausgehört hätte – Heribert. Noch schneller, als ich ihn ohnehin erwartet hatte, war er eingetroffen. Hornbach war gerade dabei, zwei seiner Beamten zur Befragung der inzwischen ungeduldig im Hintergrund Wartenden einzuteilen. Heribert ging hinüber zu ihm und sie begrüßten sich knapp und mit erkennbarer Distanz. Der leichte Anflug von Lächeln in ihren Gesichtern war eher diplomatischer Höflichkeit geschuldet, als ein Zeichen von Freude. Heribert entfernte sich dann auch nach zwei, drei kurzen Sätzen, um sich am Fundort der Leiche einen Überblick zu verschaffen.

Unterdessen waren auch schon die Spezialisten vom rechtsmedizinischen Institut eingetroffen, das nicht weit von der Christuskirche entfernt untergebracht war. Geleitet wurde die dreiköpfige Arbeitsgruppe von einem nervös wirkenden, grauhaarigen und übergewichtigen Mittsechziger. Zwei Assistenten, offenbar Medizinstundenten, folgten ihm in angemessenem Abstand. Die junge Frau war etwa 25 Jahre alt, ihr männlicher Kollege vielleicht zwei bis drei Jahre jünger. In zwei Metallkoffern trugen sie die Utensilien, die dazu benötigt wurden, um im ersten Stadium der forensischen Untersuchung an der Leiche wertvolle Hinweise zu sichern und vielleicht schon vorläufige Anhaltspunkte über den Tathergang zu ermitteln.

Hornbach vereinbarte mit dem Rechtsmediziner und dem Arbeitsgruppenleiter des kriminaltechnischen Dienstes, in welcher

Reihenfolge sie ihre Aufgaben angehen sollten. Obwohl, wie ich bruchstückhaft mitbekam, die Großräumigkeit der Christuskirche eine zusätzliche logistische und zeitaufwendige Herausforderung darstellte, hatte man innerhalb weniger Minuten den Ablauf abgesprochen. Professionelle Routine machte sich bemerkbar und die Arbeit der Kriminalspezialisten lief mit der Präzision eines Uhrwerkes ab.

Bevor Renates Leichnam einer eingehenden Untersuchung unterzogen werden konnte, wurde das Halbdunkel der Kirche von einem Blitzlichtstakkato erhellt, als eine junge Kommissarin den Tatort aus allen erreichbaren Winkeln und Positionen für die weitere Auswertung festhielt. Eine weitere Beamtin vom Erkennungsdienst war speziell dafür eingeteilt worden, die ersten Erkenntnisse von Dr. Hemer, des Gerichtsmediziners, zu protokollieren.

Aus meinen früheren Fällen wusste ich, dass die Kriminalbeamten erfahrungsgemäß oftmals schneller zu verwendbaren Schlussfolgerungen kamen, als es dem Mediziner möglich war, zumal sie Spekulationen anstellen konnten, während er sich ausschließlich auf der wissenschaftlich gesicherten Ebene bewegte. Eile war geboten, denn – so eine alte Kriminalistenweisheit – in einem Mordfall sollte innerhalb von drei Tagen eine heiße Spur verfolgt werden können. Jeder weitere Tag würde die Aufklärung überproportional verzögern und immer schwieriger gestalten.

Hornbach schien zufrieden und hatte nun Zeit, sich ebenfalls eine Aufgabe zu suchen. „Börner und Schäfer!“, tönte er und seine Stimme hallte durch die Kirche. Der Kasernenhofton schien sein Markenzeichen zu sein.

Während ich vor mich hin murmelte, *du kannst von Glück sagen, dass ich dich nicht erzogen habe*, eilte Herr Börner mit einem zackigen „Hier!“ zu Hornbach. Johannes stürzte hinterher und so standen beide, Hand in Hand wie zwei Schulbuben, vor dem *Napoleonverschnitt*, wie ich ihn inzwischen getauft hatte.

„Schäfer! Wo ist Schäfer?“, bellte er und blickte suchend um sich. „Da muss doch noch der Schäfer sein!“

Heribert war plötzlich wieder neben mir aufgetaucht. „Sieht der hier irgendwo eine Schafherde?", zischte er ärgerlich. Aber dann nahm er mich leicht am Arm und zog mich in Richtung seines Kollegen. „Herr Schäfer, bitte kommen Sie doch einmal mit", bat er übertrieben höflich, „Kriminalhauptkommissar Hornbach möchte Ihnen einige Fragen stellen."

Bevor dieser auf den unverkennbaren Affront reagieren konnte, bot ich ihm die Hand zum Gruß, die er überrascht ergriff. „Guten Tag, Herr Hornbach. Mein Name ist Schäfer. Welche Fragen kann ich Ihnen beantworten?"

Auch wenn Heribert sein Impulsivitätspotenzial auf Sparflamme eingesetzt hatte, so verfehlte es doch seine Wirkung nicht. Hornbach war jedenfalls anzumerken, dass er innerlich kochte. Nun mochte er zwar der Fiesling sein, auf den mich Heribert fast schon konditioniert hatte, aber er war deshalb noch lange nicht dumm. Er schätzte die Situation richtig ein und wusste, dass er nur mit professioneller Gelassenheit punkten konnte.

Er stellte sich Herrn Börner und mir nochmals kurz vor und bemühte sich um einen ruhigen Ton, als er unsere Personalien aufnahm und danach wissen wollte, wie sich der Fund des Leichnams abgespielt hatte. Erst als die Sprache darauf kam, dass Heribert und ich bereits seit sechs Monaten davon wussten, dass das Opfer spurlos verschwunden war, gewann sein Naturell wieder Oberwasser.

„Du warst also tatsächlich informiert!", wandte er sich an Heribert, der die ganze Zeit über stumm dabei gestanden hatte und nun nickte. „Keine Vermisstenmeldung, keine offizielle Information?"

„Nö, keine."

„Das wird ein Nachspiel haben. Du bist ja bekannt für deine eigenwilligen Methoden. Bis jetzt konntest du immer den Kopf aus der Schlinge ziehen. Aber dieses Mal hast du den Bogen überspannt. Wir haben nämlich eine Leiche, die auf dein ...", er ließ den Satz unbeendet.

Er drehte sich kurz zu Vater und Sohn um, die mit offenen Mündern den Disput verfolgten. „Herr Börner, danke, Sie können jetzt gehen. Wir haben ja Ihre Adresse."

„Mach mal!", nahm Heribert den Faden mit sanfter Stimme wieder auf. Dabei sah er den beiden mit abwesend wirkender Miene hinterher, wie sie im Gleichklang ihres Äußeren und ihrer Schritte die Kirche verließen. In wenigen Stunden würden sie im Bruchwegstadion mit weiteren 20 000 begeisterten Fans ihre *Nullfünfer* unterstützen und erleben, wie die elf Aktiven der Mannschaft von Borussia Dortmund ein 1:1 abringen sollten. Im Gegensatz zu Heribert und mir würden sie wenigstens für diese Zeit die Dramatik der letzten Stunden verdrängen können.

Heribert war anzumerken, wie sehr ihm Renate Dohnes Tod und der Anblick ihres Leichnams zu schaffen machten. Er hatte mich bisher auch noch nicht direkt angesehen. Als ich erneut versuchte Blickkontakt mit ihm herzustellen, wich er mir aus und wandte sich stattdessen mit einer fahrigen Bewegung wieder Hornbach zu. „Du bist ja schließlich bekannt dafür, dich als überkandidelter Korinthenkacker aufzuspielen". Zwar sprach er leise, aber jeder Beobachter konnte an der Eindringlichkeit seiner Körpersprache erkennen, dass es sich nicht um eine freundschaftliche Plauderei handelte. „Du weißt hoffentlich auch, was man unter einem Pharisäer versteht?" Dabei verschärfte er seinen Tonfall.

„Wie meinst du das?"

„Ich meine das genau so, wie ich es gesagt habe. Renate Dohne ermittelte, bevor sie Hals über Kopf ihren Dienst bei euch quittierte, in einem Fall, bei dem einiges nicht mit rechten Dingen zuging. Sie muss auf irgendetwas gestoßen sein."

Hornbach wollte ihn unterbrechen, aber Heribert ließ es nicht zu, indem er ihn mit einer unmissverständlichen Geste abblockte.

„Und auch der Tod von Kollege Ulf Korfmann, mit dessen Ermittlung du betraut warst, erscheint jetzt in einem ganz anderen Licht. Für mich nicht unerwartet übrigens, wie du weißt. Da hat das Ergebnis ja lange genug gedauert, bis es feststand: Unfall,

Fremdverschulden nicht festzustellen. Ein bisschen zu lange überlegt, für meinen Geschmack."

„Was soll der Unsinn. Die Staatsanwaltschaft hat schließlich ..."

„... danach entschieden, was du auf den Tisch gelegt hast, ich weiß. Das war kein Unfall! Da hat jemand manipuliert. Das habe ich dir damals schon gesagt, nachdem sich seine Frau privat mit mir in Verbindung gesetzt hatte, weil sie dir nicht traute. Aber du hast ja verhindert, dass ich in die Ermittlungen eingeschaltet wurde."

„Das ist nicht dein Bereich", zischte der Kleine ärgerlich.

Heribert überhörte es nur dem Anschein nach. Seine für den Bruchteil einer Sekunde zusammengepressten Lippen waren ein gefährliches Signal, das nur ich wahrnahm. Er schien nicht mehr zu bremsen zu sein. Ich hatte den Eindruck, dass er auf Krawall aus war. Er wollte offenbar provozieren, um Hornbach derart aus der Reserve zu locken, dass dieser überreagieren würde.

Ich fühlte mich bei diesem Spiel wie ein Fremdkörper, da ich zwar für Heriberts Gefühle Verständnis hatte, aber sein unbeherrschtes Verhalten dennoch nicht einordnen konnte. Was außer einer aggressiven Konfrontation wollte er damit bezwecken? Er neigte doch ansonsten genauso wenig wie ich zur Gewalt, es sei denn aus einer Notwehrsituation heraus. Aber Heribert befand sich hier schließlich nicht in Gefahr.

Andererseits war ich mir bewusst, dass es auch so etwas wie eine psychische Notwehrsituation gab, die alle natürlichen Schranken vor der Gewaltbereitschaft niederreißen konnte. Es war das Gefühl der Ohnmacht, das einen kopflos machen konnte und dem man mit einem Kraftakt zu entfliehen versuchte.

„Und jetzt?", Heriberts Tonfall verschärfte sich und riss mich aus meinen Gedanken, „jetzt habt ihr den zweiten Todesfall im K 14. Schon ein bisschen merkwürdig das. Oder meinst du, das ist Zufall?"

Nun war er richtig in Fahrt – das Gaspedal bis auf das Bodenblech durchgetreten. Da konnte es schon einmal geschehen, dass er die Kurve nicht mehr bekam und über das Ziel hinausschoss – so, wie jetzt. „Ich sage dir was, Eberhard, und das meine ich auch genau so: Hättest du im Fall Korfmann nicht schlampig ermittelt, würde Renate Dohne noch leben!"

Die Beziehung zwischen Heribert und seinem Kollegen konnte man nicht gerade als *Romanze* bezeichnen, wenn auch als ausgesprochen emotional. Sie hatte wohl ihre eigene, in dunkle Vergangenheit zurückgehende Historie. Immerhin war Heribert schon seit mehr als dreißig Jahre in Rheinhessen bei der Polizei tätig und da kann sich einiges ereignen und aufstauen. Aber nun hatte sich das Gespräch, sofern man diese Verbalschlacht als ein solches bezeichnen konnte, schlagartig auf eine Ebene der rational gesteuerten Anklage verlagert, die Hornbach zunehmend unangenehm wurde. Die Frequenz seines Wimpernschlages erhöhte sich und auch sein Gesicht färbte sich zusehends rötlicher. Und so war er dann auch erkennbar erleichtert, als ihm durch Frau Dr. Kleine-Schmittbauer unvermutet zu einer Atempause verholfen wurde und er nicht auf den scharfen Vorwurf reagieren musste.

Die Zeugeneinvernahme der Teilnehmer der so abrupt abgebrochenen Führung war beendet, die Adressen notiert und fast alle hatten die Christuskirche bereits verlassen, bis auf Frau Dr. Kleine-Schmittbauer. Sie wollte wissen, ob sie denn nun ihren Poncho wiederhaben könne.

„Welchen Poncho?", Hornbach musste erst umschalten von Heriberts Provokation zu dem Ansinnen dieser Frau, die wie aus dem Nichts vor ihm aufgetaucht war. Außerdem überragte sie ihn um Kopfeslänge, was ihm sichtliches Unbehagen bereitete.

„Nun, ich habe doch die nackte Leiche mit meinem Poncho zugedeckt. Das war schließlich das Mindeste, was ich für diese arme Frau noch tun konnte." Fast vorwurfsvoll deutete sie in Richtung des Fundortes.

„Sie haben was?!"

„Man konnte die Frau doch nicht so liegen lassen, nachdem der kleine Flegel sie entblößt hatte." Ehrliche Entrüstung verlieh ihrer

Stimme ein ganz spezielles Timbre, das selbst dem Unsensibelsten angekündigt hätte, dass eine weiterführende Diskussion nicht nur zeitintensiv, sondern letztlich auch fruchtlos wäre. Sie war von der Rechtschaffenheit ihrer Aktion felsenfest überzeugt – basta.

„Sie erhalten ihren Umhang zugeschickt, wenn die forensische Untersuchung abgeschlossen ist. Ihre Adresse haben wir ja." Und als er ihrem Blick ansah, dass sie offenbar einen weitergehenden Erklärungsbedarf für die Zurückhaltung ihres Eigentums hatte, flüchtete er sich in die Höflichkeitsfloskel: „Vielen Dank auch für Ihr Verständnis und Ihre Unterstützung, Frau ...", er fixierte ihr Namensschild, „Frau Doktor Kleine-Schmittbauer, und auf Wiedersehen."

So durchschaubar dieser Gemeinplatz auch sein mochte, er verfehlte seine angestrebte Wirkung nicht, die Kunstführerin einzulullen und vom eigentlichen Thema abzulenken. Mit einem flüchtigen Kopfnicken bedeutete Hornbach darüber hinaus, dass das Gespräch beendet sei. Er drehte sich um und ging hinüber zur Spurensicherung, um die Beamten über die Herkunft des roten Umhangs aufzuklären, was mit der boshaften Bemerkung „wegen dieser prüden Madame haben wir jetzt zusätzliche Arbeit", aufgenommen wurde.

Die so Geschmähte konnte es nicht mehr hören. Nach einem schmerzlichen Blick auf die inzwischen wieder entblößte Leiche und einem Achselzucken, mit dem sie Heribert und mich bedachte, hatte sie über das Hauptportal den Ort verlassen, an dem durch ein dramatisches Ereignis ihr kultureller Auftrag eine unerwartete und unwürdige Wendung erfahren hatte.

Aus der kühlen Stille der Christuskirche war sie hinausgetreten in das gleißende Licht des warmen Sommertages und den Lärm der Kaiserstraße. Hinaus in den Sonnenschein, den Renate Dohne nie mehr sehen, dessen Wärme sie nie mehr auf der Haut spüren würde; hinaus in das pulsierende Leben des *Goldenen Mainz,* an dem sie nie mehr teilhaben würde. In diesem Moment hatte ich mir geschworen, dass ich alles unternehmen würde, um ihren Tod zu sühnen. Und ein Blick zu meinem Freund zeigte mir, dass wir gerade den gleichen stillen Schwur geleistet hatten.

Inzwischen hatte Hornbach seine kurze Unterredung mit dem Gerichtsmediziner beendet und war zu uns zurückkehrt. Ich glaubte ihm anzusehen, dass er uns liebend gerne einem der anderen Kommissare überlassen hätte. Allerdings ließ das sein Stolz nicht zu.

„So, nun noch mal zu dir und zu Ihnen", er bemühte sich jetzt um einen angemessenen Ton. Ruhig und ausgeglichen, um Heriberts Kampfansage nicht wieder aufleben zu lassen, und gleichzeitig bestimmt, um mir gegenüber die Verbindlichkeit der Staatsgewalt zu demonstrieren.

Heribert hatte sich immer wieder einmal seinen Dienstfrust bei mir von der Seele geredet. Und so war mir klar, dass ich Hornbach ein Dorn im Auge sein musste. Er war der Profi, der im Verborgenen einer Aufgabe nachging, die geprägt war von Frustration, quälend langweiliger Schreibtischarbeit, Überstunden, mieser Bezahlung, renitenten Kollegen. Er fühlte sich alleingelassen von Vorgesetzten, die aus Furcht vor eigenen Fehlern ihre Verantwortung abwälzten. Sie hatten auf der Führungsakademie der Polizei in Münster-Hiltrup – wie man lästerte – als erstes ihr Rückgrat abgegeben und gelernt, wie man als *diplomierte Konzeptionäre* statt zu handeln erst einmal ein Konzept erstellte.

Ich dagegen hatte, ohne auf undurchschaubare und ermittlungshemmende Vorschriften achten zu müssen, mehrere Mordfälle gelöst - und noch dazu mit unkonventionellen Mitteln. Dass darüber ausführlicher und persönlicher in der Presse berichtet wurde als über Hornbachs Erfolge, lag am Interesse der Medien für Spektakuläres. Ich hatte es allerdings bisher selbst beeinflussen können, mich Rundfunkinterviews und sogar der Präsentation in einer dieser erbärmlichen Vormittagstalkshows, in der sich die Halbhirnintelligenz Deutschlands täglich ein peinliches Stelldichein gab, zu verweigern.

Eine derartige Öffentlichkeit und die damit verbundene Aufmerksamkeit erweckte Missgunst und schlechte Gefühle bei denen, die im Verborgenen arbeiteten und ihren Kopf im Interesse der Gesellschaft hinhalten mussten. Und in diesem Wechselbad der Empfindungen musste Hornbach sich befinden. Irgendwie bedauerte ich ihn, als er seinen rhetorischen Spagat zwischen Ungehaltenheit und Verbindlichkeit fortsetzte.

„Renate Dohne war also seit mehreren Monaten abgängig?"

„Mhh", grummelte Heribert.

„Seit wann?"

„Soll ich jetzt deinen Job machen?" Doch dann siegte, wenn auch nicht gerade die Vernunft, so doch das berufliche Verantwortungsgefühl. „Seit dem 30. März." Dabei schaute er mich zur Bestätigung fragend an.

Ich nickte und erklärte an Heriberts Stelle weiter: „Frau Faber, also die Mutter von Renate Dohne, kennt mich. Sie bat mich um Hilfe bei der Suche nach ihrer Tochter, die 1992 ihre Ausbildung in meiner Steuerberatungskanzlei beendete, bevor sie in den Polizeidienst eintrat. Und ich zog noch Herrn Koman mit hinzu."

Während ich unser rein privates Vorgehen weiterhin nicht als unnormal oder spektakulär empfand, löste es in Hornbach offenbar einen biochemischen Vorgang aus, der an Heftigkeit kaum zu überbieten war. Es hatte ja auch lange genug in ihm gebrodelt. So, wie der Kegel eines Vulkans bei dessen Eruption fortgesprengt wird, so heftig war der Ausbruch. Die Akustik der Christuskirche wirkte wie ein Verstärker, als er mit staksenden Schritten, fünf Meter nach links, fünf Meter nach rechts, vor uns auf und ab marschierte und uns anschrie. Ich wartete nur noch darauf, dass er die rechte Hand in Brusthöhe in seine Lederjacke schieben würde.

An Einzelheiten kann ich mich nicht mehr genau erinnern, zu schwer verständlich war das, was er von sich gab. Da fielen Worte wie Insubordination, Eigenmächtigkeit, Selbstherrlichkeit, Verantwortungslosigkeit, Rechtsverletzung, ja ich entsinne mich sogar das Wort *verbrecherisch* in Verbindung mit *unterlassener Hilfeleistung* gehört zu haben.

Zwar hatten inzwischen die meisten Polizeibeamten die Kirche verlassen, aber die Beamten der Spurensicherung und die Gerichtsmediziner waren ja noch anwesend. Sie hatten ihre Arbeit unterbrochen und folgten fassungslos dem Schauspiel.

Heriberts Gesichtszüge waren wie versteinert. „Jetzt mach mal halblang und versuch nicht, uns mit dieser Schmierenkomödie die Schuld an deinem Versagen in die Schuhe zu schieben. Ich sage es noch einmal, auch wenn es dir nicht passt: Hättest du deinen Job gemacht, würde Renate noch leben."

Hornbach wischte sich mit einer fahrigen Gebärde über das Gesicht. Auf einmal wirkte er seltsam kraftlos und müde, so, als hätte man den Stecker zu seiner Energiezufuhr herausgezogen.

„Du, du weißt ja nicht was du sagst. Du hast ja keine Ahnung, was bei uns abläuft. Ich muss doch schließlich auch ..." Er wurde unterbrochen.

„Aber meine Herren, bitte!" Eine freundliche, besänftigende Stimme war auf einmal aus dem Hintergrund zu vernehmen. Ich hatte vor etwa zwei Minuten mit einem Seitenblick eine Person wahrgenommen, aber angenommen, dass es sich um einen weiteren Mitarbeiter der Gerichtsmedizin handeln würde. Nun trat der Mann auf uns zu. Er wirkte ungewöhnlich jung und hätte sich hinter Heriberts knapp zwei Metern Körperlänge nicht verstecken können. Erst begrüßte er seine beiden Kollegen mit jovialem Handschlag, bevor er auch mich ansprach.

„Mein Name ist Keil, Jonas Keil."

„Darius Schäfer."

„Aha. Sie sind also der berühmt-berüchtigte Steuerberater Schäfer, der uns den Job abspenstig macht, indem er uns den Rang abläuft", grinste er. Es war mehr eine scherzhafte Feststellung, als eine Frage. „Ich freue mich wirklich, Sie einmal persönlich kennenzulernen."

Sein Händedruck war fest und angenehm. Ich schätzte ihn auf Ende 20, Anfang 30. Mit seinem dunkelblauen Anzug und einer dazu passenden gelben Krawatte sah er eher aus wie ein typischer Banker. Sein nettes, offenes Lächeln, mit dem er den Handgruß begleitete, wirkte auf mich vertrauenerweckend, was durch die ebenmäßigen Gesichtszüge verstärkt wurde. Mit seinen strahlendblauen Augen, dem dezent südländischen Teint und dem dunkelbraunen vollen Haar hätte man ihn als Beau abstempeln können, wäre da nicht sein markantes Kinn gewesen, das Mutter Natur mit einem maskulinen Grübchen dekoriert hatte. Es verlieh ihm dann doch die dominante Note, die er seinen älteren Kollegen gegenüber benötigte. Ich hatte den Eindruck, ihm schon einmal begegnet zu sein. Vielleicht auf einem Zeitungsfoto oder es handelte sich um die flüchtige Ähnlichkeit mit jemandem, dessen Weg meinen irgendwann gekreuzt hatte, wie es ja immer wieder einmal geschieht.

„Ich bin im Auftrag von Herrn Körper hier", erklärte er mir sein Erscheinen. „Er ist der Leiter der Kriminalinspektion Mainz. Wir waren gerade unterwegs zu einer Besprechung im Innenministerium, als wir von diesem Einsatz erfuhren. Es gehört nicht unbedingt zu meinem operativen Aufgabenbereich, aber er bat mich, ihn zu vertreten und mir an seiner Stelle einen Überblick zu verschaffen."

Dann wandte er sich wieder den beiden Streithähnen zu: „Konflikte gehören zum täglichen Leben, meine Herren. Aber sie gehören nicht unbedingt in der Öffentlichkeit ausgetragen. Wie lange werden Sie hier noch vor Ort sein, schätzungsweise?" Er blickte Hornbach fragend an, der seinerseits seine Uhr zu Rate zog.

„Es ist jetzt zwölf Uhr fünfzehn. Wir werden mit der Spurensicherung noch etwa eine Stunde benötigen. So, wie es aussieht, hat man die Leiche ...", er blickte hinter sich in Richtung der hängenden Skulptur, „... ich meine Renate Dohne, man hat sie einfach abgelegt und der Öffentlichkeit zur Schau gestellt." Jetzt war doch so etwas wie Erschütterung bei ihm zu erkennen. „Die Gerichtsmedizin ist mit ihrer Arbeit hier fertig und die Kollegen vom K 7 haben die Leiche bereits präpariert", dabei wies er hinüber zu Renates Leichnam. Gliedmaßen und Kopf waren inzwischen zum Schutz vor falschen Spuren mit Plastik verhüllt worden und zwei Mitarbeiter eines Bestattungsinstitutes waren eben dabei, den

Körper in einem Leichensack zu verschließen und in eine Zinkwanne zu legen.

„Gut", nickte Keil, „ich schlage vor, wir treffen uns um vierzehn Uhr im Büro von Kollege Hornbach. Und Sie beide", dabei blickte er abwechselnd auf Heribert und mich, „weihen uns dann in alles ein, was Sie über Frau Dohnes Verschwinden bereits wissen."

„Unter einer Bedingung, Herr Keil: Wir besprechen dabei auch, wie die Ermittlungen weiter laufen werden. Auch wenn es nicht mein Revier ist, ich möchte eingeschaltet werden." Heribert unterstrich ebenso direkt wie undiplomatisch, dass er keineswegs gewillt war, sich nur in der Rolle des Informanten zu sehen.

Hornbach schnappte nach Luft und wollte bereits zu einer Erwiderung ansetzen, die Keil jedoch noch rechtzeitig mit einer besänftigenden Geste stoppte.

„Eins nach dem anderen, wir werden sehen!" Mit dieser knappen, an Heribert adressierten Antwort unterband er jede weitere Diskussion.

Die Zeit bis zu dem vereinbarten Treffen mit Keil und Hornbach hatten wir eigentlich für ein gemeinsames Mittagessen nutzen wollen. Aber wir verspürten plötzlich beide keinen Hunger mehr. In der Christuskirche hatten die Nüchternheit und der routinemäßige Ablauf der Ermittlungstätigkeit – und natürlich auch die *kollegialen Liebesbekundungen* zwischen meinem Freund und seinem Kollegen – unsere Gefühlswelt weitgehend neutralisiert und im Griff gehalten. Dafür traf es uns jetzt mit doppelter Intensität.

Schweigend, jeder in seinen eigenen Gedanken gefangen, waren wir die kurze Strecke zum Rheinufer gegangen und hatten uns dort auf eine Bank gesetzt. Ich starrte ins Wasser und sah den Schiffen hinterher oder hinüber zu den Silhouetten der Häuser auf der Wiesbadener Rheinseite, ohne allerdings irgendetwas konkret wahrzunehmen.

Heribert saß neben mir, zusammengesunken, den Oberkörper nach vorn gebeugt. Auch er schwieg. Er atmete tief durch, schüttelte immer wieder den Kopf und schlug mit der rechten Faust so lange in seine linke Handfläche, bis ich ihn mit einer sanften Berührung davon abhielt und er sich langsam aufrichtete. Er blickte mich an, Tränen standen in seinen Augen.

„Ich halte das nicht aus. Ich fühle mich so verdammt schuldig", beendete Heribert schließlich die Stille. „Renate Faber", er ließ den Namen nachschwingen. „Du hast sie doch schließlich auch lange genug gekannt."

„Natürlich, immerhin war sie mehr als zwei Jahre in meiner Kanzlei."

„Ich sehe sie heute noch vor mir, wie sie mir mit Stolz ihre Bescheinigung als Lehrgangsbeste präsentiert. Wenn man sie nicht näher kannte, konnte man annehmen, man hätte es mit einem Leichtgewicht zu tun. Aber dieses liebenswerte, fröhliche Persönchen – sie hatte damals die Mindestgröße für die Einstellung in den Polizeidienst von 1 Meter 62 gerade so erreicht. Sie war sensibel und trotzdem stark. Sie war etwas ganz Besonderes. Hätte ich doch nur ... Weißt du, Darius, wenn ich wenigstens bei der Sache mit Ulf Korfmann nicht die Flinte ins Korn geworfen hätte. Was interessieren mich denn lokale Zuständigkeitsbereiche, wenn ich das Gefühl habe, dass bei den Ermittlungen eines Kollegen irgendetwas nicht mit rechten Dingen zugeht."

Hatte er anfänglich schleppend und mit matter Stimme gesprochen, so war sein Tonfall immer sicherer und schärfer geworden.

„Was hättest du denn tun können. Was wirfst du dir eigentlich vor?"

„Ich hätte den Zusammenhang intensiver recherchieren müssen. Beide Fälle müssen etwas miteinander zu tun haben. Aber ich habe mich von Hornbach erst beschwichtigen und dann abblocken lassen. Es gibt Hinweise aus Renates Unterlagen, aus dem, was sie mir selbst erzählte, wenn wir ab und zu telefonierten und aus dem, was Korfmanns Frau mir sagte."

„Mir war aber doch auch nichts aufgefallen", versuchte ich nun eher mich als ihn zu beruhigen.

„Was hätte dir denn auffallen sollen? *Ich* hatte schließlich ihre Unterlagen. Und du kanntest Renate schließlich auch nicht so gut wie ich."

„Na immerhin hatte sie ihre Ausbildung bei mir gemacht. Und sie war auch dabei die Beste. Bereits im zweiten Ausbildungsjahr gab es nichts mehr in der Kanzlei, wo ich sie nicht hätte einsetzen können, wie jede andere ausgebildete Steuerfachangestellte."

„Als sie in deine Kanzlei kam, wie alt war sie da?"

„Achtzehn", erinnerte ich mich, „und mit Zwanzig hat sie ihre Prüfung abgelegt; man hatte ihr wegen ihrer guten Leistungen ein Jahr geschenkt."

„Aber als sie ihr Praktikum bei mir machte, war sie 27. Eine Frau, Darius – und was für eine. So habe *ich* sie kennengelernt. Anders und besser als du!"

In meiner trotteligen Ahnungslosigkeit registrierte ich in diesem Moment weder die tatsächliche Bedeutung seiner Worte noch seinen veränderten Tonfall, der mich zumindest hätte stutzig machen müssen. Erst später erinnerte ich mich an kurze Szenen bei dem ersten Gespräch, das wir Anfang April mit Gertrud Faber in ihrem Haus geführt hatten. Und auch einige Male später gab es Anzeichen, die ich zwar wahrgenommen und abgespeichert, aber nicht reflektiert hatte. Genau so wie eben. Heribert blickte mich sogar einen Moment lang vielsagend an, als ob er mich zu einer Nachfrage auffordern wollte. Doch ich verstand nichts, überhaupt nichts.

„Außerdem bist nicht *du* der Kriminalist, Darius. Es ist *mein* Job, den ich seit Jahrzehnten ausübe, den ich von der Pike auf gelernt und in dem ich jämmerlich versagt habe. Ja", er hatte meine hochgezogenen Augenbrauen richtig interpretiert, „du hast ein paar Mal den richtigen Riecher gehabt und nicht aufgegeben, aber das macht noch keinen Profi aus dir. Ich kann auch addieren, subtrahieren, multiplizieren, dividieren, meine Spesenabrechnungen und Steuererklärungen weitgehend selbst ausfüllen. Aber deshalb kann ich noch lange keine Bilanz erstellen, dem Finanzamt Paroli bieten und einem angehenden Unternehmer empfehlen, ob er besser eine KG oder eine GmbH – oder was weiß ich – gründen soll." Er schlug mit der Faust auf die Bank. „Der Fall Korfmann muss noch einmal aufgerollt und Renates Tod ordnungsgemäß ermittelt werden."

„Ordnungsgemäß? Soll das heißen, du willst die Aufklärung des Mordes an Renate auch diesem Hornbach überlassen?"

„Was heißt da: willst. Ich muss! Offiziell ist er dafür zuständig. Aber selbst wenn ich den Dienst quittieren und bei dir Bilanzen binden müsste, um mir meine Brötchen zu verdienen, das Ding ziehe ich durch. Ich werde Renates Mörder finden."

„Ich, ich, ... ich höre immer nur *ich*. Was ist mit mir? Auch ich fühle mich verpflichtet, etwas zu unternehmen, zumal ich mich auch gegenüber Gertrud verpflichtet sehe. Oder willst du ohne mich ...?"

„Unsinn, ich brauche dich dabei mehr, als du denkst. Noch nie zuvor habe ich mich so sehr mit einem Opfer verbunden gefühlt. Und noch nie zuvor habe ich einen derart unbändigen Wunsch verspürt, die Hintergründe, die zu einem Mord geführt haben, restlos aufzuklären. Ich dachte bisher, dass ich mich immer zu 100 Prozent engagiere, um meiner Aufgabe gerecht zu werden. Aber jetzt merke ich, dass es noch eine Steigerung gibt. Denk doch nur an deinen Freund Horst", dabei legte er seine Hand auf meine Schulter. „Ich habe Respekt vor deiner Beobachtungsgabe und wie du inzwischen deiner Intuition einen ungezügelten Freiraum gibst. Erinnere dich, mit welcher Verbissenheit du seinen Mörder gesucht hast. Und mir geht es mit Renate genauso – nur auf einer anderen Ebene." Er schwieg abrupt und schaute mich einige Sekunden lang an, wobei er mir mit hochgezogenen Augebrauen mehrmals eindringlich und auffordernd zunickte. Aber ich begriff immer noch nicht.

„Du hast doch Renate auch gesehen, wie sie da lag, in der Kirche. Was ist dir aufgefallen?"

„Hämatome am ganzen Körper, aber keine offenen Wunden und kein Blut, Totenflecke."

„Und was noch?“

„Sie sah aus, als ob sie mindestens zehn Kilo abgenommen hätte.“

„Weiter!“

„Ihr Gesichtsausdruck. Er wirkte friedlich. So, als ob sie schlafen würde, obwohl man sie doch schwer verletzt haben muss.“

„Darius, das stimmt ja alles“, Ungeduld schwang in seiner Stimme, „aber, das meine ich nicht. Wie – hat – man – sie – dort – hingelegt?!“

„Na ja, es sah schon ein bisschen danach aus, als ob ...“, ich scheute mich angesichts der dramatischen Umstände die frivole Körperstellung näher zu beschreiben, sie mit Begriffen oder Umschreibungen zu kennzeichnen, die ich als geschmacklos und pietätlos empfand.

„Sag es doch! Durch deine Zurückhaltung wird sich auch nichts ändern. Du kannst sie weder verletzen noch wieder lebendig machen. Sie lag da wie eine Frau in Erwartung ihres Liebhabers. So, wie ich sie aus wunderbaren Stunden in Erinnerung habe. Kannst du jetzt verstehen, welche Qual mir das bereitet?“

Ich musste ihn angesehen haben, wie die Kuh das neue Scheunentor.

„Hast du denn immer noch nicht kapiert?! Manchmal stehst du wirklich auf der Leitung! In den Köpfen der Figuren von Madame Tussaud arbeitet das Wachs intensiver als die Synapsen in deinem begriffsstutzigen Steuerberatergehirn.“

„Soll das heißen, du und Renate ... ihr?“ Ich war aus meiner geistigen Erstarrung erwacht und wollte selbst nicht glauben, was ich nun eher automatisch, als bewusst, von mir gab.

„Ja doch, ich und Renate, ... wir“, äffte er mich nach, „na endlich hat's gedämmert.“

„Aber du warst doch ...“

„Ihr Vorgesetzter, verheiratet und achtzehn Jahre älter“, führte er den Ansatz meines Vorwurfs fort. „Bitte, erspare dir und vor allen Dingen mir solche scharfsinnigen Erkenntnisse! Ich habe mir das oft genug selbst gesagt und vorgerechnet.“

Mit allem hatte ich gerechnet, aber nicht mit dieser Eröffnung. Ich dachte, dass ich nun irgendetwas Gescheites sagen müsste, um nicht als moralistisches Fossil dazustehen. Stattdessen fragte ich: „Wann war denn das?"

„Im Herbst 1999. Die Affäre dauerte auch nur wenige Wochen. Obwohl, der Begriff Affäre trifft es nicht. Bei uns hatte es wirklich eingeschlagen. Meine Ehe war damals schon am Ende. Unser Beruf ist nun mal kein geregelter Acht-bis-sechzehn-Uhr-Beamtenjob. Schichtdienst und Sondereinsätze sind die Regel. Helga wusste das zwar vor unserer Hochzeit, ich hatte ihr da nichts vorgemacht. Aber was in der der Theorie machbar erscheint, ist im täglichen Leben dann oft genug nicht zu ertragen, und im Laufe der Jahre war sie der Belastung nicht mehr gewachsen."

„Nun, da können Beatrice und ich ja auch ein Liedchen davon singen."

Meine Ehe mit Beatrice war schließlich an ähnlichen beruflichen Triftigkeiten gescheitert. Inzwischen wusste ich, dass diese Zwänge nie tatsächlich, sondern nur in meiner verzerrten Vorstellung – bei einem Steuerberater müsse das halt so sein – existiert hatten. Jahrelang hatte ich die Situation akzeptiert ohne mich zu dagegen zu wehren und die Realität verkannt.

„Ja, aber du hättest etwas ändern können. Aber die Partnerschaft mit einem Mann, von dem man nie genau weiß, wann er nach Hause kommt und ob er unversehrt ist, ist halt etwas anderes. Und dann die dauernde Angst, ob nicht doch statt seiner zwei Kollegen vor der Tür stehen, mit der Nachricht, die eine latente Befürchtung zur schlimmen Realität werden lässt. Das sind nun einmal Fakten, die untrennbar zu meinem Berufsbild gehören. Der Polizeiberuf ist einer derjenigen mit der höchsten Scheidungsrate. Zu dem, dass man seinen Lebenspartner nicht so häufig sieht, kommt häufig eine gewisse Art von Verrohung."

„Verrohung?", ich schaute Heribert fragend an.

„Ich meine die emotionale Verrohung durch die permanente Konfrontation mit Grenzfällen. Man nimmt Ereignisse und Verhaltensweisen aus Konfliktsituationen mit nach Hause. Leichen in allen erdenklichen Varianten, frisch oder Wochen alt, am Stück oder in Fetzen, Erwachsene oder Kinder, natürlicher Tod, Unfall, Freitod, Mord. Ständige Einsätze bei einer sozial schwachen Klientel mit erheblichen Risiken für die eigene Gesundheit und auch tätlichen Auseinandersetzungen. Anfeindungen, unberechtigte Strafanzeigen wegen Körperverletzung im Amt, sexueller Belästigung oder Ähnlichem gehören zu den bevorzugten Praktiken unserer Stammkundschaft. Und dann kommst du nach Hause und sollst umschalten auf heile Welt, auf Friede, Freude, Eierkuchen? Ich vermochte es jedenfalls nicht und Helga tröstete sich irgendwann mit einem anderen. Ich konnte es ihr nicht einmal verdenken, auch wenn es schmerzte."

„Du wusstest von dem Verhältnis schon lange vor eurer Scheidung?"

Heribert zuckte die Schultern. „Wir haben es einfach ausgesessen. Nebeneinander her gelebt und geschwiegen. Ich glaube das ging etwa vier Jahre so. Wir hatten ja keine Kinder und ich war ohnehin kaum zuhause, da schien uns das irgendwie machbar. Ich habe außerdem jeden Zusatzdienst mit Begeisterung übernommen."

„So kann man doch nicht leben!"

„Das naive Arrangement ach so aufgeklärter und toleranter Menschen. Du klassifizierst das Ganze als offene Partnerschaft, indem du zuerst das Denken abschaltest und dann das Gefühl. Ich habe mir so lange vorgegaukelt, dass wir das durchstehen, bis ich Renate kennenlernte. Da erst bin ich aufgewacht, Darius. Mein Leben hatte wieder eine Perspektive. Kannst du das verstehen?"

Ich konnte, sehr gut sogar. Ich hatte ja mit und durch Sonja auch das Gefühl erlebt, wie es war, wenn man sich vom psychischen Zombie wieder zu einem fühlenden und hoffenden Menschen verwandelte.

„War denn keinem eurer Kollegen etwas von dem Verhältnis zwischen euch aufgefallen?"

„Ich denke nicht. Zumindest hat keiner etwas gesagt. Wir haben das auch nicht an die große Glocke gehängt und uns mit entsprechender Vorsicht getroffen."

„Und weshalb hat Renate die Beziehung beendet? War es der Altersunterschied oder weil du noch verheiratet warst?"

„Nicht Renate – ich. Ich hatte plötzlich Schiss, dass es wieder so enden könnte, wie mit Helga. Heute, mit Dagmar, denke ich natürlich anders darüber. Aber damals war alles noch so frisch, auch die Angst, wieder zu versagen, spielte wohl eine Rolle."

„Und dann hast du Schluss gemacht?"

„Sie wusste ja, dass ich noch verheiratet war, und ich habe ihr erklärt, dass ich versuchen wollte, meine Ehe wieder einzurenken. Etwas Besseres war mir nicht eingefallen, ich wollte ihr nicht wehtun, und mit dieser Lüge muss ich nun auch noch leben."

„Wie lief es dann weiter zwischen euch?"

„Zwei Wochen später, im November, war sie in der Kriminaldirektion in Mainz. Sie hatte sich auf eine interne Stellenausschreibung beworben und war sofort angenommen worden. Und im Februar 2002 hatte man ihr im K 14 die Gruppenleitung für diese Spezialaufgabe angeboten. Damals dachte ich noch, es sei eine normale Auswahl aufgrund ihrer Doppelqualifikation, aber jetzt ..."

„Was meinst du?"

„Lass mal, Darius, mir geht da etwas im Kopf herum, mit dem ich zuerst einmal selbst klarkommen muss. Zu gegebener Zeit werde ich mit dir darüber reden. Vielleicht ist es ja auch weiterhin nur ein Hirngespinst."

Ich nickte verstehend und nahm den vorherigen Faden wieder auf. „Habt ihr euch danach noch einmal privat getroffen?"

„Nein. Wir sind uns dienstlich ab und zu begegnet und haben auch gelegentlich telefoniert, wenn sie einen Rat suchte. So auch über ihre Ermittlungen kurz vor ihrem Ausscheiden aus dem Dienst. Aber das weißt du ja schon. Es bestand zwar weiterhin eine gewisse Vertrautheit, aber über uns haben wir nie mehr gesprochen."

„Weiß Dagmar eigentlich von dieser Geschichte?“

Heribert wandt sich. „Noch nicht. Deshalb wollte ich ganz zu Anfang, dass sie überhaupt nichts von der Sache erfährt, als wir bei Frau Faber waren.“

„ Du hast es ihr dann aber doch sofort erzählt.“

„Ich wollte nicht, dass du Sonja etwas verschweigen musst, und ich dann ... Ach, was soll's.“ Er atmete tief durch. „Ich werde es Dagmar erzählen müssen – jetzt, nachdem Renate ...“

Er lehnte sich zurück, legte die Arme über die Banklehne, schaute den Schönwetterwolken nach und schwieg. Er musste einiges verarbeiten. Vielleicht würden ihm die vor uns liegenden Ermittlungen dabei helfen. Ich hoffte es wenigstens.

Ja, er würde es Dagmar erzählen müssen. Allerdings würde die, so wie ich sie einschätzte, sein Geständnis kaum mit rückhaltloser Begeisterung aufnehmen. Sie sah in Heribert so etwas wie ihren unverwundbaren Siegfried – geradlinig, offen, mit Rückgrat, beständig. Und nun würde ihr Held seine Verwundbarkeit offenbaren müssen. Schuld daran war jenes bei Männern scheinbar genetisch verankerte, sagenumwobene Lindenblatt, das eine typische Schwäche bedeckt, um sie eines Tages schonungslos bloßzulegen: die Feigheit davor, Gefühle und ihre Folgen beim Namen zu nennen und damit umgehen zu können, dass man eine Frau kränkt. Stattdessen flüchtete man sich kurzsichtig in Ausreden, die letztlich viel mehr verletzen mussten.

Heribert hatte auf seine Armbanduhr gesehen und mir unvermittelt auf die Schulter geschlagen. „Wir sollten uns auf den Weg machen und dabei überlegen, wie wir strategisch vorgehen.“

Dann war er mit einem Ruck aufgestanden und hatte seinen Körper mit einer weit ausladenden Bewegung zur vollen Größe aufgerichtet. Seine Stimmung schien wie umgewandelt. Er hatte sich gefangen und schien wieder der Alte zu sein.

Wir beschlossen, den Weg zum Polizeipräsidium zu Fuß zu gehen. Unsere Wagen zu benutzen, die wir in der Nähe der Christuskirche abgestellt hatten, und zum Valenciaplatz zu fahren, erschien uns schon alleine wegen der Suche nach freien Parkplätzen als zu umständlich. In westlicher Richtung gingen wir noch ein kurzes Stück am Adenauerufer entlang bis zum Zollhafen. Dort, wo wir abbiegen mussten, um dann die Rheinallee zu überqueren, blieb Heribert stehen.

„Darius", er räusperte sich, „bitte halte dich bei der Besprechung weitgehend raus. Ich habe mehr als zuvor das ungute Gefühl, dass da etwas ganz gewaltig stinkt. Wir dürfen noch nicht zu viel von dem preisgeben, was wir bereits in Erfahrung gebracht haben. Weniger ist mehr."

„Was meinst du denn nun konkret?"

Wir gingen weiter und Heribert entwickelte dabei seine Strategie. „Lass es mich einmal so sagen: Wir müssen zweigleisig vorgehen. Du recherchierst wieder im Umfeld der Familie und ich werde meinen Kollegen auf den Zahn fühlen."

„Du meinst, dass im Präsidium etwas faul ist, und vermutest dort das Motiv für Renates Tod? Du verdächtigst deine eigenen Kollegen – bei der Polizei?"

„Es geht nicht nur um Renate, sondern auch um Ulf Korfmann."

„Weißt du, was ich denke? Du bist aus irgendeinem Grund, den ich nicht kenne, sauer auf Hornbach. Und das schränkt dein mentales Gesichtsfeld und damit deine objektive Wahrnehmung ein."

„Ach Hornbach. Das ist ein kleines, armes Würstchen ohne Rückgrat, obrigkeitshörig, feige und ohne Zivilcourage. Er ist ein Opportunist, Mitläufer und Konformist, der nach oben katzbuckelt und nach unten tritt. Er erinnert mich immer an Heinrich Manns Figur *Heßling* in seinem Roman *Der Untertan*. Wer hatte da noch die Hauptrolle in dem Film gespielt?"

„Peters." Ich musste gar nicht über die Antwort nachdenken.

„Stimmt, Werner Peters. Und so sieht Hornbach doch auch aus – oder?"

„Ich hätte ihn eher mit Napoleon verglichen, aber nur, was seine Gestalt anbelangt. Wenn dein Verdacht zutrifft", ich wechselte wieder zum eigentlichen Thema, „müsste es sich doch um eine groß angelegte Schweinerei von gigantischem Ausmaß handeln. Worum sollte es da gehen? Wegen einer Kleinigkeit bringt man schließlich niemanden um. Und schon gar nicht zwei Kollegen. Meinst du nicht, du siehst Gespenster und die Fantasie geht mit dir durch? Schließlich leben wir in einem Rechtsstaat."

„Ist ein ausgeprägter Hang zur Naivität nicht eigentlich ein Hindernis, um in deiner Branche Karriere zu machen? Wieso bist du dann so gut in deinem Job? Erinnere dich bitte an die Ermittlungsdokumente, die Fotos, die Zeitungsausschnitte, die Renate gesammelt hat. Darius, wach auf! Geld, Sex, Macht, das sind die häufigsten Mordmotive und da ist die individuelle und kulturelle Bandbreite nun einmal unermesslich weit. Aber du magst ja Recht haben und ich verrenne mich wirklich. Daher benötige ich eine andere Sicht auf den Fall oder die Fälle. Mein Gott, was weiß ich denn, was sich da wirklich abgespielt hat." Seine Verzweiflung war nur von kurzer Dauer, bevor sein Tonfall etwas Beschwörerisches annahm. „Genau aus diesem Grund möchte Ich auch, dass wir wieder getrennt ermitteln, Darius. Und deshalb werden wir denen auch nur das Notwendigste erzählen. Die sollen uns die buchstäblichen Würmer aus der Nase ziehen, verstehst du?"

Ich nickte – aber verstand ich tatsächlich? Jedenfalls ließ ich mich wieder einmal impulsiv auf ein Wagnis ein, ohne über eventuelle Konsequenzen nachzudenken. Eine meiner Schwächen, die ich mir, seit ich denken kann, bewahrt habe.

Inzwischen hatten wir den Sömmeringplatz überquert und konnten - eingerahmt von Kindergärten, einem Altenheim und dem evangelischen Gemeindezentrum - die beiden Gebäudeteile des Verwaltungszentrums am Valenciaplatz erkennen. Darin waren, auf sieben Geschosse verteilt, Landeskriminalamt, Polizeipräsidium, Polizei- und Kriminaldirektion mit ihren Dezernaten, Abteilungen und Inspektionen untergebracht. Auf einem der Dachaufbauten, die wie überdimensionale Penthäuser die ansonsten funktionale Rechteckarchitektur auflockerten, ragte eine Vielzahl von Funkantennen in unterschiedlicher Höhe und Ausstattung in den Himmel. Vor dem

Gebäude war ein künstlicher Wasserlauf angelegt, in dem ein paar Kinder barfuß spielten und die vorbeigehenden Passanten mit harmlosen Wasserspritzern bedachten. Dabei machten sie auch vor Uniformierten nicht halt – gelebtes demokratisches Gleichheitsprinzip.

Wir waren noch etwas zu früh, so dass ich die Zeit dazu nutzte, mich auf das bevorstehende Gespräch einzustellen. Daher wollte ich von Heribert wissen, mit wem wir es bei unseren möglichen Gesprächspartnern zu tun hätten.

„Hornbach", begann er „hast du ja schon genossen. Dann wird wohl auch Helmut Körper dabei sein, vorausgesetzt er ist schon aus dem Ministerium zurück. Er ist der Leiter der Kriminaldirektion Mainz, Mitte fünfzig, ein erfahrener, anerkannter und geschätzter Vorgesetzter. Lass dich aber nicht von seinem Äußeren irritieren. Der Bursche ist cleverer, als er aussieht."

„Und dieser Keil, was hat der für einen Dienstgrad?"

Heribert lachte. „Gar keinen. Er ist Jurist, Leiter des Polizeiverwaltungsbereichs Recht."

„Das heißt, er hat eine reine Verwaltungsfunktion? Dann hat er ja überhaupt keinen blassen Schimmer von dem, was sich bei euch tut", zweifelte ich die Rolle an, in der er sich in der Christuskirche präsentiert hatte.

„Da liegst du völlig schief, mein Lieber, auch wenn es nicht gerade üblich ist, dass sich jemand in seiner Funktion im Auftrag des Kriminaldirektors einen Überblick über den Ermittlungsstand verschafft. Die Mainzer Kollegen haben sich inzwischen daran gewöhnt. Seitdem Keil vor etwa zwei Jahren die Leitung übernommen hat, scheint das Gang und Gäbe. Er ist übrigens so eine Art Überflieger; in der Schule Klassen übersprungen, Freischuss beim ersten Staatsexamen, zweites mit Prädikat. Außerdem hat er offenbar einflussreiche Freunde, die ihn protegieren. Man munkelt, dass er ein Referat im Innenministerium übernehmen soll."

„Und das als formaliengesteuerter Sesselpupser? Warum schickt man den designierten Kronprinzen dann nicht grundsätzlich an die Front?"

„Ich vermute einmal, weil man heutzutage ohne Netzwerke nichts werden und nichts bewirken kann. In seinen Aufgabenbereich fallen unter anderem die Spesenabrechnungen, und zur Prüfung benötigt man natürlich auch die Dienstpläne. Er hat also den besten und umfangreichsten Überblick über alle Einsätze, bis hin zu verdeckten Maßnahmen. Er kennt jedes Mauseloch, jeden Schlupfwinkel und Gott und die Welt. Wenn es um lückenlose und ungefilterte Informationen abseits der formellen Wege geht, da sitzt er wie eine Spinne im Netz. Und Informationsvorsprung, Darius, das kennst du gewiss auch von den Machern in den Verbands- und Kammerorganisationen deines Berufsstandes, bedeutet nun einmal: Macht. Er ist die graue Eminenz, die über kurz oder lang Kontakte in ganz Rheinland-Pfalz geknüpft haben wird."

Pünktlich um vierzehn Uhr betraten wir das Büro von Eberhard Hornbach. Unter sportlich motivierter Missachtung des Aufzuges waren wir über die Treppe ins dritte Geschoss gelangt. Hornbach befand sich bereits in seinem Zimmer, das noch kleiner und stilloser als Heriberts Kabuff in der Polizeiinspektion in Alzey war. Ich fragte mich, ob die Gewerbeaufsicht ab und zu auch einmal diese Arbeitsbedingungen inspizierte. Ginge es um Kaninchen, der Tierschutzbund würde die einschlägigen Gesetze zitieren und auf deren Durchsetzung und Einhaltung bestehen.

Als seien wir zwei Stunden zuvor wie die besten Freunde auseinander gegangen, begrüßte Hornbach uns mit ausgesuchter Freundlichkeit. Nicht nur aus Höflichkeit, sondern aufgrund einer physikalischen Notwendigkeit hatte er sich erhoben und war um den Tisch herum nach vorne getreten. Die darauf lagernden Aktenstöße stellten nämlich bei seiner Körpergröße einen fast vollkommenen Sichtschutz für ihn dar.

„Wir gehen ins Besprechungszimmer" lotste er uns zurück auf den Flur und ging voraus. „In meinem Büro wird es schnell eng, wenn sich mehr als eine Person gleichzeitig darin aufhalten."

„Was hat der denn genommen?", raunte ich Heribert zu.

„Nichts“, grunzte Hornbach vergnügt und drehte sich zu uns um. „Ich denke halt nur, wir sollten noch einmal von vorn beginnen. Und da muss ich mich gleich bei Ihnen entschuldigen, Herr Schäfer. Ich hätte Ihnen sagen müssen, dass ich mit der zweischneidigen Begabung einer Hörübersensibilität ausgestattet bin. Aber selbst Heribert wusste das bis jetzt nicht – oder?“

Der zuckte vielsagend die Schulter.

„Nun gut, das sollte unter uns bleiben.“

Inzwischen hatten wir das Besprechungszimmer erreicht. Es war nur geringfügig größer als das Büro von Hornbach, bot aber um einen rechteckigen Tisch mit sechs unbequemen Stühlen wenigstens Platz für ebenso viele Personen. Angesichts der zweifelhaften Ästhetik dieses Raumes überfiel mich sofort ein Gefühl der Traurigkeit, der Trübseligkeit, des *Jammers*. Wer immer für derartige frevelhaften Auswüchse der Innenarchitektur verantwortlich war, musste es mit perfider Professionalität darauf angelegt haben, die Begriffe Langeweile und Geistlosigkeit mit nicht mehr zu überbietender Qualität zu definieren. Plötzlich empfand ich es als Mangel unserer Sprache, dass es für diese Anhäufung von Geschmacksverirrungen keine treffende Bezeichnung gab.

Die Wände waren in einem undefinierbaren grün-grau-gelb getüncht. An der einen Seite hatte man einen Werbekalender von VW-Audi, der seit einigen Monaten nicht mehr nach dem Datum befragt worden war, mit einem krumm geschlagenen Nagel befestigt. Gegenüber war das vergilbte Gruppenfoto mit Teilnehmern eines internationalen Polizeitreffens in Münster mit vier diagonal über die Ecken geklebten Tesafilmstreifen befestigt. Der Eindruck auf dem Foto nannte die Jahreszahl 1986. Auf einem Blumenschemel in der hinteren rechten Ecke dämmerte eine ehemals grüne Pflanze ihrem endgültigen Verdurstungstod entgegen. Daneben stand auf dem Boden ein Tageslichtprojektor mit verstaubter Auflageplatte. Die Krönung, im wahrsten Sinne des Wortes, war die Deckenleuchte. Eine schlichte Leuchtstoffröhre überlegte, als Hornbach sie anschaltete, etwa dreißig Sekunden flackernd, ob sie diesen schrecklichen Raum tatsächlich beleuchten oder besser im barmherzigen Halbdunkel belassen sollte.

„Setzen Sie sich doch schon einmal, die Kollegen müssen jeden Moment kommen."

„Hörübersensibilität, Herr Hornbach, was ist darunter zu verstehen?" Ich wollte meinen Ausrutscher nicht so ohne Weiteres übergangen sehen. Dafür war meine negative Wahrnehmung von ihm doch zu einschneidend und nachhaltig, als dass ich ihm diesen Punkt gegönnt hätte.

„Man nennt es Hyperakusis. Das ist eine Geräuschempfindlichkeit, die unabhängig von meiner Hörfähigkeit besteht. Geräusche in einer ganz normalen Lautstärke empfinde ich oft als große Belastung. So war das auch heute in der Christuskirche, weil die Akustik dort diesen Effekt verstärkt. Es gibt Tage, da empfinde ich schon das Rauschen einer Klimaanlage, ja selbst meine eigene Stimme als quälend. Und dann passiert es halt immer wieder, dass ich Dinge mitbekomme, die gar nicht für meine Ohren bestimmt sind. Ich höre ungewollt Gespräche in Nebenzimmern mit, die Sie allenfalls als entferntes Brummeln wahrnehmen würden. Meistens überhöre ich es – also ich tue so, als hätte ich nichts gehört – indem ich mich nicht dazu äußere. Aber – wie gesagt – behalten Sie das bitte für sich, wenn es geht. Ich möchte nicht, dass das hier kursiert. Es war nur, wie soll ich es sagen ... ich wollte damit eine Vertrauensgrundlage schaffen."

„Wozu?", versuchte ich ihn weiter aus der Reserve zu locken.

„Sie werden bald feststellen, dass ich mich gewissen Zwängen beugen muss."

„Mit den Wölfen heulen, nenne ich das", brachte es Heribert aus seiner Sicht auf den Punkt.

„Wenn du es so sehen willst, bitte. Aber ...", er deutete einladend auf ein schmales Tischchen, das unter dem einzigen Fenster stand. „Kaffee, Wasser? Es gilt Selbstbedienung."

Während ich mir und Heribert einen Kaffee eingoss, sein Kollege hatte mein Angebot, ihm ebenfalls einzuschenken, abgelehnt, betraten Jonas Keil und ein weiterer Mann den Raum. Keil nickte mir kurz zu. „Wir hatten ja schon das Vergnügen.“ Er machte Helmut Körper, den Leiter der Kriminaldirektion, und mich miteinander bekannt. „Herr Schäfer ist ...“

„Danke Keil, ich bin bestens informiert. Es war ja nur noch eine Frage der Zeit, dass Ihnen der Aktionsradius im Gebiet meines Wormser Kollegen für Ihr kriminalistisches Engagement zu eng würde“, tönte er mit schallendem Lachen. Dabei bemühte er sich, seiner unverkennbaren rheinhessischen Mundart einen Anstrich von Standarddeutsch zu geben, was allerdings bei einem Versuch blieb. Während dessen musterte er mich kurz aber intensiv, was auch mir die Möglichkeit zu einer ersten Einschätzung bot. Das Vierschrötige seiner Erscheinung wurde unterstrichen von dem geröteten, grobporigen Gesicht, das häufig den exzessiven Weinliebhaber auszeichnet. Ein verzottelter Schnauzbart, der eher einem Stacheldrahtverhau ähnelte, dazu ein blonder, kräftiger Haarschopf vermittelten den Einruck, einen Naturburschen vor sich zu haben. Wäre er mir im Weinberg oder einem Rübenacker auf dem Traktor begegnet, hätte er bei mir sofort seinen Platz in der Schublade mit der Aufschrift *authentische Charaktere* gefunden. So also, dachte ich bei mir, sieht nun ein Mann aus, dem man die Verantwortung über fast zwanzig Kriminalinspektionen übertragen hatte. Und dazu gehörte auch die sogenannte Mordinspektion, die Hornbach leitete.

Inzwischen hatte jeder seinen Platz am Tisch eingenommen. Dadurch, dass sich unsere *Gastgeber* nebeneinander gesetzt hatten, befanden sie sich in meinem unmittelbaren Blickfeld. Ich konnte sie also mit Hingabe beobachten, in der Hoffnung, dass ihnen die Musterung nicht auffallen würde. Als mir die Vorstellung einer *Bullenbeschau* durch das Gehirn blitzte, musste ich allerdings mein Mienenspiel mit aller Macht unter Kontrolle halten, um meinen Voyeurismus nicht durch unbedachtes Grinsen zu verraten. Jedenfalls war ich gespannt auf meine weitere Einschätzung dieser kriminalistischen Troika. Denn so ganz langsam, erst noch schemenhaft und kaum greifbar, schlich sich bei mir der Verdacht ein, dass ich die ehrenwerte Bezeichnung *kriminalistisch* austauschen müsste gegen die weniger schmeichelhafte Kennzeichnung *kriminell*. Ich konnte das Gefühl noch an nichts Konkretem festmachen, es war eher intuitiv. Vor allem war ich mir nicht sicher, vor wem Heribert und ich auf der Hut sein müssten. Hatte nur einer die Saiten des Misstrauens in mir in Schwingungen versetzt? Oder waren es zwei oder gar alle drei?

„Ich habe hier das Protokoll der Kollegin vom K 7 dabei, mit den ersten Erkenntnissen des Gerichtsmediziners." Körper deutete auf ein Papierstück, das Keil mitgebracht und verdeckt vor sich auf den Tisch gelegt hatte. „Dazu aber später. Ich wüsste jetzt gerne, was Sie uns zu dem Tod von Renate Dohne zu sagen haben. Soweit ich informiert bin, war Frau Dohne schon seit einem halben Jahr, sagen wir mal, für ihre Angehörigen nicht mehr erreichbar."

Ich blickte Heribert an, da ich eine Antwort, so wie wir es verabredet hatten, von ihm erwartete. Aber Körper sprach mich nun direkt an. „Und Sie, Herr Schäfer, waren von der Mutter um Hilfe gebeten worden?" Das war eher eine Frage, als eine Feststellung, was es korrekter getroffen hätte. „Wie kam sie denn darauf, sich an Sie zu wenden, statt an die Polizei?"

Nun hatte es mich doch getroffen und ich musste sogar etwas weiter ausholen, um die Logik, auf der meine Einschaltung beruhte, darzulegen.

„Renate Dohne absolvierte bis 1992 eine Ausbildung zur Steuerfachangestellten in meiner Kanzlei. Sie war eine überdurchschnittlich begabte junge Frau mit einer schnellen Auffassungsgabe."

Körper hinderte Hornbach mit einer Geste daran, eine Zwischenfrage zu stellen, die ihm offenbar auf den Lippen lag. „Weshalb ist sie dann nicht bei Ihnen geblieben, wenn sie so, wie sagten Sie ... so begabt war? Gab es Komplikationen, Missstimmigkeiten?"

Aha, dachte ich, das scheint unvermittelt in ein Verhör überzugehen. Sehr geschickt, aber nicht geschickt genug, schließlich hatte ich nichts zu verbergen. Zumindest wusste *ich* das. Aber was dachten meine Gegenüber? Wie zufällig blickte ich zu Heribert. Mit der Kaffeetasse in seiner Rechten saß er da, leicht zurückgelehnt, anscheinend entspannt und desinteressiert, als ginge ihn das alles nichts an. Doch da war es plötzlich, *unser Zeichen*, ein kaum erkennbares Hochziehen seiner Augenbrauen, mit dem er mir nicht zum ersten Mal signalisierte: Vorsicht!

Während meine Gedanken ihre eigenen Wege gegangen waren, hatte ich, um Zeit zu gewinnen und auch um mich etwas zu sammeln, laut gerätselt: „Komplikationen? Ich wüsste nicht welcher Art die hätten sein können. Ich sagte doch schon, dass sie eine besonders talentierte Auszubildende war."

„Was hatte sie dann aber für einen Grund, sich noch einmal einer längeren Ausbildung zu unterziehen? Und noch dazu in einem völlig anderen Berufsbereich."

„Die Routine der Tagesarbeit in einer Steuerberatungskanzlei. Renate Dohne empfand sie als extrem einengend. Sie fürchtete sich vor einem Abgleiten in Abstumpfung, Resignation und Gleichgültigkeit, weil sie ohnehin nichts daran ändern konnte, dass die Kleinen geprügelt und die Großen verhätschelt wurden. Noch machte sie das zornig; das und die Tatsache, dass ehrliche und gute Angehörige unseres Berufsstandes für die chaotische Steuerpolitik verantwortlich gemacht werden."

„Das nenne ich vom Regen in die Traufe kommen." Es hätte wahrscheinlich alle gewundert, wenn Heribert diese Steilvorlage unbeachtet gelassen hätte.

Hornbach bedachte ihn mit einem zornigen Blick, wobei er offenbar darauf aus war, dass Körper und Keil diese Unmutsbekundung auch mitbekamen. Jetzt wäre ein guter Zeitpunkt gewesen, Heribert in das Frage-Antwort-Spiel einzubeziehen, indem ich einfach meinen Mund gehalten hätte. Aber ich war nun selbst ins Fahrwasser meines Berufsfrustes geraten und hatte mich derart in Rage geredet, dass ich diese Chance nicht realisierte.

„Sie wollte ihre Kenntnisse bei der Aufdeckung von Wirtschaftsdelikten einsetzten und ... na ja, ihren Ausbildungsweg bei der Polizei kennen Sie besser als ich." Damit war der Ball wieder bei Körper.

„Ihre Personalakte habe ich mir bereits besorgt", beeilte sich Hornbach einzuflechten, bevor er wieder abgewürgt würde.

Nun schaltete sich auch Keil ein. „Das verstehe ich jetzt aber nicht: Renate Dohne war bereits vor dreizehn Jahren aus Ihrer Kanzlei ausgeschieden. Hatten Sie denn noch intensiven Kontakt zu ihr?" Seine Augen blitzten kurz auf, als er einen weiteren Pfeil aus dem Köcher holte, indem er unterstellte, dass das ja recht unüblich wäre.

Klar doch!, dachte ich. Schließlich war dieser obskure Schäfer ja am Tatort. So einem ist alles zuzutrauen. Da lässt sich einiges konstruieren. Die Affäre mit einer früheren Auszubildenden würde dabei wunderbar in das Profil eines potenziellen Mörders passen. Vor allem dann, wenn man von der etwaigen Beteiligung im eigenen Stall ablenken wollte. Immer mehr steigerte ich mich, entgegen unserer Abrede, in die Verdachtspsychose, mit der Heribert mich angesteckt hatte.

„Zu Renate Dohne nicht, nur wenn ich sie zufällig einmal bei ihrer Mutter antraf."

„Ihrer Mutter?!" Keil und Körper reagierten fast gleichzeitig – der eine mit erkennbarem Interesse, der andere fast schon mit einem Anflug von Fassungslosigkeit. „Was haben Sie denn mit ihrer Mutter zu tun?"

„Da müssen Sie nichts hineininterpretieren." Ruhig Darius, ermahnte ich mich, nimm deiner Stimme die Schärfe! Ich musste meine diffusen Gefühle sortieren. „Sie war die Tochter von Gertrud Faber, einer Berufskollegin. Wir gehören demselben Netzwerk an, treffen uns regelmäßig oder telefonieren sporadisch, wenn wir fachliche Probleme wälzen."

„Darf ich das dann so verstehen", folgerte Helmut Körper, „dass Frau Faber Sie nach dem plötzlichen Verschwinden ihrer Tochter um Rat gebeten hatte?"

Mit einem deutlich akzentuierten: „Genau so war es!", mischte sich Heribert nun endlich ein, wobei er, wie um seine Worte zu unterstreichen, seine Kaffeetasse heftig auf dem Tisch absetzte. „Herr Schäfer zog mich hinzu, da er wusste, dass sie eine Kollegin von mir war, mit der ich einige Zeit eng zusammengearbeitet hatte, bevor Sie hierher zur Leitung der *SoKo Rheinhessennetz* zum K 14 abgerufen wurde."

„Wie weit waren Sie eigentlich über den Ermittlungsstand informiert?" Helmut Körper lehnte sich nun seinerseits anscheinend entspannt zurück und verschränkte die Hände hinter seinem Kopf, um die vermeintlich beiläufige Fangfrage mit einem Anstrich von Nebensächlichkeit zu übertünchen. Wusste er etwas über Heriberts Affäre mit Renate? Oder ging es ihm ausschließlich darum festzustellen, wie weit Heribert etwa über Unregelmäßigkeiten bei seinen Kollegen informiert war, denen Renate hätte auf der Spur sein können.

„Oberflächlich. Nicht mehr als jeder andere hier in der Region auch, der nicht bei der SoKo war. Frau Dohne hatte vielleicht zwei, dreimal mit mir telefoniert, um mich zu ein paar Persönlichkeiten zu befragen. Ich weiß nicht einmal mehr, um wen es ging, da mir die Namen nichts sagten und ich ihr daher nicht weiterhelfen konnte."

„Und sonst gab es keinen Kontakt mehr? So auf kollegialer, persönlicher Basis?"

„Persönliche Gespräche? Bei meiner dienstlichen Beanspruchung? Wann sollte ich Zeit dafür haben? Schauen sie sich einmal meine Überstunden an und dann stellen sie mir diese Frage noch einmal." Keiner hätte behaupten können, dass es Heribert mit der Wahrheit nicht genau nehmen würde.

Körper nickte und blickte zu Keil, der sofort wieder das Thema wechselte und fragte, was der Inhalt des Gespräches mit Frau Faber gewesen sei. Hornbach erschien die Frage zu oberflächlich, er wollte im Detail wissen, welche Fakten Heribert über das Verschwinden von Renate Dohne bereits bekannt seien, die dem K 11 bei seinen Ermittlungen weiterhelfen könnten.

Heribert schob seinen Notizblock, den er schon vor sich auf dem Tisch liegen hatte, ein Stück von sich weg. Aha, dachte ich, du weißt mal wieder nicht, wo deine Brille steckt. Wer Heribert und seinen gewöhnungsbedürftigen Papierblock nicht kannte, würde niemals vermuten, dass er darin überhaupt etwas wiederentdecken würde. Aber zielsicher fand er, indem er seinen Zeigefinger zwischen zwei Blätter stieß, das, was er suchte und begann anhand seiner Aufzeichnungen zu berichten, was wir von Gertrud Faber in Erfahrung gebracht hatten:

„Renate Dohne war das einzige Kind des Steuerberaterehepaars Gertrud und Hubert Faber. Ihr Vater war 1977 im Weinkeller des langjährigen Mandantenunternehmens *Preuß & Erben* zusammen mit Thea Preuß bei einem Arbeitsunfall tödlich verunglückt. Gertrud Faber führt seitdem die Kanzlei alleine fort. Ab ihrem sechzehnten Lebensjahr half Renate gelegentlich in der Kanzlei aus. Erst, um sich während ihrer Schulzeit das Taschengeld aufzubessern, und später, um ihre praktischen Kenntnisse über ihre Ausbildung bei Herrn Schäfer hinaus zu erweitern. Dadurch erhielt sie auch Einblick in die Geschäftsunterlagen des Weingutes von *Preuß & Erben*."

„Wussten Sie von dieser Nebentätigkeit?", fragte mich Keil.

„Natürlich. Ich habe das sogar unterstützt. Das Weingut hat übrigens seinen Sitz in Bernheim, wo ich auch wohne. Ich kannte die Familien Preuß und Dohne früher nur flüchtig. Aber auf die Bitte von Frau Faber hin, habe ich mit ihnen Kontakt aufgenommen. Allerdings ohne einen Hinweis auf Renate Dohnes Verbleib zu erhalten." Ich hatte zuerst überlegt diese Tatsache komplett zu verschweigen. Da es aber bei den weiteren Ermittlungen ohnehin bekannt würde, hätte das nur weitere Spekulationen nach sich gezogen.

„Wie hängen denn Preuß und Dohne familiär zusammen?" Hornbach blickte von seinen eigenen Notizen auf, die er sich während Heriberts Darlegungen angefertigt hatte. Heribert sah zu mir hinüber und nickte leicht.

„Ich weiß, dass Gerlinde Dohne, Renates Schwiegermutter, eine geborene Preuß ist. Sie übernahm vor einigen Jahren den Betrieb ihres Vaters. Das bedeutet, dass Benjamin, Renates Ehemann, der Enkel vom alten Preuß ist. Preuß muss jetzt so um die Neunzig herum sein und ist seit vielen Jahren wegen einer Querschnittlähmung auf den Rollstuhl angewiesen. Ich habe mich kurz mit ihm unterhalten."

„Nun gut. Kollege Koman, bitte fahren Sie dann fort, mit dem, was direkt mit dem Verschwinden von Frau Dohne zu tun hat." Körper schaute ungeduldig auf seine Uhr. „Ich habe nur noch eine halbe Stunde Zeit."

Heribert ließ sich nicht drängen, er nahm ungerührt den Faden dort wieder auf, wo er abgelenkt worden war. „Sie kennt Benjamin Dohne schon aus ihrer Kindheit. Er war dann für die Buchhaltungs- und Verwaltungstätigkeiten zuständig. Sie heirateten Ende 2000. Renate arbeitete in ihrer Freizeit immer häufiger für den Weinbaubetrieb. Die Arbeit nahm durch das überproportionale Wachstum des Betriebes derart überhand, dass sie sich schließlich im September 2003 dazu entschloss, ausschließlich im Familienbetrieb zu arbeiten."

An dieser Stelle unterbrach Heribert seinen Bericht, um klarzustellen, dass die weiteren Schilderungen auf Mutmaßungen und Schlussfolgerungen von Gertrud beruhten. „Frau Faber schilderte uns, dass Renate sich schon bald nach ihrem Eintritt in den Familienbetrieb ungewöhnlich verschlossen gab und Nachfragen auswich oder Erklärungen auf später verschob. Dieses Verhalten verstärkte sich in zunehmendem Maße, bis sie schließlich sogar den Kontakt zu ihr einschränkte, offensichtlich um sich keinen unliebsamen Fragen stellen zu müssen. Aus einzelnen Andeutungen ergab sich jedoch ein Bild, von dessen Tatsachengehalt Frau Faber absolut überzeugt ist. Danach sei es bereits wenige Wochen nach Beginn von Renates Tätigkeit auf dem Weingut wegen ihrer kritischen, selbstbewussten, forschen und forschenden Art zu immer heftiger werdenden Auseinandersetzungen gekommen. Es scheint, als habe man ihr vorgeworfen, sie würde sich in alles einmischen und *herumschnüffeln*."

„Artete das in Misshandlungen oder in Drohungen aus?" fragte Keil.

„Davon ist nichts bekannt."

„Obwohl wir Frau Faber ausdrücklich danach gefragt haben", warf ich ein und erntete von Heribert einen Blick, der besagen sollte: *Halt dich doch da raus!* Er ergriff sofort wieder das Wort: „Es war wohl mehr der psychische Druck, dem sich Renate Dohne nicht mehr gewachsen fühlte. Und dann natürlich die Enttäuschung, dass ihr Mann offenbar nicht zu ihr gehalten hat. Jedenfalls verließ sie am 26. März gegen Mitternacht, das war die Nacht zum Karsamstag, nach einem heftigen Streit mit ihm die gemeinsame Wohnung auf dem Weingut."

„Und seitdem gab es kein Lebenszeichen mehr von ihr?"

„Nicht für ihre Familie."

„Was soll das heißen?"

„Sie hatte offenbar eine recht gute Beziehung zu Marga Preuß, Benjamin Dohnes Tante, aufgebaut, zum Missfallen des Restes der Familie. Und bei der war sie untergekommen. Aber bereits am 30. März, wie schon gesagt, dem Mittwoch nach Ostern, muss sie deren Haus in aller Frühe verlassen haben. Als Marga Preuß aufgestanden war, waren Renate und ihr Auto verschwunden."

„Wie konnte sie sich denn mehrere Tage dort aufhalten, ohne dass ihr Mann etwas davon mitbekam?" Körpers Skepsis war nicht zu überhören, als er diese Frage direkt an mich richtete.

„Marga Preuß hat seit vielen Jahren kaum mehr Kontakt zu ihrer Familie. Sie wohnt alleine und zurückgezogen in einem alten Haus in der Ortsmitte von Bernbach. Und als Benjamin Dohne sie anrief und nach seiner Frau fragte, hat sie ihn schlicht angelogen, was durchaus in Renates Sinn war."

„Moment, Moment, das geht mir jetzt zu schnell." Hornbach tippte energisch mit dem Bleistift auf seine Notizen und fixierte sie, als ob er seinen Einwand daraus ablesen würde. „Heribert, du hast uns viel erzählt, aber kaum etwas gesagt – und Sie, Herr Schäfer, bei allem Respekt – ebenfalls. Abgesehen davon, dass mich die diffuse Art der Ereignisschilderung irritiert, bringt uns das um keinen Deut weiter."

Ich schüttelte unwirsch den Kopf, aber ein Blick zu Heribert zeigte mir, dass ich mich ruhig verhalten und Hornbach weitersprechen lassen sollte.

„Wir wissen bisher definitiv nur Folgendes: Renate Dohne, lassen wir die Ausbildungsphase unberücksichtigt ...", er blätterte in der Personalakte, „war seit dem 1. November 1999 in unserer Kriminaldirektion im K 14. Zeitgleich mit ihrer Beförderung zur Kriminaloberkommissarin am 15. März 2002 übertrug man ihr die Verantwortung für die Leitung der *SoKo Rheinhessennetz*. Zum 30. September 2003 hat sie aus persönlichen Gründen den Polizeidienst quittiert."

„Persönliche Gründe? Keine weiteren Angaben?", erkundigte sich Körper.

„Ja, es gab da etwas", Hornbach blätterte wieder in der Akte, „hier ist es. Sie hatte während des letzten halben Jahres ihrer Dienstzeit mehrere Beschwerden geschrieben, die aber alle abschlägig beschieden worden waren."

„Beschwerden? Wegen was?" Heribert sprach das aus, was ich dachte.

„Lappalien, Weiberkram hätte man früher gesagt. Aber heute darf man das ja nicht einmal mehr denken."

„Eberhard, ich frage dich noch einmal, worum ging es bei den Beschwerden?", insistierte Heribert.

Man konnte es buchstäblich riechen, schmecken, fühlen, wie unangenehm Hornbach eine detaillierte Ausführung war. „Angeblich – ich sage ausdrücklich: angeblich – würde man sie in ihrer Arbeit behindern, ihr Informationen vorenthalten und sie ausgrenzen. Das gipfelte sogar in der Anschuldigung, man würde sie als Frau in ihrer Position diskriminieren und mobben – was für ein Quatsch."

„Nach deiner Bemerkung – *Weiberkram* – zu urteilen ist das ja nun nicht so weit hergeholt.“

„Unsinn! Sie kam einfach mit ihren Ermittlungen nicht voran. Total überfordert mit dieser Sache, wenn du mich fragst.“

„Dich fragt aber keiner!“

„Meine Herren, bitte!“, Körper blickte wieder auf seine Uhr, „dafür ist weder Raum noch Zeit. Ich erinnere mich jetzt wieder an die Angelegenheit, weil mich der Personalrat damals einschaltete und ich deswegen einige Gespräche führte. Es waren nur Mutmaßungen, die durch nichts begründet waren, zumindest durch nichts Substanzielles.“

„Ich hatte das auch nicht diskriminierend gemeint. Renate Dohne war ja ansonsten eine tüchtige Kollegin“, versuchte Hornbach zurückzurudern.

„Und ihr früherer Chef, Ulf Korfmann, kann ja auch nichts mehr dazu sagen. Wann wurden eigentlich die Ermittlungen wegen seines ... Unfalls ... eingestellt?“ Die drei überhörten in solidarischem Schulterschluss Heriberts ironischen Unterton.

„Irgendwann Anfang 2005“, war die einzige Reaktion von Keil.

„Das war eine rhetorische Frage. Seine Frau rief mich an diesem Tag nämlich enttäuscht und völlig aufgelöst an, nachdem du, Eberhard, ihr mitgeteilt hattest, dass es sich aller Wahrscheinlichkeit nach um einen Unfall gehandelt habe und die Ermittlungen abgeschlossen seien. Das war am 19. März 2005. Wenige Tage vor Renate Dohnes Verschwinden. Ist das nicht ein kurioser Zufall?“

„Das ist deine Sicht der Dinge und hat mit dieser Sache nichts zu tun.“ Hornbachs Gesicht nahm langsam wieder die gleiche Rötung an, deren Entwicklung ich bereits vor zwei Stunden in der Christuskirche hatte erleben können. Dieses Mal wusste er sich jedoch besser zu beherrschen und fuhr scheinbar ungerührt fort und richtete sich auf, soweit es seine Größe überhaupt zuließ. „Ich wiederhole also nochmals: Das Letzte, was wir von Renate Dohne vor ihrem Auffinden heute wissen, ist, dass sie Ende September 2003 aus persönlichen Gründen den Polizeidienst quittiert hatte.

Jedenfalls sind uns zumindest weitere beweisbare Fakten aus ihrem Leben, einschließlich der Umstände ihres Verschwindens, nicht bekannt. Alles andere ist bloßes Hörensagen, nicht verifiziert, nicht protokolliert, nicht unterschrieben und somit nicht verwertbar. Für uns klafft also eine Ermittlungslücke zwischen dem 30. September 2003 und heute."

„Und jetzt, Kollege Koman, kommen Sie wieder ins Spiel. Weshalb haben Sie diese Angelegenheit nicht an die Ermittlungsbehörden weitergeleitet? Sie kennen doch den Weg und vor allem Ihre Verpflichtung."

Während Körpers Frage noch recht neutral gehalten war, giftete Hornbach weiter: „Das wird ein internes Verfahren nach sich ziehen. Dir ist doch klar, dass wir das nicht decken dürfen, weil wir uns sonst selbst einer Verletzung unserer Beamtenpflichten strafbar machen. Ich weiß, dass du damit auf dem Kriegsfuß stehst. Aber mit deinen anarchistischen Anwandlungen kommen wir auch nicht weiter, wie man ja hier sieht."

Ich spürte es in mir brodeln. Um was ging es hier eigentlich?! Die Spur nach Renates Mörder sollte doch aufgenommen werden. Oder versuchte man, sich bewusst auf Nebenkriegsschauplätze zu begeben? Ich hoffte Körper würde den drohenden Beginn einer Grundsatzdiskussion im Keim ersticken, zumal er uns bereits darauf hingewiesen hatte, wie knapp seine Zeit bemessen war. Jedoch hatten er und auch Keil aus irgendwelchen rätselhaften Gründen Interesse am Fortgang dieses Geplänkels. Sie ließen zu, dass Heribert den Knochen aufnahm, den Hornbach ihm hingeworfen hatte.

Er wandte sich an mich. „Damit du verstehst, was man mir vorwirft, lieber Darius, musst du wissen, dass nicht nur Steuerberater eine sogenannte Berufsordnung haben. Nein, auch wir kennen solche Machwerke, die den rechtschaffenen, korrekten, kollegialen und denkenden Angehörigen einer Berufsgruppe vorschreiben, was sie zu tun und noch mehr, was sie zu unterlassen haben. Bei uns ist es das Beamtengesetz. Ein Monstrum, mit dem du jeden mundtot und zur Untätigkeit prügeln kannst."

„Sie wissen aber doch, Koman, dass es ohne Regeln und Normen in unserer Gesellschaft nun einmal nicht geht!“ Obwohl Helmut Körper ungehalten wirkte, unterbrach er Heribert zu meiner weiteren Verwunderung nicht in seiner Verbalschlacht. Immer mehr gewann ich den Eindruck, man wollte das Gespräch auf ein Ende ohne greifbare Lösung hinführen. Aber weshalb merkte Heribert das nicht? So verblendet konnte er doch nicht sein? Er musste den Zweifel von meinem Gesicht abgelesen haben und reagierte mit einem leichten Zwinkern, was mir bedeuteten sollte, dass er schon wisse, was er tue. Seine Kollegen konnten das nicht sehen, da sie gegenseitig den Einwurf von Körper abnickten.

„Und weshalb das alles?“ Wieder sprach er mich an, so, als ob er nicht unterbrochen worden wäre. „Ich sage es dir. Unsere Gesetzesflut hat für mich nur die eine Ursache: Man hat es zu lange zugelassen, dass sich unter dem Deckmäntelchen der Demokratie in unserer Gesellschaft Kreaturen breitmachen konnten, die sich abseits bewährter moralischer und ethischer Wertvorstellungen ihre eigenen Regeln und Gesetze geschaffen haben. Und das Schlimme ist, sie werden sogar noch hofiert und als Vorbilder verherrlicht. In den Medien gibt man ihnen Raum, statt sie einfach totzuschweigen. Sie machen Schlagzeilen, ihre Memoiren werden zu Bestsellern und man schmückt sich mit ihrer Gesellschaft.“

Heribert machte eine kurze Pause und bedachte seine Kollegen mit einem intensiven Blick. „Aber, was soll’s. Sie haben ja Recht. Wir sind ja auch nicht hier, um den Sinn von Gesetzen und deren teilweise hirnrissige Auslegungen zu diskutieren, die sie scheinbar ad absurdum führen.“

„Richtig, Herr Koman, wir sind hier nicht zusammengekommen, um Grundsatzdiskussionen zu führen. Das können Sie auf den Fachtagungen und den Lehrgängen der Landespolizeischule machen“, bestätigte Keil.

„Aber eines möchte ich vorsorglich klarstellen: Angenommen, ich informiere Herrn Schäfer über Ermittlungsergebnisse, die er benötigt, um mit Mitteln, die uns als Staatsorgan aufgrund irgendeines Gesetzes verwehrt sind, einen Verbrecher zu überführen, dann darf ich mit einem Verfahren wegen des Verstoßes gegen meine Pflicht zur Amtsverschwiegenheit rechnen, nicht wahr?"

„Und zu recht", geiferte Hornbach und lehnte sich über den Tisch.

Heribert ignorierte die Attacke. „Was ist dann aber die Quintessenz? Entweder ich scheue den Regelverstoß und das Ermittlungsverfahren wird als ungelöst im Archiv abgelegt oder ich werde zum potenziellen Gesetzesbrecher mit der reellen Aussicht auf Abmahnungen, Dienstverfahren, Laufbahnsperre und weiteren Eingriffen in meine Existenz. Zusätzliche Konsequenz: Kriminelle werden zu weiteren Straftaten ermutigt und ein geschädigter Mitbürger wird in seinen Vorurteilen über unsere Handlungsunfähigkeit bestätigt."

Wieder lehnte sich Hornbach über den Tisch. Dieses Mal noch ein Stück weiter als zuvor. Sein körperlicher Einsatz nahm inzwischen groteske Züge an. „Wir leben nun einmal in einem Rechtsstaat und da müssen gerade wir alles dafür tun, um dieses Recht zu schützen."

Heribert schüttelte unwirsch den Kopf. „Und was ist in dem von dir zitierten Rechtsstaat mit Begünstigung, Korruption, Pöstchenhascherei, Vereitlung, Warnungen vor Polizeiaktionen? Kurz gesagt, was ist mit mafiosen Netzwerken auf der Ebene von Entscheidungsträgern in Politik, Wirtschaft und auch exekutiven Organen, die nur der eigenen Bereicherung dienen?"

„Was soll denn da sein? Was willst du damit andeuten?"

„Ich will damit sagen, dass so etwas mit allen Mitteln gedeckt wird, bis es nicht mehr weitergeht. Noch nie etwas davon gehört?" Heriberts Stimme war nun anzuhören, dass er den Endspurt vorbereitete. „Vielleicht waren Renate Dohne und Ulf Korfmann einer riesengroßen Schweinerei auf der Spur? Können wir so etwas kategorisch ausschließen? Sie, Herr Kriminaldirektor, Sie, Herr Keil und du, Eberhard?"

Auch wenn er mit der Veranschaulichung seiner Vermutung nur in den Busch geschossen hatte, so hatte Heribert das Gespräch planmäßig und zielsicher genau dorthin geführt und Verunsicherung geschürt, wo und wie er es haben wollte. Die drei sahen sich teils irritiert, teils beunruhigt an. Der rhetorische Speerstoß war so abrupt gekommen, dass der heftige Protest, der eigentlich hätte kommen müssen, ausblieb.

Hornbach reagierte als erster: „Das ist ja eine ungeheuerliche Unterstellung“, schnaubte er und rutschte aufgeregt auf seinem Stuhl hin und her. „Ich verbiete dir, so etwas auch nur zu denken. Sie müssen ihm untersagen so etwas zu verbreiten“, wandte er sich Hilfe suchend an Körper. „Wie ich ihn kenne, geht er mit dieser hirnrissigen Idee hausieren und macht uns den ganzen Laden rebellisch.“

Körper zupfte an seinem Schnauzbart, schüttelte den Kopf, sagte aber nichts, so dass Keil sich einschaltete: „Kollege Koman benötigt keinen Maulkorb. Er weiß selbst am besten, was in diesem Raum bleibt.“ Er suchte mit einem Blick Bestätigung von Heribert, der ihn jedoch lediglich vieldeutig ansah. „Abgesehen davon, stellt eine derartige Situation in Rheinland-Pfalz für mich reine Fiktion dar, in der Realität nicht vorstellbar. Und bei uns hier in Mainz schließe ich so etwas kategorisch aus. Das klingt mir zu sehr nach einem schlechten Krimi.“

„Wie kommen Sie zu dieser überheblichen Meinung? Weil nicht sein kann, was nach dem Beamtengesetz nicht sein darf?“

„Nein, weil es einfach unvorstellbar *ist*, Koman. Was denken Sie denn von Ihren Kollegen?!“ Körper zupfte dabei immer noch an seinem Schurrbart, als wolle er dessen Widerstandsfähigkeit auf die Probe stellen.

„Unvorstellbar, Herr Kriminaldirektor? Wie war denn das mit Ihrem Amtskollegen in Trier, Kollege Keil, der genau das getan hat, was Sie als unvorstellbar ausschließen?“ Und indem er sich kurz zu mir drehte, erklärte er: „Der ehrenwerte Kollege hatte gegen monetäre Bezahlung, Sachleistungen und Nuttengunst die Unterwelt vor Razzien und verdeckten Ermittlungen gewarnt. Meine Pflichterfüllung nach dem Beamtengesetz hat ausschließlich eines zum Ziel: Die Gesellschaft zu schützen und ihr zu dienen. In meinem Fokus stand bisher immer die Sache und meine persönliche Vorstellung davon, wie ich mein Berufsbild mit Leben fülle. Und wenn ich dazu Ermessenspielräume benötige, dann nutze ich sie."

„Aber in diesem Fall hättest du ..."

„Nichts hätte ich", unterbrach er Hornbach. „Renate Dohne hatte ihrem Mann erklärt, nicht mehr länger unter einem Dach mit ihm wohnen zu wollen. Gleiches bekundete sie Marga Preuß gegenüber persönlich und ihrer Mutter telefonisch. Also eine Entscheidung aus freiem Willen."

„Das kann man vielleicht für ein paar Tage so auslegen, aber doch nicht für sechs Monate!"

„Das war ja auch noch nicht alles." Heribert zog ein zusammengefaltetes Blatt Papier aus seiner Jackentasche, glättete es und legte vor sich. „Eine Kopie", sagte er geheimnisvoll. „Als ich von Renate Dohnes Tod informiert wurde, habe ich sie eingesteckt. Ich wusste, dass du deine Freude daran haben würdest."

„Was ist das für eine Kopie? Wovon, woher, von wem?"

Heribert schob das Dokument zu Hornbach hinüber und erklärte in die Runde: „Frau Faber hat sie mir gegeben. Sie hat sie ihrerseits von ihrem Schwiegersohn erhalten. Es handelt sich um ein Schreiben vom Bundesgrenzschutz, Dienststelle Mainz. Das war zwei Wochen nach dem Verschwinden von Renate Dohne."

Hornbach überflog es und fragte. „Es geht um Renates Auto?" Heribert nickte und das Papier wanderte zu Körper und zu Keil.

„Den Wagen haben wir dann auch tatsächlich am Hauptbahnhof in Bingen vorgefunden. Und darin fanden wir ... das." Heribert präsentierte nun den Brief, den wir unter der Sonnenblende entdeckt hatten. Körper las ihn laut vor und blickte dann fragend in die Runde. Keil lehnte sich entspannt zurück und Hornbach blickte zerknirscht unter sich, als würde er etwas auf dem Boden suchen.

„Die Handschrift ist übrigens sowohl von ihrem Mann als auch von ihrer Mutter eindeutig identifiziert worden. Die Familie hatte daraufhin beschlossen, den ausdrücklichen Willen von Renate zu respektieren. Daher gab es auch keine Vermisstenanzeige. So einfach ist das!"

Heribert betrachtete den trostlosen Rest am Boden seiner Kaffeetasse und stand auf, um sich nachzuschenken. Irgendein Vorgang auf der Straße, die unter dem Fenster vorbeiführte, fesselte seine Aufmerksamkeit. Für einen Moment schwiegen alle, bis er sich umdrehte und mit abwesendem Blick erklärte: „Renate Dohne war eine ganz besondere Kollegin. Ich habe sie geschätzt, um nicht zu sagen, gemocht. Ihr Tod geht mir daher sehr nahe und ich werde alles in meiner Macht Stehende tun, um die Hintergründe aufzuklären und die Verantwortlichen zu finden."

Was anfänglich noch wie eine Liebesbezeugung klang, war nun bei seiner Absichtserklärung in eine Warnung umgeschlagen. *Na, hoffentlich rutschst du nicht auf dem Glatteis aus, das du gerade selbst fabrizierst*, dachte ich. In diesem Moment wäre ich froh gewesen, Heribert hätte mich nicht erst kurz vor diesem Gespräch zum Mitwisser seiner Liaison mit Renate Dohne gemacht. Am liebsten noch wäre es mir gewesen, wenn er mich überhaupt nicht eingeweiht hätte.

„Ich verstehe Sie, Koman. Und natürlich ändert dieses Schreiben den Sachverhalt völlig", sagte Körper. „Unter diesen Umständen hätten wir ja auch überhaupt nicht ermitteln können."

„Dürfen!" verstärkte Heribert.

„Weshalb hast das denn nicht früher gesagt?", fragte Hornbach nun kleinlaut.

„Weil du so darauf versessen warst, mir etwas anzuhängen, dass du gar nicht zugehört hättest."

„Aber du hast doch ..."

Jetzt wurde es Körper endlich zu viel – mir übrigens auch. „Meine Herrn, wir sind hier nicht im Kindergarten. Schluss jetzt mit dem Stänkern!" Er war aufgestanden, hatte sich mit beiden Fäusten auf dem Tisch abgestützt und Heribert und Hornbach durchdringend angesehen. Dann hatte er sich wieder aufgerichtet, war aber stehen geblieben und strich sich wieder über den Schnauzbart, indem er Zeigfinger und Daumen langsam zusammenführte und wieder auseinander bewegte. „Folgendes ordne ich an:", der Bart war sich wieder selbst überlassen, „Sie, Herr Koman, übernehmen mit sofortiger Wirkung die Leitung der Ermittlungen im Todesfall der Renate Dohne. Ich werde dafür sorgen, dass Sie im Rahmen der Amtshilfe dem ZK 1 unterstellt sind. Meinen Amtskollegen in Worms werde ich sofort anrufen."

Heribert sah ihn ungläubig und gleichzeitig bewundernd an.

„Herr Hornbach, Sie sind verantwortlich dafür, dass Kollege Koman alle Unterstützung vom K 11 erhält, die er benötigt."

Hornbach hatte sich erregt aufgerichtet und setzte zu einem Widerspruch an gegen diese Entmündigung, wie er es wohl sehen musste.

„Bitte, unterbrechen Sie mich jetzt nicht. Ich habe meine Gründe für diese Entscheidung, die sich nicht gegen Sie richtet. Ich möchte, dass Herr Koman unbeeinflusst von dem, was bereits in der *SoKo Rheinhessennetz* gelaufen ist, ermitteln kann. Sie wissen, dass Betriebsblindheit auch vor unseren Türen nicht halt macht. Das hat nichts mit Ihrer Qualifikation zu tun. Ich bin weiterhin davon überzeugt, dass Sie der richtige Mann für die Führung des K 11 sind."

Hornbach gab sich geschlagen und nicht nur wegen des nachgeschobenen Lobes. Er machte nämlich den Eindruck, als sei er letztlich erleichtert über diese Anordnung, die ihm jegliche Verantwortung für das Ermittlungsergebnis nahm. Viel später erzählte er Heribert und mir einmal, dass er erst in diesem Moment erkannt hätte, wie komplex und verzwickt die Sache war und wie sehr ein Scheitern ihm hätte schaden können.

„Nun zu Ihnen, Herr Schäfer. Wir sehen es natürlich überhaupt nicht gerne, wenn sich Hobbykriminalisten in unseren Gefilden tummeln – ich mache übrigens meine Steuererklärung auch nicht selbst. Aber ich werde Sie nicht abhalten können, das zu tun, was

Sie meinen tun zu müssen, es sei denn, Sie verstoßen gegen gesetzliche Vorschriften. Also: Gehen Sie meinetwegen Ihrem Hobby nach, vielleicht ist es ja sogar begnadete Berufung – umso besser. Kommen Sie uns aber nicht in die Quere und behindern Sie nicht unsere Ermittlungen. Wenn Sie auf eine Spur stoßen, erwarte ich von Ihnen, dass Sie Herrn Koman umgehend informieren. Und Sie", damit wandte er sich an Jonas Keil, „sorgen dafür, dass die zwei vernünftig miteinander umgehen. Wenn es Probleme geben sollte, Herr Koman, Herr Hornbach, erwarte ich von Ihnen, dass Sie Herrn Keil einschalten, damit er vermittelt. Noch Fragen?"

Hatte ich vor einer guten halben Stunde noch gezweifelt, wie man diesem Mann die Verantwortung über fast zwanzig Kriminalinspektionen hatte übertragen können, hatte ich nun das Gefühl, mich deswegen entschuldigen zu müssen. Er war geduldig den langatmigen Ausführungen meines Freundes gefolgt – schließlich hatte er ja nicht gewusst, worauf dieser hinaus gewollt hatte – und hatte dann eine Entscheidung getroffen. Klar, unmissverständlich und souverän.

Er verabschiedete sich, allerdings nicht ohne einen motivierenden Abgang. „Der Mord an einer Kollegin, auch an einer ehemaligen, gehört mit zu den Verbrechen, von denen wir uns am intensivsten betroffen fühlen. Sie beide sind hochqualifizierte, erfahrene und bestens ausgebildete Kommissare. Ich setze auf Sie, dass Sie den Täter schnellstens ermitteln. Und lassen Sie Ihre Kleinkriege beiseite. Denken Sie an Renate Dohne. Es wäre respektlos und unwürdig, wenn Sie nicht alle Energie auf Ihre Ermittlungen verwenden würden. Ich denke, dass das klar ist!"

Heribert und Hornbach sahen sich an. Hornbach streckte Heribert die Hand hin, die dieser auch ohne zu zögern ergriff, und sagte: „Viel Glück, Heribert. Du kannst auf mich zählen."

„Na also", schmunzelte Jonas Keil. Dann deutete er auf das Papier, das mit der Rückseite nach oben vor ihm lag. „Herr Körper, das Protokoll der Kollegin vom K 7."

„Gehen Sie es bitte mit den Kollegen und“, Körper grinste mich an und schüttelte dann den Kopf, „meinetwegen auch mit Herrn Schäfer durch. Mich interessiert der Abschlussbericht des Gerichtsmediziners. Wann liegt der vor?“

„Am Donnerstag, hat er gesagt.“

„Heute ist doch erst Samstag. Das ist zu spät, viel zu spät. Wir müssen wissen, wo wir anzusetzen haben. Machen Sie dem *Aufschneider* Dampf!“

„Mache ich.“ Wie aus zwei Stereolautsprechern kam die Antwort gleichzeitig von Heribert und Hornbach.

„Das nenne ich einträchtiges Timing. Behalten Sie das bei – und ein schönes Wochenende“, lachte Körper und verließ den Raum, während sich Hornbach dazu bereit erklärte, den Gerichtsmediziner anzurufen, und ich mich fragte, wie um alles in der Welt, dieses Wochenende *schön* sein könnte.

Jonas Keil reichte das Protokoll Heribert mit der Bitte, es vorzulesen. Da er neben mir saß und es vor sich auf den Tisch gelegt hatte, konnte ich mitlesen. Aber zunächst strapazierte er meine Geduld auf das schier Unermessliche, als er wieder einmal fahrig in seinen Jacketttaschen nach seiner Brille kramte und sie, nachdem er endlich fündig geworden war, ebenso umständlich aufzusetzen. Dabei handelte es sich nicht etwa um eine Ausnahmesituation, sondern fast schon um ein kultiviertes Ritual. Heribert und seine Brille, das war eine eigene Geschichte, eine ganze eigene, die Dagmar zum Beispiel gar nicht mehr witzig fand.

Endlich drehte er das DIN-A 4-Blatt um und las uns den Inhalt vor, während ich diesen zu meinem besseren Verständnis von der Seite mitverfolgen konnte:

Äußere Merkmale:

Weibliche Leiche, Name und Herkunft unbekannt, Weiße, vermutlich Mitteleuropäerin, ohne Bekleidung

Alter	*30 – 35 Jahre*
Körpergröße	*162 cm*
Gewicht	*ca. 45 kg*

Vorläufiger Befund:

Die Tote macht einen ungepflegten, stark unterernährten Eindruck.

In beiden Armen und im Halsbereich sind Einstichspuren von intramuskulären und intravenösen Injektionen festzustellen.

In der Beuge des linken Armes sind ein Hämatom und eine Einstichspur zu erkennen, was auf eine Dauerkanüle deutet.

Die Hautpigmentierung gibt zu der Annahme Anlass, dass sich die Tote während mehrerer Wochen an einem Ort ohne Tageslicht aufgehalten hatte.

Die Beurteilung der Totenstarre und der Leichenflecke lassen auf einen Todeseintritt zwischen und 8 und 11 Stunden vor Auffinden der Leiche schließen:

23. September 2005 23:00 Uhr bis

24. September 2005 4:00 Uhr.

Als Todesursache sind schwerste innere Verletzungen – ab dem Thorax nach unten verlaufend – durch äußere Gewalt zu vermuten (Quetschungen, innere Blutungen, multiple Frakturen, Knochenabsplitterungen, Organrisse).

Damit handelt es sich mit an Sicherheit grenzender Wahrscheinlichkeit um eine nicht natürliche Todesart.

Aufgrund der Hämatomzeichnungen auf der Körpervorderseite und tastbarer Brüche ergibt sich eine Kontur, die spiegelbildlich der Bronzeskulptur entsprechen könnte. Geweberisse und Abschürfungen, die auf einen direkten Hautkontakt mit der Skulptur deuten könnten, sind bisher nicht auszumachen. Es ist anzunehmen, dass die tödlichen Verletzungen im bekleideten Zustand zugefügt wurden.

An der Körperrückseite sind drei längs verlaufende Druckstellen zu erkennen, die dem Muster eines Lattenrostes ähneln. Da der Boden des Leichenfundortes eben und glatt ist, kann ausgeschlossen werden, dass der Ort des Leichenfundes und der der Tatausübung identisch sind. Die Tote ist mit an Sicherheit grenzender Wahrscheinlichkeit an den Fundort verbracht worden.

verantwortl. Gerichtsmediziner Dr. Peter Hemer

Mainz, 24. September 2005, Christuskirche, 13:38 Uhr

Protokollantin: Petra Koller K 7 (OK)

Mit einem Seufzer unterbrach Keil unser fassungsloses Schweigen: „Der Mord an unserer Kollegin ist an sich schon grausam genug. Aber ich finde es darüber hinaus schrecklich, dass eine Skulptur wie dieser Engel dafür missbraucht wurde. Wer die Geschichte seiner Herstellung kennt, der weiß, dass er doch eigentlich Frieden und Gewaltlosigkeit symbolisieren soll. Was mich an dieser Figur immer schon faszinierte, ist ihre Schlichtheit. Sie ist fast nichtssagend und trotzdem so mächtig und beeindruckend.“ Er geriet ins Schwärmen und ich fragte mich, was das in dieser Situation wohl sollte. „Sie scheint aber auch ein Sinnbild dafür zu sein, dass Schweigen eine Stärke darstellt und wer …“

„Gibt es schon erste Ergebnisse der Spurensicherung?“, unterbrach ihn Heribert, ohne auf die metaphysische Analyse einzugehen.

„Noch nicht. Ich habe, bevor ihr in mein Büro gekommen seid, mit Böller gesprochen, das ist der Leiter des Labors“, fügte Hornbach an mich gewandt hinzu. „Es sieht absolut trist aus. Bisher keine verwertbaren Spuren. Er hat nochmals einen Trupp in die Christuskirche geschickt – ich hatte so etwas schon geahnt und sie extra noch nicht für die Öffentlichkeit wieder freigegeben. Vor Montag ist mit keinem brauchbaren Ergebnis zu rechnen. Hier waren Profis am Werk.“

Ich wunderte mich über die aus meiner Sicht unangebrachte Eile, mit der Heribert das Protokoll beiseite schob. „Wollen wir nicht zuerst darüber sprechen, was es bedeuten kann, was der Pathologe festgestellt hat?"

Keil und Hornbach grinsten verschämt, Heribert dagegen blickte ernst drein. Bereits bei Hornbachs Erklärung zur Spurensicherung hatte ich einen Anflug von Skepsis bei ihm gesehen.

„Habe ich etwas Falsches gesagt?"

„Ja, aber das kannst du nicht wissen. Das ist ein typischer Versprecher, über den die meisten von uns in der Ausbildung stolpern. Es besteht nämlich ein wesentlicher Unterschied zwischen dem Pathologen, wie du ihn genannt hast, und dem Rechtsmediziner. Pathologen gehen ihrem aufschneidenden Handwerk im Krankenhaus nach, um entnommenes Gewebe zu untersuchen oder wenn eine natürliche Todesursache vorliegt. Doktor Hemer hingegen, den du vorhin in der Christuskirche gesehen hast, ist Rechtsmediziner und wird im Auftrag der Staatsanwaltschaft tätig."

„Aber im Krimi ist doch immer von einem Pathologen die Rede."

„Das liegt wahrscheinlich daran, dass Pathologe besser klingt als die profane Bezeichnung Rechtsmediziner. Trotzdem ist es falsch", belehrte mich Keil geduldig und in freundlichem Tonfall.

Ganz im Gegensatz zu Heribert, der etwas brummelte, was ich als „außerdem sind wir hier nicht in einem Krimi" dechiffrierte.

„Nun gut, dann halt Rechtsmediziner. Aber das ändert ja nichts am Inhalt meiner Frage."

„Jetzt darf ich mal?", meldete sich Hornbach. Ich kam mir vor wie ein Schüler, um den sich drei Lehrer bewarben, um ihn mit dem Nektar ihres Wissens füttern zu dürfen. „Um eine erste Bestandsaufnahme zu machen, benötigen wir mehrere Faktoren." Er beugte sich über den Tisch und nahm den Befund des Rechtsmediziners an sich. „Da steht zum Beispiel, ich zitiere: *Aufgrund der Hämatomzeichnungen auf der Körpervorderseite und tastbarer Brüche ergibt sich eine Kontur, die spiegelbildlich der Bronzeskulptur entsprechen könnte. Geweberisse und Abschürfungen, die auf einen direkten Hautkontakt mit der Skulptur deuten könnten, sind bisher nicht auszumachen. Es ist anzunehmen, dass die tödlichen Verletzungen im bekleideten Zustand zugefügt wurden.* Ende des Zitats. Die Spurensicherung hat nun ihrerseits, neben anderen Aufgaben, festzustellen, ob sich an der Skulptur Gewebefasern oder Hautpartikel befinden."

„Ich verstehe. Damit kann festgestellt werden, ob der Rechtsmediziner die richtige Schlussfolgerung gezogen hat oder nicht."

„Exakt, Darius, und da wir ohne das Ergebnis der *Spusi* nur im Trüben fischen würden und auch auf den endgültigen Bericht der Gerichtsmedizin warten müssen, heben wir die Sitzung auf. Wir haben ja noch nicht einmal einen möglichen Täter oder eine Tätergruppe, die wir in die Fahndung geben könnten."

Er wandte sich an Hornbach. „Zwei Aufgaben gibt es noch für uns, Eberhard – eigentlich sind es ja drei – danach gehe wenigstens ich ins Wochenende. Gertrud Faber und Benjamin Dohne müssen über Renates Tod informiert werden und ..."

„Soll ich ...?", auch wenn es mir schwer fallen würde, für Gertrud würde ich mein Bedenken über Bord werfen.

„Nein!", sagte Heribert und schaute mich mit traurigen Augen an. Ich wusste, woran er dachte, jetzt, nachdem die sachliche Routine von der Emotion abgelöst worden war. „Das ist unsere Aufgabe, Aufgabe der Polizei."

„Das habe ich bereits in die Wege geleitet. Da wusste ich ja noch nicht, dass du den Fall weiter bearbeiten sollst." Für einen kurzen Moment klang Hornbach etwas verzweifelt, so als befürchtete er, dass sich im nächsten Moment ein Zornausbruch über ihn ergießen sollte. Auch Jonas Keil schien etwas in dieser Richtung zu erwarten und saß zum verbalen Sprung bereit, um seiner neuen Aufgabe gerecht zu werden und die offenbar zart aufkeimende Harmonie zwischen den beiden zu retten. Hornbach tat aber das einzig Richtige, das, was Heribert stets imponierte und den Wind aus den Segeln nahm: Er gab sich einen Ruck und stellte sich. Er führte keinen argumentativen Eiertanz auf, sondern trat die Flucht nach vorn an, indem er mit fester Stimme erklärte: „Eine in Notfallpsychologie geschulte Kommissarin, die früher mit Renate zusammengearbeitet hat und auch bei ihrer Hochzeit dabei war, hat sich auf meine Bitte hin bereit erklärt, die Nachricht zu überbringen. Sie kennt Frau Faber und Renates Mann. Und ein Notfallseelsorger ist zu ihrer Unterstützung mit dabei. Ich nehme an, das ist auch in deinem Sinn." Der letzte Satz war eindeutig erkennbar keine Frage, sondern eine Feststellung – Hornbach hatte schnell gelernt und der Erfolg blieb nicht aus.

„Alles in Ordnung, Eberhard, sehr gut, danke."

Nicht nur Heribert, auch ich war erleichtert. Ich hätte es gemacht, ja, aber so war es bestimmt besser. Hätte ich die richtigen Worte gefunden? Wie hätte ich angefangen, wie mich verabschiedet? Hätte ich sie trösten müssen, anfassen dürfen, in den Arm nehmen? Nein, da waren Menschen mit entsprechender Erfahrung gefragt. Interessant, fuhr es mir durch den Kopf. Für alles gibt es heute Spezialisten, selbst für die natürlichsten Dinge auf der Welt wie den Tod. Aber Renate war nun einmal keinen natürlichen Tod gestorben, das war der elementare Unterschied.

Gegen sechzehn Uhr verließen wir das Polizeipräsidium. Die Herbstsonne hatte das Pflaster auf dem Freigelände vor dem Polizeipräsidium aufgeheizt, das nun eine wohltuende Wärme abstrahlte. Die Kinder, die vorhin noch an dem künstlichen Bachlauf gespielt hatten, waren nicht mehr da, es herrschte die schläfrige Stille eines Samstagnachmittags. Hier draußen, in der Neustadt, war ohnehin von der Betriebsamkeit der Mainzer City nichts zu spüren.

Über den großen Kinderspielplatz kamen wir zur Hindenburgstraße, die uns ohne weitere Umwege zurück zur Kaiserstraße führen würde, wo wir beide unsere Autos abgestellt hatten.

Von Weitem leuchtete uns die Kuppel der Christuskirche entgegen. Ab dem heutigen Tag würde ich mit diesem Gebäude eine beherrschende Erinnerung verbinden: den grausamen Anblick der toten Renate. Und er würde sich vermischen mit anderen schrecklichen Bildern, die nicht aus meiner Erinnerung stammten, sondern aus der Schilderung von Augenzeugen, von Fotos und alten Filmdokumenten.

Am 27. Februar 1945 flog die britische Royal Air Force mit über 400 Bombern einen verheerenden Luftangriff auf Mainz. 1 500 Tonnen Spreng- und Brandbomben hatten sie abgeworfen, darunter fast 500 Luftminen, die Dächer abdeckten, um so Platz für Stabbrandbomben zu machen. In nur fünfzehn Minuten war der Spuk vorüber, der einen wahren Feuersturm entfacht hatte. 1 200 Menschen waren darin jämmerlich umgekommen. 80 Prozent der Innenstadt war danach zerstört, so auch die Christuskirche, deren Kupferdach wie ein weithin sichtbares, monströses Feuerwerk ein schauriges Schauspiel bot, das sich noch über Jahrzehnte in den Köpfen der Überlebenden eingegraben hatte. Noch wochenlang waren die Bewohner der Stadt mit der Bergung von Todesopfern beschäftigt, die immer wieder unter Trümmern entdeckt und auf Handkarren zu den Friedhöfen gebracht und begraben wurden.

Dieses Erlebnis war Anfang der fünfziger Jahre in einem alten Kinderlied verarbeitet worden, indem man ihm einen neuen Vers hinzugefügte. Obwohl die schmerzhaften Wunden noch lange nicht vernarbt waren, hatte der Verfasser in seinen ergreifenden Zeilen bereits versöhnliche Töne anklingen lassen. Durch Ernst Neger, seinen weit über Rheinhessen hinaus bekannten Interpreten, sollte dieses Lied zu einem der bekanntesten Fastnachtslieder werden. Auch heute noch rührte es so manchen alten Mainzer zu Tränen, wenn es Erinnerungen wachrief, die man so gerne aus dem Gedächtnis streichen würde. Selbst ich werde diese Zeilen wohl nie vergessen, obwohl sie für mich nicht die gleiche Bedeutung haben können.

Ihre Faszination besteht für mich, in der unzweifelhaften Botschaft, dass es früher oder später immer einen Übergang von der Trauer zur Zuversicht gibt. Auch in diesem Moment, als ich mich neben dem ebenfalls in sich gekehrten Heribert der Christuskirche näherte, kamen mir diese Zeilen in den Sinn.

Wenn ich emol de Herrgott wär',
dann wüsste ich nur eens:
Ich nähm' in meine Arme fest
mein arm' zerstörtes Meenz

usw. und schließlich der Refrain:

Heile, heile Gänsje
Es is bald widder gut,
Es Kätzje hat e Schwänzje
Es is bald widder gut,
Heile heile Mausespeck
In hunnerd Jahr is alles weg.

„Bis zum 11. 11. hat es aber noch ein wenig Zeit“ hörte ich auf einmal Heriberts Stimme.

Ohne es zu merken, hatte ich, während ich die Strophe in Gedanken rezitierte, die Melodie mitgesummt.

„Ich hatte an Renate gedacht, wie sie da lag“, erwiderte ich.

„Und da singst du ein Fastnachtslied?“

„Heile, heile Gänsje“ Ich konnte seine Verwunderung natürlich verstehen, aber ... „Erklär ich Dir ein andermal. Wie geht es denn jetzt weiter?“ Die Beantwortung dieser Frage hatte jetzt Vorrang.

Die Hindenburgstraße hatte sich während der letzten Jahre durch Zuzug von einer tristen Vorstadtstraße zu einer farbenprächtigen, multikulturellen Szenerie entwickelt. Kleine Läden mit Auslagen auf dem Bürgersteig, Stehimbisse mit einem internationalen Angebot und winzige Cafés bestimmten das Straßenbild. Vor einer Dönerbude waren wir stehen geblieben.

„Also ich muss jetzt etwas essen. Wollen wir hier ...?“, fragte Heribert, statt auf meine Frage einzugehen. Auch bei mir machte sich jetzt bemerkbar, dass seit dem Frühstück inzwischen fast zehn Stunden ohne Nahrungsaufnahme vergangen waren.

Fünf Minuten später lehnten wir mit aufgestützten Armen und jeder eine prall gefüllte Dörnertasche mit beiden Händen haltend an einem der beiden Stehtische auf dem Bürgersteig. Im breitesten Mainzer Dialekt hatte uns ein freundlicher junger Mann, der aufgrund seiner unverkennbaren Physiognomie seine türkische Abstammung nicht verleugnen konnte, das ganze Programm angepriesen. Da alles frisch und appetitlich aussah und wir hungrig waren, hatte Heribert jede seiner Offenbarungen wortlos abgenickt, während ich fassungslos dabei stand. Daraufhin hatte unser ausländischer Mitbürger mit einer Metallzange geschickt alles, was der Laden an Fleisch, Salaten, Kraut, Saucen und scharfem Gewürz zu bieten hatte, in die gerösteten Brottaschen geschoben. Wir mussten uns Mühe geben, diese Dönermonster halbwegs kultiviert zu essen. Plötzlich stand ein älterer Moslem, mit der unvermeidlichen Kappe auf dem Kopf, vor uns und grinste uns an. Dabei entblößte er seine letzten, ihm verbliebenen Zahnstummel. Mit den Worten: „Von Sohn, sagen, geht auf Haus", stellte er uns zwei dampfende, türkische Mokkas hin und deutete *auf Sohn*, der im Eingang stand und uns zuwinkte.

Heribert berührte die Mokkatasse und zuckte zurück. „Ganz schön heiß."

„Das nix Scheiß, is tirkisch *misafirpeverlik*", ereiferte sich der eben noch so Freundliche.

Wir blickten entsetzt zu unserem Imbisswirt, der sich sofort beschwichtigend einschaltete. „Baba, bok demedi, sicak dedi", woraufhin der Alte sich sofort beruhigte und uns noch einmal seine Zahnstummel zeigte, um sich dann wieder in den hinteren Teil der Imbissbude zurückzuziehen.

„So, nun zu deiner Frage", Heribert hatte es tatsächlich geschafft, seinen Döner fast krümelfrei aufzuessen, und hielt nun die Mokkatasse in der Hand. „Du marschierst zu Preuß und Dohne und nimmst dir die Familie noch einmal vor. Hol' Gertrud mit dazu. Zu Marga Preuß wirst du separat gehen müssen. Und vergiss den Zerfass nicht. Und denk auch bitte daran, dass es Leute gibt, die sich für einen Mord bezahlen lassen, wir sind also nicht unbedingt auf der Suche nach einem oder mehreren Mördern, sondern unter Umständen auch nach Anstiftern."

„Meinst du denn wirklich, die ..."

„Darius, wir haben es mit einer Tat zu tun, die lange vorbereitet war. Das war nichts Spontanes. Dann hätten wir Renate irgendwo im Wald oder im Rhein gefunden. Oder erst nach vielen Jahren. Es ist doch augenscheinlich, dass die Zurschaustellung etwas zu bedeuten hat. Stell deinen Intellekt daher auch darauf ein. Gleiche trotzdem alles, was du hörst, siehst oder empfindest, auf Vorsatz, Unglücksfall oder Anstiftung ab."

„Aber Gertrud? Sie ist ihre Mutter!"

„Alle, sagte ich. Ich verdächtige niemanden. Noch nicht. Ich will einfach ausschließen und den Kreis verkleinern. Ich könnte natürlich einen Kollegen schicken, aber ich weiß inzwischen, wie deine Intuition plötzlich zuschlägt."

Sein Handy klingelte, er nahm das Gespräch an, hörte schweigend zu und beendete das Telefonat mit den Worten: „Gut, sehr gut, danke."

Er wandte sich wieder mir zu. „Das war Hornbach. Wo war ich stehen geblieben?"

„Bei meiner Intuition."

„Richtig, dein Instinkt. Diese Begabung und meine Erfahrung machen es aus, dass wir ein unschlagbares Team sind. Außerdem kennst du das Umfeld. Das beschleunigt alles."

„Und du, was hast du nun vor?"

„Einen Moment noch, ich bin noch nicht fertig. Hornbach hat mir eben die Termine mitgeteilt. Den Obduktionsbericht und das Ergebnis der Spurensicherung werden wir vor Dienstag nicht vorliegen haben. Am Mittwoch treffe ich mich mit den Kollegen in Mainz, dann wissen wir mehr. Das Ergebnis teile ich dir sofort mit. Wenn du also die Gespräche ab Donnerstag terminierst, das ist der 29. September, dann bist du auf der sicheren Seite. Vorher unternimm bitte nichts ohne Rücksprache mit mir."

Wir hatten uns wieder auf den Weg gemacht und Heribert weihte mich in seine Pläne ein. Das, was ihm jetzt am schwersten im Magen lag, war die Beichte, die er Dagmar ablegen musste.

„Musst du wirklich?“, fragte ich halbherzig.

„Natürlich“, sagte er mit voller Überzeugung.

Wir waren inzwischen an der Stelle angekommen, an der er sein Auto abgestellt hatte – meines stand etwa 100 Meter entfernt. Er öffnete die Fahrertür und alle Fenster, um den Innenraum, der sich während der letzten Stunden aufgeheizt hatte, etwas abzukühlen.

„Es ist ja nicht so, dass ich Dagmar untreu gewesen wäre. Das mit Renate war schließlich lange vor ihrer Zeit. Aber ich habe meine Frau betrogen und das ist etwas, was sie hätte wissen sollen. Nun aber habe ich ihr das sogar verschwiegen, als wir die ersten Nachforschungen nach Renate angestellt haben. Sie wird darin einen Vertrauensbruch sehen, aber ich kann das nicht noch länger vertuschen. Außerdem kannte sie Renate, sie war immerhin ihre Kollegin, verstehst du?“

„Natürlich. Sollte es zu einer Krise kommen, sag bitte Bescheid, dann wird Sonja mit ihr reden ... wobei, soll ich ihr das eigentlich überhaupt erzählen?“

Er nickte und verpasste mir einen kameradschaftlichen Schubs vor die Brust. Dann setzte er sich mit einem „mach's gut, Alter, bis die Tage“ hinter das Steuer und verschwand stadtauswärts in Richtung Hauptbahnhof.

Während der Heimfahrt rankten sich meine Gedanken um Heribert und sein Gespräch mit Dagmar. Wie würde Sonja an ihrer Stelle reagieren? Oder umgekehrt, wie würde ich ...? Ich wusste genau, wie ich mich verhalten würde, denn so etwas Albernes wie das Gefühl von Eifersucht kam ja auch nicht annähernd in meinem Sprachschatz vor. Davon war ich felsenfest überzeugt. Sonja allerdings würde diese Selbsteinschätzung mit der Bemerkung kommentieren, dass die Sonne sich ja schließlich auch um die Erde drehen würde. Sonja, sie wusste ja überhaupt noch nicht, was mit Renate geschehen war.

Als sie mich abends von ihrem Seminarhotel aus anrief, galt ihre erste Frage meinem Ergebnis beim Volkslauf im Gonsenheimer Wald. An den Lauf hatte ich tatsächlich den ganzen Tag über nicht gedacht.

„Ich bin gar nicht gelaufen."

„Was?! Wieso denn nicht? Ist etwas nicht in Ordnung?" Am Telefon konnte ich nicht ihre Hände in meine nehmen, um den Schock für sie abzumildern, als ich ihr von Renate erzählte, und sie konnte mich ebenso wenig trösten.

Kurz danach rief Heribert an. „Erst einmal eine gute Nachricht", fiel der mit der Tür sofort ins Haus, „Dagmar hat mein Geständnis absolut objektiv aufgenommen. Du kannst dir vorstellen, wie erleichtert ich bin. Aber etwas anderes ist passiert. Bei Gertrud Faber ist eingebrochen worden, heute Nacht so gegen zwei Uhr."

Heribert war noch kurz in der Polizeiinspektion gewesen, um ein paar Unterlagen zu sortieren. Dabei traf er auf Kollegen, die gerade von der Ermittlung eines Einbruchs in Neu-Bamberg zurückkamen, von Gertrud Faber. Sie war über Nacht bei einer Freundin gewesen und am Vormittag erst kurz nach elf Uhr nach Hause gekommen. Etwa eine Stunde später fiel ihr auf, dass die Tür zu Renates Zimmer offen stand.

Unbekannte hatten Schränke, Schreibtisch und das Bett gründlich durchsucht und alles durcheinandergeworfen. Einbruchsspuren waren nicht zu erkennen, es fehlte auch nichts. Im ersten Moment hatte sie gehofft, Renate sei zurückgekommen, die ja noch im Besitz eines Hausschlüssels war. Aber dann muss ihr klar geworden sein, dass sie ihre Hoffnungen aufgeben musste. Die Kollegen von der Spurensicherung hatten übrigens keine Hinweise auf den oder die Täter finden können.

„Mit Handschuhen und dem Originalschlüssel ist das auch kein Problem", erklärte Heribert.

„Die haben Renate offenbar den Schlüssel abgenommen und nach den Unterlagen gesucht. Sie muss den Mördern etwas darüber erzählt haben."

„Und das wird sie bestimmt nicht freiwillig getan haben!“ Heriberts Stimme klang gepresst. Vor seinem geistigen Auge schienen sich grausame Szenen abzuspielen. „Das sind Profis und keine Amateurentführer.“

Mir schoss ein entsetzlicher Gedanke durch den Kopf, der sofort von einem Gefühl der Erleichterung abgelöst wurde. „Und jetzt stell dir einmal vor, Gertrud wäre zuhause gewesen.“

„Dann hätten wir wohl eine Leiche mehr. Das macht mir übrigens Sorgen, dass die Täter noch einmal zurückkommen. Die werden ihre Suche nicht so schnell aufgeben.

Eine Nachbarin hat übrigens gegen fünf Uhr gesehen, wie ein grauer Kastenwagen – sie bezeichnete ihn als typisches Monteurfahrzeug – sich von ihrem Haus entfernt hat. Er muss zuvor dort geparkt haben. An eine Firmenaufschrift oder das Kennzeichen konnte sich die Frau nicht erinnern, sie meinte aber zwei Personen im Führerhaus gesehen zu haben. Sie dachte sich aber nichts dabei, da des Öfteren Mandanten, bevor sie ihre Tagestour beginnen, in aller Frühe Unterlagen bei Gertrud Faber einwerfen.“

„Weiß Gertrud jetzt eigentlich schon, dass ...?“

„Ja, ich habe mich bei Hornbach erkundigt. Die Kollegin aus Mainz und der Notfallseelsorger waren heute Nachmittag längere Zeit bei ihr. Sie hat sich recht typisch verhalten, für eine derartige Situation. Natürlich war da die Wucht der Konfrontation mit dem Tod ihrer Tochter. Aber es kam auch das Gefühl der Gewissheit dazu. Es tröstlich zu nennen, trifft es vermutlich nicht richtig, aber es löst zumindest eine emotionale Anspannung. Sie weiß jetzt, dass sie Abschied nehmen kann. Bezüglich dessen, was mit Renate passiert ist, hat man ihr die Einzelheiten erspart. Ich werde sie am Dienstag zum gerichtsmedizinischen Institut begleiten und mit Dr. Hemer zusammen nur so weit informieren, wie es unbedingt nötig ist. Er ist sehr einfühlsam.“

„Wann wird die Leiche zur Beerdigung freigegeben, weißt du das schon?“

„Ich denke mal, spätestens am Mittwoch, wenn nicht noch etwas Außergewöhnliches entdeckt wird."

Für einen Moment schien unsere Verbindung wie tot, jeder hing seinen Gedanken nach, bis ich mich mit belegter Stimme von Heribert verabschiedete. „Ich kann mir vorstellen, wie dir zumute sein muss. Ich fühle mich jedenfalls wie ausgelaugt, ohne jegliche Energie, einfach kraftlos. Aber, Heribert, wir werden den Mord an Renate aufklären!"

Mittwoch, 28. September 2005

Beinahe hätte ich bei Carlo einen Rückzieher gemacht und ihn gebeten, meine Absicht zum Ende des Jahres die Steuerberaterei an den Nagel zu hängen, nicht ernst zu nehmen. Getreu einem Zitat von Konrad Adenauer wollte ich meinen Entschluss mit der Feststellung revidieren, was mich mein dummes Geschwätz von gestern anginge. Schuld an diesem Sinneswandel war die plötzliche Ruhe und Ausgeglichenheit, die mir im Vergleich zu dem Horrorsamstag, mein Arbeitsplatz bot. Keine Leichenfunde, keine Selbstvorwürfe, keine Zweifel, ob einem während eines Gesprächs potenzielle oder tatsächliche Mörder gegenüber saßen. Stattdessen geduldiges Papier, berechenbare Zahlen, überschaubare Gesetze, pflegeleichte Mandanten.

Hatte ich wirklich *überschaubare Gesetze* und *pflegeleichte Mandanten* gedacht? Die Relativierung dieses leichtfertigen Paradoxons und Sonja, die meinen Geisteszustand nicht eben druckreif analysierte, während sie mir mit spitzem Zeigefinger auf die Stirn tippte, brachten mich wieder zur Vernunft. Und so genoss ich einfach die Ruhephase, während derer ich bewusst die Erlebnisse der letzten drei Tage ausblendete.

Erst am Mittwochvormittag holte mich die Gegenwart wieder ein, als ich für den Spätnachmittag des nächsten Tages einen Termin für ein gemeinsames Gespräch mit allen Mitgliedern der Familie Dohne, Johann Preuß und Gertrud im Weingut vereinbarte. Mit Marga Preuß verabredete ich mich für den Vormittag darauf. Eine Unterhaltung mit Klaus Zerfass wollte ich dem *geplanten* Zufall überlassen, nachdem ich von Paul, dem Besitzer des *Bernheimer Schafbock* in einem Telefonat erfahren hatte, dass er mit der Präzision eines Schweizer Uhrwerkes jeden Freitag um neunzehn Uhr seinen Stammplatz einnahm, um mit einem Rumpsteak und zwei Chardonnay die Woche ausklingen zu lassen.

„Was interessiert dich der Zerfass? Du wirst auf deine alten Tage doch nicht noch die Ufer wechseln wollen?“, kicherte Paul.

„Paul, du bist doch ein waschechter Rheinhesse“, stellte ich scheinheilig fest.

„Klar, im Gegensatz zu dir“, lachte er.

Er spielte eindeutig auf meine auf der linken Rheinseite als obskur verschriene Wiesbadener Herkunft an, aber ich ließ mich nicht ablenken. „Dann kennst du dich doch gut in den hiesigen Gepflogenheiten aus.“

„Ich denke schon, worum geht es denn?“

Ich versuchte weiterhin ernst zu bleiben, obwohl ich mich innerlich bereits über seine verblüffte Reaktion freute. „Stimmt das mit dem Vorspiel auf rheinhessisch: zwei Stunden betteln?“

„Falsch“, kam es mit ausgesuchter Gelassenheit, „vier Stunden, Darius, vier. Gerade du musst das doch wissen, du lebst schließlich mit einer Alzeyerin zusammen.“

Ich hatte nicht bedacht, dass man sich mit dem Wirt einer Dorfgaststätte genauso wenig in derartigen Dingen messen sollte wie mit einem Frisör. Was einem selbst als originell und brandneu erscheint, haben diese Berufsgruppen schon längst in einer Gehirnschublade mit der Aufschrift *Uralte Witze* eingemottet.

Nachmittags kam Heribert. Ohne anzuklopfen spazierte er in mein Büro, zog den Besucherstuhl auf der gegenüberliegenden Seite meines Schreibtisches zu sich und nahm grußlos Platz. „So, mein Lieber, jetzt geht’s los!“, war das Erste, was er von sich gab. Dabei schob er achtlos ein paar meiner Akten zur Seite und belegte die nun freie Fläche mit einigen bedruckten Seiten, Fotos und seinem gefürchteten Notizbuch. Mit einem bewundernswert zielsicheren Griff in sein Cordjackett förderte er seine Brille zutage, legte sie behutsam daneben und sah mich dabei an, als wollte er sagen: *„Na, das hättest du jetzt nicht gedacht?“*

„Hallo Heribert“, holte ich das versäumte Begrüßungsritual nach, „schön dich zu sehen. Nimm doch bitte Platz. Was kann ich für dich tun?“

„Cappuccino und Wasser habe ich schon geordert, wolltest du auch etwas?" Ich war einfach sprachlos. „Gut, dann nicht. Und im weiteren Verlauf des Nachmittags – Störungen durch Telefonate habe ich bei Irene Dengler bereits unterbunden – werden wir nun ..." Er unterbrach sich, weil in diesem Moment seine Bestellung serviert wurde. Irene Dengler blickte hilflos zu mir hinüber und zuckte mit den Schultern. Heribert musste diese ansonsten so resolute Frau total überrumpelt haben.

„Ist schon in Ordnung, Irene", versuchte ich ihr Gleichgewicht wieder herzustellen, „das buchen wir mal unter der Rubrik *Narrenfreiheit* ab oder *mangelhaftes Erinnerungsvermögen an die Kinderstube*. Du darfst dir das Passende aussuchen."

„Sei froh, dass ich für dich alles schon arrangiert habe", setzte sich Heribert zur Wehr, als wir wieder alleine waren. „Hier bringe ich dir", er wies mit einer ausladenden Geste auf das, was er zuvor ausgebreitet hatte, „frisch aus dem Präsidium und dem gerichtsmedizinischen Institut den derzeitigen Stand der Ermittlungsergebnisse."

Was die Todesursache betraf, hatte sich der Anfangsverdacht bestätigt, dass man Renate unter Zuhilfenahme der Bronzeskulptur erdrückt hatte. Die schweren inneren Verletzungen und die Blutansammlung aus verletzten Blutgefäßen im subkutanen Bereich wiesen eindeutig die Konturen des *Der Schwebende* auf. Man hatte unter anderem Gewebeproben analysiert und die Verletzungen durch Röntgenaufnahmen untersucht. Rätsel gaben allerdings drei Befunde auf, die schon bei der vorläufigen Untersuchung aufgefallen waren.

Erstens: Wie hatte man die Skulptur als Tatwaffe benutzt? An ihr waren keine Gewebepartikel festzustellen. Auf Renates Haut wiederum konnten keine Materialspuren entdeckt werden. Sie musste also im bekleideten Zustand erdrückt worden sein, was durch einen ungewöhnlichen Anteil an Stofffasern belegt werden konnte. An der Skulptur wiederum waren solche jedoch nicht festzustellen. Wie sich allerdings bei der Begutachtung der Plastik herausgestellt hatte, war es keine massive Bronzefigur, sondern eine bronzefarben gefasste Gipsvorlage für den eigentlichen Guss, der in der Christuskirche hing. Allerdings änderte das nichts an der festgestellten Todesursache.

Zweitens: Das reine *Ablegen* der Skulptur auf Renates Körper hätte derart schwere und tödliche Verletzungen nicht hervorrufen können. Dazu hätte ihr Gewicht nicht ausgereicht. Die Figur hätte mindestens mit dem Druck des doppelten Gewichtes aufgetroffen sein müssen. Erst ab einem Fall aus etwa zwei Metern Höhe wäre diese Konstellation aber physikalisch gegeben gewesen. Dann hätte man durch den Aufschlag jedoch Risse, wenn nicht sogar Bruchstellen im Gips sehen müssen. Eine weitere Frage war: Falls die Skulptur doch als Mordwaffe eingesetzt worden war, wie konnte das geschehen sein, wenn sie doch unverändert an ihrer zweifachen Aufhängung schwebte?

Drittens: Der Boden des Leichenfundortes in der Christuskirche war eben und glatt. Auf Rücken, Gesäß und Waden stellte man jedoch an den erhabenen Stellen drei längs verlaufende Druckstellen mit ebenfalls verletzten Blutgefäßen im subkutanen Bereich fest. Sie ähnelten dem Muster eines Lattenrostes. Der Fundort konnte daher nicht der tatsächliche Tatort sein. Wie aber konnte man die Skulptur unbemerkt abgenommen, an den Tatort transportiert, den Mord begangen und danach wieder aufgehängt haben?

Aufgrund der Körperkerntemperatur und der Analyse des Mageninhaltes grenzte der Gerichtsmediziner die Tatzeit zwischen ein und drei Uhr nach Mitternacht am Samstag, dem 24. September 2005 ein.

Die Ermittler vom K 11 konnten den wahrscheinlich einzigen Zeugen ausfindig machen, der eine verwertbare Beobachtung gemacht hatte. Es handelte sich um einen der beiden Organisten der Christuskirche. Die gleichnamige evangelische Kirche in Freiburg hatte ihn für ein Mittagskonzert engagiert. Dazu benötigte er noch einen Notensatz, den er an der Orgel vergessen hatte. Da er zu den unterschiedlichsten Zeiten probte, besaß er einen Schlüssel für eines der Seitenportale und konnte die Noten daher vor seiner Abfahrt kurz vor sechs Uhr holen. Beim Verlassen der Kirche, etwa eine viertel Stunde später, hatte er zwei Männer in der Nähe des Seiteneingangs bemerkt, außerdem war ihm ein Stoffbündel unter *Der Schwebende* aufgefallen. Er erinnerte sich an diese beiden Beobachtungen allerdings erst wieder durch die Befragung durch die Kommissare. Zuvor hatte er ihnen keine Bedeutung beigemessen. Außerdem hatte er keinen Zusammenhang zwischen ihnen hergestellt. Die Männer beschrieb er als nicht allzu groß, jeder etwa einen Meter siebzig, fünfundsiebzig. Beide trugen Baseballmützen, deren Schirme die Gesichter verdeckten. Bekleidet waren sie mit Jeans. Einer der Männer trug vermutlich eine grüne, der andere eine gelbe Windjacke. Genau konnte der Organist das bei den Lichtverhältnissen nicht erkennen. Ein Fahrzeug war ihm nicht aufgefallen.

„Das würde auch zeitlich zu der Beobachtung der Nachbarin von Gertrud Faber passen“, sagte Heribert. „Sie hat ja angegeben, gegen fünf Uhr ein Auto vor ihrem Haus gesehen zu haben, mit zwei Männern im Führerhaus. Vorausgesetzt, es handelt sich hier um dieselben Täter, dann waren sie mit Renates Leiche im Wagen zuerst in Neu-Bamberg und sind nach dem Einbruch nach Mainz gefahren. Dazu benötigt man um diese Zeit eine halbe Stunde.“

„Gab es denn eigentlich irgendwelche verwertbaren Spuren in der Christuskirche? Finger- oder Fußabdrücke, haben sie irgendetwas liegen gelassen?“

„Nichts, Darius. Es war alles so steril wie in einem Operationssaal. Noch nicht einmal Kratzer an den Schlössern der Kirchentüren. Das einzige, was sie hinterlassen haben, außer natürlich der Leiche, war die Wolldecke, in der sie Renate wahrscheinlich aus dem Auto in die Kirche getragen haben, und die war Massenware. Im letzten Jahr hat IKEA 100 000 Stück bei einem koreanischen Lieferanten eingekauft und auf dem deutschen Markt fast vollständig abgesetzt.“

„Kommen wir dann wenigstens mit den Zeugenaussagen ein Stück weiter?", hoffte ich.

„Den Tatortradius können wir eingrenzen. Wenn man den frühesten und spätesten Todeszeitpunkt und die Beobachtungen der Nachbarin und des Organisten zugrunde legt, haben wir ein Zeitfenster von zwei bis vier Stunden. Jetzt nimm mal an, dass die sich nach dem Mord schnell vom Tatort entfernt haben, um das Risiko, entdeckt zu werden, zu vermindern. Es hätte ja sein können, dass sie jemand dabei beobachtet hatte. In dieser Zeit kann man bei angemessener Fahrgeschwindigkeit, zügig aber nicht auffallend schnell, eine Strecke zwischen 150 und 300 Kilometern zurücklegen."

„Das heißt aber nicht, dass der mögliche Tatort so weit entfernt ist, sondern er kann zwischen Null und 300 Kilometern liegen", gab ich zu bedenken. „Angenommen wir ziehen auf der Landkarte einen Kreis um Mainz oder Neu Bamberg, um den Bereich einzugrenzen, innerhalb dessen der Mord verübt wurde, dann müssen wir doch berücksichtigen, dass die Fahrentfernung, die du ausgerechnet hast, nicht identisch ist mit der Luftlinie."

Heribert nickte und ich rechnete aus, dass 150 bis 300 Fahrkilometer durchschnittlich 110 bis 230 Kilometern Luftlinie entsprachen. Das wiederum würde bedeuten, dass der Tatort innerhalb eines Radius von 230 Kilometern liegen musste.

Ich holte den Auto-Atlas aus dem Regal hinter mir und schlug die Übersichtskarte von Deutschland auf. „Wir haben es also mit einem Gebiet zu tun, das den Raum Hannover, Leipzig und Ingolstadt umfasst, aber dann auch bis nach Holland, Belgien, Luxemburg und Frankreich hineinragt." Ich schaute Heribert mutlos an und fragte: „Hilft uns das wirklich weiter?"

„Ich weiß es nicht. Momentan vielleicht nicht, aber es ist ein Baustein eines großen Puzzles. Gehen wir doch davon aus", kombinierte Heribert weiter, „dass Renate zu einem Zeitpunkt X in die Hände ihrer Mörder gefallen ist. Sie haben versucht herauszufinden, was sie über bestimmte Vorfälle weiß, die nicht an die Öffentlichkeit geraten dürfen."

„Du meinst, man hat es mit Gewalt versucht!"

„Psychische und physische Verfahren, um einen Menschen zum Reden zu bringen kannst du dir ja inzwischen aus dem Internet ausdrucken wie ein Rezept für einen Sauerbraten. Und seitdem es in Guantánamo dafür praktisch eine Lehrküche gibt, werden auch die pikantesten Methoden bis in das letzte Kinderzimmer geblasen. Kürzlich hatten wir in Alzey einen Fall, wo zwei Dreizehnjährige einem Zehnjährigen ein nasses Handtuch über den Kopf gebunden und dann Wasser darüber geträufelt hatten. Der Kleine geriet in Panik, weil er meinte zu ertrinken. Und wo hatten sie das her? Aus dem Internet! So etwas hätte man zum Beispiel mit Renate machen können. Das lässt sich natürlich bei der gerichtsmedizinischen Untersuchung nicht mehr feststellen."

„Gibt es denn andere Hinweise?"

„Ja, in ihrem Körper befinden sich Einstichspuren von Injektionen. Das ist auch sehr gut auf den Vergrößerungen hier zu erkennen."

„Und was hat man ihr gespritzt? Ein Barbiturat?"

„Auch. Eigentlich sind Spuren von zwei Medikamenten festgestellt worden. Eines ist ein Hypnotikum und als Barbiturat einzustufen. Wahrscheinlich war es *Trapanal*, was man ihr injiziert hat. Es führt nicht zum Tod, ist aber ungeheuer wirksam. Man hat sie offenbar auch vor dem Mord damit sediert, also ruhig gestellt."

„Das heißt aber doch, dass sie ihren Tod bei vollem Bewusstsein miterlebt hat." Mir wurde plötzlich übel. „Diese Schweine, das sind doch keine Menschen, das sind doch Tiere!"

„Welches Tier würde das tun, Darius? Keines! Zu so etwas ist nur die Krone der Schöpfung fähig. Hier", er pochte mit dem Zeigefinger auf eine bestimmte Stelle im gerichtsmedizinischen Befund, „es kommt noch schlimmer und abscheulicher. Man hat Spermaspuren von zwei verschiedenen Männern auf ihrem Gesicht gefunden."

„Wurde sie vergewaltigt?"

„Nein. Die haben sich an ihrem Leid erregt und ... und dann ..." Er winkte kraftlos ab, wollte nicht aussprechen, was der Frau angetan worden war, die er einmal geliebt hatte. „Diese Brutalität und Menschenverachtung deutet auf eine bestimmte Herkunft der Täter hin. Menschen, die man schon als Kinder systematisch kaputt gemacht hat, die ihre eigenen Werte und Gesetze haben. Sie kommen aus Ländern wie Rumänien, Albanien, dem Kosovo – das sind keine rassistischen oder nationalistischen Vorurteile, das sind Tatsachen. Und in Wirklichkeit waren es die Milosevics und Ceausescus und wie sie alle hießen und noch heißen, die derartige Killermaschinen geradezu gezüchtet haben. Darius, ich sage dir, wir werden in den nächsten Jahren überschwemmt werden von Clans und Gangs, derer wir nicht mehr Herr werden. Heute schon sind in den Großstädten bestimmte Branchen durchsetzt von mafiosen Strukturen und wir, die Polizei, werden immer machtloser, weniger und korrupter."

„Heribert, ich verstehe deinen Zorn, aber das hilft uns jetzt nicht weiter. Mit deinem Gejammer wegen immer der gleichen Dinge wirkst du manchmal wie *Don Quichotte*. So sehr du Recht haben magst, so sehr gehst du einem damit auf den Geist. Und ich komme mir neben dir vor wie *Sancho Pansa* auf dem Esel."

Heribert sah mich bedeutungsvoll an, zog die Augenbrauen hoch und ... gab mir Recht. Natürlich nicht ohne eine, aus seiner Sicht passende, Bemerkung. „Na ja, solange du dich nicht wie *Dulcinea* fühlst."

„Das könnte ich nie sein", grinste ich, „denn ich bin Realität. Dieses Bauerntrampel dagegen hatte Don Quichotte nie gesehen, er ist ihr nie begegnet. Aber kommen wir wieder zurück zu deiner Einschätzung. Verstehe ich das richtig? Das würde ja bedeuten, dass es sich um Auftragsmörder handelt."

„Genau, Darius. Und die werden wir wahrscheinlich nicht finden. Sie schlagen zu, erledigen ihren Auftrag, bekommen ihr Blutgeld und hauen wieder ab. Unsere Grenzen sind ja offen."

„Wir suchen also den oder die Auftraggeber. Herrschaften, die sich die Finger nicht schmutzig machen. Solche mit blütenweißen Westen."

„Oder mit grünen Uniformen, Darius!"

Der letzte Teil unseres Gesprächs hatte bewirkt, dass wir uns wieder von der Vorstellung lösen konnten, was man Renate angetan haben musste. Ich wollte nun aber weitere Einzelheiten wissen. „Dieses Trapa-Dingsbums ...?"

„Trapanal."

„Okay, Trapanal, was ist das für ein Zeug?"

„Ich habe es mir auch erst erklären lassen müssen." Heribert holte sein zerfleddertes Notizbuch hervor, korrigierte den Sitz seiner Brille und las vor, was er sich aufgeschrieben hatte. „Extra für dich notiert", schickte er vorweg. „Trapanal wird in erster Linie in der Anästhesie zur Einleitung einer Vollnarkose beim unkomplizierten Patienten angewendet."

„Unkompliziert?"

„Also, nicht bei Herz- oder Lungenerkrankungen. Das spielt aber hier keine Rolle. In den USA wird es zum Beispiel auch als Vorbereitung auf die Hinrichtung durch die Giftspritze eingesetzt. Es ist aber vor allem als Wahrheitsserum bekannt. Also eine Droge, die man einsetzt, um von einer Person Informationen zu erhalten, die diese eigentlich nicht preisgeben will. Nach der Verabreichung wird man sehr kommunikativ und äußert, ohne zu zögern, seine Gedanken. Urteilsvermögen und Konzentrationsfähigkeit von Renate sind damit wahrscheinlich so stark beeinträchtigt worden, dass man ihr mit ein paar geschickten Fragen den Aufbewahrungsort ihrer Unterlagen entlocken konnte."

„Gut, das habe ich verstanden. Aber wenn es denen nur um die Unterlagen ging und um das, was Renate wusste, weshalb hat man sie dann so lange gefangen gehalten und nicht bereits im März mit diesem Zeug vollgepumpt und umgebracht?"

„Was meinst du? Was gibt dir deine Intuition ein? Raus damit, ohne lange zu überlegen!" Er wollte mich herausfordern, es grenzte schon an Provokation.

„Schon in dem vorläufigen Bericht der Gerichtsmedizin stand doch, dass sie unterernährt war und etwas über die Pigmentierung ihrer Haut. Und das bekommt man nicht von ein paar Tagen Verhör in einem Verlies. Sie hatte ja diesen Brief hinterlassen und sich danach zurückgezogen. Irgendwohin, wo ihre Familie sie nicht ausfindig machen konnte. Aber ..."

„Was *aber*, weiter Darius, was *aber*?"

„Ihre Mörder müssen sie trotzdem gefunden haben. Wahrscheinlicher ist allerdings, dass Renate sich ahnungslos mit ihnen in Verbindung gesetzt hat."

„Weshalb und mit wem?!" Heribert knallte seine Frage geradezu heraus, was er mit mehreren lautstarken Schlägen auf meinem Schreibtisch unterstrich.

„Sie recherchierte weiter und konnte sich dabei doch eigentlich nur ... an dich wenden?" Was anfänglich noch wie eine Feststellung klang, hatte sich in eine zögerliche Frage verwandelt.

„Hat sie aber nicht!"

„Gut, dann hat sie mit einem oder mehreren Kollegen in Mainz Kontakt aufgenommen und zwar mit den falschen oder mit den richtigen und ein Kollege mit überempfindlichem Gehör hat ..."

„Genau. Hornbach zum Beispiel oder auch Korfmann. Der lebte zwar damals nicht mehr, aber vielleicht hatte sie vor seinem Tod noch mit ihm gesprochen."

„Du würdest selbst Korfmann im Kreise der Verdächtigten sehen?"

„Jeden", kam schnell und scharf die Antwort, „jeden, ohne Ausnahme."

Wir ließen diese plötzliche Erkenntnis sacken. Natürlich hatte die Vermutung von Anfang an auf dem Tisch gelegen, aber nun konkretisierte sie sich. Und doch ... Ich schüttelte den Kopf. Irgendetwas an dieser gedanklichen Konstruktion missfiel mir. Ich wusste nur nicht, was es war. Sie mochte ja per Saldo das richtige Ergebnis widerspiegeln, aber in sich war sie nicht schlüssig.

Mein Gehirn verarbeitete Eindrücke, Wortfetzen, Erlebnisse und Erfahrungswerte bruchstückhaft. Allerdings in einem Bereich, der mir rational nicht zugänglich war. Ich spürte nur, dass sich etwas entwickelte. Es beunruhigte mich, dass es sich meinem direkten Einfluss entzog. Vielleicht lag es aber auch daran, dass ich mich dagegen sträubte, dass es nur diesen einen Tatverlauf geben sollte. Ich benötigte einfach noch mehr Informationen, um ein mögliches Geschehen begreifbar und damit auch greifbar zu machen.

„Was haben die Untersuchungen denn noch ergeben?“ Amüsiert beobachtete ich, dass er nach etwas suchte. „Falls du deine Brille vermissen solltest, sie ...“

Sein verächtlicher Blick ließ mich verstummen. Heribert hatte sie bereits aus einem Ablagekörbchen, wo er sie zuvor gedankenlos abgelegt hatte, hervorgezogen und aufgesetzt. „Wie du schon gesagt hast: Renate hat sich offensichtlich über einen unbekannten Zeitraum an einem Ort ohne Tageslicht aufgehalten. Ihre Hautpigmentierung weist darauf hin, dass sie während mehrerer Wochen keiner UV A-Bestrahlung ausgesetzt war. In den Papillarleisten und unter den Fingernägeln waren Spuren von Trasszement festzustellen. Außerdem hat sie extrem an Gewicht verloren und zwar sowohl an Fettgewebe als auch an Muskelmasse. Die Untersuchung hat einen erheblichen Mangel an Eisen, Zink, Kupfer sowie an Vitamin B 12 ergeben. Insgesamt deutet das auf eine einseitige, unausgewogene Ernährung und Bewegungsmangel hin.“

„Dann wurde ihr entweder das Essen rationiert oder sie hat die Nahrungsaufnahme verweigert. Und Bewegungsmangel könnte bedeuten, dass man sie gefesselt hat“, folgerte ich aus Heriberts Darlegungen.

„Das Erste mag zutreffen, aber gefesselt hat man sie nicht. Es sieht so aus, als habe man sie unentwegt ruhig gestellt, praktisch in einen dauernden Dämmerzustand versetzt.“

„Ich verstehe nicht.“

„Es sind keine Spuren festzustellen, die darauf hinweisen, dass man sie gefesselt hat, also weder Striemen noch Hautveränderungen durch ein Klebeband – an den Handgelenken zum Beispiel. Aber das war auch nicht notwendig, denn man hat ihr offenbar eine Dauerkanüle, wie sie bei Infusionen üblich ist, in die Armbeuge gelegt und dort fixiert. Dadurch hat man sie wahrscheinlich mit einer permanenten Überdosis versorgt von ... wie heißt das Mittel?", er suchte in seinen Unterlagen, „ach hier: *Mirtazapin*, heißt es. Das wird unter anderem bei Depressionen, Phobien, Schlaflosigkeit, Schlafstörungen, Selbstwertproblemen, Sozialphobien, Traumata, Unruhe, Verlustängsten und Zwangsstörungen verwendet. Alles Zustände, die auftreten können, wenn man isoliert festgehalten wird. Wie gesagt, überdosiert versetzt einen das Mittel in einen Dämmerzustand. Das heißt, Renate war zwar noch in der Lage, zu essen, zu trinken und auf die Toilette zu gehen, aber ansonsten war sie kraft- und energielos."

„Was erklärt, weshalb eine ausgebildete Polizistin nicht in der Lage war, sich zu wehren oder gar einen Bewacher zu überwältigen, obwohl sie nicht gefesselt war."

Heribert nickte nur. Dann beugte er sich über den Schreibtisch und blickte mir fest in die Augen. „So, Darius, jetzt bist du dran! Jetzt zeig einmal, wozu dein Verstand in der Lage ist. Du hast nun alle Fakten, die wir herausfinden konnten. Also, was ist geschehen? Wie ist es abgelaufen? Ich lasse dich jetzt absolut in Ruhe."

Heribert erinnerte sich des Cappuccinos, den er vor lauter Anspannung vergessen hatte zu trinken. Er nahm die bauchige Kaffeetasse an sich, lehnte sich in seinem Stuhl zurück, trank den ersten Schluck und stellte sie wieder ab. „Kalt", flüsterte er.

Ich hatte mich inzwischen sortiert und begann zuerst die bekannten Tatsachen und Ermittlungsergebnisse stichwortartig aufzuschreiben, während Heribert sich ruhig verhielt.

Als ich damit fertig war, reichte ich ihm meine Notizen, die er aufmerksam und immer wieder mit dem Kopf nickend laut vortrug:

- Renate verlässt am 26. März, am Karsamstag, die eheliche Wohnung;
- bis zum darauf folgenden Mittwoch, es ist der 30. März, hält sie sich bei Marga Preuß auf;
- sie fährt nach Bingerbrück, wo sie ihren Wagen am gleichen Tag auf dem Parkplatz abstellt;
- am 14. April, also zwei Wochen später, finden wir den Wagen dort vor;
- in diesem ist ein von ihr geschriebener Brief mit der Bitte, ihre Entscheidung zu respektieren;
- sie wird entweder sofort danach oder zu einem späteren Zeitpunkt entführt und in einem dunklen Raum über längere Zeit festgehalten;
- dabei erhält sie eine Dauerinfusion mit einem Mittel, das sie in einen Dämmerzustand versetzt;
- sie wird entweder mangelhaft ernährt oder verweigert die Nahrungsaufnahme;
- man injiziert ihr ein Wahrheitsserum;
- 24 Wochen nach ihrem Verschwinden, am 24. September wird sie zwischen ein und drei Uhr mit der Skulptur *Der Schwebende* ermordet;
- zwischen zwei und vier Stunden später, gegen fünf Uhr, wird bei Gertrud Faber eingebrochen und dabei lediglich Renates Zimmer durchsucht, mitgenommen wird nichts;
- gegen sechs Uhr werden zwei Männer bei der Christuskirche beobachtet und zuvor das erste Mal ihre noch zugedeckte und damit unentdeckte Leiche;
- gegen elf Uhr wird der Leichnam entdeckt;
- der Fundort ist nicht der Tatort, der liegt in einem Radius von bis zu 230 Kilometer.

„Gut, Darius, das ist die Ausgangssituation, unsere Basis, aber nun zu deiner Schlussfolgerung."

Erst zögerlich und dann mit einer Sicherheit, die mir selbst unheimlich war, begann ich meine These zu entwickeln. „Ich setze an dem Tag an, an dem Renate zum letzten Mal von einer Person, die uns bekannt ist, lebend gesehen wurde."

„Du meinst den Dienstag nach Ostern, den letzten Tag bei Marga Preuß?"

„Genau. Sie fuhr nach Bingerbrück, stellte ihren Wagen dort auf dem DB-Parkplatz ab und besorgte sich am Bahnschalter ein Parkticket. Das kann sie aber erst ab halb neun gemacht haben."

„Genau um neun Uhr fünfzehn." Heribert zog den Parkausweis aus seinen Unterlagen hervor, den er aus Renates Auto mitgenommen hatte. „Im Kassencomputer ist die Uhrzeit der Verkaufstransaktion gespeichert, außerdem werden die beiden ersten Buchstaben des Kennzeichens eingetragen. An diesem Tag war Renate die einzige mit AZ. Ich hatte einen Ermittler vom K 11 mit der Recherche beauftragt. Erst kam er wieder und sagte, dass man da nichts nachverfolgen könne. Nachdem ich mich aber selbst eingeschaltet hatte, ging es plötzlich. Es sei ein Missverständnis gewesen, hatte der Beamte in Bingen gesagt."

„Der wollte nur nicht."

Heribert zuckte vielsagend mit den Schultern „Weiß ich nicht, vielleicht wollte der Kollege auch nicht. Aber, bitte mach weiter."

„Konnte dein Kollege feststellen, ob Renate mit dem Parkschein auch eine Bahnkarte gekauft hatte?"

„Nein, das konnte nicht ermittelt werden, bei Barzahlung lassen sich die Fahrscheinverkäufe keiner Person zuordnen. Und in diesem Zeitraum waren keine Kreditkartenzahlungen registriert. Auf Ihren Bankauszügen, die wir inzwischen einsehen konnten, ist ebenfalls keine Abbuchung der DB ausgewiesen. Übrigens hat Renate von ihrem Konto nach Ostern überhaupt nichts mehr abgehoben. Am Gründonnerstag hatte sie bei der Kreissparkasse in Wöllstein eine Barauszahlung über 15 000 Euro getätigt. Sie wusste schon, wie sie ihre Spur verwischen konnte. Weshalb meinst du, hat sie ihr heiß geliebtes Auto aufgegeben?"

„Dann verliert sich ihre Spur am Mittwoch, dem 30. März 2005 um exakt neun Uhr fünfzehn und ab dann beginnen die Spekulationen. Sie hat ihre Recherchen nicht aufgegeben und mit der falschen Person Kontakt aufgenommen, weil sie natürlich Unterstützung brauchte. Dabei ist es ganz gleich, ob sie mit dem Zug weggefahren oder sofort mit jemandem zusammengetroffen ist, der sie von dort mitgenommen hat. Diese Person trifft sich jedenfalls mit ihr und lockt sie in eine Falle. Aufgrund des körperlichen Zustandes, den der gerichtsmedizinische Befund ergeben hat, kann das tatsächlich noch am Mittwoch oder spätestens einige Tage später geschehen sein."

„Da liegen uns halt derzeit keine Erkenntnisse vor", seufzte Heribert. „Wir haben ein Suchfoto von ihr am Bahnhof Bingerbrück, in der Bahnhofsgaststätte, in den umliegenden Supermärkten und einer Großbäckerei mit Café angebracht. Vielleicht ergibt sich daraus etwas. Wir gehen jedenfalls davon aus, dass sie entführt und festgehalten wurde. Aber aus welchem Grund?"

„Man möchte in Erfahrung bringen, was sie alles weiß und ob es Mitwisser oder belastende Dokumente gibt. Trotz mehrerer Monate Einkerkerung gibt Renate nichts preis. Der Entführer, vielleicht sind es ja auch mehrere, besitzt allerdings noch so viel Skrupel, dass er sich davor scheut, Renate physisch selbst etwas anzutun. Dazu bedient man sich Spezialisten aus dem Profimilieu. Und wer hat Zugang zu diesem kriminellen Umfeld?"

„Siehst du, man kann es drehen und wenden, wie man will. Es ist stets der gleiche Personenkreis, der ins Blickfeld tritt. Renate muss bei ihren Recherchen auf etwas gestoßen sein, wodurch sie einigen einflussreichen Personen zur Gefahr wurde. Hier ist eine Gruppe von Kriminellen, die hat einfach ... Angst, Darius."

„So sehe ich das auch. Da hat jemand, der sich bisher unangreifbar wähnte, plötzlich ganz ordinäre, hundsgemeine Angst davor bekommen aufzufliegen, den Nimbus der Unantastbarkeit zu verlieren und ans Licht der Öffentlichkeit gezogen zu werden. Und damit liegt die Vermutung nahe, dass Renates Tod nicht nur dazu diente, sie zum Schweigen zu bringen, sondern auch weiteren Mitwissern als Warnung zu dienen. Schließlich muss es etwas zu bedeuten haben, dass man sie auf diese ungewöhnliche Weise ermordet und dann noch zur Schau gestellt hat. Je mehr ich darüber nachdenke, Heribert, um so sicherer bin ich mir, dass man mit ihr nicht nur eine persönliche Gefahr beseitigen, sondern ein Zeichen setzen wollte."

Meine Fantasie hatte nun Fahrt aufgenommen und ich hatte immer schneller und flüssiger gesprochen. So, als würde ich einen Film nacherzählen, den ich gestern erst gesehen hatte. „Die Antwort steckt in dem Sinnbild, dem Ausdruck oder der Geschichte der Skulptur von Ernst Barlach."

„Oder in der Lebensgeschichte des Künstlers selbst. Ich habe Hornbach bereits gebeten, in dieser Richtung recherchieren zu lassen. Aber ich habe den Eindruck, dass andere Aufgaben wichtiger sind. Die Kollegen sind überlastet. Renate ist ja nicht ihr einziger Fall."

„Und eine Sonderkommission, könnte man die nicht einrichten?"

Heribert lachte bitter. „Das habe ich ja bereits angeregt. Aber die Interessenlage sei nicht gegeben, hieß es."

„Nicht?!", fragte ich sarkastisch. Ich erinnerte mich zu gut an die salbungsvollen Worte Körpers und Keils am Samstag: *Der abscheuliche Mord an einer unserer Kolleginnen ...*

Heribert schnaubte. „Und außerdem hätten wir ja bereits so etwas wie eine SoKo durch meine Einschaltung und die inoffizielle Duldung deiner Recherchen. Irgendwie will man in den Fall nicht zu viel Energie investieren. Und da ist es der gängige Weg, ihn auszusitzen. Irgendwann erkaltet auch die heißeste Spur und die Akten werden geschlossen."

Klang da Resignation durch? Bereits im Ansatz wollte ich das nicht zulassen. „Aber wir halten das Feuer am Brennen, Heribert!"

„Da kannst du sicher sein. Und wenn ich den Dienst quittieren muss. Das habe ich dir ja bereits gesagt und das meine ich auch so“, versicherte er mit wieder aufflackernder Leidenschaft, während er seine Unterlagen zusammenräumte. „Du fühlst den Dohnes und Preußens auf den Zahn und ich werde einige meiner Kollegen noch intensiver unter die Lupe nehmen. Irgendeiner wird sich verplappern oder vielleicht doch Skrupel bekommen.“

Er stand auf und ging zur Tür. Dort drehte er sich um, winkte mir mit dem Papierstapel zu und verabschiedete sich mit der Feststellung: „Ich glaube, wenn wir wissen, was hinter der Inszenierung von Renates Tod steckt, können wir auch das Rätsel lösen, wie der Mord ausgeführt wurde. Und ...“ er nickte bedächtig und sah mich durchdringend an, „das wird uns zu den Hintermännern führen. Mach dir einmal ein paar Gedanken darüber.“

Aus irgendeinem Grund hinterließ das Gespräch mit Heribert in mir die Gewissheit, dass wir mit keinen weiteren ermittlungstechnischen Erkenntnissen zu rechnen hatten. Alles, was die Gerichtsmedizin, das Labor und die Spurensicherung nachvollziehen konnten, war offenbar getan und Heriberts Kollegen vom K 11 kamen aus irgendeinem Grund nicht so voran, wie wir es in unserer Ungeduld wünschten. Nun ging es also darum, mit dem vorliegenden Wissen weiterzurecherchieren. Wir waren wieder auf uns alleine gestellt. Heribert in seinem beruflichen Umfeld und ich quasi in meinem dörflichen und privaten.

Einige Stunden später saß ich mit Sonja auf dem Freiplatz in unserem Hof. Ich musste einfach alles, was mir im Kopf herumging, loswerden und sie stellte kurze Fragen und hörte zu. Ein gasbeheizter Terrassenstrahler kämpfte erfolgreich gegen die Herbstkühle an und zwei Windlichter ließen unsere Schatten gespenstig an der hohen Bruchsteinmauer tanzen, die unser Anwesen vom Nachbargrundstück trennte.

Sonja hatte sich, wie sie es gerne tat, in ihre Lieblingswolldecke eingemummelt. Die Beine an den Körper gezogen, kauerte sie auf der Bank. Nur ihr Kopf mit den leuchtendroten Haaren und die rechte Hand, in der sie ihr Weinglas hielt, guckten aus ihrem Wärmezelt heraus. Ich sah sie verliebt an und konnte mir ein vergnügliches Grinsen nicht verkneifen. Dieses Arrangement erinnerte mich stets an ein Bild aus einem meiner Jugendbücher. „Weißt du, woran du mich erinnerst? An ..."

„Bitte komm mir jetzt bloß nicht wieder mit dem alten Indianer, und dass mir zur stilistischen Perfektion deiner Jugenderinnerungen nur noch die Feder am Kopf fehlen würde." Sie schüttelte angewidert den Kopf, wobei ihr die Wolldecke von den Schultern rutschte.

„Sag bloß, ich hätte dir das schon einmal erzählt!"

„Einmal?! Die heilige Demenz scheint sich bei dir breitzumachen. Aber bevor es so weit ist, dass dein Gedächtnis total versagt – weshalb telefonierst du nicht einmal mit Güstrow?"

„Weshalb sollte ich?"

„Weil dort die Ernst-Barlach-Stiftung ihren Sitz hat, von der die Exponate der Sonderausstellung in der Christuskirche stammen. Da gibt es Menschen, die dir alles über die Geschichte dieser Skulptur erzählen können. Vielleicht bringt dich das ja ein Stück weiter."

„Woher weißt du das?"

„Internet, mein Lieber. Das beschränkt sich nicht nur auf Erlasse der Oberfinanzdirektion Koblenz."

„Weshalb sind die denn von der Kripo in Mainz nicht auf die Idee gekommen?"

„Vielleicht sind sie es ja, aber sie wollten das nicht weiter verfolgen. Heribert hat dir doch gesagt, dass ihm Knüppel zwischen die Beine geworfen würden", erwiderte Sonja.

„So hat er das nicht ausgedrückt."

„Aber ich bin sicher, dass er es so gemeint hat, nach dem, was du mir erzählt hast. Du kennst ihn doch. Einerseits trägt er das Herz auf der Zunge, andererseits gibt er sich geschlossen wie eine Auster. So, wie das Geeiere mit Renate."

Ich wollte nun keine Diskussion über Heriberts Verschlossenheit vom Zaun brechen, da ich befürchtete, dass Sonja diese dazu nutzen würde, um in eine weiträumigere Grundsatzdebatte über männliche Feigheit einzusteigen. Daher kam ich wieder zurück auf ihren Vorschlag.

„Klasse Idee, das mit Güstrow, danke. Zu was so ein alter Indianer doch gut sein kann."

Ich fand meine Bemerkung äußerst originell, geistreich und witzig, leider im Gegensatz zu Sonja. Sie wickelte sich nun ganz aus ihrer Decke und hauchte mir zwar eine Kusshand zu, aber ihre abschließende Bemerkung zeigte wieder einmal, in welcher fatalen Abhängigkeit sich ein Mann mit normalen Bedürfnissen befinden kann. „Der alte Indianer zieht sich jetzt in seinen Wigwam zurück. Und wage es ja nicht, ihn dort zu stören, sonst wird er das Kriegsbeil ausgraben und dich in die ewigen Jagdgründe befördern."

„Nicht mal schmusen?", schmollte ich.

„Nein, nicht mal schmusen. Fang dir doch einen Grizzley und schmuse mit dem. Das wird dir besser bekommen!"

„Kennst du den, mit dem Holzfäller, der eine Mutprobe ablegen sollte und dazu musste er einen Grizzley jagen und eine Indianerin ..."

„Darius, treib es nicht zu weit, mit deinen blödsinnigen, uralten Witzen, sonst bin ich am nächsten Wochenende wieder auf einem Seminar."

Sie versuchte die Haustür, bei der sie inzwischen angekommen war zu schließen, was ihr allerdings erst beim dritten Anlauf gelang, weil die Wolldecke, die sie hinter sich herzog, das verhinderte. Trotz der Situationskomik und der zuvor abgelaufenen Frotzeleien schob sich schlagartig wieder das Bild von Renate, nachdem der kleine Johannes die gnädig schützende IKEA-Decke von ihrem Körper gezogen hatte, vor mein inneres Auge.

Obwohl es schon sehr spät war, ging ich noch einmal ins Büro, las meine stichwortartigen Aufzeichnungen durch und machte mir Gedanken darüber, welche Fragen ich am nächsten Tag stellen sollte. Aber, wie so oft, sollte sich die Dramaturgie verselbständigen. Heribert und ich waren nämlich unserem Ziel näher gekommen, als wir vermuteten.

Donnerstag 29. September 2005

Am Morgen hatte ich vergeblich versucht den Geschäftsführer der Ernst-Barlach-Stiftung telefonisch zu erreichen. Eine freundliche Mitarbeiterin informierte mich, dass Doktor Angart die ganze Woche auf einem Kunstsymposium in Amsterdam weilte. Nachdem ich ihr gesagt hatte, dass es sich um ein äußerst wichtiges und persönliches Gespräch handelte, sicherte sie mir einen Rückruf für den kommenden Samstag zu. Ich ärgerte mich, dass anscheinend niemand außer Sonja bereits früher auf diese Idee gekommen war – weder Heribert noch seine Kollegen in Mainz, geschweige denn ich selbst.

Zur vereinbarten Zeit, Punkt sechzehn Uhr, traf ich beim Weingut *Preuß & Erben* ein. Dieses Mal hatte ich das Auto genommen. Gertrud Faber parkte ihren Wagen im gleichen Moment wie ich. Bevor wir den Hof betraten, wollte ich die Gelegenheit nutzen, ohne den Rest der Familie als Zuhörer dabei zu haben, ihr mein Mitgefühl auszudrücken. Sie ergriff jedoch die Initiative, indem sie auf mich zukam und mich fast liebevoll anlächelte.

„Darius, ich bin dir unendlich dankbar dafür, dass du deine Zeit opferst, um herauszufinden, was mit meiner Renate geschehen ist. Seitdem ich sie vorgestern in dieser sterilen Umgebung habe liegen sehen und Abschied von ihr genommen habe, hält mich ein Gedanke aufrecht und gibt mir Kraft: Renates Mörder müssen ihre gerechte Strafe bekommen.“ Sie hakte sich bei mir unter und wir beschritten so, als sei es ein Sinnbild ihres Wunsches, gemeinsam den weiteren Weg.

Als posierten sie für ein Gruppenfoto, erwarteten uns die Mitglieder des gesamten Familienclans am Eingang zur Weinprobierstube. Inmitten der Gruppe Johann Preuß in seinem Rollstuhl. Über die Beine hatte er eine Wolldecke gelegt. Er wirkte gebrechlicher als bei unserer letzten Begegnung. Aber als er zur Begrüßung auf uns zurollte und Gerlinde Dohne ihn anschieben wollte, wehrte er ihre Hilfe mit einer barschen Geste ab.

Wir standen noch für einige Minuten zusammen. Man tauschte Betroffenheiten aus und stellte mir die Ehefrau von Andreas und den Ehemann von Gerlinde vor. Marlies Dohne war eine unscheinbare zarte Erscheinung, die sich im Hintergrund hielt und mir bei der Begrüßung kaum in die Augen sah; ihr Händedruck war fast nicht zu spüren. Im Gegensatz dazu Günther Dohne, der mich, im krassen Gegensatz zu meiner Vorstellung, um Kopfeslänge überragte. Ein Hüne von einem Mann, der mir die Hand schüttelte, als wolle er sie nicht mehr hergeben. Marga und Klaus Zerfass fehlten natürlich.

Die Weinprobierstube, die man als Besprechungsort gewählt hatte, war sehr stilvoll eingerichtet. An den Wänden hingen Urkunden über Prämierungen und in Schauvitrinen waren Weinexponate ausgestellt, deren ältester Jahrgang, sofern ich es mit einem kurzen Blick sehen konnte, ein Riesling aus dem Jahr 1901 war und also noch von einem der Vorbesitzer gekeltert worden sein musste. In Regalen wurden Geschenkartikel präsentiert, die vom Traubenöl bis zu dekorativen Gläsern mit Weingelée reichten. Ein langgezogener Eichenholztisch mit schweren Stühlen bestimmte die Mitte des Raumes. An einer der Kopfseiten hatte man den Stuhl zur Seite geschoben, um für Johann Preuß Platz zu machen.

An dem Selbstverständnis, mit dem die Sitzordnung eingehalten wurde, zeigte sich die Hierarchie der Familie. Während der Patriarch bereits einen der althergebrachten Ehrenplätze beanspruchte, stand Gerlinde Dohne der andere zu. An einer der Längsseiten hatten die Männer nebeneinander Platz genommen und gegenüber saß Marlies Dohne. Auch Gertrud und ich mussten uns automatisch in diese Sitzordnung fügen. Auf dem Tisch standen bereits geöffnete Weinflaschen und vor jedem von uns ein Glas, dazwischen drei Schüsseln mit Brotstücken.

Johann Preuß deutete mit einer einladenden Geste auf den Wein und sagte mit leiser und müder Stimme: „Es ist heute das erste Mal, seitdem wir von dem schrecklichen Tod unserer Renate erfahren haben, dass wir zusammensitzen. Unser Leben wird bestimmt und geprägt vom Wein und vom Zusammenhalt unserer Familie. Immer, wenn ein Kind geboren wird oder einer von uns gegangen ist, verbinden wir beides in Dankbarkeit und im Gedenken. Wir füllen daher unsere Gläser, nehmen einen tiefen Schluck und erinnern uns für eine Minute schweigend an Renate."

Ich nutzte die Sekunden des Innehaltens, um in den Gesichtern zu lesen und stellte fest, dass Johann Preuß es mir gleich tat. Als auch er das erkannte, nickte er mir zu. Benjamin war immer noch wie ausgewechselt. Verständnislose Trauer spiegelte sich in seinem Gesicht wider und sein Oberkörper schien von Schuldgefühlen gebeugt zu sein. Er war es dann auch, der das Schweigen beendete und sich an mich wandte, was ihm einen vorwurfsvollen Blick seiner Mutter und einen ungläubigen seines Großvaters einbrachte.

„Herr Schäfer, Renate war Gertruds Tochter und meine Frau. Wir beide sind diejenigen hier im Raum, die direkt und am intensivsten von ihrem Tod betroffen sind. Ich spreche auch im Namen von Gertrud, wenn ich alle auffordere, das, was sie mit Informationen dazu beitragen können, damit die Mörder von Renate gefunden und überführt werden können, rückhaltlos zu erzählen. Und ich will damit beginnen."

Er schaute zu Gertrud hinüber, die ihm aufmunternd zunickte. Er ließ sich weder von verständnislosen Blicken einiger seiner Verwandten noch von abfälligem Gemurmel abhalten. „Einige Tage, bevor Renate verschwand, habe ich einen Brief, den sie an Heribert Koman privat adressiert hatte, vernichtet. Darin hatte sie ihm geschrieben, dass sie ihn unbedingt sehen müsse, es ginge um Leben und Tod. In meiner Eifersucht habe ich das missverstanden, weil sie ja auch so oft von ihm gesprochen hatte. Wie hätte ich denn denken können, dass ..."

Tränen liefen ihm übers Gesicht. Wieder blickte er nur Gertrud an. „Wenn ich geahnt hätte, was ich damit anrichte, hätte ich das doch nie getan."

Gertrud reichte über den Tisch hinüber und nahm seine Hände in die ihren. „Benjamin, wir haben das bereits gestern, als du mich angerufen und mir davon erzählt hast, besprochen. Ich kann dir keine Schuld an Renates Tod geben und du solltest es auch nicht tun. Ihr Tod trifft dich genauso wie mich."

„Wie kamen Sie denn an den Brief?", fragte ich, nicht nur aus Interesse, sondern auch um die Emotionen etwas aus dem gerade erst beginnenden Gespräch zu nehmen.

„Er lag mit anderen Briefen zusammen im Ausgangskorb. Ohne mit Renate darüber zu sprechen, habe ich den Stapel zur Post mitgenommen. Das kam öfter vor, wenn ich ohnehin in Wöllstein zu tun hatte. Ich habe mir Renate gegenüber nichts anmerken lassen und so getan, als hätte ich ihn unbemerkt mit den anderen eingeworfen."

„Weshalb hast du mir denn nichts davon gesagt?", ereiferte sich seine Mutter, wobei sie dem Wörtchen *mir* eine bezeichnende Betonung verlieh. Ihr ging es nur darum, dass ihr Sohn sich einer anderen anvertraut hatte und nicht ihr. Damit löste sie eine Reaktion aus, die man nicht besser hätte provozieren können.

„Wieso sollte ich mit *dir* darüber reden? Glaub bloß nicht, dass du ohne Schuld bist. Hättest du mich nicht dauernd gegen sie aufgehetzt! Du warst es doch, die mir erst solche Gedanken in den Kopf gesetzt hat, die meine Eifersucht und mein Misstrauen nur noch geschürt haben. Ohne deine dauernden Anspielungen hätte ich Renate das Vertrauen entgegengebracht, das sie tatsächlich verdient hat."

Das wiederum wollte Gerlinde Dohne nicht auf sich sitzen lassen. Sie startete einen verbalen Gegenangriff, indem sie vorgab, dass sie ihn und die Familie nur davor hätte schützen wollen, dass Renate alles in den Schmutz gezogen hätte. Als sie Benjamin aber dann auch noch vorwarf, sich wie ein Waschlappen verhalten zu haben, erhob sich plötzlich und für alle unerwartet Günther Dohne. Er richtete sich zu seiner vollen Größe auf und sagte mit dröhnender Stimme: „Gerlinde, jetzt ist Schluss. Du hast schon genug

Unheil angerichtet." Dabei warf er einen bedeutungsvollen Blick zu seinem Schwiegervater, während ich vermeinte, in Marlies' Augen ein Aufflackern von Entsetzen zu erkennen. „Ich sage es nur ein einziges Mal: Halt dein böses Schandmaul und beleidige *nie* mehr einen meiner Söhne!" Dann setzte er sich langsam und bedächtig wieder hin und schwieg wie schon zuvor.

Gerlinde schaute ihn entgeistert an. Bevor sie etwas entgegnen konnte, schaltete sich Johann Preuß ein.

„Bravo, Günther, das war schon lange überfällig. Aber bevor wir jetzt eine Familienfehde vom Zaun brechen und alte Geschichten aufwärmen, die Herrn Schäfer nicht weiterhelfen, möchte ich euch an unser Prinzip erinnern: *Der gute Ruf der Familie muss mit allen Mitteln gewahrt werden!* Seit vielen Jahren haben wir zu unseren Kunden und Lieferanten ein persönliches und vertrauensvolles Verhältnis aufgebaut. Das ist die Grundlage unseres geschäftlichen Erfolges und darf nicht angetastet werden."

„Selbst auf die Gefahr hin, dass wir unrechte Dinge tun?", warf Benjamin ein.

Wieder wollte sich Gerlinde Dohne einmischen und wieder kam ihr Vater ihr zuvor. „Lass ihn, Gerlinde. Er ist noch jung und wird auch noch vieles lernen müssen. Wenn du älter bist, Benjamin, wirst auch du verstehen, dass das, was wir tun, richtig *und* rechtens ist. Vielmehr tut, wer oder was sich gegen uns richtet, Unrecht."

„So einfach ist das also, Großvater?", schaltete sich nun auch Andreas ein.

„Ja, so einfach ist das! Außerdem sollten wir bitte nicht vergessen, was uns hier zusammenführt. Wieder einmal sind die Familien Preuß und Faber von einem gemeinsam Verlust betroffen."

„Würden Sie mir sagen, wie es damals zu dem Unfall gekommen ist?", fragte ich mit Blick auf Johann Preuß.

„Günther ist der Fachmann für unsere Anlagen. Er kann Ihnen das am besten erklären."

„Na ja", begann sein Schwiegersohn in seiner ruhigen und schleppenden Art, „damals waren die Aggregate, die wir benutzten, noch nicht so sicher wie heute. Und da kam es häufiger zu Unfällen, auch zu tödlichen. Während einer Betriebsbegehung – es ging glaube ich um die Inventur – richtig Gertrud?" – sie nickte – „da standen meine Schwiegermutter und Herr Faber in dem Nebenraum, wo wir früher den Kieselgurfilter aufgebaut hatten. Wie sich später herausstellte, war der Schnellspannverschluss der Filterglocke defekt. Der Filter stand noch unter Druck von dem Gas, das zur Restentleerung eingeleitet worden war. Dadurch ist plötzlich die Glocke weggeschleudert worden. Durch die hohe Energie, die dabei freigesetzt wurde, entstand eine derart starke Druckwelle, dass es bei beiden, außer den direkten Verletzungen durch die hochschießende Glocke, zu inneren Schädigungen gekommen war."

„Schwere Schädelfrakturen und die Lungen waren geplatzt", fuhr Gertrud fort. „Sie waren beide auf der Stelle tot."

„Seitdem steht der Filter in der Halle und außerdem ist die Technik heute so weit fortgeschritten, dass so etwas nicht mehr passieren kann", ergänzte Johann Preuß.

„Um welches Gas handelt es ich dabei?"

„Stickstoff, Herr Schäfer. Was wollen sie sonst noch wissen?"

„Nachdem ja hier nun fast die ganze Familie zusammensitzt, wüsste ich gerne, weshalb Marga aus diesem von Ihnen so hoch gehaltenen und beschworenen Familienverbund ausgeschlossen wurde?"

Marlies piepste erschreckt auf wie ein Mäuschen in den Fängen der Katze und hielt sich die Hand vor den Mund, während Gerlinde unwirsch den Kopf schüttelte, sich aber nichts mehr zu sagen traute.

„Herr Schäfer", Johann Preuß' Stimme klang nun noch leiser und matter als schon zuvor, „ich weiß zwar nicht, was das mit Renates Tod zu tun haben soll, aber bitte. Kurz und knapp: Marga war im Alter von sechzehn Jahren schwanger, den Namen des Erzeugers hat sie bis heute nicht preisgegeben. Wir denken, dass es einer der Gastarbeiter war. Sie hatte sich ja dauernd mit diesen

Leuten herumgetrieben. Sie gab jedenfalls vor, niemals mit einem Mann zusammen gewesen zu sein. Auch nachdem wir sie von einem Frauenarzt hatten untersuchen lassen, der eindeutig festgestellt hatte, dass sie keine Jungfrau mehr war, blieb sie bei ihrer Behauptung. Unzucht und Lüge, dass dieses Verhalten unserer Familie schaden zufügte, steht ja wohl außer Frage. Da gab es nur die eine Konsequenz: Das faule Fleisch musste rausgeschnitten werden, auch wenn es noch so sehr schmerzte. Nun kennen Sie den Grund."

„Und das Kind, was ist aus dem geworden?"

„Totgeburt", war die schroffe Antwort, der er noch ein unbarmherziges „was wahrscheinlich sogar ein Segen Gottes war" nachschob.

„Und das war wirklich der einzige Grund?", hakte Benjamin nach.

„Was denn sonst? Weißt du einen anderen?"

Benjamin schwieg.

„Nein? Dann unterlass bitte solche Bemerkungen!" Die neue Widerspenstigkeit seines Enkels ließ den Großvater nun doch langsam in Zorn geraten. Um einen versöhnlichen und neutralen Ton bemüht, sprach er mich wieder an. „Sie sehen, ich offenbare Ihnen die tiefsten Familiengeheimnisse. Wenn es hilft, Renates Tod zu sühnen, soll es recht sein. Haben Sie noch weitere Fragen?"

Mit einem Rundumblick wandte ich mich an alle Anwesenden. „Gab es irgendetwas Ungewöhnliches, Unnormales oder Rätselhaftes, was Ihnen ab dem Zeitpunkt von Renates Verschwinden aufgefallen war. Das kann eine Kleinigkeit sein, die Ihnen damals nichtssagend erschien, aber nun durch Renates Tod eine andere Dimension erhalten kann. Unbekannte Personen auf dem Hof, ein mysteriöser Anrufer oder Besucher Ihrer Gastarbeiter?"

Wie erwartet, schüttelten alle, nachdem sie kurz nachgedacht und untereindander ausgetauscht hatten, den Kopf, so dass es mir recht war, dass Johann Preuß das Zusammentreffen beendete.

„Herr Schäfer, ich möchte Ihnen zum Abschluss noch einmal mit auf den Weg geben, dass wir alles tun und zur Verfügung stellen werden, was Ihnen und der Kriminalpolizei weiterhelfen kann. Wir wollen, dass Renates Tod gesühnt wird. Wir müssen jetzt unter uns noch ein paar Begräbnisformalitäten besprechen. Die Frage steht an, wo sie beerdigt werden soll – in Bernheim oder in Neu-Bamberg. Auch die Musik am Grab – Gertrud denkt dabei an Renates Lieblingsmelodie."

„*My heart will go on*", erklärte sie mir. „Sie hatte es sogar als Klingelton auf ihrem Handy."

Ich war inzwischen aufgestanden und verabschiedete mich mit einem Rundumgruß. Auch Benjamin hatte sich erhoben. „Ich bringe Sie noch zum Tor."

Er wollte unter vier Augen mit mir sprechen und so saßen wir uns zwei Stunden später in meinem Büro gegenüber. „Es ist nicht alles angesprochen worden, was Sie wissen sollten."

„Das war mir klar, Herr Dohne", offenbarte ich meinen Eindruck. „Ihr Großvater hat alle im Griff und lässt nur das an Informationen zu, was er für richtig hält."

„Für Recht, Herr Schäfer, was er für Recht hält."

„Also, dann erzählen Sie. Ich höre zu und versichere Ihnen, dass ich das auch nur an Herrn Koman weitergeben werde."

„Verwenden Sie es so, wie Sie es für notwendig halten. Und wenn es hilft, dann geben Sie es notfalls auch an die Öffentlichkeit." Er wirkte plötzlich wie von einer schweren Last befreit. „Ich habe während der letzten Tage versucht, anhand der Geschäftsunterlagen dem, was Renate uns vorgeworfen hatte, auf den Grund zu gehen. Aber meine Mutter hat anscheinend die wichtigsten Ordner unter Verschluss genommen."

„Wissen sie das genau? Oder könnte es sein, dass Ihre Frau die Unterlagen mitgenommen hat?"

Er zuckte mit den Schultern. „Das kann natürlich auch sein. Ich habe meine Mutter nicht darauf angesprochen. Jedenfalls sind sie verschwunden. Ich kann also zu Details nichts sagen. Ich vermute allerdings sehr stark, dass schon seit vielen Jahren einiges nicht mit rechten Dingen zugeht. Mein Großvater hat sich von Anfang an einen Kundenstamm aufgebaut, der bis in Führungsetagen und politische Kreise geht. Viele, mit denen er schon kurz nach dem Krieg Geschäfte getätigt hatte, sind mit ihm gewachsen und deren Kinder sind auch schon wieder Kunden bei uns und in einflussreichen Positionen. Darauf hat er die Basis für die Vermarktung unserer Weine aufgebaut. Wir verkaufen ja nicht nur Flaschenweine, sondern auch stückweise an Genossenschaften und Großhändler, die unsere Weine mit denen inländischer oder ausländischer Winzer verschneiden. Klaus Zerfass ist oft unterwegs zu diesen Kunden, um ihnen bei der Verarbeitung zu helfen."

„Das klingt doch ganz normal", wunderte ich mich.

„Das wäre ja auch soweit in Ordnung, aber er nutzt seine Kontakte nicht nur um sich Vorteile für die Vermarktung zu beschaffen."

„Sondern?"

„Um Unregelmäßigkeiten, die bei Überprüfungen durch die Gewerbeaufsicht, das Arbeitsamt, die Berufsgenossenschaft und die Finanzbehörde aufgefallen sind, zu vertuschen. Ein Anruf von ihm bei einer einflussreichen Persönlichkeit genügt und schon ist die Familie Preuß/Dohne aus dem Schneider. Mit zwanzig hatte ich mit 1,2 Promille Alkohol im Blut einen Unfall verursacht und kam dank Großvater mit 50 Mark Geldstrafe unbehelligt aus der Geschichte. *Eine Hand wäscht die andere*, das ist nämlich auch so ein Wahlspruch von ihm und nicht nur: *Der gute Ruf der Familie muss mit allen Mitteln gewahrt werden*. Noch bis vor wenigen Tagen empfand ich das auch als ganz normal, schließlich wurde ich so erzogen."

„Das heißt im Klartext: Wer unter Johann Preuß' Schutz steht, darf sich alles erlauben, was andere nicht dürfen, es darf nur nichts nach außen dringen. Jetzt verstehe ich auch, weshalb er damals einen Rückzieher mit den Wohnsilos gemacht hatte, als sich eine Bürgerinitiative der Sache angenommen hatte."

„Damals soll er Gift und Galle gespuckt haben“, Benjamin Dohne grinste hämisch. „Den Bernheimern hat er das bis heute nicht verziehen.“

„Das erhellt jetzt etwas das Bild, das ich von ihrem Großvater habe. Aber ich kann da immer noch nichts sehen, was mit dem Tod Ihrer Frau in Verbindung stehen könnte.“ Natürlich kam langsam ein Verdacht in mir auf, den wollte ich Benjamin Dohne aber nicht offenbaren. Schließlich wusste ich nicht, wie ehrlich er tatsächlich zu mir war.

„Wenn jemand, außer meinem Großvater, überhaupt in Einzelheiten eingeweiht ist, dann meine Mutter und Tante Marga. Mit der sollten Sie sprechen, sie weiß mehr, als sie Ihnen bisher gesagt haben dürfte. Ich war bei allem, was damals geschah noch zu klein, um es damals verstehen und mich heute richtig daran erinnern zu können. Aber Renates Tod verändert einiges. Die Familienfassade bröckelt langsam aber sicher ab.“

„Und Ihre Mutter, kann ich die nicht auch dazu befragen?“

„Die hat kein Interesse daran, dass irgendwelche Hintergründe aufgedeckt werden. Sie wird, falls überhaupt, nur bruchstückhaft mit der Wahrheit herausrücken.“

„Gibt es sonst noch etwas, was Sie mir sagen wollen?“ Ich hatte das unbestimmte Gefühl, dass der Knall noch kommen musste. Er sah mich unsicher an.

„Herr Dohne, entsinnen Sie sich noch, was Sie damals im April zu Ihrem Bruder sagten, als wir den Wagen Ihrer Frau am Bahnparkplatz untersucht hatten, kurz bevor Sie wegfuhren?“

„Was meinen Sie?“

„Sie haben recht dramatisch das Wort *Familie* buchstabiert. Es begann mit *F wie Fremdgehen* und beinhaltete ein *I wie Intrige*. Was sollte das bedeuten? Und weshalb fragten Sie Ihren Großvater heute Nachmittag, ob es, außer der Schwangerschaft, nicht noch einen weiteren Grund dafür gegeben habe, seine Tochter Marga zu verstoßen!“

Was wie eine Frage formuliert war, artikulierte ich wie einen verbalen Angriff. Und obwohl ich eigentlich im Trüben fischte, verfehlte dieser Vorstoß seine Wirkung nicht. Benjamin sah mich so fassungslos an, als hätte ich eine Geheimtür entdeckt und geöffnet.

„Woher wissen ... wie kommen Sie darauf?", stammelte er.

Eigentlich lag es mir auf der Zunge, ihm zu bedeuten, dass es eine plötzliche Eingebung gewesen war. Aber das wäre sehr ungeschickt gewesen, also sagte ich gar nichts und sah ihn nur von unten herauf an.

„Nun ... also, ich weiß ja selbst nicht so genau ... Sie müssen wissen, dass ich als kleiner Junge Marga abgöttisch geliebt habe. Sie war wie eine große Schwester zu mir. Sie hat mir vorgelesen, mit mir gespielt und mich getröstet, wenn ich hingefallen war oder Kummer hatte. Aber ... ich habe da so ein Bild im Kopf, von dem ich nicht weiß, ob es Wirklichkeit ist oder nicht. Ein Bild, das mich immer und immer wieder in meinen Träumen verfolgt. Ich sehe mich als Fünf- oder Sechsjährigen. Ich will sie in ihrem Zimmer besuchen, was ich oft getan habe und da ... sehe ich immer wieder, wie sie in ihrem Bett liegt und ... dann einen Mann auf ihr, ich kann ihn aber nicht erkennen. Er sieht mich nicht und ich schließe die Tür wieder."

„Und Marga?"

„Die bewegt sich nicht, sie schläft, ganz fest."

„Haben sie irgendwann einmal jemandem von Ihrem Traum erzählt?"

Er schüttelte den Kopf und sagte leise: „Sie sind der Erste. Ich habe mich geschämt, so etwas überhaupt zu träumen. Sie sollten da noch etwas wissen, ich bin mir nur nicht sicher, ob es hilfreich ist, wenn ich Ihnen das sage."

Ich lehnte mich nach vorn und blickte ihn mit hochgezogenen Augebrauen an. „Solange Sie mir nicht sagen, um was es geht, kann ich nicht einordnen, ob es hilfreich ist. Ich weiß nur eines: Je mehr Sie mir erzählen, desto größer wird die Wahrscheinlichkeit, dass Herr Koman und ich endlich die richtige Spur finden."

Er nickte, seufzte und setzte dann zögernd an: „Was ich Ihnen nun sage, weiß weder Frau Faber noch habe ich es je Renate gesagt. Ich wollte das Ansehen eines Toten nicht schädigen." Er schwieg wieder.

„Um wen geht es denn? Um Herrn Faber?"

„Er war ja unser Steuerberater und oft bei uns im Betrieb. Wenn er mit Gertrud da war, gab er sich stets seriös und zurückhaltend. Aber wenn er alleine kam, war keine Erntehelferin vor ihm sicher. Dabei war es ihm gleich ob jünger oder älter, schlank oder mollig. Hauptsache, es gab einen Rock, unter den man fassen konnte. Sogar Marga hat er nachgestellt, obwohl sie damals erst zwölf oder dreizehn war."

„Woher wissen sie denn das? Sie waren doch damals noch ein kleiner Junge."

Er lachte. „Was meinen Sie, wie oft darüber erzählt wurde. Natürlich nicht innerhalb der Familie, sondern bei unseren Gastarbeitern. Ich spreche fließend polnisch, müssen Sie wissen. Das habe ich schon ganz früh gelernt. Marga und ich waren oft mit unseren Polen zusammen und als Kind lernt man das spielend, im wahrsten Sinne des Wortes."

„Und Gertrud hat davon nie etwas erfahren?"

„Sag ich doch. Weder Gertrud noch Renate. Mein Großvater hat das untersagt. Er wollte keinen Unfrieden in der Familie."

Am gleichen Abend rief ich Heribert an. Er war frustriert, weil er einfach nicht weiterkam. Er hatte den Eindruck, dass man ihm zwar immer wieder zusicherte, seine Ermittlungsansätze zu unterstützen, aber es war alles so zähflüssig, wie er es nannte. Hier war eine Person nicht zu erreichen, da ein Dokument momentan nicht auffindbar oder sogar eine Datei gelöscht. Er fühlte sich alleingelassen, ohne die Möglichkeit zu haben, dagegen nachhaltig vorgehen zu können. „So muss es Renate gegangen sein, bevor sie den Bettel hingeworfen hat. Aber, was hat sich aus deinem Gespräch mit dieser Winzermischpoke ergeben?"

In kurzen Stichworten schilderte ich, was ich hatte in Erfahrung bringen können.

„Renate wollte mit mir Kontakt aufnehmen“, resümierte Heribert, „der Patriarch hält trotz seines hohen Alters weiterhin die Zügel in der Hand und beschwört Familienehre und -zusammenhalt. Er versichert und verlangt aber auch, dass alles getan werden soll, um Renates Mörder zu finden, koste es was es wolle. Sehe ich das richtig?“

Ich stimmte zu.

„Was mir inzwischen auch noch zu denken gibt: Zufall oder nicht, es ist der dritte unnatürliche Todesfall in der Verbindung der Familie Preuß/Faber. Und dann noch diese Geschichte mit der mysteriösen Schwangerschaft von Marga Preuß, die durch das Psychotrauma von Benjamin eine ganz eigene Dimension erfährt.“

„Aber was sollte das mit Renate zu tun haben?“, zweifelte ich.

„Vielleicht überhaupt nichts. Unter Umständen zeigt das nur, wie verrottet diese ganze Sippschaft ist oder wenigstens Teile von ihr. Und dass sich hinter ihrer Fassade Dinge abspielen, die sie liebend gerne verbergen wollen. Da passen die Auslegungen von Benjamin, über die Funktionstüchtigkeit ihres Kunden- und Lieferantenkreises doch ganz gut dazu. Da musst du dran bleiben. Ich habe das Gefühl, dass sich inzwischen einiges zusammenbraut.“

Wir vereinbarten, dass ich bei Zerfass und Marga in dieser Richtung ermitteln sollte. Aber auch die Sache mit ihrer Schwangerschaft sollte ich beleuchten. Ich musste mir ja nun keine allzu große Zurückhaltung mehr auferlegen, nachdem Johann Preuß schließlich ganz offen darüber gesprochen hatte.

Heribert dagegen wollte den nächsten Tag im Archiv des Polizeipräsidiums verbringen und in bestimmten Akten stöbern. Er hatte sich zum wiederholten Male mit den Dokumenten von Renate befasst und meinte, auf etwas gestoßen zu sein, was ihm zuvor noch nicht aufgefallen war.

Freitag 30. September 2005

Der Sommer tat sich sehr schwer, sein Zepter abzugeben und so hatten wir auch eine Woche nach Herbstbeginn noch immer kanarische Temperaturen. 25 Grad zeigte das Thermometer bereits um zehn Uhr vormittags, als ich bei Marga Preuß eintraf. Sie verabschiedete sich gerade von einem Installateur.

„Und nicht vergessen, Frau Preuß", sagte er, bevor er in seinen *Ford Transit* einstieg, „immer das richtige Material verwenden", er lachte vieldeutig. „Sie wissen schon, was ich meine. Sonst haben Sie immer wieder den gleichen Schlamassel mit der Anlage. Das war ja wirklich ein bisschen oft in der letzten Zeit und das muss doch nicht sein. Tschüs!" Er stieg ein und fuhr davon, während Marga Preuß mich hereinbat.

„Technische Probleme?" fragte ich.

„Nichts Besonderes, nur die Hebepu.... Egal. Bleiben wir wieder im Freien? Das Wetter lässt es ja noch zu."

Wie schon im April begaben wir uns zu der Sitzgruppe, allerdings servierte sie mir dieses Mal einen grünen, aromatisierten Tee anstatt Wein. Schließlich wäre es dafür auch noch zu früh gewesen. Obwohl – so manchen gestandenen Rheinhessen hätte das nicht davon abgehalten, ein Piffchen, wie man hierzulande ein halbes Glas Wein bezeichnete, zum Frühschoppen zu deklarieren und zu sich zu nehmen.

Marga Preuß trug im Gegensatz zu unserer ersten Begegnung ein knöchellanges, unifarbenes, braunes Kleid. Als sie sich mir gegenüber setzte, schob sie ihre Sonnenbrille nach oben, wo sie in ihren Haaren Halt fand. Ihre Augen waren gerötet. Marga Preuß zeigte sich zutiefst erschüttert von dem Mord an Renate.

„Weiß man denn schon, wo sie sich während der letzten Monate aufgehalten hatte?", fragte sie zögerlich und ihre Stimme klang nervös.

Ich verneinte und hatte das Gefühl, dass sie sich irgendwie schuldig fühlte. Diesen Eindruck verstärkte sie mit der Bemerkung:

„Mein Gott! Welche dramatische Entwicklung Renates Ausbruch aus ihrer Ehe genommen hat. Ich hätte das aufhalten müssen. Wenn ich nur geahnt hätte, in welcher Gefahr Renate offenbar damals schon schwebte ..."

Meinen Einwand, dass sie ihr ja schließlich nur einen Unterschlupf gewährt hätte, tat sie mit einer abstrusen Selbstanklage ab: „Ich hätte sie überreden müssen, zu Benjamin zurückzukehren. Dann würde sie heute noch leben. Aber in der Erbitterung über meine Familie kam mir ihr Ausbruch gerade recht. Und dabei gibt es zwischen uns eine ganz eigene ..." Sie sprach nicht weiter.

„Was meinen Sie? Eine eigene was?"

„Ach, nichts von Bedeutung." Sie tat meine Frage mit einer wegwerfenden Handbewegung ab und wechselte das Thema. „Sie waren doch gestern auf dem Weingut. Mögen Sie mir sagen, was sich da ergeben hat?"

Ich war froh, dass sie mir den Übergang erleichterte, obwohl ich zu gerne gewusst hätte, was sie meinte, was *nichts von Bedeutung* sei. Ich nahm mir vor, zu einem späteren Zeitpunkt noch einmal darauf zurückzukommen. Zuerst schilderte ich ihr jedoch den Teil der Unterredung, der sich nicht mit ihr beschäftigt hatte. Sie hörte interessiert zu und schüttelte nur ab und zu verständnislos den Kopf.

„Stimmt denn etwas nicht?"

Wieder wich sie einer Antwort aus. „Was wurde denn über mich erzählt?" Ihr provokanter Unterton deutete darauf hin, dass sie weder etwas Positives noch die Wahrheit erwartete.

„Sie haben im Alter von sechzehn Jahren ein Baby verloren, sagte man mir?"

„Das stimmt. Und bevor sie weiter fragen, ich schwöre bei allem, was mir heilig ist und mir etwas gilt: Ich weiß nicht, wie es dazu kam."

„Aber, Frau Preuß, biologisch ist das doch ..."

„Unmöglich, ich weiß. Und wenn sie mir jetzt noch mit der Geschichte kommen, dass beim letzten Mal, als so etwas passierte, über Bethlehem ein Stern aufgegangen ist, dann kann ich über diesen dummen Witz nicht mehr lachen. Dafür ist die Sache zu ernst, und sie hat mich in einen Käfig verbannt. Ich komme mir seit vielen Jahren vor wie begraben, wie eine unkeusche Vestalin im alten Rom. Sie wissen, was man mit denen gemacht hat?"

Ich wusste, dass es sich bei einer Vestalin um eine römische Priesterin handelte, mehr aber auch nicht.

„Ich lese sehr viel, müssen Sie wissen. Ich versuche mich auf allen Gebieten auf dem Laufenden zu halten. In einer zeitgenössischen Schilderung hat Plutarch über das Leben der Vestalinnen geschrieben. Das hat mich sehr betroffen gemacht, weil ich mein eigenes Schicksal darin erkannte. Wollen Sie es wissen?"

Natürlich wollte ich wissen, was sie bewegte. Je mehr ich von ihr erfuhr, desto besser konnte ich ihre Erklärungen einordnen. Ich hatte zudem den Eindruck, dass ihr mein Interesse guttat.

„Wenn eine dieser Priesterinnen ihre Jungfräulichkeit verlor, wurde sie in ein unterirdisches Verlies gebracht. Dort befanden sich eine Liege mit einer Decke, eine brennende Lampe, Brot, Wasser, Milch und Öl. Dann verschloss man den Eingang und deckte Erde darüber, um die Stelle unkenntlich zu machen. Man beließ also den verurteilten Frauen durch die Bereitstellung von Bett, Lampe und Nahrungsmitteln eine Art symbolischer Lebensgrundlage, um vorzugeben, dass die Priesterinnen nicht wirklich getötet wurden. So wie bei mir ging es eher darum, sie aus der Öffentlichkeit zu verbannen als sie zu töten. Im alten Rom ist man so auch mit Missgeburten umgegangen."

„Sie meinen also, gesellschaftlich oder sogar psychisch hat man sie begraben."

„Das hätte der Alte gerne in dieser unmenschlichen Konsequenz so gehabt. Aber dazu sind wir inzwischen zu aufgeklärt. Und dennoch: Freiheit, Herr Schäfer, Freiheit ist etwas anderes. Aber darüber haben wir uns ja schon einmal unterhalten."

Sie hatte während der letzten Sätze ein wenig verinnerlicht gewirkt, so, als sei sie geistesabwesend. Nun aber richtete sie sich auf, schenkte mir und sich etwas Tee nach und knüpft an dem Gesprächsfaden von vorher wieder an. „Ich weiß jedenfalls, dass ich nie mit einem Mann zusammen war. Davor nicht und auch nicht danach. Und dennoch bin ich keine Jungfrau mehr, was mich von der heiligen Maria unterscheidet. Was meinen Sie denn, über welche Möglichkeiten ich schon nachgedacht und gelesen habe."

Eigentlich hatte ich erwartet, dass sie sich in Rage reden würde. Doch das Gegenteil war der Fall. Sie blieb erstaunlich ruhig und sachlich. So, als ob sie über einen Schnupfen reden würde.

Ich habe mir auch immer wieder den Kopf darüber zerbrochen, ob und wie es hätte sein können, dass mich jemand in seine Gewalt gebracht, betäubt und vergewaltigt oder mir mit einer Spritze Sperma in die Gebärmutter injiziert haben könnte. Aber wie sollte das vor sich gegangen sein, ohne dass ich mich heute daran erinnern kann."

„K. O.-Tropfen", warf ich ein. Sie sah mich irritiert an.

„In den Siebzigern? Gab es die da überhaupt schon?", fragte sie.

Ich zuckte mit den Schultern. Ich würde Heribert oder besser noch Dagmar fragen. Die wussten das bestimmt.

Währenddessen fuhr Marga Preuß fort: „Ich hatte mich sogar kurzfristig damit beschäftigt, ob mich Außerirdische entführt, geschwängert und dann mein Gedächtnis daran ausradiert haben könnten. Ab und zu lese ich im Internet darüber, dass es auch andere Frauen gibt, die das behaupten. Ich bezweifele allerdings, dass es so etwas gibt. Und bei meiner exzessiv behüteten Kindheit und Jugend hätte man bemerken müssen, wenn ich für einige Zeit weg gewesen wäre."

Ihr Sarkasmus überraschte mich. „Weshalb exzessiv?"

„Der Alte hütete mich, wie seinen Augapfel. Als ich auch körperlich zur Frau wurde, artete das in Bewachung aus. Ich erinnere mich an einen Vorfall, da war ich gerade sechzehn geworden. Ohne mir etwas dabei zu denken, stand ich in der Abenddämmerung mit Borod, einem der Entehelfer, zusammen. Er war, glaube ich, zweiundzwanzig Jahre alt und schien mich auch gerne zu sehen, was mir natürlich schmeichelte, ohne, dass wir engeren Kontakt miteinander hatten. Ich war noch viel zu unerfahren und er nutzte die Situation nicht aus. Wir redeten nur und lachten. Da tauchte der Alte auf einmal wie aus dem Nichts auf. Er schäumte vor Wut und schrie Borod zu, er solle sofort seine Sachen packen und verschwinden. Mich zog er an den Haaren hinter sich her und ließ nicht eher los, bis er mich in mein Zimmer geschleppt hatte. Dabei schrie er, ich sei auch nicht besser als meine Mutter und prügelte auf mich ein. Er prügelte mich grün und blau. Wie lange weiß ich nicht. Ich muss das Bewusstsein verloren haben, denn das Nächste, an das ich mich erinnere, war, dass er wieder in mein Zimmer kam – mit einer Schüssel Wasser und feuchten Tüchern, mit denen er meine Verletzungen kühlte. Da habe ich das einzige Mal Entsetzen in seinen Augen gesehen, vorher nie und nachher auch nie wieder. Am nächsten Tag entschuldigte er sich bei mir und hielt mir einen Vortrag über seine Vaterpflichten, mit dem er seine Entschuldigung gleich in eine Rechtfertigung verwandelte. In mir war etwas gestorben und seitdem war nichts mehr wie zuvor."

Sie blickte durch mich hindurch und lächelte, wobei ihre Lippen *Borod* formten. „Was wohl aus ihm geworden ist?" fragte sie sich leise. Dann griff sie wieder die mysteriöse Schwangerschaft auf. „Jedenfalls glaubt mir auch heute noch niemand. Und biologisch gibt es nun einmal keine andere Erklärung dafür, als Geschlechtsverkehr. Wenn wenigstens das Kind überlebt hätte. Vielleicht wäre dann über einen Gentest etwas zu klären gewesen."

„Ich bewundere, wie gelassen Sie damit umgehen."

„Gelassen, Herr Schäfer? Gelassen ist wohl der falsche Ausdruck! Ich bin abgestumpft. Dafür ist keine Träne mehr in meinem Reservoir. Die habe ich viele Jahre lang vergossen, bis nichts mehr übrig war. Ich wurde gedemütigt und beschimpft. Für den Alten stand fest, dass Borod der Vater war, und was für ihn feststeht, steht auch für den Rest der Familie fest. Selbst die Erntehelfer, mit denen ich mich so gut verstanden hatte, riefen mir eines Tages *Kurwa* hinterher. Der Mann, der sich immer noch mein Vater nennt, hat mir übersetzt, dass das *Nutte* heißt. Ich sehe noch heute seinen zynischen Gesichtsausdruck, mit dem er mir das Wort entgegenschleuderte und brüllte, er hätte Borod besser gleich totschlagen sollen, anstatt ihn nur fortzujagen. *Eine Hure bist du*, hatte er gesagt, *genauso wie deine Mutter*. Erst später, nachdem alles rausgekommen war, begriff ich, was er damit gemeint hatte."

Ich schaute sie perplex an. Ihre Geschichte schien auf etwas hinauszulaufen, auf das ich nicht vorbereitet war. Und doch öffnete sich wieder das Tor für eine weitere Erklärung. Benjamin Dohnes Zitat *F wie Fremdgehen*, schoss mir durch den Kopf.

„Ihre Mutter ist ..."

„Ja, sie ist ... und ich bin ... und mein Vater ist und ... und Renate ist, nein, ich muss ja sagen, sie war ... sie hat nie erfahren, dass sie meine Halbschwester war."

Marga Preuß ließ mir keine Sekunde Zeit, diese überraschende Eröffnung zu verdauen. Als hätte sich in ihr eine Schleuse geöffnet, ergoss sich das, was sich fast zwanzig Jahre lang in ihr angestaut hatte. Jetzt müsse endlich alles auf den Tisch, meinte sie, ganz gleich, welche Folgen das haben würde. Mit wenigen Worten offenbarte sie mir ein Familiendrama, das selbst in der Kurzfassung, in der sie es schilderte, aufwühlender nicht hätte sein können. Goethe oder Schiller hätten eine mehrstündige Tragödie daraus gemacht und Wagner hätte es als Vorlage für die Komposition eines weiteren Ringes genutzt.

Marga war nicht die Tochter von Johann Preuß, sondern entstammte einem Seitensprung von Thea Preuß mit Hubert Faber. Auch darüber hatten weder Gertrud noch Renate je etwas erfahren. Und das, so vermutete sie, war der Hauptgrund für ihre Verbannung – Johann Preuß wollte sie, diesen Bastard, diese soziologische Missgeburt, nicht um sich haben. Ihr bloßer Anblick hätte ihn immerzu daran erinnert, dass seine Frau es gewagt hatte, ihn zu betrügen. Und so wurde sie, wie die gestrauchelten römischen Vestalinnen, verbannt und mit allem Lebensnotwendigen versehen, psychisch begraben.

Wie es zu dieser Liebesbeziehung gekommen war, wusste Marga allerdings nicht. Aber dadurch, dass Thea Preuß für die kaufmännische Verwaltung des Weinbaubetriebes zuständig war, hatte sie sehr eng mit Hubert Faber zusammengearbeitet, der als Berater die steuerlichen Aufgaben erledigte. Es muss gegen Ende 1976 gewesen sein, als Thea Preuß anhand der Geschäftsunterlagen auf Unregelmäßigkeiten bei der Weinproduktion gestoßen war, während Hubert Faber gleichzeitig dubiose finanzielle Transaktionen entdeckt hatte, die er sich nicht erklären konnte. Sie stellten Johann Preuß daraufhin zur Rede, der auch nichts bestritt, sondern selbstherrlich erklärte, dass er Faber ja schließlich dafür bezahle, alles sauber aussehen zu lassen. Er hatte darauf bestanden, dass es sein Betrieb sei, den er so führe, wie er es als richtig erachte, und Thea sei ihm als seine Frau schließlich verpflichtet. Es musste darüber zu einem heftigen Streit gekommen sein, in dessen Verlauf Thea ihm eröffnete, sie sei nicht gewillt, weiterhin mit einem Verbrecher zusammenzuleben und sich von ihm trennen würde. Johann Preuß hatte ihr vor Augen geführt, dass sie dann ohne einen Pfennig Geld würde leben müssen und er auch ihre Töchter bei sich behalten würde. Daraufhin klärten ihn die beiden über ihr Verhältnis auf, das schon seit Jahren bestand, und darüber, dass Marga überhaupt nicht seine leibliche Tochter sei.

Einerseits war Johann Preuß in seiner Ehre gekränkt, andererseits aber auch um die Integrität der Familie bedacht. Erschwerend kam für ihn noch hinzu, dass es ja nun zwei Mitwisser für seine unsauberen Machenschaften gab, die sich auch noch gegen ihn stellten.

„Bis hierhin, Herr Schäfer, handelt es sich um mehr oder minder bekannte Tatsachen. Gerlinde hatte den Streit unfreiwillig zum Teil mit angehört. Was nun folgt, ist bloße Vermutung. Darüber wird getuschelt, aber es gibt weder Beweise, geschweige denn, dass der Alte sich jemals klar dazu bekannt hat. Ich denke, es hat für ihn nur einen Ausweg gegeben: Er musste beide loswerden! Zum Schein wird er eingelenkt und vorgegeben haben, ihnen zu verzeihen und das Geschäft wieder in ordnungsgemäße Bahnen lenken zu wollen. In Wirklichkeit aber plante und inszenierte er kaltblütig einen als Unfall getarnten Mord."

Marga Preuß legte mir dann ihre Theorie dar, die allerdings, nach ihrer Aussage, auch innerhalb des Restes der Familie zu kursieren schien. „Einmal hat Andreas es gewagt, den Alten offen damit zu konfrontieren. Doch auch danach gab es nur Andeutungen, die er entweder nicht zu hören schien oder mit unwirschen Bemerkungen abwürgte:

Also erstens hatte er gewusst, dass meine Mutter und Hubert Faber die jährliche physische Inventur gemeinsam durchführten und die stand damals kurz bevor. Außerdem kannte er die Gefahren, die in einem Weinbaubetrieb lauerten, zumindest seinerzeit, als die Sicherheitsbestimmungen noch nicht so eng gefasst waren wie heute. Die häufigste Todesursache, Erstickungstod mit Gärgasen, dürfte für ihn nicht infrage gekommen sein. Er konnte sich weder des bezweckten Resultates noch der Wahrscheinlichkeit, dass ein Vorsatz kriminaltechnisch unentdeckt bleiben würde, sicher sein. Da muss ihm der Kieselgurfilter zum Ausschwemmen schwebender Trübstoffpartikel in den Sinn gekommen sein. Mit diesem Gerät war es in anderen Betrieben schon mehrfach zu Unfällen mit tödlichem Ausgang gekommen. Verursacht wurden sie bei der Restentleerung des Filters durch Gasdruck. Wenn der Schnellspannverschluss der Filterglocke in diesem Betriebszustand nicht richtig geschlossen ist oder gar unter Druck geöffnet wird, wird sie mit enormer Energie weggeschleudert. Unabhängig vom Material des Spannringes reicht hierfür ein Lösen der Arretierungsschraube von wenigen Umdrehungen aus. Und genau das könnte der Alte gemacht haben.

Er musste nur am Vorabend des Tages, an dem die Inventur anstand, Stickstoff in den Filter leiten und ihn damit unter Druck setzen. Die Arretierungsschrauben könnte er nur soweit zugedreht haben, dass sie gerade noch die Glocke hielten. Nun musste er nur noch abwarten, bis meine Mutter und Hubert Faber den kleinen

Filterraum betraten. Dann hatte er mit irgendeinem Mechanismus die Schrauben weiter geöffnet.

Die Tür, so stellte sich später heraus, war zwar geschlossen, aber nicht verriegelt. Der Explosionsdruck war so stark gewesen, dass sie aus ihren Angeln gesprengt worden war. Meine Mutter und Faber müssen auf der Stelle tot gewesen sein. Der Notarzt stellte schwere Schädelfrakturen und Lungenrisse fest und ein überforderter Kripobeamter stufte alles als bedauerlichen Unfall ein."

Marga Preuß hatte ihren Verdacht so nüchtern und emotionslos geschildert, als würde es sich um eine unglaubwürdige Kriminalgeschichte handeln, die sie irgendwo gelesen hatte. Sie musste ihre Theorie über eine lange Zeit entwickelt haben.

„Sie sagten aber vorhin, dass Ihr Neffe ..." Ich war zwar noch immer entsetzt, wollte aber die Gunst der Situation nutzen und von Marga Preuß' Mitteilungsbedürfnis profitieren. „Hat ihr Vater ... Entschuldigung, hat Johann Preuß dann doch die Tat zugegeben?"

„Ja und nein. Andreas hat es ihm, wenn auch als Vermutung abgemildert, irgendwann einmal im Zorn auf den Kopf zugesagt – vor allen. Da war er gerade achtzehn Jahre alt. Er absolvierte damals einen Lehrgang an der Weinbaufachschule in Geisenheim und da müssen sie über Kieselgurfilter und deren Risiken gesprochen haben. Es kann aber auch sein, dass Andreas von dem Tathergang etwas mitbekommen hatte, vielleicht hatte er sogar seinen Großvater dabei beobachtet. Er hatte nur nicht einordnen können, was er gesehen hatte. Er war damals schließlich noch ein Kind gewesen."

„Bis er in der Fachschule ... aber von wem haben Sie das denn erfahren?"

„Von Andreas. Ich sagte Ihnen doch schon im April, dass er der Einzige ist, der sich nicht an das Gebot hält, das schwarze Schaf der Familie zu meiden."

„Und Johann Preuß, wie hat er auf die Anschuldigung reagiert?"

„Na wie schon. Er hat das natürlich als Hirngespinst eines unreifen Heißsporns und Querkopfes abgetan. Andererseits, so hat es mir Andreas erzählt, sagte er, wenn er das wirklich getan hätte, wäre es fast eine Verpflichtung gewesen, im Interesse aller, zum Schutz der Familie. Er hat dann aber allen untersagt, dieses hanebüchene Gerücht in der Öffentlichkeit zu wiederholen. Nicht, dass er etwa Angst gehabt hätte, der Grund sei ein anderer, hat er betont: Wenn nämlich diesem Unsinn offiziell nachgegangen würde, würde dabei automatisch noch in anderen Bereichen des Betriebes geschnüffelt werden."

„Und wie reagierten die Familienmitglieder auf diese Eröffnung?"

„Andreas sagte mir, dass seine Version sie schon geschockt und zum Nachdenken bewogen hatte. Aber dann muss sehr schnell die Angst vor der Bloßstellung und dem dann folgenden wirtschaftlichen und sozialen Abstieg überwogen haben – oder die Angst vor ihm."

Als ich noch Näheres über die immer noch mysteriösen geschäftlichen Machenschaften wissen wollte, dort, wo ein *Schnüffler* hätte fündig werden können, musste auch Marga Preuß passen.

„Ich weiß nur von ein paar Gefälligkeiten bei Verkehrsübertretungen, Baugenehmigungen und Verstößen gegen Auflagen der Gewerbeaufsicht", erklärte sie. „Aber es müssen Dinge mit ganz anderen Dimensionen gedreht worden sein. Auch Andreas ist da nicht eingeweiht. Er vermutet, dass darüber nur seine Mutter und natürlich der Alte Bescheid wissen."

„Kann es etwas mit der Weinproduktion zu tun haben?", rätselte ich. „Erinnern Sie sich an den Glykolskandal im Weingut *Burg Layen* vor zwanzig Jahren? Da war ebenfalls eine renommierte Familie in die Sache verstrickt – die Pieroths. Einer der Brüder war sogar Wirtschaftssenator in Berlin. Er hatte sich allerdings schon lange vorher aus dem Weingeschäft zurückgezogen."

„Es mag sein, dass die in der Produktion gegen das Weingesetz verstoßen. Gerade die Trend-Aromen können im Chemielabor produziert werden. Wenn zum Beispiel ein Riesling ein Pfirsicharoma haben soll, weil diese Geschmacksrichtung gerade auf dem Absatzmarkt gut ankommt, die Natur selbst es aber nicht hergibt, wird das gewünschte Aroma zugesetzt. Das könnte dann aber nur beim Stückverkauf möglich sein. *Preuß & Erbe*n verkauft nur Qualitätsweine. Die können erst dann abgefüllt werden, wenn sie eine entsprechende Prüfung durchlaufen und eine amtliche Nummer erhalten haben. Aber ich weiß es nicht, Herr Schäfer. In diesem Fall müsste ja auch Klaus Zerfass seine Finger mit im Spiel gehabt haben, was ich mir beim besten Willen kaum vorstellen kann. Ein schwuler Verbrecher?" Sie musste über ihre eigene Vorstellung lachen.

„Es soll auch schwule Kriminelle geben", erwiderte ich. „Aber da ist noch etwas anderes, was ich nicht verstehe: Wie vermochte Johann Preuß seine Enkel, seinen Schwiegersohn und Marlies Dohne nach dem aufgekeimten Mordverdacht weiterhin in dieser Art ... nennen wir es einmal ... Harmonie mit sich verbinden?"

Sie zuckte mit den Schultern, aber allem Anschein nach schien sie mehr zu wissen. Ich hatte den Eindruck, dass sie gefühlsmäßig doch noch so sehr mit ihrer Familie verbunden war, dass sie schon im eigenen Interesse versuchte, nicht *alle Leichen, die im Keller versteckt waren,* auszugraben.

Plötzlich fiel mir eine zeitliche Duplizität auf. „Wenn ich alles richtig verstanden habe, muss sich der Unfall, der ihn an den Rollstuhl fesselt, doch um die Zeit herum ereignet haben, als Andreas seinen Großvater mit seiner Vermutung konfrontierte. Ist das nur ein Zufall?"

Marga zögerte kurz, bevor sie sich entschloss ein weiteres Detail preiszugeben. „Sie kombinieren nicht schlecht, Herr Schäfer. Sie schießen ins Dunkel und treffen auch noch. Die Antwort lautet: Nein! Die zeitliche Duplizität war kein Zufall, nur die Ereignisse waren nicht vorhersehbar."

Johann Preuß hatte nach diesem Vorfall doch stärker um seine Autorität und sein Ansehen als Patron zu kämpfen, als er es sich vorgestellt hatte. „Vor allem Gerlinde machte ihm den Rang streitig und es kam an den darauffolgenden Tagen zu einigen heftigen Disputen zwischen den beiden. Vor allem, weil sie Andreas immer wieder in Schutz nehmen musste“, erzählte Marga Preuß. „Bei einer dieser Auseinandersetzungen, sie standen gerade am geöffneten Tor zu einem der Gewölbekeller, brachte der Alte meine Schwester so in Rage, dass sie ihm einen Stoß versetzte und er die lange, steinerne Treppe hinunterstürzte. Seitdem ist er gelähmt und auf den Rollstuhl angewiesen. Damit ist sie jetzt aber in seiner Schuld und wagt es nicht mehr, sich gegen ihn aufzulehnen.

„Aber Sie wussten doch auch davon, Frau Preuß. Wie standen Sie denn zu diesen Ereignissen? Sie haben viele Jahre geschwiegen und sich dadurch, vorausgesetzt, es war ein Doppelmord, mitschuldig gemacht.“

„Ich weiß“, sagte sie bedächtig. „Ich habe hin und her überlegt, wie ich mit diesem Verdacht umgehen soll. Aber im Resultat konnte ich auch nicht anders als schweigen.“

Ich schüttelte verständnislos den Kopf, was sie mit einem Anflug von Verärgerung registrierte. Dementsprechend wurde auch ihr Tonfall schärfer, als sie sich rechtfertigte. „Angenommen, ich hätte nicht gezögert und sofort, nachdem ich davon erfahren hatte, die Staatsanwaltschaft informiert, und es hätte gestimmt, was wäre denn dann aus mir geworden?“ Sie sah mich herausfordernd an. „Sie wissen es, Herr Schäfer! Ich wäre ohne Geld dagesessen und für den Alten wäre es ein Leichtes gewesen, mich als Mitwisserin anzuprangern. Sie glauben doch nicht im Ernst, dass er sich nicht an mir gerächt hätte für den Verrat. Aber es gibt noch einen wichtigeren Grund, nur den werden Sie nicht verstehen.“ Sie sah mich fragend, fast flehend an, so, als wollte sie sich vergewissern, dass ich mit Verständnis reagieren würde.

Eine junge Katze mit schwarz-weißem Fell lenkte unsere Aufmerksamkeit auf sich. Sie hielt eine Maus in ihrem Maul, legte sie gnädig vor Marga Preuß ab und miaute herausfordernd. Dann sprang sie geschmeidig auf die Bank und machte es sich neben ihrem Frauchen gemütlich. Marga Preuß sah sie liebevoll an und streichelte sie zärtlich. Die Katze schnurrte und ich hatte das Gefühl, als ob diese einsame Frau dem kleinen und vertrauensvollen Wesen das gab, was man ihr seit vielen Jahren verweigert hatte: Zuneigung, Verständnis und Liebe.

Während sie sich noch mit der Katze beschäftigte blickte sie auf und sah mich für einen Moment an, als wollte sie von meiner Stirn ablesen, was ich gerade dachte. „Herr Schäfer", begann sie zögernd, „jeder Mensch muss wissen, wo er hingehört. Und bei diesen Menschen sind nun einmal meine Wurzeln. Auch wenn meine Eltern beide tot sind oder vielleicht sogar deswegen. Mein Vater mag ein leichtsinniger und wenig verantwortungsvoller Mensch gewesen sein, aber meine Mutter hat ihn geliebt und er hat in einer entscheidenden Situation zu ihr gestanden. Ich wollte mit meinem Schweigen einfach beweisen, dass ich trotz allem zu dieser Familie gehöre, und hoffe immer noch darauf, wieder aufgenommen zu werden. Können Sie das verstehen?"

Ich konnte es nicht, aber ich log sie an.

Kaum war ich wieder in mein Büro zurückgekehrt, als Heribert anrief. Er klang aufgeregt. „Entsinnst du dich, dass wir herumgerätselt hatten, was *Mole* bedeutet? Ich weiß es jetzt! Es ist das englische Wort für Maulwurf und wird, wie auch im Deutschen, als Synonym für einen Spion verwendet."

„Der Tag steckt ja voller aufregender Überraschungen", entgegnete ich. „Und wie bist du jetzt darauf gekommen?"

„Durch ein Dokument im Archiv. Renate hat nicht alles kopieren können, was sie im Laufe der Zeit in ihrer SoKo gesammelt hat. In den Unterlagen, die wir in ihrem Schreibtisch gefunden haben, befand sich ein Hinweis, der mir erst vor ein paar Tagen aufgefallen ist. Da hat sie auf einen Aktenordner verwiesen, auf dessen Ettikett sie einen nicht existierenden Ordnungsbegriff geschrieben hatte. So konnte nur sie ihn identifizieren, da er keinem anderen etwas sagte. Als Grund dafür hat sie geschrieben: *wegen des Moles.*

Da erst ist mir gedämmert, dass sie mir einmal von einer Spionagegeschichte erzählt hatte, die sie gerade gelesen hatte. Und da kam dieser Begriff vor."

„Sag mal", fiel mir ein, „gab es in den Siebzigern eigentlich schon K. O.-Tropfen?"

„Sicher", antwortete Heribert, „allerdings waren die Bezugsquellen damals noch nicht so leicht anzuzapfen wir heute. Wieso fragst du?"

„Wegen Marga Preuß und ihrer geheimnisvollen Schwangerschaft." Und nun erzählte ich, was ich bei ihr erfahren hatte. Wir waren uns nun sicher, auf der richtigen Spur zu sein. Die Machenschaften von Johann Preuß und Gerlinde Dohne verzweigten sich in einem Netzwerk, das auch in das Mainzer Polizeipräsidium reichte. Heriberts Vermutungen schienen sich also tatsächlich zu bestätigen.

„Wir wissen aber bis jetzt immer noch nicht, was sich derart Entsetzliches hinter den Kulissen abspielt. Um was geht es dabei, dass die Gefahr der Aufdeckung unter Umständen zu einem Doppelmord und wahrscheinlich auch noch zu dem an Renate geführt hat?", überlegte ich laut

„Renates Unterlagen deuten immerhin auf Drogen, Prostitution, Erpressung, Steuerhinterziehung, Strafvereitelung und weitere Feinheiten hin", erinnerte mich Heribert.

„Aber doch nicht auf einem Weingut!"

„Spekulier nicht, sondern nimm Zerfass in die Mangel. Ich mache mich jetzt auf den Weg nach Heidelberg. Dort habe ich nämlich einen der beiden ehemaligen Kollegen von Renate ausfindig gemacht. Er arbeitet bei einem Sicherheitsdienst, möchte aber am Telefon nichts sagen."

Kurz nach neunzehn Uhr begab ich mich in den *Bernheimer Schafbock*. Zerfass saß bereits auf seinem Stammplatz. Allerdings war er entgegen seiner Gewohnheit dieses Mal nicht alleine. Ein Mann, den ich noch nie gesehen hatte, saß ihm gegenüber. Ich stellte mich an die Kopfseite des Tresens und bestellte bei der Bedienung ein Glas Dornfelder. Durch einen Fensterausschnitt in der Tür zur Küche winkte mir Paul Herbst zu, der am Herd stand und eifrig mit Töpfen und Pfannen hantierte.

Da ich in einem 90-Gradwinkel zum Gastraum stand, konnte ich meine *Zielperson* und sein Gegenüber, das sich mit einer Apfelsaftschorle begnügte, während Klaus Zerfass mit seinem Freitagsrumpsteak beschäftigt war, unauffällig beobachten. Sie waren in ein leises, aber offenbar auch intensives Gespräch vertieft. Die angespannten Gesichter ließen den Rückschluss zu, dass es nicht um Wetter, Fußball, Politik oder ähnliche Trivialitäten, sondern um ganz persönliche Belange ging.

Zerfass' Gesprächspartner war etwa drei bis vier Jahre jünger als er, hatte die gleiche Größe, war aber schlanker. Auch er trug seine brünetten, vollen Haare schulterlang. Die Art, wie er beim Sprechen Oberkörper, Kopf und Hände geziert bewegte, sein Augenaufschlag und die, zumindest für einen Dorfgasthof, extravagante Kleidung zeigten, dass er im Gegensatz zu Zerfass offen zu seiner Homosexualität stand. Zerfass rief die Bedienung zu sich und schien sie etwas zu fragen. Sie sah hinüber zu mir, nickte und begab sich wieder hinter den Tresen. „Er wollte wissen, wer Sie sind", erklärte sie. Ich nahm mein Glas, ging an den Tisch der beiden, zog wie selbstverständlich einen freien Stuhl zu mir und setzte mich, ohne um Erlaubnis zu bitten.

„Es ist gut, dass wir uns hier treffen, Herr Zerfass." Ich reichte ihm die Hand, die er nach kurzem Zögern ergriff. „Ich habe ein paar Fragen an Sie, da ich denke, dass auch Sie uns etwas weiterhelfen können, den Mörder von Renate Dohne zu finden."

Dann wandte ich mich seinem Begleiter zu. „Mein Name ist übrigens Schäfer. Ich wohne hier im Ort, gerade zwei Straßen weiter." Auch ihm reichte ich die Hand und war erstaunt über den festen Händedruck, mit dem er meinen erwiderte. Erst jetzt, da ich ihn direkt vor mir hatte, fiel mir sein athletischer, durchtrainierter Körper auf.

Er lächelte. „Sie hatten einen weibischen Händedruck erwartet, nicht wahr?" Seine Stimme klang melodisch und angenehm. Er war so sensibel, dass er mich nicht in die Verlegenheit brachte, seine Frage mit der Absonderung einer Peinlichkeit quittieren zu müssen. Stattdessen fügte er übergangslos hinzu: „Auch Schwule haben das Zeug zum Bodybuilder. Ich heiße übrigens Fred, Fred Raimund, habe aber mit dem Komponisten der *Maske in Blau* nichts zu tun", schmunzelte er. „Der schrieb sich außerdem mit Y, ich mich mit einem I. Ich wohne in Wöllstein, in der Bahnhofstraße, dort, wo früher die Post war."

Zerfass hatte sein Essen beendet, legte das Besteck beiseite, wischte sich den Mund mit der Papierserviette ab und erklärte: „Fred ist mein Lebensgefährte."

Ich schlug vor, in den Nebenraum zu gehen, wo wir ungestört sein konnten. Er war einverstanden, bestand allerdings darauf, dass Fred Raimund mitkommen sollte, wogegen ich nichts einzuwenden hatte. Der ergriff dann auch als erster das Wort:

„Klaus will aus der Sache aussteigen. Er weiß, dass er sich seit Jahren strafbar gemacht hat. Wir beide", dabei sah er ihn zärtlich an, „denken aber, dass jetzt die Zeit dafür gekommen ist, damit nicht noch Schlimmeres geschieht. Und vielleicht wird das Gericht das bei der Strafbemessung berücksichtigen."

„Lass mal, Fred, jetzt muss ich das alleine durchstehen", schaltete sich Zerfass ein. Dann sah er mich ernst an. „Es fällt mir nicht leicht, zumal ich auch einiges ausführen werde, was du Fred", dabei ergriff er die Hand seines Freundes, „auch noch nicht weißt." Er bat uns, ruhig zuzuhören und ihn ohne Unterbrechung erzählen zu lassen. Er meinte, dass es dann am einfachsten für ihn wäre.

Auch wenn das, was Heribert und ich inzwischen rausgefunden hatten, einige Mutmaßungen in den Bereich der Wahrscheinlichkeit gerückt hatte, schockierte mich dann doch die geschilderte Realität. Vielleicht lag es daran, dass es ein Unterschied war, ob man begründete Thesen aufstellte oder aus erster Hand mit der Brutalität dessen konfrontiert wurde, was sich dahinter verbarg.

1974 lernte Klaus Zerfass im Alter von sechsundzwanzig Jahren auf einer Weinmesse Johann Preuß kennen. Er hatte seine Ausbildung zum Weinbauingenieur und -techniker abgeschlossen und auch schon einiges an Praxis aufzuweisen. Johann Preuß offerierte ihm eine lukrative Anstellung, die er begeistert annahm, zumal es um viele Weinbaubetriebe zu dieser Zeit wirtschaftlich schlecht bestellt war.

Sehr schnell schon musste er allerdings erkennen, dass er seine Kenntnisse in einem rechtlichen Schattenbereich einsetzen sollte. Neben der aufwändigen Produktion anerkannter Prädikatsweine für Privatkunden und Restaurants bauten sie nämlich eine weitere, bedeutend lukrativere, Produktgruppe auf: billige, mit unerlaubten Chemikalien geschönte Massenweine. Diese wurden an Lohnabfüller und von dort, als Anonymprodukte mit verlockenden Etiketten, an Filialketten verkauft. Im Laufe der Jahre und aufgeschreckt durch Weinskandale verschärften die Behörden in Deutschland und Österreich jedoch die Kontrollen, die häufiger und mit technisch verbesserten Mitteln durchgeführt wurden. Daher verlagerte man die Billigproduktion in die damalige Tschechoslowakei. Mit einem großen Lebensmitteltank wurde das Rohprodukt an zwei Weinproduzenten geliefert, denen Klaus Zerfass als technischer Berater zur Verfügung stand.

Dessen anfänglichen Skrupeln begegnete Johann Preuß zuerst mit dem Hinweis darauf, dass das ja alle so machen würden, die überleben wollten. Später erreichten gelegentliche Geldzuwendungen ihren Zweck und noch später der Hinweis auf die alte Ganovenregel: *Mitgefangen, mitgehangen.* Schließlich schaltete Klaus Zerfass sein Gewissen aus. Dazu kam, dass er mit sich selbst zu intensiv beschäftigt war, als er sich seiner sexuellen Veranlagung immer bewusster wurde, aber nicht wusste, wie er damit umgehen sollte. „Da kannte ich Fred noch nicht, sonst wäre vieles anders gekommen", stellte er bedauernd fest.

Natürlich mussten bei diesen Geschäften nicht nur Frachtpapiere und Mengenangaben in den Kellerbüchern manipuliert werden.

Auch die Geldtransaktionen zwischen den tschechischen Betrieben und dem Weingut leitete man über Umwege auf ausländische Konten um. Als auch das aufgrund verbesserter Kontrollmöglichkeiten zu riskant wurde, löste man das Problem mit Gegengeschäften. Teilweise kompensierte man die Traubenlieferungen mit Flaschenleergut und -korken. Eines Tages boten die tschechischen Geschäftspartner auch synthetische Drogen an, was man gelegentlich und in kleinem Rahmen annahm. In Deutschland war deren Konsum in bestimmten Kreisen inzwischen Usus geworden und mit vereinzelten, kostenlosen Lieferungen konnte man den einen oder anderen Gegendienst entlohnen. Zudem war der Schmuggel dieser Drogen risikolos und einfach – sie wurden in den leeren Tanks transportiert. „Das ist für uns wertvoller, als wenn wir daran Geld verdienen würden. Und die Konsumenten halten die Klappe", soll Johann Preuß immer wieder betont haben.

Dass Thea Preuß und Hubert Faber eines Tages misstrauisch werden müssten, nahm er mit der Bemerkung: „Abwarten. Wenn es so weit ist, sehen wir weiter", in Kauf. Deren angeblichen Unfalltod registrierte Klaus Zerfass zwar mit Argwohn, er fühlte sich aber schon so tief in die Machenschaften verstrickt, dass er sich mit der offiziellen Verlautbarung abfand.

Als dann vor zwanzig Jahren über den wahren Hintergrund gemunkelt wurde, schien ein Damm gebrochen, wie Zerfass es bildhaft betonte. „Wenn ich vorher in lichten Momenten immer wieder überlegt hatte, wie ich mit einem blauen Auge aus diesem Schlamassel wieder herauskommen könnte, erschien es mir letztlich unmöglich. Danach nahm nämlich eine Entwicklung ihren Lauf, die ich aktiv nicht unterstützte, aber in die ich zumindest als schweigender Mitwisser immer stärker verstrickt war."

Ohne Skrupel gingen Johann Preuß, Gerlinde Dohne und gezwungener Maßen auch Klaus Zerfass, den bereits eingeschlagenen Weg weiter, um Macht, Ansehen und Unantastbarkeit aufzubauen und zu bewahren. Es galt nur noch, was für sie persönlich und für die Familie gut war. Zu der Beschaffung von Partydrogen kamen bald die Vermittlung von billigen Saisonarbeitern für Bautätigkeiten und Mädchen aus Polen und Rumänien für Liebesdienste. Mit dieser Strategie brachte man gezielt ausgewählte Personen aus Politik und Wirtschaft in Abhängigkeit. Diese wiederum machten ihrerseits Personen, die Ihnen dienlich sein sollten, durch kompromittierende Videoaufnahmen und Fotos erpressbar. Was sich daraus im Laufe der Jahre aufgrund der Eigendynamik entwickelte, war nicht vorhersehbar und entzog sich dem Einfluss der drei. Doch auch das nahm man billigend in Kauf oder verschloss die Augen vor den dramatischen Ereignissen, die dadurch ausgelöst wurden.

„Ich musste immer wieder an Schillers Zauberlehrling denken, der über die gerufenen Geister die Kontrolle verlor und sie nicht mehr loswurde", klagte Klaus Zerfass und schaute um Verständnis bettelnd erst mich und dann Fred Raimund an.

„Im Umfeld dieses Netzwerkes gab es ja nicht nur weitere strafrechtlich relevante Folgetaten, sondern es spielten sich menschliche Dramen ab: Alkohol- und Tablettenabhängigkeit, Scheidungen, Depressionen, Selbstmorde und was sonst noch alles. Das bekommt man doch mit. Wie kann man denn mit diesem Wissen leben?" Ich wusste, dass es mir nicht zustand, den Ankläger zu spielen, aber ich hatte ja das ganze Ausmaß innerhalb kurzer Zeit vor Augen geführt bekommen, so dass es mich nicht kaltlassen konnte. Andererseits hatte ich Mitleid mit ihm und der Rolle, in die man ihn hineinmanövriert hatte: Mitläufer, Mittäter, mitgerissen als Treibgut eines fanatisch unmoralischen Patrons und seiner ihm ebenbürtigen Tochter, die sich auch nicht davor scheuen würden, Zerfass als Kanonenfutter zu verheizen. Er hatte halt nun einmal nicht das Zeug zum Helden und litt wohl am meisten darunter.

Klaus Zerfass sah mich verzweifelt an, Schweißperlen glänzten auf seiner Oberlippe. „Ich habe selbst mehrmals an den letzten Ausweg gedacht", sagte er mit spröder Stimme. „Als Chemiker habe ich ja alle Möglichkeiten. Aber ..."

„Es erschien ihm wie Feigheit", unterstützte ihn sein Freund. „Klaus wollte sich wirklich stellen. Wir haben mehrmals darüber gesprochen und immer auf eine Gelegenheit gewartet wie diese."

„Ja", sagte ich, und wieder konnte ich mir eine Anklage nicht verkneifen, „jetzt wo das Lügengespinst brüchig geworden ist. Weshalb haben Sie sich denn nicht schon früher jemandem anvertraut. Der Polizei oder einem Pfarrer, einem Rechtsanwalt."

„Ich hatte höllische Angst. Es gibt nämlich noch eine weitere Person im Hintergrund, die seit einiger Zeit die Fäden zieht und die nur Johann Preuß kennt. Manchmal hatte ich den Eindruck, dass er und Gerlinde gerne wieder zurückfahren, vielleicht sogar ganz aussteigen wollten, aber auch sie schienen mehr und mehr von *Signor Gepetto*, dem großen Unbekannten gelenkt zu werden."

„*Gepetto*?", fragte ich irritiert. „Sie kennen seinen Namen?"

Fred Raimund lachte. „Nein, den Namen haben wir dieser Schattenfigur gegeben. Sie wissen doch, *Gepetto* war der Marionettenschnitzer, *Pinocchios* ‚Vater'. Für uns war das nicht nur ein Codename, sondern die Verbindung zu dieser literarischen Figur half Klaus seine Ängste wenigstens ein bisschen zu neutralisieren."

„Sie sehen also, Herr Schäfer", Klaus Zerfass hatte sich wieder etwas gefangen, „es wäre ein Risiko gewesen, da ich ja nicht wusste, wem außer Fred ich vertrauen konnte. Und die Polizei", er lachte höhnisch, „die stecken ja selbst mit drin, bis ganz oben."

Ob er Näheres wusste? „Kennen Sie Namen?"

„Nein, überhaupt keine. Soweit war ich nie eingeweiht. Das haben Johann und Gerlinde unter Verschluss gehalten, sonst hätte ich mich ja selbst bedienen können. Aber kurz vor Weihnachten habe ich durch Zufall Bruchstücke einer Unterredung mitbekommen. Offensichtlich wollte einer von ihnen aussteigen, was Johann Preuß natürlich nicht zulassen konnte."

„Und wo stellen Sie den Bezug zur Polizei her?"

„Wenn Johann zornig ist, wird er laut und achtet auch nicht mehr auf das, was er sagt. Jedenfalls rief er dem Mann im Treppenhaus hinterher, er könne nicht aus der Familie aussteigen, an die sei er sein Leben lang gebunden. Er drohte ihm, ihn zu diskreditieren. Es gäbe schließlich Fotos. Er solle auch an seine Frau und seine Kinder denken und an seine Karriere, falls er daran interessiert sei, noch weiter zu kommen, als nur Leiter eines popeligen Kommissariats in Mainz zu sein. Und wenn es um mehr Geld ginge, darüber könne man reden."

Da ist sie, die brandheiße Spur, blitzte es in mir auf. „Hat er ihn beim Namen genannt?"

„Leider nein."

„Haben sie ihn wenigstens gesehen?"

„Auch nicht. Ich habe mich schnell verdrückt, damit mich niemand sieht. Ich hörte nur noch, dass er mit einem Kavalierstart vom Hof fuhr."

„Können sie sich noch an das Datum erinnern?"

Zerfass blickte zu seinem Lebensgefährten hinüber und zuckte hilflos die Schultern, doch dann hatte er eine Idee und er fragte ihn: „Weißt du noch, wann wir bei dem Weihnachtskonzert in der Phönixhalle waren?"

„Du meinst *Christmas Moments*? Das war an einem Freitag und zwar eine Woche vor Heiligabend, also ... am siebzehnten Dezember", rechnete Raimund nach. „Genau! In der Pause hast du mir ja von diesem Vorfall erzählt."

Ich atmete tief durch, denn dieses Datum hatte ich in einem anderen Zusammenhang doch schon einmal gehört. Klaus Zerfass gestand mir allerdings nicht die Zeit zu, darüber nachzudenken, und riss mich aus dem Anflug einer Idee mit einer noch viel explosiveren Verkündung. „Aber natürlich haben Sie Recht, Herr Schäfer, ich hätte den Mut aufbringen müssen, den Mund aufzumachen. Wenigstens vor zwei Wochen, genauer gesagt, am neunzehnten September, als ich Renate befreit habe. Das wäre ein passender Zeitpunkt gewesen."

Wie ein Donnerschlag hallte seine Eröffnung in meinen Ohren wider. Ich benötigte einen Moment, um diese Wendung zu verdauen, bevor ich reagieren konnte: „Am neunzehnten September wollen Sie Renate befreit haben? Renate Dohne? Das waren fünf Tage vor dem Mord!"

„Ich weiß. Aber damals konnte ich das doch nicht ahnen. Ich kann an nichts anderes mehr denken, denn vielleicht würde sie ja dann noch leben."

Ich sah ihn herausfordernd an und schlug ungeduldig auf den Tisch, weil ich sofort wissen musste, was sich abgespielt hatte. In diesem Moment öffnete die Bedienung die Tür und streckte ihren Kopf herein, um zu fragen, ob wir noch etwas trinken wollten.

„Raus!" entfuhr es mir. (Später sollte ich mich bei ihr für diese Ungebührlichkeit entschuldigen.)

„Renates Aufenthaltsort machte ich durch einen Zufall ausfindig. Ihre Befreiung war unspektakulär und einfach", begann Klaus Zerfass endlich. „Und bevor sie fragen, wo und bei wem sie gefangen gehalten worden war – das kann ich Ihnen zum jetzigen Zeitpunkt noch nicht sagen. Bitte respektieren Sie das."

Wieder unterstützte ihn Fred Raimund: „Es sind noch andere Personen gefährdet, nicht nur Klaus. Für das, was sich danach abspielte, ist das momentan auch nicht wichtig. Soll ich weiter ...?" Er sah Zerfass fragend an, der nickte.

„Am neunzehnten September, es war ein Montag, brachte Klaus abends gegen acht Uhr Renate Dohne zu mir. Ich bin ihr da zum ersten Mal begegnet. Sie war physisch und psychisch am Ende. Ich wollte sie eigentlich sofort nach Alzey ins DRK-Krankenhaus bringen, aber sie wehrte sich energisch dagegen. Obwohl sie ausgehungert war, bat sie zuerst darum, sich duschen zu können. Und ich muss sagen, Herr Schäfer, das war auch bitter nötig. Sie war nicht nur schmutzig, sondern roch geradezu penetrant. Danach verschlang sie eine Riesenportion Spaghetti und übergab sich sofort wieder. Während der ganzen Zeit sprachen wir kaum ein Wort miteinander, nur das Notwendigste. Ich machte ihr noch einen Kräutertee und verfrachtete sie ins Bett, und sie schlief auch umgehend ein. Klaus schilderte mir kurz, was sich abgespielt hatte, und schärfte mir ein, dass sie niemand zu Gesicht bekommen dürfe. Er musste wieder zurück zum Weingut, um kein Misstrauen zu erregen und wollte am nächsten Morgen wiederkommen, um mit Renate die nächsten Schritte zu besprechen. Ich sah mehrmals nach ihr. Sie schlief sehr unruhig, aber immerhin bis gegen zehn Uhr morgens."

„Hatte sie irgendetwas mitgenommen von dort, was darauf schließen lässt ..."

„Wo sie war?" Zerfass lachte und sein Freund stimmte ein.

„So fragt man Dumme aus", stellte Raimund fest. „Sie meinte auch, es sei besser für mich, wenn ich nichts wüsste. Sie bat mich allerdings darum, telefonieren zu dürfen, und versuchte zuerst vergeblich, einen Kollegen namens Roman oder Lohmann oder so ähnlich zu erreichen. Daraufhin wählte sie eine andere Nummer."

„Haben Sie das Gespräch mitverfolgt?"

„Nur den Anfang, dann gab sie mir mit einer Geste zu verstehen, dass sie alleine sein möchte, und ich bin ins Nebenzimmer gegangen."

„Einen Namen haben sie nicht gehört?"

„Doch, Moment ..."

„Welchen?", drängte ich

„Ich überlege doch!", antwortete Raimund gereizt. „Ich komme nicht drauf, aber ... Moment, ich erinnere mich, das ich an eine Baumarktkette denken musste."

„Hornbach!", rief ich aus

„Ja, ich glaube so hieß er. Ich bin mir sogar ziemlich sicher. Es war jedenfalls jemand vom Polizeipräsidium in Mainz, ein Kollege."

„Das hat sie Ihnen gesagt?"

„Nicht nur", flocht Zerfass ein, „wir haben es später noch nachvollzogen, da die Nummer im Telefon von Fred abgespeichert war. Leider keine Durchwahl, sondern nur die Zentrale."

„Zu unserer Beruhigung wollten wir sichergehen. Ich war dann nämlich für etwa eine Stunde außer Haus und als ich wieder zurückkam, war Renate schon weg und auf dem Küchentisch lag ein Zettel mit einer Notiz: *Vorab schon mal 1 000 Dank. Ich weiß jetzt, wer hinter allem steckt. Mehr später. Ich bin im PP in Mainz, zwei Kollegen holen mich am Rathaus ab.*"

Mit einem Anflug von Verzweiflung schüttelte er den Kopf. „Ich befürchte, dass das das letzte Lebenszeichen von ihr war. Aber was hätte ich denn tun sollen?"

„Nichts, Herr Raimund, gar nichts. Machen Sie sich keine Vorwürfe. Da stecken Profis dahinter. Sie sollten lieber froh sein, dass Sie keiner gesehen hat. Sonst wären auch Sie nicht mehr am Leben. Renate hat nicht umsonst einen neutralen Treffpunkt gewählt."

Kurz nachdem ich vom *Bernheimer Schafbock* wieder zu Hause eingetroffen war, tauchten Dagmar und Heribert auf. Er war gerade aus Heidelberg zurückgekehrt und hatte Dagmar noch in Alzey von der Dienststelle abgeholt, so dass wir wieder einmal zu viert in der Küche saßen und die neusten Erkenntnisse besprachen.

„Du zuerst", sagte Heribert.

Während ich erzählt hatte, war die Farbe immer mehr aus seinem Gesicht gewichen. Nun, nachdem ich geendet hatte, stand er abrupt auf. „Ihr entschuldigt mich", sagte er und verließ steifbeinig die Küche.

„Willst du ihm nicht nachgehen?", fragte Sonja.

Dagmar schüttelte den Kopf. „Nein, ich glaube, er muss jetzt einen Moment alleine sein."

Als Heribert nach einer knappen viertel Stunde zurückkam, war er immer noch bleich. Er setzte sich, als sei er nur eben kurz zur Toilette gegangen, um sachlich fortzufahren.

„Ich dachte eigentlich, dass ich heute einmal die spektakulären Ergebnisse mitbringen würde, aber Darius hat wieder einmal den Vogel abgeschossen. Trotzdem hatte ich ein äußerst aufschlussreiches Gespräch mit einem der Kollegen, der zu der SoKo von Renate gehört hat. Nach dem Tod von Ulf Korfmann hat man ihm angeboten, ein eigenes Kommissariat bei der Kripo in Stendal zu übernehmen."

„Angeboten?", zweifelte Dagmar.

„Klar. Eines dieser Angebote, die man nur einmal ablehnt. So wie die Wahl zwischen Pest und Cholera", bestätigte Heribert. „Er quittierte ebenfalls den Dienst und hat nun einen gut bezahlten Job bei einem Sicherheitsdienst. Aber", Heribert hob den Zeigefinger, „er lebt seitdem zurückgezogen und will auch keinen Kontakt mehr mit Mainz – er hat Angst, dass auch ihm etwas zustoßen könnte."

Heribert zog sein Notizbuch hervor, suchte und fand seine Brille, setzte sie auf und schilderte was er in Erfahrung gebracht hatte. „Eigentlich nur Bestätigungen", schickte er fast entschuldigend vorweg.

„Zu Beginn der neunziger Jahre waren die ersten Gerüchte und anonymen Hinweise auf illegale Verflechtungen zwischen einflussreichen Persönlichkeiten aus Wirtschaft und Politik aufgetaucht. Dass dieses Netz bis in die Polizeibehörden reichen könne, wurde auch schon in einem frühen Stadium behauptet. Die Hinweise verdichteten sich und wurden konkreter, was die Tatbestände betraf, ohne allerdings die Hintergründe und Drahtzieher aufzudecken. Da es sich um Verstöße gegen das Lebensmittelgesetz, unerlaubte Überlassung von Arbeitskräften und Zuhälterei, Steuerhinterziehung, Hinterziehung von Sozialversicherungsabgaben und Drogenhandel handelte, ließ man, um den Schein zu wahren, das für Wirtschaftskriminalität zuständige Kommissariat K 14 verdeckt ermitteln. Absichtlich, weil man sie als unerfahren einstufte, betraute man Renate federführend mit der Aufklärung. Wider Erwarten stieß sie jedoch sehr schnell auf erste Spuren, allerdings ohne bereits die Zusammenhänge zu erkennen, die bei weiter gehender Ermittlung hätten gefährlich werden können. Man machte ihr also das Leben schwer, verzögerte Recherchen, verfälschte Unterlagen oder ließ diese einfach verschwinden und griff schließlich zu Mobbing, bis sie aufgab.

„Aber nur scheinbar, wie wir wissen."

„Wenn ich es recht verstehe, war sie zu nahe ans Feuer gekommen und konnte sich damals noch rechtzeitig zurückziehen, aus Zufall", rekapitulierte Sonja. „Aber dann begann sie privat zu recherchieren. Weshalb?"

„Im Weingut nahm sie die Spur wieder auf, weil sie genau dort darauf stieß", kombinierte Dagmar. „Obwohl ich vermute, dass sie zuerst nicht glauben wollte, was die Geschäftsunterlagen zu belegen schienen. Sie war total verunsichert. Ihr Mann stellte sich gegen sie und Johann Preuß streute ihr mit Liebenswürdigkeiten Sand in die Augen. Daher auch der Rückzug von ihrer Mutter, die sie nicht beunruhigen wollte. Ihr war ja damals nicht das ganze Ausmaß der Tragödie bekannt, das wir heute kennen. Als einzige Anlaufstation sah sie dich, Heribert, aber sie musste annehmen, dass du den Kontakt mit ihr scheust. Erst die unglücklich beendete Liaison und dann wurde noch nicht einmal ihr Brief beantwortet, den du ja nie erhalten hast. Als Ausweg blieb ihr Marga, von der sie wusste, dass sie, obwohl sie offiziell mit der Familie nichts zu tun hatte, offensichtlich gut informiert war."

„Und hier haben wir eine entscheidende Lücke, die wir unbedingt schließen müssen", fuhr ich fort. „Was geschah mit Renate, nachdem sie Marga verlassen und ihren Wagen in Bingerbrück abgestellt hatte?"

Heribert, der die letzten Minuten ruhig und interessiert zugehört hatte, nahm demonstrativ seine Brille ab und deutete mit einem der Bügel reihum auf uns. „Das klingt alles sehr vernünftig. Aber ich habe jetzt erst einmal eine andere, existenzielle, Frage an Sonja und Darius: Ist bei euch eigentlich schon einmal jemand verdurstet?"

Lachend kamen wir unserer Gastgeberrolle nach, die wir in unserem Eifer ganz vergessen hatten. Sonja brachte Gläser und ich Wein und Wasser.

„Also ist Hornbach der *Mole*, der Maulwurf", stellte Dagmar nach dieser kurzen Unterbrechung fest.

„Es scheint so", pflichtete ihr Heribert bei. „Nach allem, was sich in der Vergangenheit abgespielt hat, drängt sich der Verdacht ja geradezu auf. Und aus seinem Kommissariat kommt weiterhin nichts Brauchbares an Ermittlungsergebnissen. Wenn Keil nicht wäre, der sich sehr kommunikativ und kollegial verhält, käme ich mir vor wie isoliert. Trotzdem weiß ich nicht, wen ich über meinen Verdacht informieren kann."

Dagmar schien während der letzten Minuten wie geistesabwesend. Sie hatte über irgendetwas gegrübelt und kam nun damit heraus. „Darius, dieser Fred Raimund hat doch mitbekommen, wie Renate mit dem Präsidium in Mainz telefoniert hat. Bitte wiederhol doch noch einmal den Teil seiner Aussage, wo es darum geht, mit wem Renate gesprochen hat."

„Ich fragte ihn, ob er sich an den Namen Eberhard Hornbach erinnern könne, und er meinte, dass er da ziemlich sicher sei, weil ihn der an die Baumarktkette erinnerte. Und außerdem war er sich sicher, dass es ein Kollege vom Polizeipräsidium in Mainz gewesen sein musste, da die Nummer im Telefon von Fred Raimund abgespeichert war. Allerdings keine Durchwahl, sondern nur die der Zentrale."

„Dann frage ich mich, wie das zusammengeht, wo doch Renate im Präsidium einen Maulwurf vermutete. Wieso ruft sie dort an, wenn sie keinem mehr trauen kann?" Dagmar schüttelte verständnislos den Kopf.

„Vielleicht war sie auf einer falschen Spur und hatte Hornbach vertraut?", schlug ich vor.

„Das ist durchaus möglich", sagte Heribert. „Wir sollten auch nicht unterschätzen, was Renate sechs Monate lang durchgemacht hatte. Ich denke, dass sie ganz schön durcheinander war. In Mainz jedenfalls würde ich zurzeit niemandem mehr trauen."

„Und wie wäre es mit dem Innenministerium?", warf Sonja ein. „Das ist doch die vorgesetzte Behörde."

Ich kräuselte die Stirn. „Entsinne dich, wie es dir ergangen ist, als du vor drei Jahren beim Kultusministerium diese merkwürdige Geschichte aus deiner Schule gemeldet hast. Was kam dabei heraus?"

„Abmahnung und kurzfristige Beurlaubung."

„Und als es sich dann herausstellte, dass du Recht hattest? Kein Wort der Entschuldigung und Zur-Tagesordnung-Übergehen. Im Gegenteil, man wollte dir sogar noch einen Maulkorb verpassen!"

Dagmar schaltete sich nun besorgt ein. „Ihr habt jetzt in dieser Sache eine kritische Phase erreicht, wo ihr sehr vorsichtig agieren müsst. Heribert, bitte ..."

Er tätschelte ihre Wange. „Ich weiß deine Fürsorge zu schätzen und glaube mir, ich habe mir meine Strategie schon zurechtgelegt. Ich werde natürlich mit noch größerer Vorsicht operieren, vor allem aber werde ich so tun, als käme auch ich nicht mehr weiter. Ich habe Hornbach auch schon angedeutet, dass ich aus diesem Grund in den nächsten Tagen wieder zurückgehen würde nach Alzey. Aber du, Darius, du musst nun die Antworten auf die beiden wichtigsten Fragen finden. Wenn du die hast, dürfte der Fall gelöst sein."

„Wie wurde Renate mit dieser Skulptur getötet? Und wo hat man sie festgehalten?"

„Ge-nau", nickte Heribert. „Das sind die letzten beiden Puzzleteile, um das Bild zu komplettieren."

„Eine schwere Aufgabe, mein Schatz", gab Sonja zu bedenken.

„Das mag sein. Aber ich bin recht optimistisch, dass es schneller geht, als wir vermuten. Bedenkt nur, welche riesigen Löcher das Netz während der letzten Tage bekommen hat. Und ich habe so das Gefühl, dass uns die wesentlichen Informationen bereits vorliegen. Wir haben sie nur noch nicht in die richtige Reihenfolge und den richtigen Zusammenhang gebracht."

„Und da vertraue ich wieder einmal deinem Instinkt, Darius."

Ich war mir zwar nicht so sicher, inwieweit ich nicht doch eher meinen Verstand bemühen musste, aber Heribert sollte Recht behalten.

Samstag, 1. Oktober 2005

Sonja war mit Dagmar nach Bad Kreuznach gefahren. Sie wollten sich schlau machen, mit welchen Neuerungen und Raffinessen die Wintermode aufwarten würde. Ein schicker Pullover war mir auch angedroht worden. Ich saß im Hof und hatte die Samstagsausgabe der Allgemeinen Zeitung aufgeschlagen. Halbherzig las ich auf der Sportseite die Prognosen der Fußballspiele an diesem Wochenende. Mainz 05 stand auf einem abstiegsgefährdeten sechzehnten Platz und benötigte dringend drei Punkte gegen Borussia Mönchengladbach. Ich las dieselben Zeilen mehrmals, da ich mit dem Kopf nicht bei der Sache war. Mit Ungeduld erwartete ich nämlich das zugesicherte Telefonat mit Doktor Angart, dem Geschäftsführer der Ernst-Barlach-Stiftung in Güstrow.

Gerade, als ich mich dazu durchgerungen hatte, noch einmal von mir aus Kontakt aufzunehmen, kam der ersehnte Anruf. Doktor Angart entschuldigte sich für die Verzögerung; er hatte sich zunächst über das Drama in der Christuskirche in Mainz genauer informiert und sich daher verspätet.

„Das Güstrower Ehrenmal hat ja schon vieles hinter sich, aber, es als Mordwaffe einzusetzen, das ist ja nicht mal den Nazis eingefallen. Das widerspricht auch auf eine schreckliche und fast schon perverse Art und Weise seiner Bestimmung." Er begründete seine Anmerkung in knappen Worten. Der Engel sei schließlich ein Mahnmal für die Toten. Frei schwebend, ohne Flügel, stelle er ein Geisteswesen dar, das die Last der Erde zurückgelassen habe aber noch über dieser Welt schwebe und die Erinnerung an die Gefallenen des 1. Weltkrieges fordere.

„Dafür hat Ernst Barlach ihn vor fast achtzig Jahren erschaffen. Und jetzt das!"

Ich war mir nicht sicher, was ihn mehr erzürnte, der Mord an Renate oder die damit einher gegangene Entweihung des Kunstwerks und ihres Schöpfers. Jedoch, bevor sich bei mir auch nur ein Hauch von Animosität einschleichen konnte, beseitigte Doktor

Angart meine Zweifel. „Ganz schrecklich ist es, dass die junge Frau auch noch auf eine derart grauenvolle Art ihr Leben lassen musste. Bitte sprechen Sie den Angehörigen unser tiefstes Mitgefühl aus."

Ich versicherte ihm, dass ich seine Worte gerne weiterleiten würde, kam aber dann doch zum eigentlichen Anlass meines Anrufes. Ich gab ihm in kurzen Abrissen das aus dem Obduktionsbericht wieder, was er wissen musste, um meine Frage beantworten zu können.

„Herr Schäfer", bedauerte er, „wenn schon die Kriminalpolizei keinen Hinweis darauf hat, wie es technisch möglich sein konnte, den Mord mit der Skulptur zu begehen, dann kann ich erst recht nichts dazu sagen. Ich kann mir auch nicht vorstellen, welche Botschaft sich dahinter verbergen sollte."

„Hat denn *Der Schwebende* so etwas wie eine Geschichte, eine Chronik?"

„Ja natürlich!" Es klang fast so, als wäre er verdattert über meine Unkenntnis. „Wie schon gesagt, Ernst Barlach erschuf den Engel vor fast achtzig Jahren, 1927 um genau zu sein. Als 1933 die Nationalsozialisten die Macht in Deutschland übernahmen, war kein Platz mehr für Engel. Barlach wurde außerdem jüdische Abstammung nachgesagt. Sie wissen, was das bedeutete! Seine Kunst wurde als entartet gebranntmarkt. Zehn Jahre nach seiner Vollendung wurde *Der Schwebende* aus dem Güstrower Dom entfernt und nach Schwerin gebracht. Dort übergab ein Kirchenvertreter ihn dann 1941 den staatlichen Machthabern zu *wehrwirtschaftlichen Zwecken*. Er wurde eingeschmolzen und zu Munition verarbeitet. Ernst Barlach starb übrigens 1938, also ein Jahr nach der Entfernung seines Engels aus dem Dom von Güstrow, im Alter von 68 Jahren."

„Und woher stammt denn nun die Figur in der Christuskirche?"

„Es gibt heute noch vier Versionen. Ein *Schwebender* aus Bronze hängt hier bei uns im Dom zu Güstrow, einer in der Antoniterkirche in Köln und ein weiterer auf Schloss Gottorf in Schleswig. Das bronzefarbene Exemplar aus Gips, das zurzeit in der Christuskirche in Mainz zu sehen ist, ist die Gussvorlage, sozusagen der Urengel für die zwei Bronzeplastiken in Güstrow und Schleswig, der Kölner ist noch nach dem im Krieg zerstörten Originalgipsmodell gegossen worden. Einem Freund von Ernst Barlach war es nämlich noch 1939 gelungen einen Zweitguss herstellen zu lassen und in der Lüneburger Heide zu verstecken, das ist der..."

Antoniterkirche in Köln, hatte er gesagt. Es schwirrte in meinem Kopf: *Köln ... 150 Kilometer oder zwei Autostunden von Mainz entfernt*, raste es durch meine Gehirnwindungen, während ich im Hintergrund Doktor Angart weitererzählen hörte, obwohl es mich überhaupt nicht mehr interessierte „... das originale Werkmodell fiel Ende des 2. Weltkrieges einem Bombenangriff zum Opfer. Aber vom *Schwebenden* in Köln konnte eine neue Gussform hergestellt werden, die den Güstrower *Schwebenden* wieder möglich machte. Und daher schwebt der Engel seit 1953 wieder bei uns im Dom."

Die Autobahn war an diesem Samstag wenig befahren und so war ich gut drei Stunden nach dem aufschlussreichen Telefonat in der evangelischen Antoniterkirche in Köln. Das Gotteshaus lag in der Schildergasse, in unmittelbarer Nähe zum Gürzenich, der von den Karnevalssitzungen bekannten *guten Stube* Kölns.

Neben mir stand die Küsterin Eva Steinborn. Die kleine, resolut wirkende, etwa sechzig Jahre alte Dame, hatte sich sofort bereit erklärt, mich in der Kirche zu treffen. Aus dem Internet hatte ich ihren Namen und die Telefonnummer erfahren und sie direkt angerufen. Von dem Mord hatte sie in der Zeitung gelesen und Doktor Angart hatte auch bereits mit der Kirchenleitung telefoniert.

Wir befanden uns im Nordschiff der Kirche, wo *Der Schwebende* über einer Steinplatte, in der die eingemeißelten Zahlen *1914 – 1918* und *1939 – 1945* an die Dauer der beiden Weltkriege erinnerten.

Und direkt daneben stand er und drängte sich meinem Bewusstsein als die einzig denkbare Lösung des Rätsels geradezu auf.

Augenblicklich war mir klar geworden, womit und wie man Renate umgebracht hatte. Einem arglosen Betrachter erschien der Gabelstapler in seiner nüchternen, gelben Lackierung harmlos, ein funktionales und hilfreiches Hub- und Bewegungsmittel. Auf mich jedoch wirkte er, mit der schlagartigen Erkenntnis über seine todbringende Verwendung, beunruhigend, bedrohlich, heimtückisch.

An den hohen Kirchenwänden wurden, wie mir Eva Steinborn bereits auf dem Weg durch die Kirche erzählt hatte, schon seit mehreren Wochen Renovierungsarbeiten vorgenommen. Dazu hatte man Gerüste aufgebaut und für schwer erreichbare Stellen standen hohe Leitern zur Verfügung. Um Material, Werkzeuge und Handmaschinen kräftesparend an den jeweiligen Einsatzort zu bringen, hatte man diesen Gabelstapler speziell dafür aufgerüstet, indem man eine massive Holzpalette auf den Gabeln fixiert hatte.

Leicht indigniert unterbrach die Küsterin ihre soeben begonnene Erklärung zu der Skulptur, um die ich sie eigentlich gebeten hatte, als ich mich von ihr abwandte, um mit unverhohlenem Interesse das Gefährt zu inspizieren. Ich entdeckte ein metallenes Typenschild mit den eingestanzten Herstellerinformationen. Heribert oder einer seiner Kollegen vom kriminaltechnischen Dienst würde damit vielleicht etwas anfangen können, daher notierte ich sie: *Hersteller Hyster, Typ 3.00XM, Hublast 3 000 kg, Hubhöhe 5 965 mm, Bauhöhe 2 695 mm, Länge ohne Gabelzinken 2 670 mm, Breite 1 340 mm, Bauhöhe 2 945 mm, Einsatzgewicht 5 300 kg.*

Die Erkenntnis, was die Angabe der Hubhöhe und die Holzpalette zu bedeuten hatten, versetzte mir einen Schlag. Ich wollte wissen, wie lange der Gabelstapler schon in diesem Kirchenflügel stand.

„Seit etwa vier Wochen“, schätzte Eva Steinborn. In ihrer Stimme schwang unverkennbar die Verwunderung darüber mit, wie ich mich angesichts der ehrwürdigen und historienschwangeren Skulptur Ernst Barlachs so angelegentlich mit einer profanen Baumaschine befassen konnte.

Ich übersah und überhörte ihre Irritation. Mein Sinn für Höflichkeit war mir einmal mehr abhanden gekommen. „Wer öffnet den Mitarbeitern des Bauunternehmens die Kirche?"

„Niemand. Wir haben dem Geschäftsführer mehrere Schlüssel übergeben, zumal seine Leute zu sehr unterschiedlichen Zeiten hier arbeiten."

„Und weshalb ist heute niemand da?"

Sie zuckte mit den Achseln. „Vielleicht weil Samstag ist? Was weiß ich. Dafür arbeiten die auch schon mal nachts."

Ich wurde hellhörig. „Bekommen Sie das mit?"

„Meistens schon, wir wohnen ja direkt nebenan." Mit ihrer rechten Hand deutete sie durch die Kirchenmauer in eine bestimmte Richtung. „Etwa zwanzig Meter neben der Westpforte. Und selbst wenn ich durch die dicken Mauern nichts höre, kann ich aber den Lichtschein sehen."

„Können Sie sich erinnern, ob in der Nacht vom Freitag auf Samstag letzter Woche gearbeitet wurde?"

Sie überlegte kurz, dann grinste sie und nickte heftig. „Ja, sogar ziemlich spät. Mein Mann war vor dem Fernseher eingeschlafen und schnarchte. Ich habe mir einen Spätfilm angesehen – *Zeugin der Anklage* mit Marlene Dietrich und Charles Laughton. Und da dachte ich noch, mein Alter schnarcht hier selig und da drüben wird gearbeitet."

„Um wie viel Uhr war das?"

„Ich weiß nicht, wann die gekommen sind, aber kurz vor eins habe ich Licht gesehen und als ich so gegen halb drei ins Bett gegangen bin, war das Licht wieder aus."

Das Zeitfenster stimmte. Ich blickte hinüber zu der Skulptur. Und, als ob ich dabei gewesen wäre, spulte sich wie in einem Film vor meinem geistigen Auge das ab, was hier geschehen sein musste. Die Ergebnisse der gerichtsmedizinischen Untersuchung enthielten die Regieanweisungen des Drehbuchs:

Auf Rücken, Gesäß und Waden von Renates Leiche hatte man drei längs verlaufende Druckstellen festgestellt, die sich bis in das Gewe-

be fortsetzten und dem Muster eines Lattenrostes ähnelten – die Holzpalette!

Auf Renates Haut wurden keine Materialspuren entdeckt. Sie musste also im bekleideten Zustand erdrückt worden sein, was durch einen ungewöhnlich hohen Anteil an Stofffasern belegt worden war. Ich war mir sicher, dass die Spurensicherung dieselben Fasern auf der Palette entdecken würde. Es sei denn, man hätte sie ausgetauscht, wovon allerdings nicht auszugehen war, da die Täter es eilig gehabt haben dürften.

Das Gewicht der Skulptur hätte die tödlichen Verletzungen nicht hervorrufen können, der doppelte Druck allerdings sehr wohl.

Man hatte ihr Trapanal injiziert und sie damit ruhig gestellt.

In dem Film in meinem Kopf sah ich zwei Männer. Jeder maß etwa einen Meter siebzig, fünfundsiebzig. Sie trugen Baseballmützen, die Schirme verdeckten die Gesichter. Bekleidet waren sie mit Jeans, wobei einer eine gelbe, der andere eine grüne Windjacke trug. Es waren dieselben Typen, die auch den Einbruch bei Gertrud begangen hatten und die der Organist der Christuskirche gesehen hatte. Sie mussten an einen der Originalschlüssel gekommen und sich damit Zutritt zur Antoniterkirche verschafft haben. Entweder kannten sie einen der Handwerker, der ihnen den Schlüssel überlassen hatte, oder sie gehörten sogar selbst zu dem Restaurierungstrupp. Einer trug Renate auf seiner Schulter und legte sie auf der Palette ab. Vollgepumpt mit Trapanal war sie absolut wehrlos, unfähig sich zu bewegen. Sie hatte nicht einmal dem abscheulichen und menschenverachtenden Akt ausweichen können, auf den die Spermaspuren auf ihrem Gesicht hinwiesen. Ich wollte diese Szene ausblenden, aber es gelang mir nicht – wieder stieg Übelkeit in mir auf.

Und dann fuhr der Stapler auf die Figur zu. Die Gabel mit der Palette, auf der Renate lag, wurde nach Einweisung eines der Täter darunter platziert. Ein Hebel wurde gezogen und der Lift hob sich in seiner Führung nach oben. Vielleicht wurde die Position auch noch ein oder mehrere Male durch Rangieren korrigiert, um Renate, exakt unter der Bronzeskulptur zu positionieren. Und dann ... Wie quälend mussten diese Minuten für sie gewesen sein, in denen Renate – unfähig sich zu bewegen – ihrem Tod entgegensah.

Obwohl der Motor des Gabelstaplers es hätte übertönen müssen, vermeinte ich dennoch zu hören, wie ihr Körper zerquetscht wurde. Das Knacken ihrer Rippen und Knochen, es ging über in ein noch grässlicheres Geräusch, als ob man einen mit Wasser gefüllter Plastikbeutel zum Platzen bringt. Ein letzter Seufzer, ein letztes Ausatmen, Ende, Abspann ... Stille.

Ich erwachte aus meinem Tagtraum und stellte fest, dass ich unentwegt, geradezu fassungslos, den Bronzeengel angestarrt haben musste. Ernst Barlachs friedfertige Figur, die doch eigentlich Gewaltlosigkeit symbolisieren sollte, war als Todesengel missbraucht worden. Aber wegen ihr war ich eigentlich nach Köln gefahren. Ich musste noch herausfinden, weshalb man diese mysteriöse Todesart gewählt hatte. Heribert und ich waren überzeugt davon, dass darin der entscheidende Schlüssel zu finden sei.

„Frau Steinborn", ich bemühte mich, meiner Stimme eine normale Festigkeit zu verleihen, „Sie sagten ja bereits am Telefon, dass Sie mir einiges über den *Schwebenden* erzählen können".

Ich hatte den Eindruck, dass sie mit Erleichterung registrierte, dass ich wieder in die Realität zurückgefunden hatte. Mit einer zärtlichen Geste berührte sie das Gesicht der wuchtigen Bronzeplastik, die unschuldig an ihren Stahlstreben hing.

„Er hat seine eigene Geschichte, die eng mit den Geschehnissen des zwanzigsten Jahrhunderts verbunden ist." Sie stockte, sah mich skeptisch von der Seite an und fragte: „Ist es auch recht, wenn ich ein wenig aushole?"

„Gerne."

„Ja also. Ernst Barlach war, wie viele seiner Zeitgenossen, zunächst begeistert vom Beginn des 1. Weltkrieges. Aber das änderte sich schnell und er begann, die Schrecken und das Grauen des Krieges in seinen Kunstwerken zu verarbeiten. Als ihm nach dem Krieg die Gemeinde Güstrow den Auftrag für ein großes Kunstwerk für den Dom gab, konzipierte Barlach seinen *Schwebenden* als Mahnmal für die Toten. Wie Sie sehen, Herr Schäfer, hält er seine Arme über der Brust verschränkt und die Hände ruhen auf den Oberarmen. Die Augen sind geschlossen und trotzdem hat man den Eindruck, als würde er etwas sehen. Er hat offenbar eine Vision. Er scheint in einen Raum zu blicken, der unserem Erleben nicht zugänglich ist. Und dieser Vision gibt sich der Engel mit ganzer Konzentration hin. Sein Mund ist geschlossen und dennoch sieht es so aus, als ob er unendlich viel sagen könnte. Von dem Leid, das Menschen niederzieht und verschlingt, und vom Elend des Krieges. Aber er schweigt, um ganz für das, was er sieht, da zu sein. Seine Hände sind nach innen gewandt. Wo wir auch mit der Betrachtung der Figur beginnen, alles führt in die Innerlichkeit, in die Vision, die über ihn hinausweist, ins Zeitlose. Barlach selbst hat einmal gesagt: *Für mich hat während des Krieges die Zeit stillgestanden. Sie war in nichts anderes Irdisches einfügbar. Sie schwebte. Von diesem Gefühl wollte ich in dieser im Leeren schwebenden Schicksalsgestalt etwas wiedergeben.*"

Wieder berührte Eva Steinborn, der man anmerkte, dass ich nicht der erste war, dem sie diese Gestalt näher brachte, mit einer zärtlichen Geste das Antlitz der Figur. „Das Gesicht trägt übrigens die Züge der Künstlerin Käthe Kollwitz. Sie war mit Ernst Barlach befreundet und er soll immer wieder erzählt haben, dass es sich bei der Ähnlichkeit um einen Zufall handele. Und über die Odyssee, die den Zweitguss hier in die Antoniterkirche führte, hat Sie Doktor Angart ja bereits informiert."

Etwas an ihren Worten war mir aufgefallen. Es war, als wäre durch eine unsichtbare Frequenz eine Saite zum Schwingen gekommen. Irgendetwas hallte in mir nach. Wortfetzen, wie: *Mund geschlossen ... unendlich viel sagen ... er schweigt*. Ich konnte es nicht greifen. Noch nicht.

Ich bedankte mich bei Eva Steinborn und rief in ihrem Beisein Heribert an, um ihm meine Vermutung über den Einsatz des Gabelstaplers mitzuteilen. Mit großen Augen hörte sie zu und erkannte nun, weshalb ich mich zuvor so intensiv mit diesem Gerät befasst hatte. Mit Abscheu blickte sie zu der Maschine hinüber. Ohne weitere Rückfrage war sie daher bereit, Heriberts Anordnung zu befolgen und die Kirche bis zum Eintreffen seiner Kölner Kollegen zu verschließen.

„Soll ich auch noch hier bleiben?“, wollte ich wissen.

„Das wird nicht nötig sein. Ich möchte auch die Kollegen dort nicht unnötig irritieren, indem du ihnen erzählen musst, was in aller Welt dich dazu getrieben hat, in der Antoniterkirche zu recherchieren. Das Gespräch mit seinem Amtskollegen im Polizeipräsidium in Köln überlasse ich lieber Helmut Körper.“

Montag, 3. Oktober 2005 auf Dienstag, 4. Oktober 2005

Wer konnte den Mord an Renate angeordnet haben? Wem war sie so dicht auf der Spur gewesen, dass ihr Tod mit einem ebenso riskanten, wie gleichermaßen aufwändigen Arrangement geplant und umgesetzt worden war? Wer war überhaupt in der Lage, so etwas unentdeckt und perfekt zu organisieren? Und wo hatte sie sich aufgehalten? Zerfass kannte den Aufenthaltsort, war aber nicht bereit, ihn preiszugeben. Vor wem hatte er Angst? Könnte man ihn nicht in Beugehaft nehmen? Weshalb hatte man sie nicht sofort umgebracht und stattdessen über mehrere Monate festgehalten? Wie war sie zum zweiten Mal in die Hände ihrer Entführer geraten? Oder waren es Zufälle, die das Lebensdrehbuch von Renate bestimmt hatten? Waren Entführer und Mörder vielleicht gar nicht ein und dieselben?

Das Totengeläut der Bernheimer Kirche riss mich aus meinen Gedanken. Zu gerne hätte ich mich mit Heribert über die Gedanken, die mich quälten, ausgetauscht. Aber er war mit sich selbst so sehr beschäftigt, dass er meine Anwesenheit kaum wahrgenommen hatte. Er nahm Abschied von Renate. Dagmar hatte sich bei ihm untergehakt und sie warfen jeder eine gelbe Rose auf Renates Sarg.

Begräbniszeremonien waren noch nie mein Ding gewesen. Andererseits respektierte ich die Hoffnung auf die Wiederauferstehung und das Wiedersehen in einer anderen Welt. Ein tröstlicher Gedanke, wie es Bodo Großmann, unser evangelischer Gemeindepfarrer ohne überbordendes Pathos formulierte. Außerdem wollte ich den Angehörigen, allen voran Gertrud, in der Stunde des endgültigen Abschieds mein Beileid bekunden.

Sonja konnte nicht mit dabei sein. Da es sich nicht um eine Angehörige von ihr handelte, fand die Schulbehörde, dass ihre Verpflichtungen in der Schule Vorrang hätten. Und so hielt ich mich im Hintergrund und hing meinen Gedanken nach, denn immer noch war Renates Tod ungesühnt. Ich beobachtete die Trauergemeinde. Viele Verwandte, Freunde und Bekannte waren gekommen, darunter alle, die mir im Rahmen meiner Ermittlungen begegnet waren.

Nach der Kondolenzcour lud Pfarrer Großmann die Anwesenden im Namen der Familien Dohne und Faber zum Beerdigungskaffee in die nahe gelegene Gemeindehalle ein. Ich wechselte einen kurzen Blick mit Heribert. Er schüttelte den Kopf, nickte aber in Richtung Ausgang des Friedhofs, wo wir uns kurz darauf trafen. Dagmar sah mich mit einem, für die Situation kuriosen, rätselhaften Blick an.

„Soll ich?“, wandte sie sich an Heribert.

„Aber nur das Nötigste, wir wollen Sonja mit dabei haben.“

„Also“, begann sie, „wir müssen euch noch über eine Sache informieren, die euch gleichermaßen betrifft. Wir wissen es auch erst seit gestern Nachmittag. Wann erwartest du Sonja?“

Ich sah auf meine Uhr. „Sie müsste eigentlich schon zuhause sein. Worum geht es denn?“

Sonja war tatsächlich schon da. „Hallo Schatz! Die beiden haben uns etwas ganz Geheimnisvolles mitzuteilen“, begrüßte ich sie. „Auf dem Weg hierher haben sie kein Wort mit mir gewechselt. Es war nichts aus ihnen herauszukriegen.“

Sie lachte. „Fünf Minuten Schweigemarsch wird dir ja auch mal guttun.“ Dann wandte sie sich an Dagmar: „Nachwuchs?“

„Quatsch! Eher das Gegenteil!“

Wir setzten uns um den runden Tisch in der Küche und Dagmar begann, nachdem Heribert ihr mit einem aufmunternden Blick sein Einverständnis signalisiert hatte: „Ihr erinnert euch noch daran, wo Heribert und ich fast auf den Tag genau vor zwei Jahren gemeinsam ermittelt haben?“

Wir sahen uns ratlos an, bis es Sonja einfiel. „Ihr ward in Italien, eine Spur der Ulmer verfolgen.“ Ihr Gesicht verfinsterte sich. „Ich werde die Angst nie ganz loswerden, dass dieses Weib zurückkommt, um sich an Heribert und Darius zu rächen.“

Sabine Ulmer war für mehrere Morde verantwortlich, die wir gemeinsam aufgedeckt hatten. Dank ihrer kriminellen Energie und Intuition, die zum Bestandteil ihres krankhaften Wesens geworden waren, hatte sie aber immer wieder entkommen können. Vor zwei Jahren hatte sie dabei sogar vorübergehend Sonja in ihre Gewalt gebracht. Ihre Spur verlor sich dann aber zum Ärger von Dagmar und Heribert in Süditalien.

„Du musst keine Angst mehr haben", ergriff nun Heribert das Wort, „sie ist tot. Gestern Nachmittag erhielten wir die Nachricht von den Kollegen, mit denen wir damals in Neapel zusammengearbeitet hatten. Die Geschichte, die zu ihrem Tod führte, liegt schon mehrere Wochen zurück, da man ihre Identität nicht sofort hatte feststellen können."

Sabine Ulmer war offenbar in eine Polizeiaktion geraten und zusammen mit einem Drogenhändler in Pizzo, einem kleinen Städtchen in Kalabrien, erschossen worden. In mehreren italienischen Städten hatten Sondereinheiten zwanzig Verdächtige festgenommen und rund siebzig Durchsuchungen durchgeführt. Man konnte 250 Kilogramm Kokain aus Südamerika beschlagnahmen, die auf einem Schiff nach Italien geschmuggelt worden waren, das Material für die Rallye Paris-Dakar transportiert hatte. Das Kokain wurde in einem Camper in der Nähe von Pizzo entdeckt und dabei waren eine Frau und ein Mann erschossen worden, die mit der kalabresischen Mafia, der 'Ndrangheta, in Zusammenhang standen. Der Mann war aktenkundig bekannt, die Frau dagegen konnte anfangs nicht identifiziert werden. Erst nach der Einschaltung von Interpol stellte sich heraus, dass es sich um Sabine Ulmer handelte. Offenbar hatte sie sich als Kontaktperson für die Schaltung eines Netzwerkes nach Deutschland betätigt, wobei ihr ihre Kenntnisse als Rechtsanwältin zugutegekommen waren.

„Bei der 'Ndrangheta in Kalabrien", erklärte Dagmar, „handelt es sich übrigens um die derzeit gefährlichste Mafia. Es ist die reichste kriminelle Organisation Italiens. Sie ist besonders skrupellos und gut organisiert. Ihre Stärke bezieht sie aus einem Kodex, der familienähnliche Strukturen aufweist. In der Familie, wie diese Gangster ihren brutal agierenden Verbund nennen, bist du geschützt, aber wehe, du willst ausbrechen oder ein Fremder greift die Organisation an. Das kannst du vergleichen mit einer Gruppierung von Neonazis oder bestimmten Sekten."

„Klingt nach Johann Preuß", sagte ich.

„Ja, der spricht wie eine Kleinstausgabe. Die Stiefelspitze Italiens ist jedenfalls fest in der Hand des organisierten Verbrechens. Der Kollege aus Neapel erzählte uns, dass sieben von zehn Unternehmen in Kalabrien resigniert haben und inzwischen der 'Ndrangheta regelmäßig Schutzgeld zahlen."

„Und ich sage euch eines", orakelte Heribert, „wenn bei uns weiterhin an der personellen und technischen Ausstattung der Polizei derart gespart wird, werden wir in naher Zukunft nicht nur mit islamistischen Terroristen, sondern auch noch mit Mafiaorganisationen unseren Spaß haben. Die Duisburger Kollegen haben dafür schon jetzt ein geflügeltes Wort: *Wo Pizzeria drauf steht, ist meistens Mafia drin*."

„Du mit deiner ewigen Schwarzmalerei. Übertreibst du da nicht etwas?", zweifelte Sonja das von Heribert entworfene Szenario an.

„Sonja, schau dich doch mal um! Was meinst du denn, wie eine Pizzeria überleben kann, wenn die meisten Tische leer bleiben? Dass dort die ganze Familie mitarbeitet und ..."

„Ich glaube, ich hab's", platzte ich unvermittelt dazwischen und war selbst über meine spontane Eingebung verblüfft. Bereits bei der Erwähnung der Verbindung von Sabine Ulmer mit dieser Mafiaorganisation hatte sich meine Intuition wieder eingeschaltet und paradoxerweise meinen Verstand in Gang gesetzt. Sonja, Dagmar und Heribert sahen mich verstört an, als ich scheinbar völlig deplatziert erklärte:

„Wenn das zutrifft, was ich nun ganz stark vermute, hat die Ulmer, ohne es zu wollen, posthum noch ein gutes Werk getan."

„Du willst sie jetzt doch wohl nicht glorifizieren!", protestierte Sonja.

„Keineswegs, aber mir ist in Erinnerung an das, was wir mit ihr erlebt haben, einiges klarer geworden. Hört einfach einmal zu: Wir wissen doch inzwischen, dass Renate in ein Wespennest gestochen und ein Netzwerk mit einer mafiosen Struktur aufgeschreckt hat, das wie diese 'Ndrangheta oder Cosa Nostra oder wie die alle heißen, funktioniert. Sogar einen Paten haben wir: *Signor Gepetto*. Und ich vermute, dass wir, ohne dass es uns bewusst war, in diesem Geflecht zwei verschiedene Spuren verfolgen, die sich nur zufällig gekreuzt haben. Wir haben es nur nicht gesehen und dadurch sind wir im Zickzack gelaufen."

Heribert beugte sich zu mir über den Tisch und sagte, ohne den Blick von mir zu wenden: „Sonja, ich glaube es wird Zeit für eine tragfähige Unterlage namens Dornfelder."

Während Sonja seiner Aufforderung nachkam, deutete er mit dem Zeigefinger auf mich. „Ich hoffe doch inständig, dass du deine Metaphern so übersetzt, dass ein halbwegs intelligenter Mensch nachvollziehen kann, was du damit andeuten willst."

Ich bat um einen Moment Geduld, um ein kurzes Telefonat mit Gertrud zu führen und erreichte sie auf dem Weg vom Beerdigungskaffee nach Hause auf ihrem Handy. Sie musste nur kurz überlegen, um meine Frage zu beantworten und mir eine letzte Bestätigung zu geben.

„Die eine Spur", nahm ich das Gespräch wieder auf, „führt zu Johann Preuß, seiner Tochter und diesem mysteriösen Schattenmann. Nach allem, was wir auch von Klaus Zerfass und Fred Raimund wissen, müsste es sich dabei um Hornbach handeln. Hier ging es um den Schutz der Familie Preuß/Dohne, des Netzwerkes und seiner Mitglieder nach außen", wobei ich das letzte Wort besonders akzentuierte. „Die zweite Spur aber führt in die Familie selbst, ihren Schutz nach innen. Sie führt zu Marga!" Ich blickte aufmerksamkeitsheischend in die Runde.

„Darius, spann uns nicht auf die Folter und mach keine Rätselrunde aus deinen Erklärungen." Sonjas Stimme ließ Gefahr ahnen.

„Renate hatte Marga in ihre Ermittlungsergebnisse eingeweiht. Und Marga wiederum wusste, dass diese zutrafen. Sie erkannte nun die einmalige Chance, wieder in den Familienverbund aufgenommen zu werden, indem sie sich als Hüterin von deren Integrität positionierte. Sie schaltete Renate erst einmal aus, indem sie sie in ihre Gewalt brachte. Dann versuchte sie, Renate umzustimmen. Sie ist sehr belesen und besitzt eine gute Allgemeinbildung. Ich nehme daher an, dass sie auf die Wirkung des Stockholm-Syndroms gebaut hatte. Mit anderen Worten: Marga erhoffte sich, dass Renate ein positives, emotionales Verhältnis zu ihr als Entführerin aufbauen und sich sogar mit ihr solidarisieren würde. So erklärt sich auch die lange Zeit ihrer Gefangenschaft."

„Das würde auch zu ihrem Krankheitsbild passen, von dem du nichts wissen wolltest", bestätigte Sonja, wobei sie mir einen vorwurfsvollen Blick zuwarf.

Ich sah darüber hinweg, da mir nicht daran gelegen war, mich auf einem Nebenkriegsschauplatz zu verzetteln. „Aber sie hatte sich in Renate getäuscht und deren psychische Stärke unterschätzt. Das ist ja auch daran zu sehen, dass die sofort nach ihrer Befreiung wieder ganz Kriminalistin war. Leider kreuzte sich dann die zweite Spur und so fiel sie durch die gezielte Indiskretion von Hornbach in die Hände der Verbrecher, die sie dann auch töteten."

Dagmar strich sich über ihre Nase. „Darius, da ist aber ein Riesenhaken an der Geschichte: Wo, bitte schön, soll Marga Preuß Renate so lange festgehalten haben, ohne dass es jemandem aufgefallen ist."

„Es ist jemandem aufgefallen."

„Zerfass!", ergänzte Heribert. „Und deshalb wollte er auch mit der Sprache nicht raus, wo er Renate entdeckt hatte. Er befür..."

„Aber wo?", Dagmar vermochte ihre Ungeduld nicht zu zügeln und unterbrach ihn, was sonst nicht ihre Art war. „Bevor ihr euch in Mutmaßungen über die Motivation von Zerfass ergeht, sollten doch erst einmal die grundlegenden Möglichkeiten feststehen. Wo – war – sie?"

„Bei Marga! Die ganze Zeit zwischen dem 26. März und dem 19. September war sie bei Marga. Ich habe sogar ihr Handy klingeln hören, unter meinen Füßen, ich vermute, dass ich nur wenige Meter von ihr entfernt war." Und leise fügte ich hinzu: „Damals war sie noch am Leben und ich hätte sie retten können."

„Also, bitte, Darius! Jetzt spuck endlich aus, was du weißt."

Ich wehrte mich. „Sonja, du musst jetzt nicht zornig werden. Das, was ich eben rekonstruiere, ist auch für mich wie ein Foto, das langsam im Entwicklerbad sichtbar wird. Gertrud hat uns doch erzählt, dass sie mehrmals vergeblich versucht hatte, Renate auf deren Handy zu erreichen. Sie hatte es erst aufgegeben, nachdem wir Renates Brief am Bahnhof Bingerbrück in ihrem Auto entdeckt hatten. Nebenbei hatte Gertrud irgendwann erwähnt, dass Renate ihre Lieblingsmelodie als Klingelton auf ihre Handy geladen hatte: *My heart will go on*, die Titelmelodie aus dem Titanicfilm. Und das hat mir Gertrud gerade noch einmal bestätigt.

Als ich Marga Preuß zum ersten Mal besuchte, waren wir auch in ihrer Scheune und da hörte ich unter mir genau diese Melodie. Marga gab vor, nichts gehört zu haben und schob es sicherheitshalber auf die zu laut eingestellte Stereoanlage der Nachbarskinder."

„Ich verstehe immer noch nicht", warf Dagmar ein, während ich Sonjas Mimik entnahm, dass sie endlich kapiert hatte, worauf ich hinaus wollte.

„Was Darius sagen will ist, dass es unter Bernheim ein weit verzweigtes unterirdisches Gangsystem gibt. Es waren Fluchtwege und Verstecke, die von der Bevölkerung während des Dreißigjährigen Krieges angelegt worden waren. Auch während der Erbfolgekriege und der Besetzung durch die napoleonischen Truppen wurden sie genutzt. Die Gänge reichten bis unter die Wohnhäuser und waren teilweise aus dem reinen Lehm herausgestochen, aber auch in felsiges Gestein gehauen. Die Einstiege erreichte man entweder unmittelbar von einem Raum des Hauses aus, indem man eine Leiter benutzte oder ein Seil herabließ, oder direkt von tief gelegenen Kellern."

„Und diese Gänge oder Kammern gibt es noch?“

„Die meisten hat man zugeschüttet. Aber in einigen Häusern existieren sie tatsächlich heute noch“, gab ich Dagmar zur Antwort. „Ich nehme an, dass an der Stelle, wo heute auf Marga Preuß' Grundstück die Scheune ist, früher einmal ein Haus gestanden hat. Jedenfalls vermute ich dort Renates Verlies oder wenigstens einen Hinweis auf den Ort, an dem man sie während der sechs Monate gefangen gehalten hat. Was hältst du davon, dort heute Nacht nach entsprechenden Hinweisen zu suchen? Ich bin überzeugt davon, dass wir etwas Brauchbares finden.“ Ich sah Heribert herausfordernd an.

„Klar doch“, sein Sarkasmus war nicht zu überhören. „Eine Durchsuchung zwischen 21.00 und 4.00 Uhr ist nur dann zulässig, wenn ein Beschuldigter auf frischer Tat verfolgt wird, wenn Gefahr im Verzug besteht oder die Durchsuchung der Wiederergreifung eines entwichenen Gefangenen dient. Paragraf 104 Absatz 1 der Strafprozessordnung. Ich mache mich ja beim Staatsanwalt zum Affen, wenn ich mit diesen mageren Indizien eine offizielle Durchsuchungsanordnung erwirken will.“

„Habe ich etwas von offiziell gesagt? Ich kenne den Weg vom Garten in die Scheune, da sieht uns kein Mensch.“

Wider Erwarten hatte ich Schützenhilfe von Sonja erhalten und so schlichen Heribert und ich gegen ein Uhr nachts durch Marga Preuß' Garten in die Scheune. Den Weg fanden wir mithilfe einer starken Taschenlampe.

Ich konnte mich noch gut an die Stelle erinnern, wo ich die Melodie gehört hatte. Die im Durchmesser etwa zwei Meter hohe Strohrolle, auf die ich Heribert hinwies, war mir damals schon aufgefallen. Ich hatte mich gefragt, welchen Zweck sie wohl erfüllen möge. Als wir sie zur Seite rollten, war meine Frage mit mehrmonatiger Verspätung beantwortet: Sie verdeckte eine cirka 70 mal 50 Zentimeter große Falltür aus massivem Holz. Mit dem eisernen Ring, der an einem altertümlichen Scharnier befestigt war, konnten wir sie ohne große Kraftanstrengung nach oben klappen und umlegen. Ich leuchtete in einen etwa drei Meter tiefen Schacht. Über eine Holzleiter, die an eine der lehmigen Wände montiert war, stiegen wir hinab. Am unteren Ende war der Schacht wie eine bauchige Flasche erweitert worden. Wie die Wände bestand auch der Boden aus Lehm, der mit Sandstein durchsetzt war. An einer Seite zweigte ein Tunnel ab, der aber nur etwa fünfzig Zentimeter weit reichte. Er war mit Bauabfällen zugeschüttet worden. Im Schein der Taschenlampen sahen wir, dass ich mit meiner Vermutung Recht hatte – zum Teil wenigstens.

Wenn es auch unmöglich gewesen wäre, dass Renate in diesem Loch so lange hätte überleben können, so fanden wir doch handfeste Spuren von ihr: fünf Plastikordner, deren Ettiketten bei erstem flüchtigen Hinsehen auf *Preuß & Erben* schließen ließen.

„Wahrscheinlich die Unterlagen, von denen Renates Mann annimmt, dass seine Mutter sie versteckt hätte“, sagte ich und bat Heribert wieder nach oben zu steigen, damit ich sie ihm anreichen könnte. Aber die Ordner waren nicht die einzigen Hinweise. Eine Reisetasche mit Kleidung und unter der Tasche … ein Handy. Daneben lag der Akku. „Hier ist auch das Handy. Wenn wir es aufladen, werden wir bestimmt den Klingelton darauf finden, den ich gehört habe. Warte, ich bringe es mit hoch. Nimm du mir bitte noch die Tasche ab.“

Unsere Konversation hatte im Flüsterton stattgefunden, obwohl die Scheunentür geschlossen und das Wohnhaus gut fünfzehn Meter entfernt war.

„Sie hat sich wohl nicht getraut, die Sachen anderswo verschwinden zu lassen“, stellte Heribert fest, als er die Reisetasche durchsuchte, während ich mit der Stablampe für das notwendige Licht sorgte. Er richtete sich wieder auf. „Nichts, nur Kleidung, aber eindeutig von Renate. Den hier“, er hielt einen Pullover hoch, „den hat sie mit mir zusammen gekauft. In Berlin, im KaDeWe … ach Sch…“

Einerseits respektierte ich seine aufkeimende Sentimentalität, andererseits fand ich, dass es dafür günstigere Orte und vor allem

Zeitpunkte gab. „Was machen wir jetzt?“, lenkte ich seine Aufmerksamkeit wieder auf den Grund unseres nächtlichen Besuchs.

„Was schlägst du vor? Hier war Renate jedenfalls nicht eingesperrt. Sie musste essen, trinken und ... naja ... es wieder loswerden. Ist da drin ein Klo oder hast du Spuren von einem Eimer gesehen? Wenn sie das wirklich überlebt hätte, hätte in dem Obduktionsbericht doch auch irgendetwas darauf hinweisen müssen.“

„Zum Beispiel?“

Er faltete den Pullover sorgsam zusammen und legte ihn mit einer sanften Geste wieder zurück zu der restlichen Kleidung. „Ich bin zwar kein Arzt, aber es ist feucht in dem Loch. Das hätte doch Spuren in den Bronchien oder an der Lunge hinterlassen müssen. Und dann ... Boden und Wände bestehen vornehmlich aus Lehm. In den Papillarleisten und unter den Fingernägeln haben die in Mainz aber Spuren von Trasszement festgestellt. Und Trasszement wird doch ...“

„... zum Ausfugen von Natursteinmauern genommen. So, wie in den Gewölbekellern; Gewölbekellern, wie es sie hier überall unter den Häusern gibt. Und“, fiel mir fast triumphierend ein, „hast du Klo gesagt? Wenn in einem dieser Keller eine Toilette eingebaut sein sollte, wie kommen die Abwässer dann wohl auf das Niveau der Kanalisation?“

Heribert zuckte mit den Schultern. „Es gibt ja auch Chemietoiletten, wie man sie im Campingwagen hat.“

„Ja, die müssen aber immer wieder entsorgt werden. Das ist ein Heidenaufwand. Aber hast du schon einmal etwas von einer Hebepumpe gehört?“

„Wie kommst du jetzt darauf?“ selbst im schwachen Licht der Taschenlampe erkannte ich, dass Heribert mich skeptisch ansah.

„Weil ich mich manchmal an die trivialsten Dinge erinnere.“

„Du kultivierst etwas, das Dagmar mir als grenzwertige Gedankensprünge vorwirft. Sorry, ich schweife ab – was sagt deine Erinnerung an triviale Dinge?“

„Als ich am letzten Freitag zu Marga Preuß kam, fuhr gerade ein

Installateur von ihr weg. Ich habe noch seine Worte im Ohr, mit denen er sich verabschiedete: *Wenn sie nicht das richtige Material* – und bei Material hat er so merkwürdig gelacht – *verwenden würde, hätte sie immer wieder den gleichen Schlamassel mit der Anlage*. Als ich sie dann fragte, ob es Probleme gäbe, antwortete sie mir zwar, aber unterbrach sich im entscheidenden Wort. Sie meinte, es sei nichts besonderes, *nur die Hebepu*... und dann wechselte sie abrupt das Thema."

„Und was meinst du, kann das bedeuten?"

„Ganz einfach, dass in ihrem Haus eine Hebepu*mmmpe* installiert ist, die während der letzten Zeit durch unsachgemäße Benutzung häufiger verstopft war."

„Mhm", brummelte er. „Und jetzt?"

„Jetzt fällt mir noch etwas ein. Ich sage nur: Handwerker. Bei meinem ersten Besuch hat sie mir mit Stolz von ihrem Haus erzählt, mich aber nie hineingebeten. Wir sind stets im Hof geblieben."

„Und was hat das mit Handwerkern zu tun?"

„Abwarten! Der Vorbesitzer, sagte sie mir, sei so ein verrückter Handwerker gewesen und hätte alles möglich an aberwitzigen Dingen eingebaut und umgebaut. Warum dann nicht auch eine Toilette neben einem, vielleicht zum Partyraum oder zu einer privaten Weinstube ausgebauten, Gewölbekeller."

Heribert überlegte kurz. „Gut. Dann werden wir der Dame jetzt einen mitternächtlichen Besuch abstatten."

„Und was ist mit dem von dir strapazierten Paragrafen 104 Absatz 1 der Strafprozessordnung?", fragte ich spöttisch.

„Och, da gibt es ja noch den Absatz 2. Danach gilt die nächtliche Beschränkung unter anderem nicht für Räume, die jedermann zugänglich sind oder in denen Sachen vermutet werden, die mittels Straftaten erlangt wurden. Außerdem glaube ich kaum, dass Marga Preuß gegen uns vorgehen wird, wenn wir tatsächlich fündig werden."

„Aber vielleicht ihr Anwalt im Prozess", warf ich ein.

Heribert zuckte mit den Schultern. „Und im Ernstfall Darius ..."

„Ich weiß, dann war ich es."

„Braver Junge!"

Ausgestattet mit unseren Fundstücken verließen wir die Scheune und gingen im Schein der Straßenlaterne auf das Wohnhaus zu. In Bernheim herrschte Totenstille. Umso lauter war unser Klopfen an der Haustür zu vernehmen. Eine Klingel war nur außerhalb des Hoftores angebracht und das war abgeschlossen. Kurze Zeit später sahen wir einen Lichtschimmer in einem der Fenster über uns und Marga Preuß sah vorsichtig heraus.

„Frau Preuß", sagte ich leise, aber bestimmt, „neben mir steht Hauptkommissar Koman. Wir müssen Sie unbedingt sprechen und zwar jetzt. Es ist dringend und in Ihrem eigenen Interesse." Ich wollte keine Diskussion über die Zeit und das Warum zulassen.

Ohne ein Wort zu sagen, schloss sie das Fenster und öffnete kurz darauf die Eingangstür. Durch einen kleinen Flur, dessen Wände mit Lehmputz bearbeitet waren, ging sie uns schweigend in ihr Wohnzimmer voraus. Es war rechteckig geschnitten. An einer der Längsseiten befanden sich drei Fenster zur Straße. Rechter Hand hatte man durch zwei weitere Fenster einen Blick in den Hof. An der Decke ließen grob gezimmerte Holzbalken das Alter des Hauses erahnen. Der mit Voglauer Möbeln und zwei Weichholzvitrinen ausgestattete Raum stellte mit seiner anheimelnden Atmosphäre einen krassen Gegensatz zum Anlass unseres mitternächtlichen Besuches dar.

Mit einer matten Handbewegung wies Marga Preuß auf Couch und Sessel. „Bitte nehmen Sie Platz." Ihre Stimme klang müde. allerdingss weniger wegen des unterbrochenen Schlafes; es war ihr anzumerken, dass sie wusste, wie es um sie bestellt war. Apathisch hatte sie verfolgt, wie Heribert und ich Renates Reisetasche, die Ordner und das zerlegte Handy fast anklagend vor ihr auf dem Boden abgelegt hatten, bevor wir uns setzten.

Sie atmete tief durch und sah mich mit einem Blick an, in dem sich Teilnahmslosigkeit und Trauer mischten. „Entschuldigen Sie mich für einen Moment, ich ..." Sie deutete auf den Bademantel, den sie sich nur rasch übergeworfen hatte. Als sie den Raum verließ, huschte die kleine schwarz-weiße Katze, die ich im Hof schon einmal gesehen hatte, hinein. Sie sprang auf eine zusammengefaltete Decke, die auf der Couch lag und trampelte rhythmisch mit den Vorderpfoten für einige Sekunden darauf herum, bevor sie sich schnurrend hinlegte.

„Du wirst es vielleicht nicht verstehen, aber irgendwie tut sie mir leid. Ich sehe sie ebenfalls als Opfer", sagte ich.

„Jetzt warte erst einmal ab, was sie uns zu erzählen hat, dann kannst du immer noch entscheiden, ob dein Mitleid angebracht ist. Natürlich hat diese Frau viel erdulden müssen. Aber da konnte Renate nichts dafür. Das solltest du dir bitte vor Augen halten, wenn wir sie befragen. Okay?"

„Klar."

Ich nutzte die Wartezeit für einen „Alles-in-Ordnung-Schatz"-Anruf bei Sonja. Sie und Dagmar waren aufgeblieben, wollten sich aber nun schlafen legen. Es blieb noch so viel Zeit, Heribert zu sagen, dass Dagmar die Nacht bei uns verbringen würde, bevor wir Marga Preuß zurückkommen hörten.

Sie hatte das braune, knöchellange Kleid angezogen, das ich schon einmal an ihr gesehen hatte und dazu einen grünen Umhang umgelegt, der ihr übernächtigtes Gesicht noch blasser aussehen ließ. Sie war in einer schrecklichen Verfassung, bemühte sich aber während des Gesprächs, das sehr bald den Charakter einer Vernehmung annahm, um Fassung.

„Ich wusste nicht, wohin damit. Ihre Sachen in die Mülltonne oder in den Rhein zu entsorgen, war mir zu riskant. Also habe ich sie hier auf dem Grundstück versteckt. Was hat mich trotzdem verraten?", wollte sie wissen und deutete mit dem Kopf auf Renates Habseligkeiten.

Bevor ich antworten konnte, war Heribert aufgestanden und hatte das Wort ergriffen: „Frau Preuß, wir wollen uns an eine in diesen Situationen altbewährte Regel halten: Wir fragen und Sie antworten! Und je nachdem, wie kooperativ Sie sind, werden wir es auch sein. Also bitte keine Ausflüchte. Wir wissen, dass Sie Renate Dohne nicht umgebracht haben, aber es geht darum, den Tatbestand der Freiheitsberaubung und den der Anstiftung zum Mord aufzuklären. Und zwar in den nächsten Stunden. Daher nochmals: Seien Sie kooperativ!"

„Ich werde Ihnen alles sagen, was ich weiß." Ihre Stimme klang fest und suggerierte, dass sie meinte, was sie sagte. Heribert hatte Marga Preuß auf die Couch genötigt, ich saß ohnehin schon an der linken Kopfseite des davor platzierten Tisches und Heribert setzte sich ihr gegenüber.

„Darf ich aber doch noch ... eine Frage?"

Heribert nickte.

„Wie viel steht auf Freiheitsberaubung?"

„Ich bin kein Richter, daher kann ich Ihnen nur das gesetzliche Strafmaß nennen: Da Sie Renate länger als eine Woche in Ihrer Gewalt hatten, gilt eine Freiheitsstrafe von einem bis zu zehn Jahren. Erschwerend könnte hinzukommen, dass sie nicht nur durch die Freiheitsberaubung, sondern auch durch die Verabreichung von Drogen Gesundheitsschädigung erlitten hatte, außerdem gefährliche Körperverletzung. Was haben Sie ihr als Infusion verabreicht?"

„Mirtazapin."

Ich nickte und wollte wissen, wie sie an das Mittel gelangt war.

„Das habe ich von Klaus, Klaus Zerfass. Als Chemiker ist es nicht schwer für ihn und ... na ja, sie wissen es ja ohnehin oder werden es erfahren ... die haben ja auch Drogen aus dem Ausland eingeführt und verteilt. Und da hatte auch Klaus seine Kontakte."

„Wer sind *die*", fragte Heribert nach. „Sie sagten, *die* haben ja auch Drogen aus dem Ausland eingeführt."

„Johann und meine Schwester Gerlinde und ... noch jemand, den ich aber nicht kenne."

„Aha, der große Unbekannte also."

„Herr Koman, ich werde Ihnen alles sagen, was ich weiß, das habe ich versprochen. Ich weiß tatsächlich nicht, wer dahintersteckt. Ich möchte meine Lage nicht noch schlimmer machen, als sie ist, und ich bitte Sie, mir einfach zu glauben."

Heribert schien beeindruckt von ihrer selbstbewussten Entgegnung und überließ mir die nächste Frage.

„Wusste Zerfass, wofür Sie das *Mirtazapin* benötigten?"

„Anfangs nicht, er dachte, es sei für mich."

„In den Mengen, wie Sie es für Renate verwendet haben?!" Heribert klang zornig.

„Nein, ich habe ja mein eigenes mit dazu gegeben. Mein Arzt verschreibt es mir, ganz legal. Allerdings weiß er nicht, dass ich es abgesetzt habe. Es war wie ein Selbstversuch. Nicht ganz ungefährlich ohne ärztliche Begleitung, aber es hat funktioniert. Ich weiß, es klingt zynisch, aber irgendwie verdanke ich es Renate, dass ich das Zeug nicht mehr brauche. Ich hatte es ja", ihre Stimme ging in ein Murmeln über, „für sie gebraucht. Was hätte ich denn sonst tun sollen? Ich wollte ihr doch nicht wehtun. Sie ist ... sie war doch meine Halbschwester." Gedankenverloren kraulte sie ihre Katze, die sich inzwischen von der Decke auf Marga Preuß' Schoß geschoben hatte und die Liebkosung mit zufriedenem Schnurren quittierte.

„Sie sagten eben, dass Zerfass es *anfangs* nicht wusste, was meinten Sie damit?"

Sie sah mich an und lächelte jetzt sogar ein wenig. „Ich glaube, dass er es war, der Renate befreit hat – habe ich Recht?" Einmütig zuckten wir mit den Schultern. „Er besucht mich ja ab und zu. Einige Tage, bevor dann das Schloss aufgebrochen und Renate weg war, habe ich mich wohl verplappert. Und an dem Tag, als sie befreit wurde, hatte ich meinen monatlichen Arzttermin. Der dauert mehrere Stunden – Klaus weiß das." Sie wandte sich kurz an Heribert. „Ich zeige Ihnen natürlich gleich, wo Renate während der ganzen Zeit versteckt war."

Heribert konnte es sich nicht verkneifen, sie zu korrigieren. „Versteckt? Gefangen gehalten trifft es ja wohl besser! Aber bitte erzählen Sie weiter."

„Sie haben Recht, Herr Koman. Ich sollte die Dinge beim Namen nennen und nicht beschönigen. Nun, wir diskutierten über alles Mögliche und dabei erzählte ich Klaus Zerfass, dass ich gelesen hatte, dass man mit diesem Zeug – also Mirtazapin – einen Menschen über mehrere Monate in einen Dämmerschlaf, ja sogar, je nach Dosierung, in ein künstliches Koma versetzen kann. Und er muss sofort geschaltet haben, denn er brachte ein Szenario ins Gespräch, das der Realität mit Renate sehr nahe kam. Ich weiß, dass es keine Zufälle gibt – es war Bestimmung. Und als Renate plötzlich weg war und ich den ersten Schock verdaut hatte, war ich sogar erleichtert. Nur, was dann geschah, das konnte niemand ahnen."

Ich wollte eine weitere Frage stellen, aber Heribert schüttelte den Kopf und ließ schier endlose dreißig Sekunden Schweigen zu, bevor er sich wieder an Marga Preuß wandte.

„Weshalb haben Sie Ihrer Schwester das angetan, Frau Preuß?"

„Sie werden es ja doch nicht verstehen", antworte sie mit Bestimmtheit.

„Ich werde es versuchen."

„Ich habe es Herrn Schäfer schon erzählt", dabei wandte sie sich kurz mir zu, „Sie werden sich entsinnen. Wie die meisten Menschen, so habe auch ich das Bedürfnis nach Geborgenheit und Anerkennung. Ich habe keine Eltern mehr, aber eine Schwester, einen Schwager und Neffen. Außerdem bin ich auf dem Weingut aufgewachsen. Meine Kindheitserinnerungen sind damit verbunden, dort habe ich meine Wurzeln. Ich habe zu allem geschwiegen, was mich zur Mitwisserin machte, um zu beweisen, dass ich ein Teil dieser Familie bin und zu ihr stehe. Und als mir dann Renate erzählte, was sie herausgefunden hatte, geriet ich in Panik. Ich hatte nur noch im Kopf, wie ich meine Familie vor der Entdeckung schützen könnte, und dazu musste ich sie davon abhalten, ihr Wissen preiszugeben. Ich wollte sie davon überzeugen, dass es besser sei, Johann und Gerlinde zu der Einsicht zu bringen, ihre kriminellen Tätigkeiten einzustellen. Dazu wollte ich sie als Verbündete gewinnen. Aber sie war hartnäckig und von ihrem Vorhaben nicht abzubringen, mit Ihnen, Herr Koman, Ihren Namen nannte sie nämlich, Kontakt aufzunehmen. Sie erzählte mir, dass sie außer den Geschäftspapieren da", mit einem abfälligen Blick wies sie auf die Ordner, die immer noch auf dem Boden vor dem Couchtisch lagen, „noch weitere Beweise hätte. Und dann lief fast automatisch etwas ab, was ich heute nicht mehr verstehe und wofür ich mich zutiefst schäme. Ich habe mich immer wieder gefragt, wie ich das nur tun konnte, zumal ich Renate wirklich gemocht habe."

„Waren sie tatsächlich so sehr darauf fixiert, in den Schoß Ihrer kriminellen Familie zurückzukehren oder spielte da nicht doch die Angst vor dem Verlust Ihrer existenziellen Sicherheit eine entscheidende Rolle?" Ich merkte, wie sehr Heribert versuchte, seinen Zorn zu unterdrücken.

„Das war bestimmt auch der Fall, Herr Koman, aber da kam auch noch etwas anderes hinzu, auch wenn es wie eine Ausrede klingen mag: das plötzliche Absetzen meiner Psychopharmaka. Was ich von Klaus Zerfass erhielt, reichte nicht aus, um Renate zu sedieren. Daher musste ich meine eigene Ration beigeben. Und das bedeutete, dass ich übergangslos ein Mittel absetzte, das ich über mehrere Jahre eingenommen hatte. Normalerweise macht man so etwas über wenigstens ein halbes Jahr, indem man die Dosierung nach und nach reduziert. Ich will die Entzugserscheinungen, die bei mir auftraten, nicht ausschweifend schildern, nur so viel: Man ist phasenweise nicht mehr bei klarem Verstand."

Ohne zunächst einen festen Plan zu haben, hatte sie jedenfalls zum Schein umgeschwenkt und war auf Renate eingegangen. Als diese dann aber von ihrem Vorhaben berichtete, sich aus dem Schussfeld zu nehmen, wie sie es bezeichnete, keimte plötzlich eine Idee in ihr auf. Renate hatte tatsächlich vorgehabt, sich so lange an einem Ort, den sie auch Marga Preuß nicht offenbaren wollte, zu verstecken, bis sie sich wieder sicher fühlen konnte. Zur Begründung gab sie an, dass ein früherer Kollege, der in derselben

Sache ermittelt hatte, deswegen wahrscheinlich umgebracht worden sei. Als Renate ihr dann auch noch den Brief vorgelesen hatte, den wir später in ihrem Auto fanden, gewann ein Gedanke an Konturen und ergriff Besitz von Marga Preuß.

„Renate hatte in ihrem Brief ja bewusst nichts von dem tatsächlichen Grund ihres Verschwindens erwähnt, um über ihre wahre Motivation hinwegzutäuschen. Es entstand also der Eindruck, es würde sich um eine klassische Beziehungskrise handeln und an ein Verbrechen würde niemand denken. Das war für mich wie ... wie eine Aufforderung zu handeln. Ich gab ihr dann am Abend des 29. März in einer Tasse mit Tee ein Schafmittel – meine kleine Hausapotheke ist recht ansehnlich – und brachte sie in einen ausgebauten Gewölbekeller, wo ich sie auch festhielt, bis Klaus ...“, sie seufzte tief und schüttelte den Kopf. Ob über sich oder Klaus Zerfass, hätte ich sagen können.

„Am nächsten Morgen fuhr ich mit Renates Auto zum Bahnhof nach Bingerbrück, stellte es dort auf dem Parkplatz ab und kaufte eine Parkkarte für acht Tage. Um meine Spur zu verwischen, ging ich zu Fuß zum Stadtbahnhof in Bingen und nahm von dort einen Zug nach Mainz und weiter nach Alzey. Mit dem Omnibus gelangte ich dann wieder zurück nach Bernheim. Ziemlich umständlich, nicht?“, sie versuchte ein hilfloses Lächeln.

Heribert hatte ebenso geduldig und bereitwillig zugehört wie ich. Nun aber klang seine Stimme scharf wie ein Schwert. „Weshalb haben sie Renate Dohne eigentlich so unnötig lange festgehalten?“

„Ich habe immer wieder Gespräche mit ihr geführt und wollte sie für meine Sicht gewinnen, aber Renate sperrte sich. Es gab Phasen, da weigerte sie sich mehrere Tage lang, etwas zu essen. Irgendwann ist mir alles entglitten, ich konnte nichts mehr ändern. Und mit jedem Tag, den ich sie länger gefangen hielt, wurde es zur Normalität. Sie wurde zum festen Bestandteil meines Lebens und der Besuch bei ihr gehörte bald zu meinem festen Tagesablauf. Dabei hatte ich gehofft, dass mit der Zeit ihr Widerstand doch erlahmen müsse und sie mit mir kooperieren würde. Aber ...“

„Sie haben ihre Stärke unterschätzt und vergebens an die Wirkung des Stockholm-Syndroms geglaubt. Hat Renate denn nie versucht auszubrechen, sich zu wehren oder Sie zu überwältigen?", fragte Heribert ungläubig.

„Ansätze dazu gab es, aber die bewirkten nichts, dazu war sie durch das Mirtazapin, das ich ihr gegeben hatte, viel zu schwach."

„Das verstehe ich nicht", wunderte ich mich. „Sie haben sich mit ihr unterhalten, sie musste essen, trinken, zur Toilette. Wie konnte sie denn das in diesem Dämmerzustand?"

„Erstens habe ich das Mittel mindesten zweimal am Tag so heruntergefahren, dass sie bei Bewusstsein war und dann aus eigener Kraft einiges selbst bewältigen konnte. Aber Mirtazapin lähmt auch die Antriebskraft und wenn es über längere Zeit überdosiert genommen wird, macht es praktisch willenlos."

„Und zweitens?", forschte Heribert.

Langsam tastete ihre Hand unter die Decke, auf der zuvor noch die Katze gelegen hatte und sie zog einen Revolver hervor. Da sie ihn am Lauf hielt und sofort vor uns auf den Tisch legte und Heribert zuschob, wirkte die Situation eher grotesk, als bedrohlich.

„Die hat mir einmal vor vielen Jahren einer unserer Erntehelfer gegeben. Ich sollte sie für ihn aufbewahren. Aber er ist dann nie mehr wiedergekommen und da habe ich sie heimlich behalten. Sie ist so etwas wie ein Erinnerungsstück an ... Wir haben im alten Steinbruch Schießübungen gemacht ... auf Weinflaschen ... ich war richtig gut. Ich glaube, ich würde heute noch treffen, heute noch, nach so vielen Jahren." Wehmut lag in ihrer Stimme und der Anflug eines Lächelns gab ihrem Gesicht für einen kurzen Moment die Unbeschwertheit des jungen Mädchens wieder. Ich hatte den Eindruck, dass sie in Gedanken in eine glückliche und heitere Zeit zurückgegangen war. Borod? Aber innerhalb weniger Sekunden war sie wieder in der Gegenwart. „Das ist eine polnische Armeepistole, eine *VIS WZ 35 Radom*, allerdings ohne Munition. Aber das sieht man ja nicht, wenn man damit bedroht wird."

„Und das wurde Renate – von Ihnen!“, konstatierte Heribert vorwurfsvoll, während er Magazin und Lauf daraufhin überprüfte, dass sich tatsächlich keine Patronen in der Waffe befanden. Dann legte er die Waffe wieder auf den Tisch, behielt allerdings das Magazin zurück. „Sicherheitshalber und zu Ihrem eigenen Schutz“, erklärte er. „Und nun, Frau Preuß, zeigen Sie uns Renates Verlies.“

Wir folgten ihr nach draußen. Zuvor hatte sie das Hoflicht eingeschaltet und wir gingen hinter ihr her zu einem Kellereingang, der über fünf abgetretene, breite Sandsteinstufen unter die Scheune führte. Am unteren Ende befand sich eine zweiflügelige Holztür. Von außen steckte ein großer Bartschlüssel, mit dem Marga Preuß die Tür öffnete, um dann die an der Decke montierte Kellerleuchte anzuschalten. Es war ein kleiner, typischer Gewölbekeller, in dem sie in ein paar Regalen Wein lagerte. Wände und Decke waren aus Bruchsteinen gemauert und sorgfältig verfugt – mit Trasszement. Auf dem gewachsenen Lehmboden standen Kästen mit Mineralwasser und Säften.

Bevor ich noch fragen konnte, wie sich denn hier Renate aufgehalten haben sollte, sah ich an der hinteren Wand eine weitere massive Holztür. Sie ließ sich zu uns hin öffnen. Bei näherem Hinsehen entpuppte sich das Material als die schweren, eichenen Dauben eines ehemaligen großen Weinfasses. Beschläge und Angeln waren verrostet und wahrscheinlich schon vor einigen Jahrzehnten angebracht worden. Die zwei schweren Flachriegel dagegen, die man an der Außenseite angeschraubt hatte, waren neueren Datums. An jedem von Ihnen baumelte ein Vorhängeschloss, deren Bügel durchtrennt worden waren. Die Schnittstellen ließen auf den Einsatz eines Winkelschleifers schließen. Ein Metallring, ähnlich dem auf der Falltür in der Scheune, diente zum Öffnen der Tür. So geräuschlos sich die Tür in ihren Angeln bewegte, so sehr ließ uns der Lärm einer Klingel zusammenfahren, den wir im Moment des Öffnens von draußen vernahmen.

„Oh“, entfuhr es Marga Preuß, „ich habe vergessen, die Alarmanlage auszuschalten.“ Wir folgten ihrem Blick nach oben und sahen über der Tür zwei Metallzungen, die von einem Plastikdorn auseinandergehalten wurden, solange die Tür geschlossen war. Nun allerdings war der isolierende Streifen herausgezogen und der Kontakt geschlossen, wodurch der Alarm ausgelöst worden war. Marga Preuß bog die untere Metallzunge nach unten und die Klingel verstummte sofort. „Ich hoffe nur, dass ich jetzt nicht die ganze Nachbarschaft aufgeweckt habe."

Erneut konnte sich Heribert eine polemische Bemerkung nicht verkneifen: „Ich denke doch, dass Sie sich über wichtigere Dinge den Kopf zerbrechen sollten, Frau Preuß."

Ich stieß ihn leicht in die Rippen. Er verstand und reagierte umgehend. „Entschuldigen sie bitte, aber Renate Dohne war eine Kollegin, die ich sehr geschätzt habe. Ich habe sie ... gern gehabt."

„Es ist schon gut. Sie haben ja Recht. Ich wollte, ich könnte das alles rückgängig machen."

„Das geht halt nicht. Alles in allem sind Sie mit einer gehörigen Portion krimineller Energie vorgegangen und dafür werden Sie sich rechtfertigen müssen. Aber ich gebe Ihnen die Chance, dass Sie vielleicht mildernde Umstände geltend machen können. Sie können uns nämlich helfen, den Hintermann dingfest zu machen."

„Was kann ich tun, Herr Koman?"

„Nachher, nachher."

Obwohl auch ich gespannt war, was er mit Marga Preuß vorhatte, zügelte ich meine Ungeduld, denn wir hatten nun den Raum betreten, in dem Renate die letzten Monate ihres Lebens verbracht hatte. Der Boden war braun gefliest. Flauschige Teppiche gaben ihm eine zusätzliche Wärme. Überhaupt war alles wie ein gemütliches Wohn-/Schlafzimmer eingerichtet. Die rustikalen Leuchten an den unverputzten Bruchsteinwänden konnten, zumindest für einige Zeit, vergessen machen, dass kein Tageslicht in den Raum eindringen konnte.

Eine große, bequeme Doppelbettcouch und daneben ein Infusionsgestell auf Rollen zogen unser Interesse auf sich. Aus einer an dem Gestell befestigten Plastikflasche baumelte eine Infusionsleitung, an deren Ende sich sogar noch die Kanüle befand. Darunter hatte sich auf den Fliesen ein großer Fleck gebildet. Klaus Zerfass musste Renate die Kanüle in aller Eile aus der Vene gezogen haben, als er sie befreite. Dabei hatte er die Klemme offen gelassen, so dass der restliche Inhalt der Flasche auf den Fußboden getropft war.

„Gut, dass Sie das nicht aufgewischt haben", sagte er zu Marga Preuß. Sie haben offenbar nicht versucht, die Spuren zu beseitigen."

„Als ich feststellte, dass Renate verschwunden war, habe ich jede Sekunde mit meiner Festnahme gerechnet. Irgendwie hatte ich es sogar herbeigesehnt, damit der ganze Spuk endlich ein Ende hätte. Ich habe dann einfach die Tür zugemacht und alles so gelassen, wie es war. Seitdem war ich nicht mehr hier unten."

„Wo geht es hier hin?", fragte Heribert und deutete auf eine Seitentür.

„Da ist eine kleine Toilette. Der frühere Besitzer hatte sich den Kellerraum so ausgebaut, wie sie ihn hier sehen. Keine Ahnung, was er damit wollte."

„Haben Sie für das Abwasser eine Hebepumpe?" Es war zwar nicht wichtig, aber es interessierte mich, ob ich schlüssig kombiniert hatte. Als sie nickte und auf eine Bodenklappe neben der Toilettentür wies, grinste Heribert mich schief an und nickte anerkennend.

Für uns gab es nichts mehr, was wir sehen mussten. Der Erkennungsdienst würde sich um alles Weitere kümmern und die Spuren sichern.

Wir gingen wieder zurück ins Wohnzimmer. Die Katze lag immer noch auf der Couch. Inzwischen war es fast drei Uhr geworden. Ich spürte langsam Müdigkeit in mir aufsteigen und sehnte mich nach der friedlichen Geborgenheit meines Zuhauses. Was mir am meisten zu schaffen gemacht hatte, war das Wechselbad der Empfindungen während der letzten Tage und insbesondere der letzten Stunden. Einerseits war da die permanente Konfrontation mit dem, was Renate hatte erleiden müssen. Andererseits aber konnte ich mich eines Gefühls des Mitleids Marga Preuß gegenüber nicht erwehren. Sie hatte Renate nicht aus materiellen Gründen festgehalten, sie wollte vielmehr und ausschließlich Liebe und Geborgenheit. Allerdings hatte sie versucht, dies zu erzwingen, indem sie das blinde Vertrauen eines Menschen, den sie eigentlich liebte, missbrauchte. Sie hatte Renate ihrer Freiheit beraubt und mutwillig ihre psychische und physische Gesundheit aufs Spiel gesetzt. Dabei hatte sie in Kauf genommen, dass man sie für dieses Verbrechen unweigerlich zur Rechenschaft ziehen würde.

Was musste in dieser Frau zerstört worden sein, dass sie zu solch einem Handeln fähig gewesen war? Mehr und mehr verdichtete sich in mir das unbestimmte Gefühl, dass wir uns immer noch an der Oberfläche eines Geheimnisses bewegten, dessen Existenz selbst Marga Preuß nicht bewusst war. Es musste in ihrer Vergangenheit liegen und der Schlüssel für das Tor sein, hinter dem die Ursache für die dramatische Eskalation lauerte. Und ich ahnte, dass wir auf etwas stoßen würden, was noch schlimmer war, als alles, was bisher ans Licht gekommen war.

„Ich möchte diesen so genannten *Signor Gepetto* haben – und zwar heute! Ich will ihn aus seinem Versteck locken und ich weiß auch schon wie. Und dazu benötige ich Sie und dich." Heribert schien im Gegensatz zu mir noch absolut fit zu sein. Er stand mit vor der Brust verschränkten Armen vor uns und blickte von einem zum anderen.

„Sie werden mich also nicht festnehmen?"

„Nein, Frau Preuß, noch nicht. Ich brauche Sie heute. Außerdem laufen Sie mir nicht davon. Ich gehe sogar davon aus, dass Sie bis zum Gerichtstermin auf freiem Fuß bleiben können. Ein guter Arzt und ein ebenso guter Anwalt werden das schon schaffen. Aber jetzt zur Vorbereitung der letzten Runde."

Heribert legte uns seinen Plan dar, wobei Marga Preuß eine ganz besondere Rolle zukam. Fünf Minuten später wählte sie die

Telefonnummer ihrer Schwester. Es dauerte eine Weile, bis sich jemand meldete. „Günther, hier ist Marga ... deine Schwägerin Marga Preuß ... ja, ich weiß, wie spät es ist. Wenn es nicht wichtig wäre, würde ich nicht anrufen und vor allem nicht um diese Zeit. Ich muss sofort Gerlinde sprechen ... das werde ich ihr selbst sagen ... nein, das lässt sich *nicht* aufschieben."

Sie hielt die Hand vor die Muschel. „Jetzt geht er sie wecken. Benjamin hat mir irgendwann einmal erzählt, dass sie getrennte Schlafzimmer haben. Günther kommt mit Gerlinde nicht klar, sie sind einfach zu unter...". Sie nickte uns zu und nahm wieder die Hand von der Sprechmuschel. „Ja, du hast Günther richtig verstanden, ich bin es ... jetzt pass mal auf, Gerlinde: Mir macht es auch keinen Spaß, mit dir zu reden, auch nicht um diese Zeit, aber wenn ihr nicht in den Knast wandern wollt, dann hörst du jetzt zu, ohne mich zu unterbrechen ... So, wie man mit dir reden muss. Also, unterbrich mich nicht, sonst hänge ich auf!"

Ihre Stimme klang fest und selbstsicher und ich hatte den Eindruck, dass sie die mit ihr vereinbarte Rolle mit einem Gefühl der Genugtuung lebte und nicht nur spielte. Sie wirkte absolut authentisch und glaubwürdig.

Mir wurde etwas mulmig. Denn plötzlich tauchte das Bild der Ulmer vor meinem inneren Auge auf. Auch sie hatte sich zum Schluss gebrochen und voller Reue gegeben, während sie in Wahrheit grausame Pläne schmiedete.

„Ein Hauptkommissar Koman und dieser Steuerberater Schäfer waren bis eben bei mir und haben mich verhört. Renate hatte einige Informationen über Euch gesammelt und diesem Koman in einem verschlossenen Umschlag zugespielt. Falls ihr etwas zustoßen würde, solle er diese verwenden. Sie tappen zwar noch im Dunkeln, aber ... ach Gerlinde, jetzt mach dir doch nichts vor. Natürlich weiß ich über alles Bescheid, was ihr, dein Vater und du, seit Jahren treibt. Ich habe aber nichts verraten. Durch unsere familiäre Situation konnte ich mich unwissend stellen. Sie haben mich übrigens auch noch über einen Hintermann ausgefragt. Sie sagen, außer euch müsse es noch eine weitere Person geben, die die Fäden in der Hand hält, und der seien sie auf der Spur."

Mit aufgeregten Handzeichen wies Heribert darauf hin, dass sie etwas Wichtiges noch nicht erwähnt hatte. Marga Preuß verdeckte wieder die Sprechmuschel und hielt zudem den Hörer zur Seite. „Kommt doch noch", zischte sie und führte das Telefonat weiter. „So, nun mach mit der Information, was du willst. Ich bin mir übrigens ziemlich sicher, dass die beiden noch niemanden bei der Kripo in ihre Erkenntnisse eingeweiht haben ... nein, sie haben auch nichts davon gesagt, wann sie euch vernehmen werden. Ich habe nur mitbekommen, dass sie jetzt erst einmal schlafen gehen. Ihr habt also ein paar Stunden Zeit, Euch etwas einfallen zu lassen ... Weshalb? Ganz einfach, Gerlinde, weil ihr immer noch meine Familie seid."

Dienstag, 4. Oktober 2005

„Vier Stunden Schlaf müssen genügen", hatte Heribert bestimmt. „Wir dürfen Gerlinde Dohne, ihrem Vater und meinem ehrenwerten Kollegen Hornbach auch nicht zu viel Zeit geben, sich etwas einfallen zu lassen, wie es Marga Preuß ihrer Schwester so passend suggeriert hat."

Daher waren wir um sieben Uhr schon wieder auf den Beinen und saßen kurz nach acht Uhr Johann Preuß gegenüber. Wie bei unserem ersten Zusammentreffen war er in dem dunklen Flur, vorbei an dem Garderobenvorhang, vorausgefahren und hatte uns in sein Wohnzimmer gelotst. Dieses Mal waren die Klappläden geöffnet und die Morgensonne tauchte den Raum in ein mildes, stimmungsvolles Licht, was der Situation, in der wir uns befanden etwas Unwirkliches, fast Skurriles verlieh. Ein grauer, wolkenverhangener Himmel wäre angemessener gewesen.

Johann Preuß war zu seinem Lieblingsplatz, wie er ihn damals bezeichnet hatte, gerollt. Auf dem Beistelltisch stand eine Kaffeetasse und daneben, auf einem kleinen Teller, lag ein angebissenes Brot mit Marmelade.

„Soweit ich mich entsinne, stand da beim letzten Mal nur einer, Sie haben uns erwartet?", fragte ich und wies auf einen zweiten Sessel. Wir schoben sie beide so, dass wir mit Johann Preuß direkten Blickkontakt hatten. Er überging meine Andeutung und bemühte sich, die Haltung widerzuspiegeln, die dem Status entsprach, den er sich selbst schon vor vielen Jahren verliehen hatte. Mit brüchiger, schleppender Stimme eröffnete er floskelhaft die Unterredung, es klang wie einstudiert.

„Meine Herren, kommen wir ohne Umschweife zur Sache. Ich habe nicht mehr viel Zeit. Und wenn es etwas zu regeln gibt, dann sollten wir es schnell tun. Soweit es mich betrifft, stehe ich Ihnen Rede und Antwort. Also, was wissen Sie und was wollen Sie wissen?"

Nun war es Heribert, der die Fragen überging. Er ließ es nicht zu, dass Johann Preuß auch nur ansatzweise die Spielregeln bestimmte. Während er sich kurz vorstellte, wobei er sich auswies, konnte ich unser Gegenüber mustern. Der Alte gab ein anderes Bild ab, als beim letzten Mal. Die natürliche Autorität des greisen aber rüstigen Despoten war nur noch in meiner Erinnerung vorhanden. Zusammengesunken saß er in seinem Rollstuhl und blickte zu Heribert auf. Sein Kopf war wie ein Fragezeichen geneigt und um besser hören zu können, wölbte er die linke Hand um sein Ohr und bog die Muschel etwas nach vorn.

Abwechselnd konfrontierten Heribert und ich ihn mit den bisherigen Ermittlungsergebnissen und er schien zu erkennen, dass er keine Chance mehr für Ausflüchte oder Verschleierungen hatte. Aber so zerbrechlich er auch wirken mochte, sein Geist war immer noch hellwach, und solange nichts anderes beweisbar war, nahm er alle Schuld auf sich.

Heribert hatte überraschend schnell und wie selbstverständlich den Drahtzieher und Informanten im Hintergrund ins Spiel gebracht, ohne allerdings den Namen Hornbach zu erwähnen. Johann Preuß bestätigte zwar die Existenz einer derartigen Person, verriet jedoch weder deren Namen noch ihre Funktion.

Um seine Lebensmaxime und -aufgabe, den Schutz der ihm anvertrauten Familienmitglieder, nicht zu verraten, schien er schließlich dazu bereit zu sein, auch die Details preis zu geben, für die uns letzte Beweise fehlten oder die wir bisher nur vermuten konnten. Er hatte die Stunden, die er auf uns gewartet hatte, dazu genutzt, darüber ein handschriftliches Konzept zu erstellen, das er unter der Decke, die über seinen Beinen lag, hervorholte und Heribert überreichte. „Ich habe es bereits unterschrieben und bin im Vollbesitz meiner geistigen Kräfte. Ist das als gültiges Geständnis zu werten?"

„Ich nehme es an", sagte Heribert. „Ich weiß allerdings nicht, wie der Staatsanwalt und die Richter das einschätzen. Wenn es mit dem übereinstimmt, was wir bereits ermittelt haben, und es entsprechende Zeugenaussagen gibt, oder wenn es nicht absolut unglaubwürdig ist – weshalb nicht? Wir halten uns jetzt einfach einmal an diese Aussagen und gehen sie miteinander durch."

Schweigend und mit starrer Miene überflog er das Schreiben, auf dem in krakeliger Handschrift mehrere Jahrzehnte krimineller Machenschaften auf zwei Briefbogen skizziert waren. Dann reichte er mir die Blätter kopfschüttelnd weiter. Er warf Johann Preuß einen abfälligen Blick zu und stand dann auf, um sich die Fotodokumentation über die Entwicklung des Weingutes anzusehen.

Währenddessen bemühte ich mich, das Geständnis als Realität anzuerkennen. Es las sich wie der Plot eines Kriminalromans, den man mehr oder weniger unbeteiligt konsumiert, um ihn dann bald wieder zu vergessen. Es ging um eine Abfolge krimineller und niederträchtiger Aktivitäten, die einen Mord und mehrere Verzweiflungstaten zur Folge gehabt, Ehen ruiniert und Existenzen zerstört hatten. Ganz zu schweigen von der Lawine, die garantiert in den nächsten Tagen losgetreten und ungezählte weitere Personen mit sich reißen würde. Vieles davon stimmte tatsächlich mit den bisherigen Ermittlungen überein. Ohne es ihm zu offenbaren, stellten wir aber auch fest, dass wir teilweise falsche Schlussfolgerungen gezogen hatten. Und einiges hatte er versucht, uns vorzuenthalten.

Ich wollte wissen, wie Johann Preuß bei seiner Demaskierung zumute war und blickte zu ihm hinüber. Teilnahmslos und stumpf saß er in seinem Stuhl und reagierte erst wieder, als Heribert ihn ansprach. Mein Freund stand vor dem Foto, auf dem Thea Preuß abgelichtet war. Auch ihm war aufgefallen, dass es so aussah, als sei es erst gestern aufgenommen worden. Im Gegensatz zu mir war ihm jedoch sofort klar, was es damit auf sich hatte.

„Wie oft hängen Sie das Bild Ihrer verstorbenen Frau eigentlich ab und wieder auf? Immer dann, wenn jemand kommt, bei dem Sie unbequeme Fragen befürchten, wenn ein Foto von ihr in Ihrer Galerie vermisst wird? Oder können Sie den Anblick nicht ertragen, weil Ihr Gewissen Sie quält, oder fühlen Sie sich immer noch von ihr gedemütigt?"

„Woher wissen Sie …? Ich habe nichts davon in meinem Geständnis erwähnt." Johann Preuß versuchte, sich im Stuhl aufzurichten, was ihm mit großer Anstrengung auch gelang.

„Erzählen Sie uns, wie Sie den Mord an Ihrer Frau und Hubert Faber begangen haben!“

„Das hat mit der ganzen Sache nichts zu tun und ist ohnehin schon verjährt.“

„Welche Zusammenhänge für uns wichtig sind, bestimme ich! Und Mord, Herr Preuß, Mord verjährt nicht.“

Der alte Mann atmete tief durch, schloss die Augen und schwieg einen Moment lang, bevor er mich ansah. Offenbar wollte er auch nur mit mir sprechen. Heribert hatte er ausgeblendet, als wollte er ihn dafür bestrafen, dass er ihn mit dem wohl bittersten Moment seines Lebens konfrontiert hatte.

„Diese Schande wäre doch auch auf mich zurückfallen, wie wäre ich denn dagestanden? Das musste gesühnt werden, was hätte ich denn sonst tun sollen? Und dann diese Demütigung. Können Sie sich vorstellen, was es für mich bedeutete, als die beiden mir von ihrem Verhältnis erzählten und dass Marga gar nicht meine Tochter ist?“, fragte er mit brüchiger Stimme. „Auf einen Schlag war meine Frau eine Hure und Marga ein Bsst...rd.“ Das letzte Wort presste er zwischen zusammengekniffenen Lippen hervor, so dass es nur aus dem Zusammenhang als *Bastard* zu verstehen war.

Mit zwei, drei Schritten war Heribert auf ihn zugestürmt. In der Hand hielt er das Foto von Thea Preuß, das er mit einer heftigen Bewegung von der Wand genommen hatte. Er beugte sich über den Rollstuhl und hielt es dem verstörten Greis direkt vor die Augen.

„Spielen sie uns doch hier nicht das Opfer vor!“ So zornig hatte ich Heribert noch nie zuvor erlebt. „Diese Frau ist nicht die moralische Täterin, als die Sie sie hinstellen wollen. Sie hatte Ihre kriminellen Spielchen einfach satt. Sie war es, die Ihre ehrenwerte Familie vor der Schmach beschützen wollte. Sie war es, die darauf hoffte, Sie wieder auf den rechten Weg zurückzubringen. Also bitte kommen Sie uns nicht mit dieser Mitleidstour. Sie sind ein alter Mann – gut. Das respektiere ich bis zu einem gewissen Grad, aber Sie sind auch ein Verbrecher. Also, wie haben Sie den Mord an Ihrer Frau und Hubert Faber bewerkstelligt?“

„Wenn Sie es unbedingt wissen wollen." Er griff zu seiner Kaffeetasse und blickte einen Moment hinein. Sie schien leer zu sein Kopfschüttelnd und seufzend stellte er sie wieder zurück.

Ich wollte ihm behilflich sein. „Haben Sie irgendwo in der Küche ...?"

„Nein, nein. Ich möchte nichts mehr." Er nahm die Tasse wieder an sich und bedeckte sie abwehrend mit seiner linken Hand, wobei er sie krampfhaft mit der anderen umschloss. Dann schilderte er lethargisch, was sich vor fast dreißig Jahren abgespielt hatte. In wesentlichen Zügen entsprach es den Vermutungen, die Marga Preuß mir bereits dargelegt hatte.

Nach seiner Ansicht hatte es nur diese eine Lösung gegeben: Er musste beide Mitwisser loswerden. Die moralische Rechtfertigung lieferten ihm der Ehebruch und die strapazierte Integrität der Familie. Am Vorabend des Tages, an dem die Inventur anstand, leitete er Stickstoff in den Kieselgurfilter und setzte ihn so unter Druck. Zwei der vier Arretierungsschrauben hatte er offen gelassen und die anderen beiden nur soweit zugedreht, dass sie gerade noch die Glocke hielten. An den ösenartigen Flügeln verdrillte er je einen dünnen, aber stabilen Draht, den er durch eine Wanddurchbohrung des Raumes, in dem sich der Filter befand, nach außen führte. Nun musste er nur noch abwarten, bis seine Frau und Hubert Faber den kleinen Filterraum betreten hatten. In weniger als fünfzehn Sekunden hatte er hinter ihnen die Tür mit einem unter die Klinke geschobenen Balken verschlossen und mit den Drähten die Arretierungen um die ebenso kleine wie todbringende Drehung geöffnet. Dann hatte er den Balken unter der Tür, die dem entweichenden Druck nicht standgehalten hatte, herausgezogen, sich vergewissert, dass beide tot waren und mit einem Seitenschneider die Drähte entfernt. Alles Weitere war ein wenig Schauspielerei, ein Notarzt, der schwere Schädelfrakturen und Lungenrisse feststellte und ein überforderter Kripobeamter, der einen bedauerlichen Unfall bestätigte.

„Und keiner hatte Sie verdächtigt oder etwas vermutet?"

Johann Preuß sah Heribert wieder von unten herauf an. „Sie sind zu bedauern, wenn Sie niemals die Solidarität einer Familie kennengelernt haben." Unvermutet schwang Verbitterung in seiner Stimme mit.

Heribert winkte ab und setzte sich wieder. „Bei so viel Borniertheit muss ich passen", sagte er leise, „oder ist es Altersstarrsinn?"

Momentan hatte ich keinen Sinn für Heriberts Analysen. Zum wiederholten Male war ich nämlich gerade über eine zeitliche Parallele gestolpert, deren Konsequenz sich mir jetzt erst erschloss. Bilder spulten sich in meinem Kopf ab: Marga mit Borod, Johann Preuß kommt hinzu, zerrt sie an den Haaren hinter sich her, bis in ihr Zimmer, ein kleiner Junge – Benjamin – will von ihr getröstet werden, öffnet ihre Tür und sieht sie schlafend, wie er meint, und einen Mann auf ihr. In mir klangen Wortfetzen dessen nach, was dieser Mann eben gesagt hatte: *Schande, Demütigung, Sünde, Hure, Bastard, Sühne.* Mit wenigen Wörtern hatte dieser Teufel im Rollstuhl meine bisher nur vage Ahnung bestätigt. Ohne sich dessen bewusst zu sein, hatte er eine Tat offenbart, für die Begriffe wie *schrecklich* oder *abscheulich* noch zu schwach waren. Ich musste mir klarmachen, dass es sich hier nicht um Fiktion, sondern um grausame Realität handelte.

„Noch etwas haben Sie bei Ihrem angeblichen Geständnis weggelassen. Das Schlimmste und Erbärmlichste, was man einem jungen Menschen antun kann." Meine Stimme klang rau.

Er sah mich ängstlich an und Heribert fasste mich am Arm, so, als wollte er mich zurückhalten. In diesem Moment war es mir absolut gleichgültig, dass er mich vor etwas warnen wollte. Ich schüttelte seine Hand ab und beugte mich so weit nach vorn, dass sich mein Kopf über der Kaffeetasse befand, die Johann Preuß erschreckt zur Seite streckte und auf dem Beistelltisch absetzte.

„Sie wissen genau, was ich meine, nicht wahr?"

Seine Augen weiteten sich vor Entsetzen, Speichel floss aus seinen Mundwinkeln und sein ohnehin unangenehmer Körpergeruch steigerte sich ins Unerträgliche, so dass ich mich wieder zurücksetzte.

Heribert hatte währenddessen das Zimmer verlassen, mit dem Hinweis auf die Toilette zu gehen und dabei etwas gemurmelt, das so klang, wie: „Wir müssen das Heft in der Hand behalten."

Tatsächlich hätte ich in meiner Entrüstung beinahe einen groben Schnitzer begangen. Ich musste mich wieder auf Johann Preuß konzentrieren, der diese Szene nicht mitbekommen hatte und stockend ansetzte: „Ich ... ich war nicht mehr Herr meiner Sinne ... ich habe Thea gemeint und ... habe ... an ihrer Stelle Marga gedemütigt. Aber mein Rachegefühl schlug in dem Moment in Zorn mir selbst gegenüber um, als ich wieder klar denken konnte und mir bewusst wurde, was ich getan hatte. Ich habe Gott auf Knien gedankt, dass sie ohnmächtig war."

Er griff nach meinen Händen, die ich ihm voller Ekel entzog. Ich schleuderte ihm erbost entgegen: „Von Ihren Schlägen doch wohl, oder?"

„Das habe ich mir nie verziehen. Das müssen sie mir glauben. Nur ... ich konnte danach Margas Anblick nicht mehr ertragen. Nicht wegen ihr, sie konnte ja nichts dafür. Ich empfand Ekel vor mir selbst. Immer wenn ich sie sah, wurde ich daran erinnert, was ich ihr angetan hatte. Sie musste weg, aus meinem Blickfeld verschwinden."

„Da konnten Sie ja auch von Glück sagen, dass das Kind tot zur Welt gekommen war, sonst hätte sich das auch noch verflüchtigen müssen." Heribert war wieder zurückgekommen. Er nickte mir knapp zu, was so viel heißen sollte, wie: alles geklärt und in Ordnung.

Johann Preuß sah ihn verbittert an. „Sie sind ein Zyniker, Herr Koman. Sie wissen nichts, gar nichts."

„Dann sagen Sie mir, was ich nicht weiß." Er hob das schriftliche Geständnis auf, das ich vor mir auf dem Teppich abgelegt hatte und deutete mit einer heftigen Geste auf einen bestimmten Absatz. „Sie schreiben hier: *Ulf Korfmann stand auf meiner schwarzen*

Gehaltsliste. Er war bis zu seinem Tod einer meiner Informanten im Polizeipräsidium in Mainz. Er hatte dafür gesorgt, dass Renate bei ihren Ermittlungen nicht auf uns gestoßen war. Er half verdächtigten Personen dabei, Alibis zu türken, warnte die Betreffenden, wenn gegen sie ermittelt wurde, legte falsche Spuren, behinderte Renates Arbeit und intrigierte schließlich gegen sie. Nachdem er nach Renates Ausscheiden die Führung der Kommission selbst übernommen hatte, war ihm ein Kollege durch Zufall auf die Schliche gekommen. Der hatte Ulf dazu überredet auszusteigen. Er war am 17. Dezember 2004 bei mir, um mir dies mitzuteilen. Ich dachte erst, er wäre auf mehr Geld aus. Er aber wollte aufhören, um wieder in Frieden leben und seiner Frau in die Augen sehen zu können, wie er sagte. Ich konnte ihn nicht aussteigen lassen. Er wusste schließlich, dass wir das niemals zulassen würden und dass das einem Verrat gleichkommen würde, mit allen Konsequenzen. Er hat es dann auch eingesehen, aber kurz nachdem er von mir weggefahren war, verunglückte er tödlich mit dem Auto.

„Da hatten Sie doch auch Ihre Finger im Spiel, zusammen mit dem großen Unbekannten!"

Über Johann Preuß' Gesicht huschte ein zaghaftes Lächeln. „Nein, Herr Koman, da liegen Sie völlig schief. Ich habe doch nichts mehr zu verlieren und wenn Ihre Vermutung zuträfe, würde ich es Ihnen sagen. Und im Übrigen, wie sollte ich denn das auch bewerkstelligen?"

„Wie hätten denn ansonsten Ihre Konsequenzen ausgesehen?"

„Es gab schließlich Fotos, Dokumente, Quittungen."

„Und wo haben Sie die aufbewahrt?"

„Verbrannt, Herr Koman, verbrannt. Nach Korfmanns Tod waren sie schließlich nutzlos für uns."

„Wer ist *wir* und *uns*? Jetzt reden Sie doch endlich! Wir wissen es ja ohnehin."

Er schüttelte den Kopf. „Sie wissen es *nicht*. Und ich werde es Ihnen auch niemals verraten. Dieses Geheimnis nehme ich mit in meinen Tod."

Wenn die Person im Hintergrund, dieser ominöse *Signor Gepetto* wirklich Hornbach war, fuhr es mir durch den Sinn, weshalb verbarg er dann seinen Namen so vehement vor uns? Der war ja schließlich ein Fremder und kein Blutsverwandter, noch nicht einmal ein eingeheiratetes Familienmitglied. Und die kannten wir ja auch alle. Alle? Kannten wir wirklich alle? Plötzlich schoben sich Gesichter übereinander. Sie müssten markante Unterschiede aufweisen, aber sie taten es nicht. Jahreszahlen wurden in meinem Gehirn abgeglichen und ... passten zusammen, wie die Gesichtszüge. Aus drei mach eins! Weshalb hatte ich das nicht gleich erkannt? Aber ich musste mir erst absolut sicher sein, bevor ich anstelle von Johann Preuß die Katze aus dem Sack ließ.

Während meines gedanklichen Ausfluges in die erleuchtenden Sphären der Physiognomie und Arithmetik hatte Heribert seine Befragung mit den Umständen, die zu Renates Tod geführt hatten, fortgesetzt. Innerhalb weniger Minuten fügte sich das Puzzle mit den noch fehlenden Teilen zu dem Gesamtbild, das wir weitestgehend schon zusammengesetzt hatten.

Nach ihrer Befreiung hatte sich Renate mit einem Kollegen im Polizeipräsidium in Mainz in Verbindung gesetzt. Mit wem, das wusste Johann Preuß nicht. Aber der Inhalt des Telefonates gelangte zu der Person im Hintergrund, die Zerfass und Raimund *Gepetto* getauft hatten, und von dort zu ihm. Er solle sich keine Gedanken machen und könne ganz beruhigt sein. Man würde Renate schon dazu bringen, das Versteck der brisanten Dokumente zu verraten. Der alte Preuß müsse sich um nichts kümmern.

„Mehr wollte ich doch nicht. Ich konnte ja nicht wissen, dass sie Renate umbringen würden."

„Jetzt sagen Sie nur, dass Sie nicht damit gerechnet hatten?", bezweifelte ich seine angebliche Arglosigkeit. „Sie wussten doch genau, dass Renate niemals geschwiegen hätte."

„Ich weiß nicht mehr, was ich dachte. Und als ich dann plötzlich doch Skrupel bekam, war es zu spät. Ich konnte es nicht mehr aufhalten. Er hat nicht mehr auf mich gehört und ihnen den Auftrag gegeben, Renate dort abzufangen, wo sie darauf wartete, von früheren Kollegen abgeholt und ins Polizeipräsidium gebracht zu werden. Sie brachten sie in ihre Gewalt, um sie auszufragen. Sie hatten ihre Mittel, und Renate blieb keine Wahl; sie erzählte alles, was sie wusste. Auch den Ort, wo die Unterlagen zu finden waren, gab sie preis. Aber da waren sie nicht mehr."

„Wen meinen Sie mit *ihnen*. Wer hat die Ehefrau Ihres Enkels umgebracht und weshalb mit dieser Skulptur?", bedrängte ich ihn, indem ich absichtlich den Verwandtschaftsgrad ins Spiel brachte.

„Das waren zwei Rumänen. Die werden Sie nicht mehr fassen, die sind schon längst außer Landes. Sie gehören zu einer Bande von Kleinkriminellen und Einbrechern. Vor einigen Monaten hat er sie und ein paar ihrer Landsleute vor ihrer bevorstehenden Verhaftung gewarnt. Er benötigt immer Männer, die sich ihm verpflichtet fühlen und nicht lange fragen, wenn er ihnen einen Auftrag gibt – ganz gleich, worum es geht."

„Weshalb wurde sie eigentlich nach Köln gebracht?", fragte Heribert.

Er zuckte zusammen. „Woher wissen Sie das?"

„Weshalb sie nach Köln gebracht wurde, will ich wissen!"

„Das war Zufall. Dort wohnt, so viel ich weiß, der ganze Clan und da hatten sie die Möglichkeit, sie unentdeckt festzuhalten." Wieder versuchte er das Gespräch nur mit mir zu führen. „Herr Schäfer, was hätte ich tun sollen? Wenn ich mir nur hätte sicher sein können, dass Renate schweigen oder dass Sie nur mich belasten würde. In meinem Alter kann mir nicht mehr viel geschehen."

Heribert lenkte die Aufmerksamkeit wieder auf sich. „Und weshalb hat man die Tote dann ausgerechnet nach Mainz gebracht, in die Christuskirche?"

„Wegen der Barlach-Ausstellung. Er versprach sich davon einen speziellen Effekt. Er meinte, das würde Aufsehen erregen. Und vielleicht auch, damit keine Spur nach Köln führt. In alle seine Gedankengänge war ich auch nicht eingeweiht. Mag sein, dass ich auch meine Ohren verschlossen hatte. Ich sagte Ihnen doch schon, dass ich diese Wendung nicht wollte."

Jetzt, dachte ich, jetzt könnte ich ihn haben. „Ich glaube Ihnen, dass Sie den Mord an Renate verhindert hätten, wenn es Ihnen möglich gewesen wäre. Aber so", ich wies auf ihn und den Rollstuhl, „in Ihrem Alter und mit Ihrer eingeschränkten Bewegungsfähigkeit? Sie wurden, wie Sie selbst sagen, in diese Sache hineingezogen. Weshalb decken Sie denn dann den wahren Täter, den wirklichen Auftraggeber? Sagen Sie doch endlich, wer es ist."

Flehentlich blickte er mich an. „Ich kann es nicht. Niemals. Es ist doch meine Schuld, dass er so ..."

„Dass er was?"

Er schüttelte dem Kopf und murmelte: „Nichts, gar nichts."

Innerlich triumphierte ich. Er war so weit. Ich musste einfach auf der richtigen Spur sein. Ich wollte zur nächsten Frage ansetzen, als sich Heribert wieder einschaltete: „Weshalb hat man Renate eigentlich auf diese Weise getötet und zur Schau gestellt? Sagen Sie uns wenigstens das!"

Ob nun Zufall oder nicht, mit dieser Frage spielte er mir in die Hände. Besser und vor allem unauffälliger hätte ich es selbst nicht machen können.

„Das sollte eine eindeutige Warnung für jeden sein, der auch nur mit dem Gedanken spielen würde, uns zu verraten."

Jetzt lasse ich dich nicht mehr aus, dachte ich. „Weshalb mit der Skulptur von Ernst Barlach? Weshalb mit dem *Schwebenden*? Dann muss diese Skulptur doch eine Art Botschaft beinhalten. Hat er sich dazu geäußert?"

Die Falle war nun gespannt und ich betete innerlich, dass er sie nicht erkannte.

„Ja, er erklärte es damit, dass sie so ... wie drückte er sich aus? ... Ja, er sagte, dass sie so schlicht sei, fast nichtssagend und schweigen würde. So wie diejenigen, die es gewagt hätten, uns zu gefährden. Und andererseits sei sie so mächtig und beeindruckend wie wir, mit all unseren Verbindungen und Kontakten."

Da war es, worauf ich gewartet hatte. Ich hatte die Stimme noch im Ohr, schließlich waren seitdem erst wenige Tage vergangen: *Es ist schrecklich, dass dieser Engel, der für Frieden und Gewaltlosigkeit steht, für eine solche Tat missbraucht wurde. Seine Schlichtheit hat mich immer schon fasziniert. Sie ist fast nichtssagend und trotzdem so mächtig und beeindruckend.* Und wieder schoben sich, wie Fotos auf Transparentfolien, vor meinem inneren Auge Gesichtszüge übereinander, deren Ähnlichkeit mir schon viel früher hätte auffallen müssen.

„Herr Preuß, Sie haben doch nun schon fast alles gesagt. Erleichtern sie Ihr Gewissen. Sie schützen jemanden, der es nicht verdient." Heribert legte seine Hand auf den Arm des alten Mannes und fragte eindringlich und dennoch sanft. „Wer steckt hinter der ganzen Angelegenheit? Wer ist der wirkliche Täter? Wer ist der Drahtzieher, der selbst Sie in der Hand hat, der Sie immer noch wie eine Marionette benutzt? Sagen Sie es endlich!"

„Lass mal, Heribert. Er wird es dir nicht sagen und wenn es ihn das Leben kosten würde. Nicht unbewusst und wissentlich schon gar nicht. Nicht wahr, Herr Preuß? Aber das müssen Sie nun auch nicht mehr." Ich fixierte ihn und suchte den Kontakt mit seinen kleinen, wässrigen Augen. Er wich mir aus, indem er den Kopf leicht senkte. Er ahnte, dass er ihn nicht mehr schützen konnte, dass das Versteckspiel ein Ende hatte.

Ich drehte mich zu Heribert und erklärte in einem Tonfall, der jeden Zweifel ausschloss: „Es ist nicht Eberhard Hornbach, es ist sein Sohn. Das Kind, das er mit Marga Preuß gezeugt hat ... Jonas Keil."

Das gewaltige Erschrecken des alten Mannes im Rollstuhl und Heriberts ungläubiges Erstaunen spiegelte meine eigenen gemischten Gefühle wider. Denn natürlich konnte ich mir immer noch nicht absolut sicher sein, ob ich mich nicht verrannt hatte, ob ich nicht Zeichen interpretiert und Indizien zusammengefügt hatte, die auf einer ganz anderen Realität beruhten. Doch der Rest an Ungewissheit wich schlagartig dem Bewusstsein, dass ich mit dieser überraschenden Mitteilung die *Büchse der Pandora* geöffnet haben könnte. Zwei bewaffnete Personen stürmten nämlich fast gleichzeitig in das Zimmer.

Jonas Keil kam aus der Küche. Er war, wie wir es durch das fingierte Telefonat mit Gerlinde Dohne provoziert und erhofft hatten, tatsächlich zu diesem Treffen erschienen. Und wahrscheinlich nicht nur als heimlicher Zuhörer, sondern um sich gegebenenfalls unliebsamer Mitwisser zu entledigen. Ihm wäre es ein Leichtes gewesen, einen Tatort vorzutäuschen, der den Tod von Heribert und mir wie eine Verkettung dramatischer Umstände hätte erscheinen lassen. Und zur Beseitigung von zwei Leichen hatte er ja seine Helfershelfer, wie wir erfahren hatten. Darauf waren wir vorbereitet, aber nicht auf die zusätzliche emotionale Belastung durch meine spontane Eröffnung.

Mit Marga Preuß dagegen hatten wir vereinbart, dass sie sich im Flur verstecken sollte, hinter dem schweren Vorhang, der die Garderobe verbarg. Als wir die Wohnung betraten, hatten wir die Eingangstür nur angelehnt. Da Johann Preuß sich vor uns befand, konnte er das nicht mitbekommen. Auf ein vereinbartes Stichwort sollte sie ins Zimmer kommen. Wir wollten einen entsprechenden Moment abwarten, den wir selbst noch nicht definiert hatten. Als Marga mit anhören musste, dass Johann Preuß sie vergewaltigt hatte und der Vater ihres angeblich tot geborenen Kindes war, stand zu befürchten, dass sie ein Zeichen von uns nicht abwarten würde. Heribert hatte deshalb vorgegeben, zur Toilette zu gehen, um sie noch zum Stillhalten zu bewegen. Jetzt aber hätte selbst Heribert sie nicht mehr zurückhalten können.

Und nun standen sich Mutter und Sohn gegenüber. Jeder von ihnen hielt eine Pistole in der Hand und auch Heribert hatte blitzschnell seine Walther P5 gezogen. In einer Slapstickkomödie hätte diese Szene Lacher hervorgerufen, so skurril und lächerlich musste sie einem unbeteiligten Betrachter vorkommen. Dies aber war kein Film, sondern barg die Gefahr, zu – im wahrsten Sinne des Wortes – blutigem Ernst zu werden. Marga Preuß und Jonas Keil befanden sich in einem extremen Zustand der Verwirrung und Erregung; eine brisante Mischung, die sich im Bruchteil einer Sekunde explosionsartig entladen konnte. Sie hatte innerhalb weniger Minuten erfahren, dass sie nicht nur von dem Mann, in dem sie den Vater gesehen hatte, vergewaltigt worden war. Er hatte sie auch in dem Glauben gelassen, ihr Sohn sei tot zur Welt gekommen. Und nun, als sie diesen zum ersten Mal sah, stand er als Verbrecher vor ihr.

Jonas Keil dagegen wurde, neben der Erkenntnis des gewaltsamen Aktes seiner Zeugung und dem Anblick seiner leiblichen Mutter, mit der Tatsache konfrontiert, dass es sich bei seinem langjährigen Komplizen um seinen leiblichen Vater handelte.

Marga blieb fassungslos vor Johann Preuß stehen und richtete ihre Waffe auf ihn. Da wir wussten, dass sie damit keinen Schaden anrichten konnte, konzentrierte sich Heribert auf Jonas Keil.

„Das Spiel ist aus, Herr Keil. Oder wollen Sie hier ein Blutbad anrichten, das auch Sie nicht überleben würden?" Dabei machte er einen Schritt auf Jonas Keil zu, seine P5 auf ihn gerichtet. Keil stand neben dem Beistelltisch und ließ den Lauf seiner Pistole unsicher von einem zum andern wandern.

„Nehmen Sie die Waffe runter und legen Sie sie hier auf den Tisch. Ich vermute inzwischen, dass nicht nur Ihre Mutter, sondern auch Sie sein Opfer waren", dabei wies er mit dem Kopf zu Johann Preuß, der das Geschehen scheinbar teilnahmslos verfolgte, als hätte er mit alle dem nichts mehr zu tun. „Er hat Sie instrumentalisiert. Ist es nicht so?"

Ein heftiges Beben ging durch den Körper des Mannes, dessen wahre Identität für uns so lange im Dunkeln gelegen hatte. Sein Atem ging flatternd. Langsam ließ er seine Waffe sinken und legte sie vor sich auf den Boden. Ich hob sie auf und sah Heribert fragend an.

„Steck sie ein!", sagte er nur kurz, ohne einen Blick oder auch seine Walther von Jonas Keil zu wenden. „Sie wissen, was jetzt kommt?", fragte er, während er mit der freien linken Hand unter seinem Jackett ein paar Handschellen von seinem Gürtel löste.

„Muss das sein? Können wir nicht...?"

„Es ist besser so", beschied Heribert, „aber ich lege Sie Ihnen vor dem Körper an." Er übergab mir kurz seine Waffe und ließ die Fesseln mit einem geübten Griff einrasten. Dann verfrachtete er Keil auf einen Stuhl, etwas abseits von uns.

Marga, die immer noch ihre Waffe mit beiden Händen auf Johann Preuß gerichtet hielt, hatte die Szene sprachlos mitverfolgt. Nun aber erwachte sie aus ihrer Erstarrung.

„Du erbärmliches Scheusal", stieß sie mit rauer Stimme hervor. „Du warst es also, du bist der Vater meines Kindes. Du hast mit deiner eigenen Moral so viel kaputt gemacht in deinem Leben, dass eine einzige Hölle nicht ausreicht für dich." Sie spuckte ihm ins Gesicht und er ließ es reglos über sich ergehen, dass der Speichel über seine linke Wange tropfte. „Du hast mir meine Freiheit genommen, mich in deiner Abhängigkeit gehalten. Aber das Schlimmste, du hast mir vor 27 Jahren meinen Sohn genommen, mein Kind. Du kannst überhaupt nicht empfinden, was du damit zerstört hast."

Ruhig sah Johann Preuß zu ihr auf. „Es ging doch um den Schutz der Fami..."

„Du mit deiner Familie oder was du dafür hältst. Damit hast du alle verrückt gemacht, mit deinem pathologischen Wahn, du verdammter alter Narr!"

„Es war besser so für ihn, glaube mir Marga. Ich hätte ihn doch nicht auf dem Weingut ..."

Sie ließ ihn nicht ausreden. „Wie hast du es gemacht, dass du mir meinen Sohn entzogen hast?"

„Ich habe die Hebamme bestochen und ihn sofort nach der Geburt einer Pflegefamilie übergeben. Später habe ich die Vormundschaft übernommen. Hier hat natürlich niemand etwas davon erfahren. Ich habe alles bezahlt, ihm alle Türen geöffnet, Schule, Studium, seine Position."

Plötzlich war Jonas Keil aufgesprungen und hatte sich mit einem Satz zwischen seine Mutter und Johann Preuß geschoben. Mit den gefesselten Händen krallte er sich in dessen Jacke. „Ja, um mich als Werkzeug zu benutzen. Und ich habe gedacht, du wärst mein Gönner, du wolltest mit deinem vielen Geld etwas Gutes tun. Ich habe in dir einen Übervater gesehen. Stattdessen hast du mich benutzt. Und ich habe mitgespielt, weil ich an dich glaubte, bis ich selbst nicht mehr wusste, was ich tat."

Heribert hatte ihn bei den Schultern genommen und führte ihn wieder zu seinem Stuhl zurück. Dabei drehte Keil sich zu ihm um und sagte leise: „Irgendwann war es dann zu spät und ich dachte, ich müsste einfach weitermachen. Ich hatte mein Gewissen ausgeschaltet. Fast bin ich bin Ihnen dankbar, dass Sie dem ein Ende bereitet haben. Noch bin ich jung genug, um in einigen Jahren vielleicht ein richtiges Leben zu beginnen."

Ich dachte, dass er darauf wahrscheinlich länger als nur ein paar Jahre würde warten müssen.

Marga Preuß sah mit Tränen in den Augen hinüber zu ihm. „Ich werde dich nicht im Stich lassen", sagte sie. „Du bist mein Sohn, auch wenn du jetzt erst in mein Leben getreten bist. Auch ich muss mich verantworten."

Dann drehte sie sich wieder um zu Johann Preuß. „Du hast mein Kind zu einem Verbrecher gemacht. Und dafür wirst du jetzt büßen, denn ich glaube nicht an eine Gerechtigkeit in der Hölle. Die Schmerzen, die du Jonas und mir seelisch bereitet hast, wirst du jetzt körperlich spüren." Mit diesen Worten richtete sie die Pistole auf seinen linken Fuß, wobei sie die Waffe mit beiden Händen festhielt. Johann Preuß' Augen weiteten sich vor Angst.

„Frau Preuß! Genug! Wir wissen doch über ihre Pistole Bescheid", sagte ich. „Trotz seines Alters wird auch er sich ..."

In diesem Moment drückte sie ab. Doch anstatt des erwarteten satten Klickens, ertönte ein Schuss. Johann Preuß schrie auf vor Schmerz, sein Fuß wurde durch die Wucht der Kugel von der Stütze geschleudert und baumelte bizarr über dem Boden. Marga Preuß setzte zum nächsten Schuss an. Vorher rief sie Heribert noch zu: „Es gibt nicht nur ein Magazin!"

Johann Preuß stöhnte, er griff nach seiner Kaffeetasse und setzte sie an den Mund, obwohl sie doch leer war. Zuerst hielt ich es für eine Schockreaktion, aber im Bruchteil von Sekunden begriff ich: In der Tasse war zwar kein Kaffee, aber ... Ich wollte sie ihm aus der Hand schlagen, Heribert hielt mich jedoch, für die anderen nicht erkennbar, zurück. „Zu spät“, flüsterte er fast unhörbar.

Johann Preuß hatte die Tasse bereits abgesetzt und mit einem heftigen Biss den letzten Moment seines Lebens selbst bestimmt. Wie paralysiert starrten wir auf das, was vor unseren Augen vor sich ging. Bisher hatte ich gedacht, Selbstmord mit Zyankali wäre eine schmerzlose Angelegenheit von wenigen Sekunden. Ich wurde eines qualvollen Besseren belehrt.

Jonas Keil war aufgesprungen und dann doch bewegungslos vor seinem Stuhl stehen geblieben. Marga Preuß war weinend in einem der Sessel zusammengebrochen. Die Pistole war ihr aus der Hand geglitten und lag, wie ein Symbol, in gefährlicher Eintracht direkt neben der Kaffeetasse, in der die Zyankalikapseln direkt vor unserer Nase aufbewahrt worden waren. Johann Preuß hatte mit einem letzten Coup seinen *stilvollen* Abgang inszeniert.

Marga Preuß erhob sich halb und starrte den Toten kopfschüttelnd an, so als wollte sie nicht glauben, was sie eben miterlebt hatte. Ihre Miene spiegelte einen Ausdruck tiefster Verachtung wider und zwischen ihren zusammengepressten Lippen stieß sie mit zitternder Stimme hervor: „Du Schwein ... du erbärmliches Schwein ... du hast mir alles genommen ... meine Jugend ... meine erste Liebe ... mein Vertrauen. Und jetzt hast du mir auch noch meine Rache genommen.“ Mit einem Seufzer der Resignation ließ sie sich wieder zurückfallen. Dann sah sie mich mit leerem Blick an. „Wie um Gottes Willen soll ich mit meinem Hass weiterleben, ohne dass er mir das Herz zerfrisst? Selbst diese letzte Hoffnung hat mir dieser boshafte alte Mann genommen.“

Wenn sie eine Antwort erwartet hatte – es gab keine – wenigstens nicht von mir und nicht in dieser Situation.

Alles, was dann folgte, ist schnell erzählt und hat mit dem Anfang der Geschichte nicht mehr viel zu tun.

Nach einem Anruf von Heribert in der Polizeiinspektion hieß es für uns, nervende Besprechungen zu überstehen, Protokolle zu unterschreiben und uns die Presse vom Hals zu halten.

Eines muss aber noch erwähnt werden: die Rolle, die Eberhard Hornbach gespielt hatte und Heribert dazu veranlasste, seinen persönlichen *Bußgang nach Canossa* – Entschuldigung, nach Mainz natürlich – zu tun.

Aufgrund seiner Hyperakusis, die er vor allen Kollegen verborgen gehalten hatte und bis heute hält, hatte Eberhard Hornbach Gespräche von Ulf Korfmann mitverfolgen können, die ihn auf dessen Spur brachten. Er vermutete auch, dass noch eine weitere undichte Stellen in Mainz sein müsste. Jonas Keil hatte er zwar nicht in Verdacht, dennoch war er äußerst vorsichtig und misstrauisch, was sein oftmals merkwürdiges Verhalten erklärte. Er hatte Ulf Korfmann auf den Kopf zugesagt, dass er sein Doppelspiel durchschaut hatte, und ihn aufgefordert auszusteigen. Nach dem missglückten Gespräch bei Johann Preuß hatte der seinen Wagen in voller Absicht gegen den Brückenpfeiler gelenkt. Eberhard Hornbach hatte dafür gesorgt, dass wegen Unfalls ermittelt wurde und die Untersuchungen bewusst verschleppt, um alle Spuren, die auf Suizid hätten deuten können, zu beseitigen. Was er dazu im Einzelnen getan hatte, wollte er Heribert nicht sagen, mit dem er im Übrigen Stillschweigen über diese Sache vereinbarte. Es war ihm um das Ansehen seines Kollegen, aber noch mehr um die finanzielle Absicherung von dessen Frau und Kindern gegangen, die bei Selbstmord mit leeren Händen dagestanden wären. Versicherungsbetrug? Es gibt keine Beweise, der Fall Korfmann ist abgeschlossen.

Johann Preuß wurde in aller Stille in Bernheim beerdigt. Seine Urne wurde, nach heftigen Diskussionen zwischen Marga Preuß und Gerlinde Dohne, im Grab seiner Frau beigesetzt, aber, so der Kompromiss, sein Name wurde nicht in den Grabstein gemeißelt.

Gerlinde und Benjamin Dohne, Marga Preuß und Klaus Zerfass mussten sich bereits vor Gericht verantworten, Jonas Keil wartet noch auf seinen Prozess.

Lawinenartig war es kurz nach dem Tod von Johann Preuß zu mehreren Verhaftungen und Rücktritten aus öffentlichen Ämtern gekommen. Der ein oder andere setzte sich auch ins Ausland ab. Kriminaldirektor Helmut Körper wurde vorläufig suspendiert, obwohl ihm keine Beteiligung nachgewiesen werden konnte; die Begünstigung von Jonas Keil dürfte aber den Ausschlag gegeben haben.

Die Medien waren einige Tage mit dem Fall beschäftigt und noch immer erscheint hin und wieder eine Meldung, aber nicht mehr auf der ersten Seite. Die Politiker haben die Angelegenheit als schreckliche Ausnahme heruntergespielt. Aber sie sind auf der Hut, denn die noch anstehenden Prozesse werden weiterhin einiges hochschwemmen, das ist aber nicht mehr das Problem von Heribert und mir.

Bernheim hat auch ein paar Veränderungen erfahren, denn die Wohncontainer sind nun endgültig verschwunden, das Weingut wurde an einen Investor verkauft, der es zu einem Reiterhof umbauen will.

Und so wächst – im wahrsten Sinne des Wortes – Gras über die Sache – bis zum nächsten Mal.

Nachwort

Die schriftstellerische Tätigkeit eines Krimiautors geht oft mit der Befürchtung einher, nicht doch an der einen oder anderen Stelle die Grenze von der Fiktion zum Unmöglichen übertreten zu haben. Und so plagten mich auch bei *Mordsverlust* diese Zweifel, bis ich wieder einmal durch die Realität eines Besseren belehrt wurde und sich die alte Erkenntnis bestätigte: Die spannendsten Geschichten schreibt das Leben selbst – und seien sie noch so unvorstellbar.

Ein paar Schlagzeilen, die auf den Titelseiten prangten, *nachdem* ich das Exposé und einen Rohentwurf des Manuskripts zu diesem Krimi bereits bei meinem Verlag eingereicht hatte, mögen das exemplarisch belegen.

25. September 2006
„Ungarische Natascha" befreit (Stern, dpa)
In Ungarn war eine Frau 13 Jahre lang von ihrem Vater eingesperrt und vergewaltigt worden. Die Nachbarn hatten offenbar nichts bemerkt, und erst nach dem Tod des Vaters wurden die Qualen der Frau dank eines engagierten Sozialarbeiters beendet.

14. Mai 2007, Sachsen
Eine Affäre um Rotlicht und Blaulicht Sachsens (Die Welt)
Die Generalbundesanwältin Monika Harms ermittelt gegen ein kriminelles Netzwerk, das der sächsische Verafassungsschutz über Jahre ausgespäht hat und in das hohe Justiz-, Polizei- und Politikkreise verwickelt sein sollen. Angehörige dieser hohen Leipziger Kreise sollen sich Anfang der Neunzigerjahre erpressbar gemacht haben, indem sie in einem Bordell verkehrt und dort minderjährige Mädchen zur Prostitution gezwungen haben.

15. August 2007, Duisburg
Mafiamord in Duisburg (Westfälische Rundschau)
Gegen halb drei Uhr morgens wurden sechs Italiener zwischen 16 und 39 Jahren kaltblütig mit Kopfschüssen ermordet.

8. September 2007
V-Leute in rechter Szene aufgeflogen (Westfälische Rundschau)
Laut dieser Meldung ermittelt die Staatsanwaltschaft wegen Verdachts auf Strafvereitelung. Der nordrhein-westfälische Verfassungsschutz soll einen V-Mann in der rechten Szene in Ostwestfalen vor Ermittlungen der Polizei gegen ihn wegen Verdachts des Drogenhandels gewarnt haben.

Und noch ein Wort sei hier in eigener Sache gesagt: Von der Idee, über die Entwicklung, bis zur Auslieferung eines Buches sind viele hilfreiche und verständnisvolle Menschen beteiligt, ohne die ein Autor sich hoffnungslos verlassen vorkommen würde. Bei ihnen bedanke ich mich stets auf persönliche, nicht öffentliche Weise.

Dieses Mal möchte ich allerdings eine Ausnahme machen: Mein spezieller Dank gilt Herrn Dr. Volker Probst, dem Geschäftsführer der Ernst-Barlach-Stiftung in Güstrow, für seine beratende Unterstützung bei der Durchsicht der Passagen, über die Plastik *Der Schwebende.*

Ich bedanke mich auch auch bei der Ernst Barlach Lizenzverwaltung, Ratzeburg, für die Genehmigung der Abbildung auf der Titelseite.